MANIAC
매니악

THE MANIAC
by Benjamín Labatut

MANIAC

BENJAMIN LABATUT

매니악

벵하민 라바투트 지음

송예슬 옮김

문학동네

일러두기

1. 주석은 모두 옮긴이주이다.
2. 본문 중 고딕체는 원서에서 이탤릭체나 대문자로 강조한 부분이다.

후아나, 훌리에타, 칼리, 피나에게

차례

1부 파울 또는 비이성의 발견 **11**

2부 존 또는 이성의 광기 어린 꿈 **45**

1장 논리의 한계 **61**
2장 공포의 위태로운 균형 **133**
3장 기계 안의 유령들 **211**

3부 세돌 또는 인공지능의 망상 **315**

감사의 글 **409**

금빛 드레스를 입은 여왕을 보았다. 드레스에 촘촘히 달린 눈들은 모두 투명했으며, 타오르는 불꽃 같기도 크리스털 같기도 했다. 머리에 층층이 쌓인 왕관은 드레스에 달린 눈만큼이나 많았다. 여왕은 소름 끼치게 빠른 속도로 다가와 내 목을 밟고서 끔찍한 목소리로 소리쳤다. "내가 누구인지 아는가?" 나는 말했다. "물론입니다! 오래도록 나에게 고통과 슬픔을 주지 않았습니까. 당신은 내 영혼의 이성입니다."

—브라반트의 하데베이흐,

13세기 시인이자 신비주의자

(엘리엇 와인버거 『천사와 성인』에 변형되어 인용)

1부

파울 또는 비이성의 발견

1933년 9월 25일 아침, 오스트리아 물리학자 파울 에렌페스트는 암스테르담에 얀 바테링크 교수가 세운 환아 교육 시설에 걸어들어가 열다섯 살 난 아들 바실리의 머리를 총으로 쏜 뒤 자신에게도 총을 겨눴다.

파울은 즉사했고, 다운증후군을 앓던 바실리는 몇 시간을 더 고통스러워하다 사망 선고를 받았다. 선고를 내린 건 그해 1월 입소한 아이를 줄곧 돌봐온 의료진이었다. 바실리는 십 년에 가까운 세월을 독일 중심부 예나에 있는 병원에서 보냈는데, 나치가 권력을 쥔 후로 그곳에 아들을 계속 두는 것이 더는 안전하지 않다고 판단한 아버지에 의해 암스테르담에 오게 됐다. 바시크라는 이름으로 더 많이 불렸던 바실리는 짧은 생애 동안 정신적으로나 육체적으로나 심각한 장애를 안고 살았다. 바실리의 아버지를 형제처럼 아껴 레이던에 있는 에렌페스트의 집을 자주 드나들었던 알베르트 아인슈타인은 바실리에게 '끈기 있는 우리 엉금보'라는 애칭을 붙였다. 바실리가 돌아다니는 데 워낙 애를 먹었고 더러는 극심한 무릎 통증으로 일어설 수조차 없었기 때문이다. 그럼에도 아이는 끝없는 듯한 열정을 잃지 않았고, 제일로 좋아하는 '삼촌'을 맞이하겠다며 말을 듣지 않는 다리를 카펫 바닥에 끌며 문가로 나가곤 했다. 바시크는 시설에서 대부분의 나날을 보냈으나 한결같이 명랑했다. 이따금 운치 있는 독일 풍경이 그려진 엽서를 레이던에 사는 부모에게 보냈고, 일상을 미주알고주알 적은 편지를 부쳤다. 편지에는 무엇을 새로 배웠다든가, 가장 친한 친구가 아프다든가, 부모님의 가르침대로 착한 아이가 되려고 열심히 노력중이라든가, 같은 반 여자애를 하나도 아니고 둘씩이나 좋아하고 있다든가, 만나본 사람 중에 최고로 자상하고 멋진 고틀리프 선생님에게도 반했다든가 하는 이야기가 서툰 손 글씨로 쓰여 있었다. 자기 자신을 무엇보다 선생으로 생각했던 파울 에렌페스트는 그런 아들을 생각하며 눈물짓고는 했다.

파울은 일평생 극도의 멜랑콜리와 심한 우울증을 앓았다. 어린 시절에는 자기 아들처럼 허약했고 병치레가 잦았다. 코피를 흘리거나, 천식으로 콜록대거나, 돼지 귀, 당나귀 귀, 여기 유대인한테 줘버리자! 하고 놀리는 학교 불량배들에게서 달아나느라 머리가 핑핑 돌고 숨이 가쁜 날이 아니더라도, 이런저런 이유를 대며 꾀병을 부렸다. 어떤 날은 열병, 다른 날에는 감기, 혹은 참을 수 없는 복통을 호소했다. 순전히 어머니 품에 안겨 집에 머무르기 위해서였다. 바깥으로부터 숨어 어머니 품에 안전히 폭 싸여 있던, 다섯 형제 중 막내였던 어린 파울은, 어떤 영문에서인지 자신이 열 살이 되는 해에 어머니가 세상을 떠나리라는 사실을 마음 깊은 곳에서부터 감지한 듯했다. 그전까지 겪은 고통은 전조에 불과할 터였다. 파울은 자신이 내다본 상실을 자신에게든 남에게든 차마 말할 수가 없었다. 그것을 입 밖에 내뱉으면, 소리내어 말할 용기를 내면 어쩌지 어머니의 죽음이 앞당겨져 자신에게로 와락 달려들까 두려웠다. 그래서 그는 어떠한 아이도 짊어져서는 안 되는 무게에 짓눌린 채로 침묵했고, 공포와 슬픔에 잠겨 지냈다. 어둠의 예지력은 어머니가 죽은 후에도, 그로부터 육 년이 지나 아버지까지 세상을 뜬 후에도 계속되었고, 쉰세 살에 그가 자기 손으로 자멸해버린 날까지 그치지 않는 조종弔鐘 소리처럼 그를 따라다녔다.

자기 자신, 그리고 세상과는 그렇게 부대끼던 파울이었으나, 가족 중에서는 가장 재능 있는 사람이자 어느 수업에서든 최고로 특출난 학생이었다. 친구들에게 인기가 좋았고 급우들에게는 존경을, 선생들에게는 칭찬을 받았다. 하지만 그는 무엇으로도 자기 가치를 확신하지 못했다. 그렇다고 결코 내향적이지는 않아서 받아들인 모든 것을 밖으로 발산했다. 지식을 기막히게 뽐내는가 하면, 복잡하기 그지없는 관념을 누구나 이해할 수 있는 이미지와 은유로 옮겨내는 신통한 능력으로 주변 사람들을 즐겁게 했고, 게걸스럽고 스펀지 같은 지성으로 수많은 책을 탐식해 거기서 얻은 서로 다른 분야의 개념들을 하나로 꿰어냈다. 파울에게는 주변의 모든 것을 마구잡이로 흡수하는 능력이 있었다. 말하자면 그의 정신은 필수적인 어떤 막이 결여된 채 구멍이 잔뜩 뚫린 듯했다. 그는 세상에 굳이 관심을 기울이지 않아도 여러 형태를 띤 세상으로부터 침범당하는 쪽이었다. 그는 안전한 방어막 하나 없이 혈액뇌장벽 안팎으로 정보가 끊임없이 들이닥치는 것을 고스란히 느꼈다. 박사학위를 따고 위대한 헨드릭 로런츠의 후임으로 레이던대학교의 이론물리학 학과장이 되어 걸출한 교수로 자리잡았을 때도, 파울의 진정한 즐거움은 남들에게 자신의 모든 지식을 전하는 것뿐이었다. 그가 아꼈던 여러 학생 중 하나는 이렇게 말하기까지 했다. "에렌페스트 선생은 자기 안에 살아 숨쉬는 모든 것을 나눴다." 그래서 가끔은 "내면에 요새랄지 따로 떼어둔 땅덩이 하나 없이 자신이 발견했거나 관찰한 모든 걸 거저 주는 것" 같았다고.

물리학자로서 파울은 세상을 뒤흔들 발견을 하지는 못했으나 닐스 보어, 폴 디랙, 볼프강 파울리 같은 거물의 존경을 받았다. 알베르트 아인슈타인은 파울을 만나고 몇 시간 만에 "우리 둘의 꿈과 포부가 서로 만날 운명이었음"을 직감했다. 파울의 친구들은 그의 날카롭고 이지적인 능력에 감탄했을 뿐 아니라, 다른 위인에게서는 일반적으로 찾아보기 힘든 자질, 이를테면 윤리 의식과 개성, 그리고 사물의 핵심을 간파하려는 심원하고도 압도적이라고까지 말할 수 있는 욕망을 높이 평가했다. 에렌페스트는 자신이 도약점der springende Punkt이라 표현한 문제의 근원을 맹렬히 찾아 헤맸다. 논리적 수단으로 결과를 도출하는 것만으로는 절대 성에 차지 않았다. 그는 이렇게 말하곤 했다. “그건 다리 하나로 춤추는 것과 같다. 본질은 모든 방향에서 관계와 의미와 결합을 인식하는 데 있다.” 에렌페스트에게 진정한 이해란 정신이나 이성만이 아니라 전 존재가 개입하는 총체적인 경험이었다. 무신론자였으며 질문자이자 회의론자였던 그는 진실의 잣대가 어찌나 깐깐한지 때로는 동료들 사이에서 놀림거리가 되기도 했다. 1932년 코펜하겐 닐스보어연구소에서 유럽을 대표하는 물리학자 삼십여 명이 모여 학회를 열었는데, 회의 막바지에 괴테 서거 백 주기를 기리는 〈파우스트〉 패러디극이 공연되었다. 파울이 맡은 대학자 하인리히 파우스트는 불프강 파울리가 연기한 악마 메피스토펠레스가 새로이 상정된 소립자인 중성미자의 존재를 아무리 주장해도 설득에 넘어가지 않았다. 극 중에서 그는 '물리학의 양심'으로 일컬어졌는데, 뼈가 있는 별명이었다. 실제로 에렌페스트는 물리학을 비롯한 정밀과학 전체가 20세기의 처음 몇십 년 동안에 지나온 길을 완강히 반대했던 사람이기 때문이다. 그럼에도 동료들은 레이던대학교에서 강만 건너면 나오는 에렌페스트의 집에 자주 드나들며 그와 그의 아내에게 자신들의 생각을 평가받으려 했다. 에렌페스트의 아내 타티야나 알렉세예브나 아파나시예바 역시 뛰어난 수학자였으며, 에렌페스트의 주요 과학 논문 몇 편을 함께 집필하기도 했다. 그중에는 (타티야나의 경력에는 사실상 아무런 도움이 되지 않았으나) 파울 에렌페스트라는 이름을 처음 알리고 결국에는 그를 명망 높은 로런츠의 후임자로 앉힌 논문도 있었다. 그 논문이 다룬 통계역학은 파울의 스승이자 비극적 운명을 맞이한 루트비히 볼츠만이 천착하던 주제이기도 했다. 볼츠만은 원자 가설을 누구보다 열렬히 옹호했으며, 원자의 행동과 속성에 작용하는 확률의 역할을 처음 발견한, 진정한 선구자였다. 볼츠만도 에렌페스트와 같이 불안하고 불행한 삶으로 크게 고통받았다. 통제할 수 없는 광기와 한없이 침잠하는 우울증이 그를 망가트렸고, 파격적인 주장을 한다는 이유로 동료 학자들에게 매몰차게 배척당한 것이 문제를 더 키웠다. 강경한 실증주의자였던 에른스트 마흐는 물리학자라면 원자를 이론적 구성물로만 논해야 한다고 보았다. 당시만 해도 원자의 존재에 대한 직접적인 증거가 없었기 때문이다. 볼츠만을 향한 마흐의 괴롭힘과 조롱은 그칠 줄 몰랐다. 한번은 원자에 대해 강의하는 볼츠만의 말을 끊고 이런 악의적인 질문을 하기도 했다. "그래서 그걸 본 적이나 있소?" 살집 있는 체격과 끈질긴 집념 때문에 친구들 사이에서 황소라 불렸던 볼츠만은 반대 세력의 살벌함에 절망하고야 말았다. 그는 열역학제2법칙에 대한 통계적 해석으로 현대물리학의 기본 방정식 중 하나를 정립한 인물이었지만, 한 개인으로서는 느리고 뭉근하게 도지는 정신병을 비껴가지 못했다. 볼츠만이 방정식으로 멋지게 포착한 우주의 엔트로피처럼, 정신병은 지속적이고 비가역적으로 증가했고, 끝내 필연적인 무질서와 붕괴로 이어졌다. 그는 강의 도중 갑자기 정신을 놓아버릴지 모른다는 두려움에 매 순간 시달린다고 동료들에게 털어놓았다. 말년에는 천식으로 숨을 제대로 쉬기 어려웠고, 눈이 침침해져 글을 읽을 수 없게 되었으며, 두통과 편두통이 극심해 과학 연구를 일체 관두라는 주치의 처방을 받았다. 1906년 9월, 볼츠만은 트리에스테 인근의 두이노에서 여름휴가를 보내던 중, 아내와 어린 딸이 아드리아해의 평온한 청록색 바닷물에서 헤엄쳐 노는 동안, 플레스호텔 객실의 가로 창살에 짧은 밧줄을 걸어 목을 맸다.

진실을 말하고, 명료하게 쓰고, 최후까지 수호할 것. 볼츠만의 좌우명이던 이 말을 제자 파울은 가슴에 새겼다. 에렌페스트가 난다 긴다 하는 물리학자들 사이에서 존경받은 것은 사람들의 생각을 선명하게 정제하고 그것의 근본적인 본질을 포착해내는 능력 덕택이었다. 그는 이 앎을 열정과 정력을 다해 전파했고, 듣는 사람들은 흡사 마법에 걸린 양 그의 생각에 빨려들어갔다. "강의할 때 파울은 꼭 거장 같다. 그토록 매혹적이고 뛰어나게 말하는 사람은 거의 본 적이 없다. 그는 의미심장한 표현과 재치 있는 말과 변증법을 기가 막히게 자유자재로 구사한다. 세상에서 가장 난해한 주제도 구체적이고 직관적으로 풀어낸다. 수학적 논증도 그를 거치면 이해하기 쉬운 그림이 되어 나타난다." 물리학계의 대심문관으로 명성을 떨친 에렌페스트를 우러러본 동시에 두려워한 위대한 독일 이론물리학자 아르놀트 조머펠트는 이렇게 썼다. 파울은 타인의 주장에서 오류를 지적하는 데 거리낌이 없었고 자신을 다그칠 때 그러하듯 혹독하게 비판했다. 그의 이런 역할은 1927년 열린 운명적인 솔베이 회의에서 진가를 발휘했다. 고전물리학과 양자역학이 맞부딪친 이 회의를 기점으로 과학의 한 분과의 토대가 영원히 달라졌다. 에렌페스트는 두 주인공 사이를 중재했는데, 한 사람은 우연성, 불확정성, 확률, 불확실성이 양자학이라는 새로운 과학에 드리운 무게를 증오하던 아인슈타인이었고, 다른 한 사람은 아원자 세계의 왕좌에 근본적으로 다른 유형의 물리학을 앉히려던 보어였다. 서른 명쯤 되는 노벨상 수상자들이 저마다 프랑스어, 영어, 독일어, 네덜란드어, 덴마크어로 고성을 질러대던 어느 순간, 에렌페스트는 연단에 올라 여호와께서 거기서 온 땅의 언어를 혼잡하게 하셨음이라 같은 성경 구절 두어 개를 칠판에 끄적였다. 모두가 웃었지만, 싸움은 그러고도 며칠 더 격렬히 이어졌고, 끝내 양자역학이 물리학의 고전 체계를 상대로 승리를 거뒀다. 양자역학의 이론이 상식에 정면으로 어긋나는데도 불구하고, 아니 어쩌면 그렇기에 가능했던 승리였다. 에렌페스트는 확실히 신진 세력의 편이었으며, 친구 아인슈타인에 비하면 보어, 하이젠베르크, 보른, 디랙이 말하는 혁명적인 원리에 훨씬 더 열려 있었다. 그러나 그 역시도 물리학이 근본적인 선을 넘어버렸다는 느낌을 지울 수 없었다. 물리학의 영혼에서 악마가, 아니 어쩌면 요정이 깨어났으며, 앞으로 그의 세대도 다음 세대도 그 존재를 도로 램프에 집어넣지 못할 터였다. 원자의 내부 영역을 다스리는 새로운 규칙을 믿게 되는 순간, 온 세상은 난데없이 이전의 견고함과 현실성을 잃어버렸다. "연옥에 양자역학 교수들을 위한 특별 구역이 있을 걸세!" 파울은 솔베이에서

레이던으로 돌아온 후에 아인슈타인에게 이렇게 편지를 보냈다. 그러나 웃어넘기려는 노력이 무색하게도 그는 컴컴한 구덩이 속으로 걷잡을 수 없이, 점점 더 빠른 속도로 추락하고 있었다. 그가 몸담은 소중한 학문이 기이한 방향으로 치달아 어느덧 논리적인 모순과 불확실성과 불확정성으로 가득차버렸기 때문이다. 아끼는 제자들에게도 그것들을 더는 설명할 수가 없었는데, 일단 스스로도 이해가 되지 않았기 때문이다. 1931년 5월, 에렌페스트는 닐스 보어에게 편지를 보내 두려움을 실토했다. "이론물리학과 아예 단절되고 말았습니다. 어떤 글도 통 읽을 수가 없고, 논문과 책의 홍수 속에서 뭐가 타당한지 전혀 갈피를 잡을 수 없습니다. 아무래도 내가 구제불능이 됐나봅니다. 『물리학 저널』이나 『피지컬 리뷰』의 새 간행물을 읽을 때마다 덜컥 공황 상태에 빠져버립니다. 정말 아무것도 모르겠습니다!" 보어는 에렌페스트만이 아니라 물리학계 전체가 근래의 발견들을 감당하느라 힘겨워하노라고 답장을 보내 벗을 위로했지만, 그러자 훨씬 더 긴 편지가 돌아왔다. 파울은 주인이 타고 사라진 전차 꽁무니를 뒤쫓다 나자빠진 개가 된 기분이라고 했다. 누군가의 눈에 양자 혁명은 지칠 줄 모르고 참신한 결과들이 번뜩이는 변화무쌍한 횃불이었으나, 에렌페스트에게는 대부분이 정체였고 심지어는 퇴보였다. "끔찍한 추상개념들! 쉴새 없이 눈속임과 기교에만 집중하지! 수학 역병이 상상력을 깡그리 지워버렸다!" 파울은 레이던대학교의 학생들 앞에서 열을 냈다. 이론물리학이 가는 방향은 그의 지향점과 정반대였다. 현실적이고 물리적인 직관이 무차별 포격으로 대체되었고, 물질과 원자와 에너지의 자리에 수학 공식이 들어섰다. 파울은 "하이젠베르크-보른-디랙-슈뢰딩거의 무한 소시지 기계 공장"이 유발한 소화불량을 경멸했던 것만큼이나 헝가리 천재 존 폰 노이만처럼 "무시무시한 수학 무기와 난해한 공식 장치"로 무장한 부류를 질색했다. 파울은 젊은 학생들의 태도에도 탄식했다. 현대의 모든 발전이란 게 그렇듯 수학도 인간의 삶에 호의적이지 않건만, 그것도 모르고 "자신들 머리가 물리학의 자극적인 메시지를 전하고 퍼뜨리는 전화망 계전기가 되어버렸음을 더는 의식하지도 않는다"라는 것이었다. "극악무도한 기계가 다 그렇듯 수학도 역시 비인간적이다. 그 바퀴의 움직임에 들어맞게 척수가 적응하지 못한 자들의 목숨을 모조리 앗아간다." 이미 곪을 대로 곪은 파울의 자기비판과 열등의식은 견딜 수 없는 수준으로 악화되었다. 수학적 지식이 있다고 해서 간단히 해결될 문제가 아니었다. 그는 컴퓨터가 아니었다. 단숨에 계산하는 재주가 그에게는 없었다. 시대에 발맞추지 못하는 무능함은 파울의 변함없는 동반자이자 고문자인 자기 파괴적 면모에 기름을 부었다. 내면의 목소리가 쉴새없이 속삭이며 자꾸만 그를 저버렸다. 1930년 무렵 그가 친구들에게 보낸 편지들은 온통 죽음과 절망에 관한 내용뿐이다. "얼른 정신을 차리지 못하면 나 스스로 삶을 결딴내리라는 확신이 듭니다. 나의 일들을 되돌아볼 기회가 생길 때마다 눈앞에 혼돈 같은 것이 펼쳐집니다. 도박꾼이나 알코올중독자가 제정신이 들었을 때 볼 법한 그런 장면이

지요." 그의 내면적 소용돌이는 같은 시기 유럽을 서서히 찢어 놓기 시작한 경제와 정치 격변을 닮아 있었다. 공식적으로 파울은 종교가 없었다. 오스트리아·헝가리제국에서는 유대인과 기독교인의 결혼이 금지됐기에 파울과 타티야나는 1904년 각자 종교를 포기하고 결혼했다. 하지만 사방에서 반유대주의가 들끓자 파울은 점점 병적인 생각에 사로잡혔다. 1933년 파울은 독일 사회를 나치의 최면에서 깨우기 위해 충격을 가하자는 섬뜩한 계획을 친구 사뮐 하우츠밋에게 적어 보냈다. "저명하고 나이가 지긋한 유대인 학자들과 예술가들이 아무런 증오도 내보이지 않고, 어떠한 요구도 내세우지 않고, 그냥 한꺼번에 자살해 독일의 양심을 자극하면 어떨까요?" 하우츠밋은 자살에 대한 친구의 지긋지긋한 집착과 얼토당토않은 주장에 메스꺼움을 느끼며 분노의 답장을 써 보냈다. "유대인 시체 무더기가 할 수 있는 건 없지요. 그들의 죽음은 순수 독일 민족das teutonische Volk을 기쁘게 할 뿐입니다." 에렌페스트가 이 편지를 쓰기 사흘 전, 출범한 지 갓 두 달이 된 히틀러 정권은 직업공무원복원법을 제정해 공무직에 있던 유대인들을 모두 위기로 몰아넣었다. 이 일을 계기로 에렌페스트는 "독일의 미술, 과학, 법학, 의학계에서 유대인 '역병'을 몰아내겠다는, 놀라우리만치 공개적이고 치밀한 절멸 계획이 머지않아 90퍼센트는 완성될 것"이라고 확신하게 되었다. 말년의 에렌페스트는 자신이 가진 인맥과 영향력을 총동원해 유대인 과학자들이 독일 밖에서 일자리를 구할 수 있도록 힘썼다. 그러나 정작 자신의 앞날에 대해서는 믿음을 다 잃어버린 후였다. 이런저런 생각이 머릿속을 격렬히 휘돌았다. 돈에 관한 생각도 가시질 않았다. 레이던 자택을 여러 번 저당잡히기도 했다. 그는 어떻게든 고통을 끝맺고 싶었지만, 차마 아내 홀로 가엾은 바시크를 돌보도록 두고 떠날 수 없었다. 아내는 러시아 채권에 넣어둔 돈을 1차대전과 러시아혁명 이후 몽땅 잃은 터였다. 바시크의 누이들인 두 딸아이, 타티야나와 갈린카에게, 또 맏아들 파울 주니어에게 평생의 짐을 떠안길 수도 없는 노릇이었다. 그전까지 혼자 목숨을 끊는 상상에만 골몰하던 파울은 어느덧 막내아들을 그 상상 속에 집어넣었다. "훗날 갈린카와 타니츠카*가 오로지 바보 남동생을 먹여 살리느라 뼈가 삭게 일만 하고 사는 꼴을 내가 어떻게 두고 보겠습니까?" 파울은 미술사가 넬리 포스튀뮈스 메이여스에게 편지를 썼다. 당시 그는 넬리와 열정적인 사랑에 빠져 있었는데, 둘의 연애는 파울에게 소소한 기쁨과 행복을 가져다주었으나 또한 이미 망가진 정신 상태를 더욱더 피폐하게 만들기도 했다.

처음에는 아내도 둘의 관계를 암묵적으로 용인했다. 관계가 막 시작됐을 무렵에는 타티야나가 넬리에게 안부를 묻기도 했다. 남편의 신경쇠약을 누구보다 걱정했던 타티야나는 어쩌면 이 혼외정사가, 분명 위험하기는 하지만, 남편의 마음을 달래주고 체스에 대한 집착을 비롯해 끝없이 늘어나는 취미 행각들을 끊어내줄 거라고 생각했다. 파울은 가만히 앉아 일할 생각만 해

* 딸 타티야나의 다른 이름.

도 공황의 소용돌이로 떨어지곤 했기 때문에 물리학 연구와 마감을 한참 넘긴 글을 도무지 마무리할 자신이 없어 모형 비행기를 만들고, 허브 정원을 꾸미다가 관두고, 폐기 우표를 수집하고, 손수 망원경을 제작하고, 지하실에다 양조장을 지으며 초조하게 시간을 죽였다. 그때까지만 해도 파울이 갈망한 사람은 아내 타티야나뿐이었다. 타티야나가 러시아 가족들과 시간을 보내느라 여러 계절을 떨어져 있는 동안에도, 깊은 상호 이해와 공동의 지적 관심사에 뿌리를 둔 두 사람의 결혼생활은 행복했다. 타티야나는 명민한 사람이었고, 파울의 동료들에게도 존경과 애정을 듬뿍 받았다. 그런데 파울의 연인 넬리는 단순히 똑똑한 것을 넘어 에렌페스트의 죽음을 향한 동경에 필적할 만큼 어두운 구석이 있었다. 다만 그걸 완벽하게 통제하는 듯했다. 파울은 하를럼 테일러박물관 강연에서 넬리를 처음 보았다. 그는 넬리의 지성과 미모에만 반한 게 아니라 강연 주제에도 완전히 사로잡혔다. 그날 넬리는 옛 피타고라스학파 신화를 강론했는데, 세계의 부조화와 비이성의 발견에 관한 그 이야기는 파울이 말년에 가장 집착하는 대상이 되었으며, 독일에서 부상하는 나치를 보며 깊어지던 그의 시름과 완벽히 대위법을 이루었다.

넬리는 균형을 초월하며 무엇에도 견줄 수 없는 것들이 자연에는 있다고 했다. 그것들은 모든 현상을 아우르는 질서 바깥에 존재하기 때문에 어떤 척도에도 따르지 않고 범주화를 거부한다. 이 이상치들, 특이점들, 괴물들은 세상의 부조화와 혼돈과 무질서의 근간에 자리하므로 숫자에 지배당하지도 않고 숫자에 비유할 수도 없다. 넬리의 설명대로라면, 그리스 사람들에게 비이성의 발견은 간악무도한 범죄이자 용서받지 못할 불경함이었고, 그 사실을 폭로하는 것은 죽음으로 다스릴 죄였다. 넬리는 이 기본 계명을 거스른 피타고라스학파 현자에 관해 전해 내려오는 이야기를 두 가지 버전으로 들려주었다. 첫번째 버전에 따르면 비이성을 발견한 현자는 공동체에서 추방되었다. 친구들은 그가 이미 죽은 사람이라도 된 양 그의 무덤을 세웠다. 다른 버전에 따르면 현자는 가족들에 의해, 어쩌면 그의 아내와 두 아이로 변장한 신들에 의해 바다에 던져졌다. 넬리는 그러므로 자연에서 조화롭지 않거나 자연 질서를 전적으로 위배하는 무언가를 발견하거든 설령 혼잣말이더라도 절대 발설해서는 안 된다고 했다. 오히려 기를 쓰고 머릿속에서 그 생각을 몰아내고, 기억을 지우고, 말을 삼가고, 꿈속에서조차 경계를 늦추지 말아야 한다고. 그러지 않으면 신들의 불호령이 떨어질 터였다. 자연의 조화란 티탄보다 오래되었고, 신탁 사제보다 현명하고, 올림포스산보다 성스러운 것, 이 세상과 그 밖에 모든 세상에 숨을 불어넣는 정혈만큼이나 신성한 것이므로 무엇보다도 최우선으로 보존되어야 했다. 비이성의 가능성을 시인하거나 부조화를 인정하는 것만으로도 존재의 구조는 위태로워진다. 우리의 현실뿐 아니라 육체, 정신, 천상의 영역까지 우주의 모든 면면이 만물을 하나로 묶는 보이지 않는 끈에 의존하고 있기 때문이다. 넬리는 이 터부가 고대 사람들만의 문제가 아니며, 서양 철학과 과학의 중심에도 있다고 했다. 칸트가 말한 과학이란 자연을 하나의 총체로 생각하도록 요구하는 학문이었다. 처음에는 덩굴식물의 아른거리는 덩굴손이나 각도에 따라 빛깔이 달라지는 딱정벌레 몸과 같이 지극히 단순한 양상을 분류하는 것으로 출발한다. 그러고 나면 현상들을 종, 속, 과, 목, 강, 문, 계, 역으로 정리한다. 이때 각각의 날개, 깃털, 뿌리, 줄기, 고리, 부속 기관 역시 그 질서 체계의 어딘가에 속한다는 전제가 지켜져야 한다. 드러나거나 드러나지 않은 존재의 형태를 이루고 떠받드는, 심오한 지혜의 결실이자 온 우주를 아우르는 시스템 안에서 모든 것이 제자리를 점해야 하는 것이다. 그런데 넬리는 꼭 그런 것만은 아닐지 모른다고 청중에게 경고했다. 어쩌면 자연은 정말 혼돈 상태일지도, 명백히 이질적인 것들을 한꺼번에 아우를 법칙이나 계속해서 증가하는 복잡성을 간단히 정리할 개념 따위는 정말 없는지도 몰랐다. 자연을 하나의 총체로 인식할 수 없다? 우리 문명은 이 공포스러운 가능성을 여태껏 받아들이지 못하고 있었다. 넬리는 우리가 그 가능성을 인정할 날은 오지 않으리라고 믿는 쪽이었다. 그것은 과학과 철학 그리고 이성에 치명타였으니까. 반면에 예술가들은 이미 그 가능성을 온몸으로 포용했다고 넬리는 말했다. 비이성의 재발견은 그동안 온갖 전위적 움직임을 이끌어온 원동력이었다. 범인의 눈으로 보더라도 그 움직임들을 뒤덮고 있는 것은 파우스트적인 무한한 에너지와 조급함, 그리고 모든 게 허용된 비극적인 타락이었다. 현대의 예술은 어떠한 법칙도, 방법도, 진실도 인정하지 않고서 그저 맹목적이고 억누를 수 없는 충동만을, 무엇

앞에서도 멈추지 않고 우리를 지구 끝으로 몰고 가는 격렬한 광기만을 인정했다.

파울은 한껏 매료되었다. 넬리가 원고를 미처 챙길 새도 없이 파울은 그녀에게 다가가 질문을 퍼부었다. 두 사람은 그렇게 한참을 대화하며 점차 서로의 지성에 끌렸다. 그날 둘은 가까운 호텔에서 함께 밤을 보냈다. 새로운 사랑이 기이한 화학작용을 불러일으킨 것인지, 아니면 평생을 안고 산 우울증이 뇌를 망가뜨려서인지 모르겠지만, 파울은 넬리가 말한 피타고라스학파의 현자와 자신이 묘하게 이어져 있다는 확신을 품게 되었고, 그때부터 사방에서 부조화와 격동을 목격하기 시작했다. 우주를 다스리는 합리적인 질서나 자연법칙, 반복적인 패턴을 더는 분간할 수 없게 되었다. 보이는 것이라고는 혼란투성이에 부조리로 오염되고 그 이면에서 유의미한 지성의 흔적조차 찾아볼 수 없는, 과도하게 증식하는 거대한 세상뿐이었다. 그는 전파를 타고 퍼지는 히틀러 청소년단의 무지성적 구호에서, 전쟁을 도발하는 정치인들의 장광설에서, 무한 진보를 무턱대고 옹호하는 사람들에게서 떠오르는 비이성의 존재를 지각했다. 그뿐만 아니라, 다들 혁명적이라고 떠들어대지만 그의 눈에는 물리학의 산업화에 불과한 생각들로 넘쳐나는 동료들의 논문과 강의에서 비이성의 존재를 더더욱 선명하게 식별했다. 파울은 아인슈타인에게 편지를 보내 낭패감을 토로하며—아인슈타인의 막내아들 에두아르트는 조현병을 앓아 여러 차례 병원에 입원했고, 그래서 파울은 자신을 억누르는 짐을 아인슈타인 역시 일부분 지고 있다고 느겼다—어찌된 영문인지 이성을 정반대 것으로 혼동해버린 어둡고 무의식적인 힘이 과학 세계관 속으로 기어들고 있다고 한탄했다. "이제 우리 마음속 깊고 근본적인 곳에 정주하던 이성은 죄다 풀려나버렸어. 그게 고삐 잡은 우리를 술에 취한 노새처럼 아무렇게나 끌고 다닐까 두렵다네. 자네도 나처럼 이 광경을 보고 있겠네만 나는 거의 늘 혼자라고 느껴. 우리 인간이 어디까지 추락하는지 목격하는 유일한 인간이 된 것처럼. 우리는 무릎을 꿇고 엉뚱한 신에게 기도를 올리고 있지. 스스로 다스리지도 이해하지도 못하는 타락한 세상 한가운데 숨어 있는 철부지 신에게. 아니면, 꿈속에 나타나는 괴물과 악마를 자신들이 상상해놓고도 제 탓인 줄 모르는 꼬마애들처럼, 우리도 고약한 상상력으로 우리가 직접 빚은 신을 잊고 만 것일까?" 파울을 곁에서 지켜보다가 슬슬 두려워진 넬리는 우울증을 추동하는 힘이 무엇인지 알 수 있게 유년기의 기억을 생각나는 대로 써보라고 권했으나, 파울은 그러지 못했다. 주변 사람들은 물론 자기 자신과도 서서히 단절되고 있음을 느꼈기 때문이다. 그의 기억, 과거, 가족과 친구들, 그 모든 관계와 소중했던 공상들은 어느덧 다른 누군가의 소유가 되어 있었다. 파울은 이따금 거울 속에서 언뜻 그 사람을 보았다. 작고 땅딸막한 몸, 안경을 썼고, 짧게 깎아 삐친 머리에 빽빽한 콧수염, 그 아래 서로 멀어지려는 듯 뻗은 뻐드렁니를 가진 남자, 파울은 그를 알아볼 수 없었다. 그는 아내를 향한 진심어린 헌신과 넬리가 내면에 불러일으킨 고통스러운 행복감 사이에서 괴로워했으나, 어느 여인도 미지의 힘이 그를 위해 깔아놓은 듯한 길로부터 그를 끄집어낼 수는 없었다. 길 끝에는 총알이 기다리고 있었다. "나 같은 존재는 왜 계속 살아가는 형벌을 받은 걸까요?" 파울은 마지막 여름, 연인에게 보낸 편지에 고백했다. "당신이나 타티야나가 나에게 사랑하느냐고 묻는다면, 답은 하나뿐입니다. 타티야나는 이미 알고 있지요. 나는 지독한 무력감 속에서 당신 곁에 있기를 갈망합니다. 그 갈망이 나에게 온기도 힘도 주지 않는다면, 나는 쓸쓸함을 이겨내지 못할 겁니다. 사랑이 이토록이나 대단한 불화를 낳는군요. 이 모든 고통을! 처참한 파멸에 이르기 전에 되도록 서둘러 삶을 끝마치는 것이야말로 사람의 의무인가봅니다." 파울이 내면의 악마들을 당해내지 못하는 것을 보고 타티야나는 이혼을 요구했다. 파울은 자신을 다시 받아달라고 매달렸고, 결국 타티야나는 거의 다 마무리되었던 이혼 절차를 중단했다. 조건은 파울이 넬리를 떠나는 것이었다. 파울은 알았다고 했으나 실은 연인을 안 보고 살 자신이 없었다. 그렇다고 아내와 관계를 회복할 자신이 있지도 않았다. 삼십 년 넘게 한결같이 부부를 묶어주었던 게 무엇이었건 간에, 그것은 몇 달 새 빠르게 증발해버렸다. 끝내 단념한 파울은 직접 이혼을 신청했다. 그 무렵 아직 부치지 않은 유서를 이미 써둔 터였지만 타티야나에게는 알리지 않았다. 유서는 바테링크의 시설에서 비극적인 사건이 있고 며칠 후 파울과 가장 가깝던 친구들에게 전달되었다. "보어, 아인슈타인, 프랑크*, 헤

* 제임스 프랑크(1882~1964). 독일 태생의 미국 물리학자.

르글로츠*, 이오페**, 콘슈탐***, 톨먼****, 나의 친애하는 벗들이여! 버거운 삶의 짐을 몇 달이나 더 이고서 살아갈 방법을 도무지 못 찾겠습니다. 레이던 교수직이 여기서 더 망가지는 꼴도 견딜 수 없습니다. 교수직을 내려놓으려고요. 그렇게 되면 남은 힘을 러시아에서 소진할 수 있을지도 모르겠습니다…… 하지만 그게 서둘러 결정되지 않는다면, 아마 나는 확실히 스스로 목숨을 끊을 것 같습니다. 언젠가 그런 일이 일어난다면, 우정으로 내 삶에 크나큰 역할을 해준 여러분에게 평온하고 담담한 상태에서 편지를 남기고 싶었습니다…… 근 몇 년 물리학계에서 일어난 발전들을 이해하기가 점점 더 힘에 부칩니다. 노력해봤지만 무기력해지기만 했고 갈피를 잡지 못해 결국은 절망하여 단념하고 말았습니다. 그로 인해 삶이 지긋지긋해졌습니다…… 그저 자식들을 부양하느라 꾸역꾸역 사는 기분이랄까요. 다른 일에 손도 대보았지만 잠시뿐이었지요. 그러다보니 구체적인 자살 계획에만 자꾸 몰두하게 됩니다. 자살 말고는 어떠한 현실적인 가능성도 보이질 않으니. 일단은 바시크를 먼저 죽인 후에 자살할 생각입니다. 부디 용서해주길…… 여러분과 여러분에게 소중한 이들의 안녕을 빕니다."

1933년 5월 파울은 레이던에서 베를린으로 가는 기차에 올

* 구스타프 헤르글로츠(1881~1953). 독일의 물리학자.

** 아브람 이오페(1880~1960). 소비에트의 물리학자.

*** 오스카어 콘슈탐(1871~1917). 독일의 신경과학자.

**** 리처드 C. 톨먼(1881~1948). 미국의 수학자.

랐다. 베를린에서 그는 나치 갈색 셔츠 단원*들이 노동조합, 노동은행, 협동조합을 급습하는 것을 목격했다. 정의심에 고취된 학생들이 폭도로 변해 성性과학연구소를 공격했다는 신문 기사를 읽었고, 국립 오페라하우스 앞 책 이만여 권이 불타고 남은 잿더미를 지나쳤다. 그날 불길에 얼굴이 달아올랐던 의기양양한 청년들은 독일대학생연합회 회원들이었다. 그들은 '비非 독일' 정신을 담은 서적, 학술지, 잡지를 색출하러 모교 도서관에 쳐들어갔고, 거대한 모닥불 앞에서 노래를 부르고, 구호를 외치고, 맹세했다. 나치당의 고위 당원들은 중언부언 중얼거렸고, 괴벨스는 수천 관중을 향해 퇴폐와 도덕적 타락 척결! 가정과 국가의 품위와 도덕 재건!을 외쳤다. 파울은 거리의 군인들을 보았다. 군인들은 라디오 방송국에서 일제히 울려퍼지는 군가에 맞춰 행진했다. 이따금 군가가 끊기고 독일에 새로 취임한 총리 아돌프 히틀러의 날카로운 목소리가 송출되었다. 히틀러는 루스벨트가 제안한 세계 군축안에 찬성하며 베르사유조약의 즉각 수정을 요구했다. 5월 말 독일은 우생학적 불임법을 합법화했다. 그리고 두 달도 채 지나지 않아 유전병 자손 방지를 위한 나치 법이 승인되어 국가가 의학적 경험으로 보아 자손이 신체적으로든 정신적으로든 심각한 유전 결함을 갖고 태어날 가능성이 크다면 외과 수술을 통해 유전병을 앓는 자의 생식능력을 제거하는 것이 가능해졌다. 이 법령은 선천적인 지적장애나 조현병, 조울성

* 나치돌격대원을 일컫는 이름.

정신병, 유전성 뇌전증, 헌팅턴병, 유전성 시각장애, 청각장애, 그 밖에 여러 유전적 기형을 앓는 사람은 물론, 심한 알코올중독자에게까지 적용되었다. 파울은 예나에 있는 요하네스 트뤼퍼 아동 요양원에서 어린 바시크를 데리고 나와 암스테르담으로 갔다. 이후 바시크는 바테링크의 시설에서 돌봄을 받았다. 법이 시행된 첫해, 육만사천 명이 넘는 사람들이 판사 하나, 의무관 하나, 의사 하나로 구성된 유전 건강 재판소로부터 부적격 판정을 받아 강제 불임술을 당했다.

7월이 되어 여름빛이 레이던 집의 하늘을 환히 밝히기 시작하자 파울도 음울한 기분을 적잖이 걷어내고 헨드릭 카시미르와 함께 고전 물리학의 최대 난제 중 하나인 난류 연구에 착수할 수 있게 되었다. 부드럽게 흐르는 유체가 소용돌이 속 소용돌이 속 소용돌이 속의 거친 카오스로 빨려들어가는 이 느닷없는 현상이 발생하면, 유체가 동시에 사방으로 움직이기 때문에 어떤 기존 모델로도 예측이 불가능하다. 난류는 자연 어디에나 흔히 존재해서 개울의 세찬 물살에서 노는 꼬마들조차 무심결에 그 원리를 어느 정도 터득한다고 볼 수 있다. 그들의 작은 심장이 동맥으로 내뿜는 혈류에도 난류가 존재한다는 사실까지는 미처 모르더라도 말이다. 난류는 커피잔에 톡 떨어지는 우유 한 방울이나 한 번 빠끔 내뿜은 담배 연기처럼 지극히 사소한 물질에서도 발견되지만, 수학적으로는 복잡하고 심오하다. 최고로 명석한 학자들이 이를 길들이려 시도했으나 전부 실패했다. 그러니 미쳐 날뛰고 부서진 파울의 정신이 난데없이 유체

방정식에 불가사의한 애착을 품기 시작한 것은 파울 자신에게도 매우 뜻밖의 일이었다. 그 애착은 실로 대단해서 깨어 있는 시간을 전부 차지했을 뿐 아니라 꿈에도 스며들었다. 밤마다 파울은 컴컴한 물에 에워싸인 자신을 보았다. 발가벗은 몸을 흉포한 물살이 사정없이 쳤고, 가늠할 수 없는 심연의 주위를 도는 거대 소용돌이가 그를 빨아당겼다. 이런 악몽에 시달릴 때면 이상하리만치 꼼짝도 할 수 없었는데, 그를 사로잡은 것은 무시무시한 바다의 이미지가 아니라, 깨달음이 주는 특별한 평온함의 감각이었다. 마음 깊은 곳에서부터, 그의 이해를 초월한 이유들로 말미암아, 그의 아내와 연인이, 아들들과 딸들이, 친구들이, 동료들이, 학생들이, 심지어 그의 모국까지 모두 무사하리라는 실로 매혹적인 확신이 들었다. 비록 당시 그의 상황은 가망이 없어 보였으나, 그럼에도 모든 것들이 고통과 기쁨을, 어둠과 빛을, 질서와 혼돈을 하나로 결합하는 힘의 보호를 받으며 무사하고 견고하게 제자리를 지키고 있었으니까. 마찬가지로 삶과 죽음도 그 아찔한 소용돌이에 섞여들어 분간이 가지 않을 만큼 여러 갈래로 단단히 얽혀 있었다. 그는 난파선의 유일한 생존자라도 된 양 땀에 젖은 채로 눈을 뜨기가 무섭게 침대에서 몸을 일으켜 연구에 매진했고, 카시미르에게 연달아 편지를 보냈으나 자신의 사고 과정을 카시미르가 따라오지 못하리라는 것을 내심 알았다. 그도 그럴 것이 편지 한 통을 보내고 나면 바로 다음에 상충하는 내용의 편지가 이어졌고, 그게 또 냅다 방향을 틀어 자기 머리를 집어삼키는 주장으로 대체되었기 때문이다.

차분하게 생각을 전개하려 해보아도 그는 자신의 열정을, 우울증의 짙은 안개에서 벗어나 다시 일하게 된 기쁨을 좀처럼 억누르기 힘들었다. 이 연구만 성공한다면, 난류의 불규칙적이고 예측 불가능한 움직임의 해법, 환원 불가능한 임의성 이면의 법칙을 발견해낸다면, 역사에 이름이 새겨지리라. 여태껏 허락되지 않았던 것이 코앞에 와 있는 만큼, 그는 딴생각은 집어치우고 전적으로 거기에만 매달렸다. 하지만 황홀경 중에도 걱정을 멈출 수 없었다. 이런 신통한 재주가 왜 갑자기 주어졌단 말인가? 왜 그에게, 왜 지금? 그럴 만한 일을 한 적도 없는데. 그는 말년의 삶을 줄곧 허비하며 살았고, 특히 넬리를 만난 후로는 이런저런 사소한 연애 고민이 머릿속을 잠식해버렸다. 그러나 어쩌면, 바로 그게 열쇠인지도 몰랐다. 영감. 외부로부터의 갑작스러운 침입. 그리스 사람들이 익히 알았던 바대로, 생각이나 의지가 아닌 환희와 열정에서 비롯한 일. 그는 그것들이 자신을 통과해나가도록 길을 터주어야 했고, 달라져야 했다. 그는 눈물을 닦으며 종이 위에다 펜을 놀렸다. 방정식의 각 항은 막힘없이 다음으로 이어졌다. 모든 발상은 그가 떠올린 것이 아니라 그에게 찾아온 힘에서 영감을 얻은 것이었다. 하지만 그가 알던 어떤 힘보다도 강력한 그 힘은 느닷없이 찾아왔던 것처럼 순식간에 그를 떠났다. 광기를 소진해버린 그는 서재에 흩어진 종이들을 정리하고도 차마 며칠 동안 손대지 못했다. 그에게 찾아온 영감은 가짜였음이 끔찍할 만큼 명백해서, 무수히 많은 오류를 확인하려고 굳이 책상 앞에 앉을 필요조차 없었다. 그의 야망은 현실에 발붙일 수 없게 거창했고, 그의 방정식들은 어떤 실험으로도 만회할 수 없을 만큼 오류투성이에 불완전했다.

8월에 그는 이틀 정도 스히르모니코흐섬의 국립공원을 홀로 거닐었다. 9월 초엽에는 코펜하겐 닐스보어연구소를 찾아 학회를 주재했다. 학회 막바지에 파울은 하필 가장 어울리지 않는 사람에게 우울과 자살 충동에 관해 털어놓았다. 잉글랜드 물리학자 폴 디랙은 거침없고 초연한 천재였다. 어느 동료는 그를 가리켜 "살아 있는 사람 중 가장 이상한 자"라고 했다. 확실히 그는 에렌페스트의 복잡하고 모순된 기질을 이해 못할 사람이었다. 그러나 파울은 아랑곳하지 않고 자기 가족, 특히 어린 바시크의 미래를 생각하면 엄습하는 불안을 그에게 고백했다. 유대인 혐오, 우생학이라는 사이비 과학, 모든 '다름'을 향한 살기어린 증오에 버무려진 나치의 영향력이 이제 곧 독일 밖으로 퍼져나가 이웃 국가에까지 도달할 거라고. 이를 부추기는 것은 필히 어둡고 무의식적인 충동인데, 그 힘이 이끄는 미래에 우리 종의 자리는 완전히 괴물 같은 존재로 대체되어 머지않아 사라질 운명이라고. 파울은 달아날 곳도 숨을 곳도 없다고 했다. 도이칠란트라는 위대한 떡갈나무에서 병든 가지로 판명난 것들을 잘라내고 쳐내려고 벌써 도끼날을 가는 장래 암살범들의 손아귀에서 아들을 구해내긴 했으나, 죽음과 자기 파괴를 향해 무모하게 돌진하는 자신의 충동으로부터 아들을 보호할 자신은 없었기 때문이다. 주변에서 서서히 형체를 갖추고 있는 괴이하고 낯선 종류의 이성으로부터 아들을 안전히 지킬 방도도 막막

했다. 극도로 비인간적인 형태의 이 지성은 인류의 가장 깊은 욕구에 철저히 무관심했다. 파울은 이 정신 나간 이성, 과학의 영혼을 따라다니는 유령을 보았다. 형체 없는 망령 같기도, 악령 같기도 한 그 존재는 회의와 학회에 참석한 동료들의 머리 위를 떠다녔고, 동료들이 방정식을 적어내려갈 때 어깨 너머로 빼꼼 구경하다 슬그머니 옆구리를 찌르곤 했다. 실로 사악한 이 힘은, 논리적인 동시에 지독하게 비이성적이었고, 아직은 다 자라지 않아 잠잠했지만 의심할 여지 없이 몸집을 키워가고 있었다. 하루빨리 세상에 뛰어들고 싶어 안달이 난 채로, 초인적 힘과 신과 같은 통제력을 주겠다는 속삭임으로 똑똑한 사람들을 꾀어냄으로써, 기술을 매개로 우리 삶에 덤벼들 준비를 하고 있었다. 파울은 이제 막 시작된 힘의 영향을 감지했다. 그 힘이 우리를 향해 덩굴손을 느릿느릿 뻗치며 내는 희미한 소리를 그는 들을 수 있었다. 하지만 그것을 무어라 명명할 수도, 특정할 수도, 감히 소리 내어 말할 수조차 없었다. 이 병적인 상상이, 기필코 막아야 한다고 느끼는 불가해한 고뇌의 근원이 과연 진정한 예지력의 산물인지, 아니면 그의 머릿속을 서서히 장악해가는 망상의 암덩어리인지를 어떻게 알 수 있단 말인가? 에렌페스트의 고백을 잠자코 듣던 디랙은 어리둥절하여 뭐라 대꾸할 말을 찾지 못하다가 가까스로 의미 없는 격려를 몇 마디 건넸다. 그간 파울이 물리학의 중재자로서 매우 값진 역할을 해왔으며, 그의 질문이 아니었다면 근본적인 무언가를 영영 놓칠 뻔했으니, 그는 현대의 소크라테스라는 거였다. 디랙은 파울의 기를 살리려 최선을 다했으나, 눈물범벅이 된 얼굴로 자기 팔을 와락 붙들고서 삶의 의지를 전부 상실한 자에게 그런 칭찬이 어떤 의미인지 당신은 모를 거라고 말하는 오스트리아 물리학자를 결국은 슬며시 떼어놓아야 했다.

1933년 9월 25일, 파울은 여명에 눈을 떴다. 단출한 아침을 먹고 모자와 외투를 챙겨 집을 나와 향한 곳은 레이던 기차역이었다. 주머니에는 총이 들어 있었다. 암스테르담행 기차표를 샀으나 출발 시각인 아홉시 반까지 한 시간을 더 기다려야 했다. 파울은 근처에 사는 제자 아런트 룃허르스 박사의 집을 방문했다. 두 사람은 함께 물을 마시며(파울은 술을 극도로 싫어했고 커피나 차도 거부했다) 물리학과 종교에 관해 이야기했다. 파울은 아주 일찍이 신앙을 잃었으나 룃허르스처럼 독실한 사람들을 보면 늘 존중하는 마음이 들었노라고, 종교에 지극정성인 사람들과 꾸준히 교류하지 않았더라면 자신은 살아남을 수 없었을 것이라고 했다. 비록 순진하고 잘못됐을지언정, 세계를 떠받드는 신성한 질서를 믿는 그들에게서 작게나마 희망을 보았기 때문이다. 에렌페스트는 그런 사람들의 곁을 귀히 여겼을 뿐 아니라, 모든 진리의 추구자들이야말로 구원받지 못한 영혼의 공동체, 말하자면 일종의 피난처이자 삶을 영위할 능력을 망친 이성의 파괴력으로 인해 우리가 상실한 집을 짓는 사람들이라고 생각했다. 물리학에 모든 믿음을 걸었던 파울은 이제 낙원에서 추방되어 낙담한 신세였다. 낙원은 갈수록 강력해지는 양자역학의 힘과 속수무책으로 퍼져나가는 수학 역병 탓에 원자 안의 심연보다도 깊은 암흑으로 추락하고 있었다. 뤼허르스는 어떻게든 스승을 위로하려 했으나—함께 점심을 먹을까요?—에렌페스트는 너무 늦었다고 했다. 그러더니 모자를 챙기는 것도 잊은 채 거의 뛰쳐나가듯이 급하게 문밖을 나섰다.

사실 그에게는 시간이 남아 있었다. 어쩌면 아주 넉넉한 시간이. 기차역에 도착해 앉아 기다리는 동안 그는 돌연 돌아가고픈 충동을 느꼈다. 친구의 집으로, 자기 집으로, 현재가 아닌 순간이면 어디로든 달아나고 싶었다. 올려다본 철도 맞은편 시계는 시곗바늘이 우뚝 멈춰 있는 듯했다. 파울은 두 눈을 감았다. 시계 내부의 얼어붙은 톱니바퀴가 생생히 그려졌다. 그는 어렸을 적 할머니로부터 아버지가 주지 않은 사랑과 관심을 받았다. 할머니는 손주가 놀러오는 날이면 폐업한 가게가 버리고 간 고장난 시계를 상자 한가득 안겨주었다. 빼빼 마르고 과민하며 예의 바르지만 꼬치꼬치 묻기를 잘했던 소년 파울은, 오후가 다 가도록 톱니와 스프링과 코일을 가지고 놀면서 다시 조립해보곤 했다. 단 하나의 시계도 고치지 못했으나 그는 이 놀이를 무척이나 좋아했다. 드물게 행복했던 그런 나날들이 기억 속에서 선명히 떠올라 개의 몸에 들러붙은 벼룩처럼 그를 물어뜯었다. 하나하나가 비가역 과정의 본보기였다. 작은 창문을 통해 그는 과거의 자신이 집 평면도를 그리는 모습을 보았다. 평면도 그리는 법을 알려준 사람은 세상 모든 걸 아는 듯했던 형 아서였다. 그 1896년 겨울에 파울은 바실리와 같은 나이였다. 가엾은 바시크, 애처로운 우리 엉금보의 나이일 적에 파울은 한창 '캘린더'

에 빠져 있었다. 연감이며 연보며 달력이며 닥치는 대로 모았고, 종잇조각이나 식품 포장지에다가 직접 캘린더를 만들어 날짜 칸을 가지런히 그려넣었고, 가장자리를 차르륵 넘겨 달과 해를 눈 깜짝할 사이에 흘려보냈다. 시간이 끝없이 흐르고 또 흐르는 모습을 보고 있으면, 학창 시절 랍비들에게서 배운 유월절 노래 〈차드 가드야〉가 떠올랐다. 파울은 자기만 빼놓고 모두 곤히 잠든 것만 같던 무수히 많은 밤에 이 노래를 흥얼거리곤 했다. 이 동요는 한 아버지가 2파딩*을 주고 새끼 염소를 사는 이야기로 시작되는데, 랍비들에 의하면 가장 깨끗하고 순결한 상태의 이스라엘을 상징하는 그 새끼 염소는 고양이한테 죽임을 당하고, 그 고양이는 개한테 물리고, 그 개는 나뭇가지에 찔려 다치고, 그 나뭇가지는 불에 타고, 그 불은 물에 끼얹혀 꺼지고, 그 물은 소가 다 마셔버리고, 그 소는 인간 손에 도살된다. 원인과 결과, 죄와 속죄, 잘못과 처벌이 물고 물리며 이어지는 사슬은 천국에까지 다다라 전능하신 주이자 거룩한 분이며 신성한 존재인 신께서 죽음의 천사를 벌한 뒤 신의 왕국을 세우는 것으로 완성된다. 파울은 시곗바늘이 다시 움직인 순간에야 비로소 이 노랫말의 진정한 의미를 이해했다. 몸이 떨리고 이상하게 오한이 드는 가운데, 그는 어디선가 표를 잃어버렸을까봐, 아니 어쩌면 그랬기를 바라는 마음에서 주머니를 뒤적였다. 그러나 표는 주머니에 그대로 있었다. 모든 것이 정확히 있어야 할 자

* 지금은 폐지된 영국의 옛 화폐 단위로, 페니의 사분의 일에 해당한다.

리에서 기차가 오기만을 기다리고 있었다. 지금, 지금, 지금, 바로 지금 당장이라도. 기차 소리는 들리지 않았고 멀리서 어렴풋한 진동조차 느껴지지 않았지만, 그는 기차가 오리란 것을 알았다. 멈출 길은 없었다. 기차는 정말로 도착했고, 그의 눈앞에서 플랫폼으로 천천히 굴러들어왔다. 연기가 뭉게뭉게 퍼져 그의 주위를 감싸고 경적이 찢어지게 울리는 그때까지도, 돌아갈 시간은 있었다. 개, 나뭇가지, 일어나 걸어, 고양이, 죽음의 천사, 걸어나가는 거야. 아직 시간은 남아 있었으나 그는 인식할 수도 이해할 수도 없는 힘에 이끌려 기계처럼 일어났고, 자동 인형처럼 뻣뻣한 다리로 다섯 걸음을 옮겨 기차에 올라탄 다음 다른 승객들과 함께 제자리에 앉았다.

도착 시간은 열시였다.

HUPFELD

2부

존 또는
이성의 광기 어린 꿈

1840년대의 어느 오후, 동커스터 인근의 들판을 거닐던 조지 불의 머릿속에 문득 종교적 환영 같은 생각이 스쳤다. 수학으로 인간 사고의 신비로운 과정을 밝히는 방법을 별안간 깨친 것이다. 꼬리에 꼬리를 물고 이어지는 사고를 따라갈 때 인간 머릿속에서 일어나는 일들을 대수학 부호로 표현하는 것이 어쩌면 가능할지도 몰랐다. 사고의 모든 곡절을 단순 이진법의 형태로 표현하는 것. 이것이면 저것이고, 이것이면 저것이 아닌. 1854년 불이 발표한 책은 파란을 일으켰다. '사고 법칙에 대한 탐구'라고 이름 붙인 이 책의 목적은 "이성이 작동하는 정신 활동의 근본 법칙을 탐구하는 것"이었다…… 불은 자신이 신의 허락을 받아 인간 정신의 진실을 얼핏 목격했다는, 흡사 메시아적인 신념에 사로잡혔다. 하지만 의심하는 사람들도 있었다. 철학자 버트런드 러셀은 불의 수학적 걸출함에 경의를 표하면서도 불의 발견이 인간 사고와는 무관하다고 믿었다. 인간은 그런 식으로 생각하지 않는다고 러셀은 주장했다. 불은 다른 무언가를 탐구하는 셈이었다……

—애덤 커티스, 〈내 머릿속을 떠나지 않는 당신〉

그는 20세기를 통틀어 가장 똑똑한 사람이었다.

우리와 다른 외계인.

20세기 수학의 교황이었던 다비트 힐베르트는 박사논문 심사 자리에서 어안이 벙벙해진 나머지 자신이 질문할 차례가 되었을 때, 이스물두 살 난 헝가리 학생에게 단 하나의 질문밖에 할 수 없었다. “그건 그렇고, 학생 재단사는 누굽니까?”

암이 뇌까지 전이되어 정신을 파괴하기 시작하자 그는 미군에 의해 월터리드육군병원에 격리되었다. 무장 경비 둘이 병실 문밖을 지켰다. 국방부 허락 없이는 누구도 그를 면회할 수 없었다. 실성한 사람처럼 발악만 하는 날도 더러 있었으나 그는 일급 기밀 취급 인가를 받은 공군 대령 한 명과 이등병 여덟 명의 호위를 받았다. 1937년 헝가리에서 미국으로 건너온 쉰세 살 유대인 수학자의 침상 곁에는, 원자력위원회 위원장이던 루이스 스트라우스 해군 소장, 국방부 장관, 국방부 차관, 육해공 장관들, 군 참모총장이 그의 말을 토씨 하나 놓치지 않으려고 붙어앉아 최후의 불꽃을 기다렸다. 현대 컴퓨터를 탄생시키고, 양자역학의 수학적 토대를 놓고, 원자폭탄의 내파 방정식을 쓰고, 게임이론과 경제 행동 이론을 창시하고, 디지털 생명과 자기 증식 기계, 인공지능, 기술적 특이점의 도래를 예고하고, 지구 기후에 대한 신神적 통제를 약속한 이가 제발 한마디라도 더 말해주기를 바라며. 그러나 그들 눈앞의 사람은 이제 기력이 다한 채로, 고통에 겨워 절규하고 섬망 속을 헤매며, 여느 사람과 같이 죽어가고 있었다.

그의 이름은 노이만 야노시 러요시였다.

일명 조니 폰 노이만이라 불리던 사람.

1장

논리의 한계

유진 위그너
완전히 깨어 있는 사람은 오직 그뿐이었다

세상에는 두 유형의 사람이 존재한다. 연치 폰 노이만과 우리 나머지.

그는 파소리 김나지움에서 나보다 한 학년 아래 학급이었다. 부다페스트의 루터파 중등교육기관이었던 그곳은 아마도 당시 세계에서 가장 엄격한 고등학교였을 것이다. 엘리트 양성을 작정하고 설계한 놀라운 국가교육제도의 일부로, 뛰어난 과학자, 음악가, 예술가, 수학자 여럿을, 그리고 진정한 천재 한 명을 배출했다. 그를 처음 보았을 때를 선명히 기억한다. 전쟁이 터진 1914년 학교에 왔으니 내 기억 속에서 연치와 전쟁은 떼어놓으려야 떼어놓을 수가 없다. 루시페린처럼 빛을 발하던 소년은 혜성같이 우리 앞에 나타났다. 마치 어마어마하고 끔찍한 무언가의 전조처럼, 우리 태양계의 암흑을 떠도는 천상의 전령들처럼,

미신에서 대재앙이나 재난, 역병, 아니면 사회 격변을 불러온다고 여겨지는 존재처럼. 1910년 어찌나 밝게 빛나던지 맨눈으로도 관측되었던 핼리혜성이 지나가던 그날, 다른 모든 면에서는 철두철미한 이성주의자였으나 신앙심만큼은 매우 두터웠던 나의 어머니는 집안의 몇몇 문(지하 창고로 이어지는 문, 놀이방 문, 아버지가 서재로 개조해 사용하던 방의 문)을 굳게 잠근 뒤 며칠간 아무도 열지 못하게 했다. 어머니는 밖에서 가져온 음식을 일절 입에 대지 않았고, 혜성이 하늘에서 완전히 사라질 때까지 물만 홀짝이며 버텼다. 혜성이 지구에 유독한 증기를 뿜어낸다고 믿었기 때문이다. 아주 철석같이 믿어서 아버지더러 방독면을 가족 머릿수만큼 사오라고 성화였을 정도다. 물론 아버지는 어머니의 애원을 들어주지 않았다. 그런데 참 신기하게도, 그랬던 어머니는 연치를 마음에 들어하지 않았다. 우리가 가장 친한 친구가 된 후에도 마찬가지였다. 어머니는 우리 우정이 어느 정도는 당신 때문임을 모른 채 세상을 떠났다. 나에게 연치 이야기를 처음 해준 것이 바로 어머니였기 때문이다. 나의 스승 가보르 세괴는 헝가리에서 대단히 유명하고 존경받던 수학자이자 나의 어머니와 절친한 사이였는데, 연치 부모에게 고용되어 개학을 앞두고 연치에게(조니는 고향에서는 야노시로, 친구들 사이에서는 연치라고 불렸다) 과외를 하게 되었다. 저녁을 먹으며 어머니에게서 이야기를 듣자 하니(어머니는 그런 신동을 낳은 연치의 모친을 향한 부러움과 질투를 잘 숨기지 못했다), 어린 천재를 만난 세괴 선생은 눈물이 그렁그렁해져서 집으로 갔다고 했다. 안락의자에 맥없이 앉은 그는 아내를 불렀다. 아내가 다가갔을 때 그는 꾸깃꾸깃한 종이를 쥐고서 흐느끼고 있었다. 종이에 적힌 문제는 가보르가 몇 달이나 풀기 위해 쩔쩔매던 것들이었다. 잘나간다는 성인 수학자들도 머리를 싸맬 법한 문제를, 고작 열 살짜리 애가 술술 풀어낸 것이다. 가보르는 마치 최고로 성스러운 율법서에서 바로 찢어낸 종이를 손에 넣은 양, 그 꾸깃꾸깃해진 종이를 눈 한 번 깜빡이지 않고 들여다보았고, 거기 쓰인 부호와 숫자를 하나하나 숙독했다. 나는 늘 그 이야기가 그저 허무맹랑한 소문이겠거니 생각했다. 연치에 관해서는 과장된 이야기가 워낙 많았으니까. 하지만 수년이 흘러 세괴 선생과 우연히 대화할 기회가 생겼을 때, 그는 연치가 제 아빠의 은행 서류에 끄적인 풀이를 여전히 간직하고 있노라고 조금은 수줍게 털어놓았다. 그는 그때 그 순간부터, 어떤 방식이 될지는 몰라도 폰 노이만이 세상을 바꾸리란 것을 알았다고 했다. 왜 그렇게 유난스러운 믿음을 갖게 되었느냐고 묻자, 그는 내 친구의 커다란 머리를 보자마자 자기 눈앞에 완벽히 '다른 존재'가 있음을 느꼈노라고 대답했다.

우리와 다른 외계인, 진정한 천재가 존재한다니. 전교생이 그에 대해 이야기했다. 소문에 의하면 그는 두 살에 글을 깨쳤다고 했다. 라틴어, 고대 그리스어, 독일어, 영어, 프랑스어에 능통했고, 여섯 살에 암산으로 여덟 자리 숫자 두 개를 나눗셈할 줄 알았으며, 한번은 여름방학 때 펜싱 교사 머리에 불을 붙인 벌로 아버지 서재에 감금되었다가 심심풀이로 미적분을 혼자 깨쳤고 급기야는 마흔다섯 권이나 되는 빌헬름 옹켄의 일반 역사서를 달달 외웠다. 모든 소문은 진실로 밝혀졌다. 그러나 마침내 그 아이가 운동장에서 내 쪽으로 뒤뚱뒤뚱 걸어오는 모습을 처음 보았을 때는 적잖이 실망했다. 아직 통통하게 살이 찌기 전이었음에도 움직일 때 어쩐지 투실투실하고 굼뜬 느낌이 났다. 잔칫날 저녁을 위해 오동통하게 살찌운, 무척이나 쾌활한 오리 같달까. 그는 작은 보폭으로 걷다가 느닷없이 한 번씩 속도를 높였고, 그러다 내 앞에 우뚝 멈춰 섰다. 꼭 자기 눈에만 보이는 사람들과 복잡한 게임을 하느라 열중한 듯했다. 지금 생각하면, 그때 그는 평범한 인간의 걸음을 한 번도 본 적 없으나 최선을 다해 그걸 흉내내려 했던 것 같기도 하다. 그는 한껏 예의바르게 자신을 소개하며, 세괴 선생이 우리 둘의 관심사가 비슷하니 한번 만나 이야기해보라더라고 말했다. 그보다 한 살이 많아 열한 살이었던 나는, 이상한 애와 친구가 되어 따돌림당하면 어쩌나 심히 걱정되었기에 본능적으로 그 아이를 피해야 한다고 느꼈다. 그러나 동시에 곧장 호감이 갔다. 별난 행동과 태도가, 나머지 동급생들과 구분되는 아주 많은 이상한 구석이, 나에게는 몹시 사랑스럽게 보였다.

연치는 확실히 무언가 특이했다. 그를 보면 단번에 알 수 있는 사실이긴 했지만, 나는 수십 년이 지나서야, 그러니까 그의 정신이 흐트러지고 그가 비이성적인 것을 넘어 무척 위험천만한 생각에 심취하기 시작한 후에야, 그 아이가 얼마나 달랐던가를 새삼 생각했다. 연치가 어떤 아이였는지 진정으로 아는 이는 단 한 명도 없었다고 나는 확신한다. 그의 아버지와 어머니도 물론이었다. 연치의 첫번째 아내 마리엣은 그를 사랑했으나 둘의 관계는 사촌 남매에 가까웠다. 말하자면, 남편과 아내라기보다 한 쌍의 술친구 같았다. 딸 머리나는 제 아빠만큼 고집이 셌고 무척이나 유능했던지라 부녀끼리 부딪칠 때는 서로 굽힐 줄을 몰랐다. 머리나는 용하게도 제 아빠 그림자에서 벗어나 살았고, 연치는 그런 딸을 지극히 존중했으나, 그럼에도 딸이 자기 내면을 들여다보는 일은 한사코 허락하지 않았을 것이다. 가엾게도 연치의 바로 아래 동생으로 태어난 마이클과 연치가 제 아들처럼 아꼈던 막내 니컬러스도 마찬가지였다. 그리고 클라리, 아리따웠으며 그러나 고통 속에 살았던 클라리는, 한눈에 그와 사랑에 빠져 결혼했고, 그 선택으로 마지막날까지 고생했다. 둘은 오랫동안 함께 산 것이 기적이다 싶게 갖가지 방식으로 서로를 괴롭혔다. 단언컨대 조니는 형편없는 남편이었으나, 내가 본 여자 중 누구보다 똑똑하고 열정적이며 묘한 매력이 있던 클라리 역시, 병적으로 우울했으며 남편만큼이나 속을 알 수 없고 폐쇄적이며 외딴섬 같았다. 야노시 폰 노이만의 머릿속에 대체 뭐가 들어 있었는지 나는 아느냐고? 아니, 나도 모른다. 다만 나는 처음부터 이상한 동질감에 그에게 끌렸으며, 그 유대감은 그가 죽은 지금까지도 굳건하다고 말할 수밖에 없다. 학창 시절 그에게 친구는 나뿐이었다. 연치는 눈물겨운 노력에도 불구하고 절대 '잘나가는 남자애' 부류에 속하지 못했다. 애들은 연치를 불편해했다. 애들을 탓하기도 뭐한 것이, 가끔 연치는 우리처럼 공부하려고 학교에 온 게 아니라, 우리를 연구하고 관찰하려고 파견된 사람처럼 굴었기 때문이다. 그에게는 으스스한 구석이 있었다. 커다란 갈색 눈에서 뿜어져나오는 지성의 아우라는 아무리 둔한 사람이어도 몰라볼 수 없었다. 그것은 연치의 지독하고 상스러운 말로도 감춰지지 않았고, 그가 엄선한 어이없는 이디시어 농담으로도 삼켜지지 않았다.

나는 자라서 평생을 물리학에 헌신했으나 학창 시절에는 한창 수학자를 꿈꿨다. 그래서 연치의 재능이 실로 경이로운 수준임을 직감할 정도의 지식은 간신히 갖추고 있었다. 연치는 내게 현대 수학의 기초인 집합론을 간결하고 솜씨 좋게 설명해주었다. 아직 얼굴에 수염도 나지 않은 소년이 그렇게나 심오한 이해에 도달할 수 있었다는 게 나는 지금도 쉬이 믿기지 않는다. 아주 가끔 가면을 벗고 진지하게 말하는 그 아이를 보고 있으면 강렬한 의욕이 느껴졌다. 그는 논리를 향한 열정에 거의 전적으로 사로잡혔고, 사물을 유달리 명쾌하게 바라보는 이상한 재능 덕에 너무 눈부셔 남들 눈에는 안 보이는 것들을 혼자 보고 살았다. 그의 시각은 감정과 편견으로 초점이 얼룩진 사람들이 보기에는 완전히 불가해한 것이었다. 연치는 세상을 이해하고 싶어했다. 절대적인 진실을 좇았고, 현실을 지탱하는 수학적 기초를, 모순과 역설에서 자유로운 지대를 찾아낼 수 있다고 진심으로 믿었다. 그러기 위해서는 모든 것에 대한 이해를 빨아들여야 했다. 그래서 낮이고 밤이고 책을 탐독했고 공부에 매달렸다. 한번은 볼일을 마치기도 전에 책 한 권을 다 읽어버릴까봐 연치가 화장실에 책을 두 권이나 들고 가는 것을 본 적도 있다. 학교에서 연치는 평범한 선생들에게는 골칫거리였으나 다른 선생들에게는 뜻밖의 선물이었다. 수업 조교로 연치를 써먹었으니까. 그런데도 그 아이는 단 한 번을 우쭐대지 않았다. 오히려 자기 재능을 부끄러워하는 듯했다. 대화를 할 때 상대방의 마음이 좀더 편해지도록 일부러 무언가를 모르는 척 시치미 떼는 모습을 본 적도 여러 번이다. 그는 일찍이 대학 수준의 수학에 손을 댔고, 학교에 다니는 동안 『독일수학회지』에 최소다항식과 초한 지름을 주제로 첫 논문을 싣기도 했으나—그와 공저한 마이클 페케테는 훗날 연치와 함께 발전시킨 개념에 일평생을 바쳤다—그런 것쯤이야 흔쾌히 옆으로 치워두고 반 친구들과 초급 대수학을 공부했으며, 심지어 그걸 정말로 즐기는 눈치였다! 열중할 때 그의 집중력은 실로 대단했다. 누군가 흥미로운 질문을 하면, 그는 숨을 곳을 찾는 동물의 본능이 발동한 것처럼 슬그머니 구석으로 가서 방금 전까지 대화한 상대가 누구이건 그로부터 등을 돌린 채 무아지경에 빠져들었다. 턱을 수그리고 어깨를 한껏 움츠린 모양이 꼭 자기 내면으로 사라질 것처럼 보였다. 그는 땅에 시선을 고정한 채 양쪽 발을 번갈아 떼며 계속 뭐라 중얼거리다 갑자기 마술사처럼 획 뒤돌아서는 완전하고 정확한 해답을 신중한 말로 옮겼다. 그럴 때 연치의 얼굴은 불길하리만치 기계 같았고 흡사 무생물의 느낌을 풍겼다. 나는 그런 마법 같은 순간을 몇 차례나 목격한 끝에, 아무리 복잡하고 난해한 문제라도 그가 결과에 도달하기까지는 대부분 삼 분이 채

걸리지 않으며 절대 오 분을 넘기지 않는다는 것을 알았다. 하지만 무언가에 열중하지 않을 때 그의 정신은 늘 부유했고, 어떤 특정한 주제에 진득이 머무는 법이 없었다. 건망증도 무척 심했다. 마흔 살이 되어서도 여섯 살 때 읽은 책의 문장을 토씨 하나 틀리지 않고 인용하던 그였으나, 친구나 동료의 이름은 까먹기 일쑤였고, 아침으로 무엇을 먹었느냐는 질문을 받으면 당황해서 허둥댔다. 내가 생각하기에 연치는 생각을 멈출 수 없었던 것 같다. 그의 정신은 언제나 굶주려 있었다. 그는 생애 내내 정밀과학의 한 분야에서 다른 분야로 휙휙 옮겨다니면서도 절대 만족을 몰랐다. 끊임없이 먹지 않으면 죽고 마는 가련한 벌새처럼.

그의 곁에서 성장기를 보내는 건 퍽 부담스러운 일이었다. 노벨상조차 전혀 줄여주지 못한 나의 지독한 열등감은, 평생 대부분의 나날을 폰 노이만과 알고 지내서 생긴 결과였다. 문제는 그가 나에게 참 잘해주었다는 것, 나를 기쁘게 하려고 무척이나 애썼다는 것이다. 있는 그대로의 진실을 고백하자면, 처음 그에게 끌렸으며 계속 그의 곁에 머문 이유는 자만심 때문이었다. 그토록 특별한 존재를 내가 안다는 허영심. 누구보다 특별한 웬 부잣집 아이가 나에게 강한 호감을 보이며 흡사 키우는 동물처럼 학교에서 내가 어딜 가든 졸졸 쫓아다니다니. 어린 시절 그는 딱히 수줍음이 많거나 내성적이지 않았고 몸을 쓰는 데 서투르지도 않았다. 그런 점에서 내가 만나본 여느 천재와도 달랐다. 그러나 어렸을 때 그는 평범한 소년이라면 절대 신경쓰지 않을, 아주 의외의 문제로 고민했다. 그는 균형과 평형감각과 조화로운 운동 기능을 한꺼번에 가동해야 하는 자전거 타기를 자신이 어떻게 이성을 쓰지 않고 터득했는지 이해할 수 없노라고 털어놓았다. 어떻게 몸이 저절로 생각한다는 거지? 땅에 얼굴을 박지 않게 수행해야 하는 복잡한 동작을 어떻게 알아냈단 말이야? 생각을 멈춰야 제대로 해낼 수 있는 이런 단순한 행동들이 그를 평생 매료시켰다. 연치는 어렸을 때는 그래도 운동을 즐기는 편이었으나 커서는 몸 쓰는 일이라면 피하고 보는 어른이 되었다. 한번은 클라리가 스키 여행에 그를 데려갔다. 부다페스트 시절 유소년 피겨스케이팅 챔피언이었던 클라리는 우아하게 스키를 탔고, 연치는 자그마한 운전기사나 벨보이처럼 아내 뒤를 따라다녔다. 여행을 따라와 한동안 고분고분 말을 듣던 연치는 스키를 한 번 타고 나자 이혼을 운운하며 주말 내내 술만 퍼마셨고, 지구 기온을 높여 세계를 열대기후로 만들어버리는 환상을 구상하는 데 열중했다. 무릎 위에서는 연치에게 숫자를 배워 다섯까지 셀 줄 알았던 그의 가엾은 반려견 인버스가 실룩거리며 잠을 잤다.

나는 동물의 의식에 관해 자주 생각한다. 그건 분명 인간의 의식보다 어둑할 것이고, 꿈같이 덧없을 것이고, 반쯤 녹은 양초처럼 작은 생각들은 절대 윤곽이 또렷하게 그려지지 않을 것이다. 그런데 어쩌면 명쾌하게 생각하느라 기를 써야 하는 우리도 마찬가지가 아닐까 싶다. 살면서 나는 위대한 지성인들을 숱하게 만났다. 플랑크, 폰 라우에, 하이젠베르크. 폴 디랙은 나의 매제였고, 레오 실라르드와 에드워드 텔러는 막역한 친구였다. 알베르트 아인슈타인 역시 좋은 벗이었다. 하지만 야노시 폰 노이만처럼 빠르고 예리한 정신의 소유자는 없었다. 그들 앞에서도 여러 차례 이 말을 했으나 누구도 반박하지 않았다.

완전히 깨어 있는 사람은 오직 그뿐이었다.

머르기트 컨 폰 노이만
응석받이, 야생의 아이

1903년 크리스마스 사흘 후에 태어나 시작부터 달랐던 아이

의사가 볼기를 때려도 울지 않았다

사람을 불안하게 만들었다

신생아라기보다 중년 사내 같았다

나를 똑바로 보며 미소를 지었다

네다섯 살쯤 창가에서 담배를 피우는 날 보며 물었다, 엄마 뭘 계산하고 있어요?

아이답지 않다

행복하지만 외롭다

장난감 자동차/기차/총을 직접 만든다

수줍음은 없으나 언제나 내 곁을 맴돈다

친구가 없더니 나중에는 너무 많아졌다

광대

동생을 끔찍이 아낀다

튼튼하고 건강하지만 열이 나면 구토와 착란에 시달린다. 모든 것을 반복해야 직성이 풀린다. 엄마, 방금 한 말을 다시 해줘요. 방금 말한 그대로요. 다시요! 다시! 아까처럼, 아까처럼요! 아까 말한 그대로! 끝없는 반복

벌레 개 고양이를 좋아한다

예의가 바르고 지나치게 너그럽다: 가난한 소년을 데려와 제 아빠의 시계를 내어줬다

가끔 하인들 방에서 잔다

질투가 많다

추파를 던진다

하녀/사촌 가릴 것 없이 사랑에 빠진다

별명: 어린 왕자

종일 먹고 밤새도록 읽는다

무모함

참견쟁이

장난꾸러기

응석받이

이상함

야생의 아이?

니컬러스 오거스터스 폰 노이만
무리의 선두

모든 건 자동 직조기로부터 시작되었다. 그건 정말이지 괴물 같았다. 다리가 만 개나 달린 그 거대한 금속 곤충은 프란츠 카프카의 소설 「유형지에서」에 나오는 죄수 등에다 죄목을 새기는 기계를 똑 닮았고, 몰골사나운 늙은 거미처럼 게걸스럽게 명령을 먹어치우며 명주실을 배설했다. 아버지는 그 기계를 우리에게 보여주려고 집에 가져왔다. 구멍 뚫린 카드의 형태로 저장된 패턴을 따라 태피스트리, 양단, 뜨개옷 따위를 자동으로 짜는 기계라고 했다. 아버지는 굶주린 애벌레들의 공격을 받은 것처럼 작은 구멍이 다닥다닥 뚫린 카드를 우리가 직접 기계에 넣어보게 해주었다. 하지만 전원이 꺼져 있어서 반대편으로 아무것도 나오지 않았고, 나는 금세 흥미를 잃었다. 반면에 야노시는 넋이 나가서 아버지에게 쉬지 않고 질문을 퍼부었다. 어떻게 구멍이 정보를 전송하죠? 어떻게 카드가 직물이 되어 나오나요? 계속 집에 두면 안 돼요? 내가 가지면 안 되나요? 정해진 패턴대로만 작동하나요? 역방향으로 작동시키면요? 내가 카펫이나 러그나 커튼을 직접 만들어보면 안 돼요? 장차 형은 자신의 컴퓨터 메모리에 그와 똑같은 천공카드 방식을 사용하게 되지만, 그것의 작동 방식을—적어도 이론상으로—깨치기도 전에 이미 그 거대한 기계에 마음을 빼앗겼다. 우리 가족이 살던 연립주택 중 가장 큰 방에서 기계를 갖고 놀겠다는 형의 성화에 우리는 사람을 불러 의자, 소파, 책상, 카펫을 치워야 했다. 당연하게도 형은 꼬박 이틀 동안 기계만 붙들고 살았다. 은행에서 일하던 아버지는 은행이 투자한 상품을 집에 종종 가져왔고, 그러면 우리 가족은 저녁을 먹으면서 상품의 판매 전략이나 신기술의 장단점에 관해, 벤처 사업과 이런저런 프로젝트에 관해 이야기를 나눴다. 직조기는 그중에서도 단연 호사스러운 물건이었다. 아버지가 설명하길 직물 한 점을 만들려면 사천 장에 가까운 천공카드가 필요했다. 기계를 발명한 프랑스인 조제프 마리 자카르의 직물 초상화도 보았는데, 그걸 짜는 데는 카드가 무려 이만사천 장이 쓰였다고 했다. 제대로 명령을 설정하기만 하면 단 한 대의 자카르 직조기가 패턴의 복제본을 무한하게, 그것도 인간 노동자의 개입 없이 만드는 마법을 부렸다. 그러니 그 기계가 방직 업계에 미친 영향은 어마어마했다. 수십만 노동자가 하룻밤 사이에 일자리를 잃게 되어 자카르가 폭도에게 린치당할 뻔했다는 이야기를 아버지가 들려주었을 때, 야노시는 짜릿함에 소리를 빽 질렀다. 처음 보급된 직조기 상당수가 토막났거나 불에 탔거나 파괴되었다는 말 역시 형의 갈망을 더욱더 자극했다. 나는 어째서 아버지가 19세기 초엽에 발명된 기계에 이렇게나 호들갑을 떠는지 이해할 수 없었지만, 야노시는 그야말로 압도되어 특유의 무서운 집중력으로 기계 이곳저곳을 계속 들여다보고 만지작거렸다. 그 정도의 집중력은 우리 사촌 중 가장 나이가 많고 아리땁던 릴리 누나를 볼 때나 주로 발동하던 것이었다. 형은 부품을 하나하나 해체한 뒤 어설프게 끼워맞추며 갖고 놀았다. 둘째 날에도 완전히 푹 빠져서는 차와 저녁도 마다하고 계속 기계만 붙들고 있었다. 그만하고 밖에서 놀자고 애원하던 나는 결국 포기하고 먼저 잠자리에 들었다. 그때까지도 형은 무릎과 손바닥으로 기계 몸체 아래를 기어다니며 나오질 않았다. 그런데 그날 밤, 형이 어쩔 줄 몰라하며 나를 깨웠다. 아무리 노력해도 기계를 재조립할 수가 없다면서, 자기가 한 짓을 되돌리지 못하면, 아침까지 기계를 고쳐놓지 못하면 아버지가 기계를 도로 은행으로 가져가 영영 못 보게 될까봐 형은 몹시도 두려워했다. 야노시는 그건 생각만으로도 견딜 수 없는 일이라 했다. 그 기계와 절대 이별할 수 없다는 거였다. 나는 형의 눈물을 닦아주며 위로했다. 우리는 다음날 동이 틀 때까지 수없이 많은 톱니와 스프링, 손잡이와 레버와 체인을 만지작댔다. 내가 보기에 그건 절대 우리 같은 어린애 둘이 할 수 있는 일이 아니었다. 나는 자꾸만 눈이 감겼지만 그래도 계속 형의 곁을 지켰다. 형도 언제나 나를 위해 그렇게 해주었으니까. 살면서 가장 필요한 순간마다 형은 그 자리에 있었다. 야노시는 내가 꿈에 그리던 최고의 형이었다. 누구보다 든든했고 같이 놀면 즐거웠다. 형과 함께면 안전하단 느낌을 받았는데, 내가 아는 사람 중에 모르는 게 하나도 없고 어떤 문제든 이해하고 해결할 줄 알며, 무엇을 물어도 답해주는 유일한 사람이 바로 형이었다는 사실이 어느 정도 원인으로 작용했다. 옆에 있으면 보호받는 기분이었다. 형과 붙어 있으면 나는 절대 해를 입지 않았다. 말을 타고 기차 꽁무니를 쫓는다거나, 여름 별장의 정원 창고에서 성냥 머리와 화학물질을 모아 형이 뚝딱 만들어낸 수제 폭탄을 터뜨린다거나, 옛 전쟁터였던 부다 언덕에서 형이 개조한 브레이크 없는 자전거를 타고—그야 더 느려지는 걸 원할 일은 절대 없을 테니까—실크 가운을 차려입은 여자들과 빨간 제복을 입은 경기병들을 태운 마차 옆을 쌩 지나며 그들의 모피 모자를 겨냥해 단단히 뭉친 눈덩이를 투척했다가 욕을 얻어먹는다거나 하는, 어리석고 정말로 위험한 행동을 할 때도 형과 함께면 무사했다. 그날 밤, 나는 형이 아버지한테 혼날 거라는 생각에 너무 깊이 빠지지 않도록(형은 어머니를 지극히 사랑한 만큼 아버지를 지극히 두려워했다. 두 분 모두 형을 지지하고 대견해했으나, 어머니는 아들의 지나친 애정을 버거워했고, 아들의 '과도한 친근함'과 거리를 두곤 했다. 야노시는 새끼 시절 학대당한 트라우마에서 벗어나지 못해 벌벌 떨리는 다리 사이로 꼬리를 숨긴 채 슬금슬금 다니는 떠돌이 개처럼, 아버지가 부르거나 자기 쪽으로 눈만 돌려도 즉시 시선을 바닥에 깔고 미세하게 움츠러들었다), 형에게 기계 작동법을 물었다. 형이라면 당연히 작동법을 추론하고도 남았으니까. 야노시는 라이프니츠 이야기를 꺼냈다. 논리와 산술의 작동을 위해서는 0과 1만 알면 된다는 사실을 17세기에 증명한 사람이었다. 형은 심오하지만 단순한 이 추상 과정을 이용하면 자연적으로 생겼든 인공적으로 만들어졌든 모든 패턴을 파헤쳐 직조기의 '언어'로, 다시 말해 카드에 뚫린 작은 구멍들에 내포된 언어로 옮길 수 있다고 했다. 그리고 그 언어는 기계가 어떤 실을 집어 올려 사백 개가 넘는 바늘구멍을 누비게 함으로써 태피스트리를 이루는 하나의 연속된 선을 짜낼지를 결정했다. 형의 설명에 따르면, 카드에는 완성물과 관련된 모든 유의미한 정보가 가장 순수하고 추상적인 형태로 저장되어 있고, 따라서 새로운 패턴을 만들기 위해 기계에 어떠한 변형도 가할 필요가 없었다. 그냥 카드를 바꾸기만 하면 되었다. 이것이 진실이며 이후 세상을 바꾸었다는 걸 알고 있지만, 나는 지금도 구멍 하나의 존재와 부재가 유럽에서 손꼽히게 호화로운 집들, 우리 형제가 자랐던 그런 집들의 벽과 바닥을 꾸민 화관과 장미, 사자와 양, 천사와 악마에 숨결을 불어넣었다는 게 믿기지 않는다. 마찬가지로 현대의 기준으로 보면 기초적이고 원시적인 직조기 안에 인간 경험의 모든 측면을, 좋은 의미로도 나쁜 의미로도 완전히 뒤바꿀 신기술의 씨앗이 들었다는 사실 역시 믿기지 않는다. 이런 기계로 또 뭘 할 수 있는데? 바깥 한기를 막아주는 묵직한 커튼 사이로 아침의 첫 빛줄기가 내리비치던 순간에 나는 형에게 물었다. 그때는 답을 듣지 못했지만, 손에 한가득 나사를 들고 앉아 있던 나를 두고 위층으로 내달려 침대 위에 웅송그린 채 머리끝까지 이불을 뒤집어쓰고 이미 혼날 채비를 하던 형은, 그에 대한 답을 내리고자 누구보다 많은 일을 했다고 나는 믿는다. 앞으로 무엇이 닥칠지, 미래에 형이 어떤 역할을 하게 될지, 그때는 알 수 없었지만 직조기를 바라보던 형은 어쩐지 어렴풋하게, 그러나 강렬하게 미래를 내다보고 고통스러워했다는 확신이 든다. 그 환영은 형을 표독스럽게 붙들었고, 이전까지는 오직 게임과 폭탄을 향해서만 느끼던 섬뜩한 이끌림에 불을 지폈다. 그런 것을 정확히 감지할 수 없었던 나조차도 발치에 흩어진 기계의 잔해를 보고 있자니 속이 살짝 메스꺼워졌다. 그 감각은 이후로도 줄곧 나를 따라다녔다. 나는 직조기에 의식적인 공포를 느끼지 않았고 어떤 종류의 기술에도 막연한 혐오를 품어본 적이 없으나, 성인이 된 후 정확히 이해할 수 없는 이유로 하나의 악몽에 시달렸다. 그날 그 기계가 별안간 되살아나 거실 바닥을 가로질러 나에게 미친듯이 돌진하는 꿈. 다리와 날카로운 바늘 뭉치 뒤로 핏빛 실이 꼬리처럼 따라붙었다. 그리고 나의 형은 무리의 선두에 선 몽골 정복자처럼 기계 꼭대기에 올라타 있었다.

마리엣 쾨베시
문 앞의 악마

나는 두 살 반쯤에 세발자전거를 타고 그의 인생에 들어갔다. 그 무렵 그는, 글쎄, 많아 봤자 여덟 살 정도였다. 나는 부잣집 꼬맹이였고 그 역시 그러했으니 우리는 그 부분에서 닮아 있었다. 자라면서는 한두 번 그를 보았다. 그러다 유럽이 세계대전으로 갈가리 찢어졌지만, 우리 두 사람은 누구도 그 참사로 크게 시련을 겪지 않았다. 단언컨대 그는 그 참혹한 시절 동안 지도 위에 상상 속 부대와 탱크와 대포를 이리저리 배치하고, 크릭스필Kriegsspiel 게임판 위에 무자비했던 솜Somme강 전투와 독가스가 자욱했던 공포의 이프르 참호전을 재연하며 놀았을 것이다. 대부분 신문에서 얼핏 본 사실들을 바탕으로 재구성한 것이었으리라. 그는 그런 끔찍한 전쟁놀이에 유달리 집착했고 당연히 매번 승리를 따냈다. 수학적 계산을 바탕으로 결과가 정해지는 놀이였으니까. 그 게임은 한 세기 전 프로이센 군대가 들여와 20세기 초엽에 이르러 우리 제국의 지식인들 사이에서 대유행했다. 나는 그런 하찮은 가짜 전쟁 모의들이 중앙 유럽을 스스로 무력 충돌로 몰아넣은 광기와 무관할 리 없다고 자주 생각했다. 연치와 그의 남동생들은 독일군 제복을 흉내낸 차림으로 게임판에 코를 박은 채 몇 주고 시간을 보냈다. 마치 대륙을 휩쓸고 있는 진짜 포화보다 판지 위에 복제된 유혈과 전쟁이 더 중요하다는 듯이. 부끄러운 이야기이지만 나는 자기 상상에 심취한 그들이 부러웠다. 그때 나는 다 알면서도 일부러 주변 세상에 관심을 두지 않았다. 대륙이 불타고 있다는 것을 알았지만, 부다페스트의 부유한 십대로 예쁨받는 즐거움에 젖어 전쟁의 숙명 따위를 걱정할 시간이 없었다. 참 한심한 생각이었지만, 어쨌든 우리나라 안에서 큰 전투가 벌어진 건 아니었으니까. 헝가리는 오스트리아·헝가리제국의 곡창지대였기에 전시 기근으로 밀 가격이 치솟으면서 부자는 더욱더 부유해졌다. 그래서 우리는 다들 아무 일도 일어나지 않은 척 굴었다. 끔찍해 보이리란 것을 안다. 하지만 덕분에 나는 인류에 관한 단순한 진실을 아주 일찍이 깨쳤다. 문 앞에서 악마가 문을 두드리는 와중에도 우리 인간은 춤출 수 있다는 것. 내가, 그리고 우리 대다수가 그랬다. 그런데 그게 진짜 우리 탓이려나? 내가 태어난 헝가리는 벨 에포크 시대*를 지나던 금권 정치 국가였다. 부다

* 19세기 말부터 1차대전 전까지 유럽이 평화로웠던 시대를 일컫는 말.

페스트는 유럽을 통틀어 가장 빠르게 성장하는 도시였다. 커피하우스가 육백 군데나 되었고, 대륙 최초로 지하철을 개통했으며, 빈 못지않은 오페라하우스를 자랑했다. 사방에서 폭발적으로 산업화가 일어났으나 우리의 도시는 여전히 봄철의 제비꽃 내음을 머금고 있었다. 우린 부족한 게 하나 없었다. 날마다 새로운 게 나오는 듯했다. 새로운 발견, 새로운 농업 생산량 기록, 새로운 상품, 새로운 옷. 새로움의 짜릿함이 항상 존재했다. 그래서 우리는 해야 할 일을 했다. 즐기는 것. 우리는 놀았다. 이 전쟁에서 저 전쟁으로 넘어가는 동안에도 흥청망청 술에 취해 춤을 췄다. 달리 뭘 할 수 있었을까? 우리를 위해 만들어진 멋진 세상이 끝을 향해 달려가고 있음을 다들 알고 있었다. 그러니 우리의 놀이란 다급한 것이었다. 꼭 필요한 일이었다. 잴 것 없이 무조건 즐거워야만 했다. 다른 선택지는 없었다. 뭐가 닥칠지 알고 있었으니까. 왜인지는 몰라도, 우린 그냥 알았다. 남자건 여자건. 돈이 많건 적건. 유대인이건 비유대인이건. 모두가 아는 사실이었다. 그래서 우리는 어린애들처럼 굴며 어린애들이 가장 잘하는 짓을 했다. 아무 문제도 없는 척 그냥 계속 노는 것. 세상은 알아서 굴러갈 테니까.

상류 부르주아에 고도로 동화된 부유층 유대인들답게, 조니 가족은 페스트 중심부의 리포트바로시 부촌에 있는 바치 스트리트 건물 꼭대기 층 전체를 집으로 썼다. 그곳은 우리집만큼이나 휘황찬란했다. 그들도 우리도 여름마다 수도 외곽 언덕에 자리한 호화 별장으로 휴가를 갔다. 하녀부터 집사, 요리사, 교사,

반려동물, 가정교사까지 줄줄이 대동했고, 커다란 트렁크와 옷가방 속은 드레스, 수영복, 야회복, 화려한 의상, 그리고 메마른 사막을 이 주간 여행하더라도 거뜬할 만큼의 음식과 와인으로 넘쳤다. 비록 우리의 약속의 땅은 시내 집에서 5마일도 채 떨어지지 않은 곳에 있었지만. 우리 둘의 어린 시절이 공유하는 유사성은 여기서 끝이 났다. 나는 외동딸이었고 그는 밑으로 남동생이 둘이었다. 그의 어머니는 깡마른 골초였으며 아들 조니가 일평생 사모한 여인이었다. 나의 어머니는 건강염려증 환자여서 내가 조금이라도 대들면 있지도 않은 병으로 시름시름 앓아누워서는 몇 주씩 침상에서 일어나지 않았다. 조니의 아버지는 꼬장꼬장한 면이 있었으나 다정했고 든든했다. 반면에 나는 늘 여자를 끼고 사는 폭력적인 약물중독자 손에 컸다. 나의 아버지는 부다페스트 유대인 병원을 경영하느라 바빠 통 보기가 힘들었다. 내가 통금 시간에 단 일 분이라도 늦는 날이면 아버지는 외과의사의 정밀함을 발휘해 내 뺨을 후려쳤는데, 그런 때가 아니면 아버지의 손길을 느낄 수조차 없었다. 따라서 나는 여태껏 내가 살아온 삶이나, 조니와 결혼하여 누린 크나큰 즐거움이 하나도 부끄럽지 않다. 미국으로 건너와 그를 두고 더 젊은 남자에게로 떠난 일에도 아무런 죄책감을 느끼지 않는다. 우리는 계속 좋은 사이로 지냈고 소중한 우리 딸 머리나의 양육권도 나눠 가졌다. 머리나는 어렸을 때 나와 살다가 열여섯 살부터 제 아빠와 살았다. 이 합의 조건은 전부 조니의 머리에서 나온 생각이었는데, 참고로 말하자면 이 합의로 나는 당시 여성으로서는 대단히 파격적인 수준의 자유를 누렸다. 내 생각에는 딸아이도 그 덕을 톡톡히 본 것 같다. 덕분에 유능한 경제학자이자 제너럴모터스 최초의 여성 임원이 되었으며, 여러 대통령의 고문직과 외교협회장을 지냈고, 나는 다 기억할 수도 없이 많은 위원회와 이사회에 임명되었으니까. 물론 그 대가로 딸아이는 조니의 두번째 아내, 정신 나간 클라리의 히스테리적인 발작을 견뎌야 했다. 나는 조니가 똑똑해서 그를 사랑한 것이 결코 아니었다. 그게 클라리의 오판이었다. 내가 한심한 조니와 결혼한 이유는 그가 날 웃게 만드는 사람이었기 때문이다. 그리고 우리는, 서로의 배우자에게는 미칠 노릇이었겠지만, 일평생 서로를 갈망했다. 그럼에도 그와 결혼생활을 지속할 수는 없었다. 아, 그래, 그는 잘난 폰 노이만이 아니던가. 대단한 위인! 과학과 기술의 신! 해결사 중의 해결사! 컴퓨터의 아버지! 우습기도 해라. 다들 내가 아는 그이 모습을 보았어야 했는데. 자기 신발 끈도 못 묶던 사람. 쓸모없는 사람. 갓난아기보다 못한 인간. 내가 이틀 정도만 집을 비워도 그는 분명 스토브 앞에서 쫄쫄 굶었을 거다. 그가 우리 눈앞에서 세상을 떠난 그날까지, 내가 그토록 그를 신경쓰고 걱정한 건 아마도 그래서였을 것이다. 심지어 재혼 후에도 그의 성을 간직하려고까지 했었다. 조니의 부친 먹스는 "금융 분야에서 치하할 공"을 세웠다 하여 황제 프란츠 요제프 1세로부터 작위를 받았다. 1차대전에 참전한 헝가리에 자금줄이 되어준 그의 재력에 꽤 노골적으로 고마움을 표한 것이다. 이 영예 덕에 먹스는 성에 '폰'을 덧붙이게 되었다. 나의 전

남편은 프린스턴에 정착하고서 야노시를 '조니'로 개명했으나 '폰'은 남겨두었다. 그는 나치를 향한 불멸의 증오심에도 불구하고 독일을 떠올리게 하는 그 글자를 좋아했다. '폰'이 있으면 레스토랑이나 가게에서 귀한 대접을 받았기 때문이다. 조니는 자신을 웃음거리로 삼는 걸 무척 즐겼으나 그의 농담은 거의 번번이 청중을 즐겁게 하는 데 실패했다. 그중 특히 자주 하던 농담은 확실히 재미의 선을 넘은 것이었다. 폴란드의 어느 작은 마을에 흉흉한 소문이 돌기 시작했다. 기독교인 소녀가 살해되어 발견되었다는 것이다. 유대인들은 재빠른 보복을 우려해 회당에 모여 대응을 논의했다. 비상 회의가 막 시작되었을 때 회당 지도자가 다급히 달려와 숨을 헐떡이며 이렇게 외쳤다. 형제님들, 형제님들, 아주 기쁜 소식입니다! 살해된 소녀가 글쎄, 살해된 소녀가 유대인이랍니다!

어린 시절의 짧은 조우 후에 우리가 다시 만난 건 광란의 이십대 시절이 저물어가던 무렵이었다. 당시 그는 독일에서 이름을 날리는 중이었다. 나는 미칠 듯 지루하기도 했거니와 하루빨리 부모에게서 벗어나고 싶었기에 미래에 어떤 일이 닥칠지도 모른 채 그의 청혼을 덥석 받아들였다. 결혼식을 앞두고 나의 부모는 그에게 가톨릭으로 개종할 것을 요구했다. 두 사람은 이미 몇 년 전 개종해 그 이점을 알고 있었다. 나는 분노했다. 내 유대인 뿌리에 애정이 있어서가 아니라 부모의 고압적인 태도가 경악스러워서였다. 그러나 조니는 전혀 개의치 않았다. 지극히 세속적이었던 그는 유대인임을 자랑스러워하지도, 그렇다고 부끄러워하지도 않았다. 그가 우리 유대인들에게 진정 애착을 느꼈던 부분은 오직 자기 안에 무한히 쌓아두었다가 비유대인에게 툭툭 던지던 이디시어 농담뿐이었을 거라고 나는 확신한다. 그에게 어떤 말이 안 그랬겠냐만, 누군가 유독 따분하거나 어리석은 말을 할 때 조니가 가장 즐기던 욕지거리 역시 이디시어였다—네비시*!

* nebbish. '얼간이'라는 뜻의 이디시어.

죄르지 포여
이 아이는 대체 어떤 별종이길래?

그를 처음 본 순간을 결코 잊지 못하리라. 결코. 눈을 감아도 보인다. 지금도 선하다. 시간이 지나고 세월이 흘렀으나 그때의 기억은 또렷하고 선명하다. 얼마나 지났던가? 이십 년? 삼십 년? 사십 년? 잊어버렸다. 그건 알 수 없게 됐다. 하지만 그 아이, 그 아이만큼은 언제나 기억할 것이다. 절대 잊지 않고 영원히 기억하리라.

부다페스트에서 우수한 학생들만을 대상으로 열린 아주 특별한 세미나에서 수업을 맡았을 때였다. 강의실 뒤편에 야노시 폰 노이만이 앉아 있었다. 가보르 세괴가 미리 귀띔해주긴 했으나 나는 그때까지도 미처 준비되어 있지 않았다. 그의 영특함을 받아들일 준비가. 처음에 그는 조용히, 말없이 미소만 띠고 있었다. 그애는 언제나 미소를 머금고 있었다. 그러다 하루는 내가 중요한 정리를 가르치게 되었다. 대단히 난해할 거라고 나는 미리 말해두었다. 아직 누구도 완벽히 증명하지 못했노라고. 숱하게 시도했으나 다 실패했노라고. 나 역시 수업을 증명의 시험대로 삼아 계속 도전하는 중이었다. 나는 해답에 점점 가까워지고 있었다. 그렇다는 게 느껴졌다. 그런 게 수학 아니던가? 느낌. 해답을 얻기 전에 느낌이란 게 온다. 아하! 같은. 그렇지! 바로 이런 느낌이야! 하는. 그러나 끝까지 가기 전까지는 알 수 없다. 가끔은 끝에 다다라서도 알지 못한다. 또는, 이해하지 못한다. 나는 학생들에게 문제를 제시한 뒤 정리定理와 나의 증명을 함께 보이며, 어째서 아직 풀리지 않았는가를 설명했다. 그리고 말했다. 토론, 토론합시다! 하나같이 총명하고 명석한 학생들이 너 나 할 것 없이 목소리를 높였다. 나의 교수법이 어떠한지 감이 오시는지? 아닌 사람들도 있겠지만, 나는 소음과 질문과 논쟁이 좋다! 그래야 최상의 결과가 나온다. 그런데 폰 노이만은 끼어들지 않았다. 그 아이만큼은, 단 한 마디도 하지 않았다. 그저 눈을 감더니 손을 들었다. 내가 호명하자 그는 칠판 앞으로 걸어나와 놀랍도록 완벽한 증명을 써내려가기 시작했다. 그것도 단숨에. 힘 하나 들이지 않고. 심지어 생각조차 거치지 않고 손을 놀렸다. 믿기지 않았다. 내가 연구에 매달렸던 수많은 세월이 한순간에 스쳐지나갔다. 그리고 그의 증명은…… 너무나도 아름답고 너무나도 우아했다. 나는 스스로 물었다. 이게 다 뭐지? 이 아이는…… 이 아이는 대체 어떤 별종이길래? 아직도 모르겠다. 확실한 건, 그날 이후 내가 폰 노이만을 경외하게 됐다는 것이다.

1920년대 초엽 다비트 힐베르트는 수학적 우주가 고유한 공리 집합을 바탕으로 세워질 수 있는가를 판가름할, 실로 야심만만한 프로그램을 제안했다. 최근 새롭고 획기적인 생각들이 수학의 지형을 크게 넓히는 동시에 그 체계를 통째로 무너뜨릴 위협을 가함에 따라 해결 불가능한 역설이 모습을 드러내고 있었다. 힐베르트 프로그램은 그런 역설을 피하기 위해 완전하고 일관된 기초를 세우고자 했다.

젊은 폰 노이만에게 힐베르트 프로그램은 불가항력이었다. 본디 과학의 원칙이란 불변의 수학적 진실 위에 놓여야 한다는 확신 때문만은 아니었다. 동료들이 필사적으로 진실을 찾겠다며 파헤친 밑바닥에서부터 위험한 비이성이 천천히 차오르고 있는 게 두려워서였다.

시어도어 폰 카르만
미쳐버린 사람들

부다페스트에서 유명한 은행가가 아들을 데리고 나를 보러 왔다. 그리고 특이한 부탁을 했다. 나더러 자기 장남이 수학자가 되지 못하도록 말려달라는 거였다. "수학이란 게 입에 풀칠도 못하는 기술 아닙니까." 은행가는 그렇게 말했다 처음에는 이해할 수 없는 부탁이었으나, 소년과 대화를 나눠보고 알게 되었다. 아이는 정말로 비범했다. 열일곱 살도 채 되지 않았는데 추상 수학의 최고봉이라 할 수 있는 무한의 여러 개념을 누구의 도움도 없이 독학중이라고 했다. 나는 단번에 아이에게 동질감을 느꼈다. 내가 열세 살 때 나이답지 않게 수학에 대단한 재능을 보이자 아버지는 수학을 생각조차 하지 말라고 엄포를 놓았었다. 아들의 정신 발달을 걱정해서라기보다 아들이 한쪽으로만 비대해진 괴짜 지식인이 되기를 원치 않았기 때문이다. 그래서 나는 대학에 들어가기 전까지 고차원 방정식을 구경조차 못했다. 소년의 타고난 재능을 가로막도록 힘을 행사한다는 것이 부끄럽기는 했으나, 굉장한 재력의 소유자이자 변호사이기도 한 소년의 아버지와 언쟁해보았자 부질없다는 생각이 들었다. 그리하여 나는 두 사람이 타협점에 이르도록 최선을 다했다. 소년은 화학자 겸 수학자가 되기로 했다. 그는 취리히연방공과대학교의 화학공학과에 들어갔고(문턱이 매우 높아서 알베르트 아인슈타인마저 입학시험에 낙방한 곳이다), 동시에 베를린대학교와 부다페스트대학교의 수학과 학생으로도 등록했다. 그렇게 버거운 짐을 이겨낸 사람을 나는 여태껏 본 적이 없건만, 소년은 고작 사 년 만에 화학공학과 학위와 수학과 박사학위를 따냈다. 부다페스트 시절 그의 교수였던 포여가 내게 해준 말에 따르면, 소년은 주로 독일에 머무르며 다비트 힐베르트 밑에서 연구하느라 수업을 밥 먹듯 빠지고도 최우등 학생으로 졸업했다. 그러니 그가 스물두 살에 독일 최연소 객원교수가 된 것도 놀랍지 않다. 폰 노이만은 아버지와의 갈등을 중재한 나에게 고마움을 표하며 박사논문을 보내왔다. 더할 수 없이 야심 찬 논문이었다. 그는 성배를 노리고 있었다.

폰 노이만은 가장 순수하고 기초적인 수학적 진실을 발견하고, 그것을 의심할 여지가 없는 공리로, 부정할 수 없고 오류와 모순을 지적할 수도 없는 명제로, 결코 흐려지거나 왜곡되지 않을 확실성으로 표현해, 마치 신과 같이 무한히 영원불변한 존재로 만들고자 했다. 그렇게 견고한 핵심 위에서라면, 역설과 모순에서 태어나 한번 잠에서 깨어나면 단정하고 질서정연한 수학의 코스모스를 갈가리 찢어버릴 끔찍한 키메라, 그런 괴물을 만나리라는 두려움에서 해방되어 비로소 수학자들이 양, 구조, 공간, 변화의 다양한 아름다움을 맘껏 펼치며 온갖 이론을 건설할 수 있을 터였다. 수학을 공리의 형식 체계에 가두려는 폰 노이만의 원대한—그리고 적어도 내 눈에는 조금 한심해 보이는—시도는 두말할 것 없이 힐베르트 프로그램의 정수였다. 젊은 폰 노이만은 그것을 자신의 것으로 말끔히 취했다.

절대적이며 극단적인 힐베르트 프로그램은 단연 시대의 증상이자 서서히 통제를 벗어나고 있는 세상에서 안정을 찾으려는 절박한 시도였다. 그것은 극한의 변화가 불어닥치던 시대에 형성되었다. 사방에서 파시즘이 발흥했고, 양자역학은 원자 내부에서 물질이 어떻게 움직이는가에 관한 관념을 뒤흔들었으며, 아인슈타인 이론은 공간과 시간 개념에 혁신을 일으켰다. 그런데 힐베르트와 폰 노이만, 그리고 그 동류의 사람들이 추구하는 것은 어쩌면 훨씬 더 본원적이었다. 자연과학 여왕의 정밀함과 성스러움에 기댄 지식과 기술은 점점 더 비중이 커지고 있었기 때문이다. 달리 뭘 신뢰한단 말인가? 세상엔 신을 믿는 사람들만큼이나 수많은 신이 존재하며, 소위 인문과학은 철학과 다를 바 없이 쓸데없는 말들을 가지고 하는 무의미한 게임에 불과하다. 하지만 수학은 다르다. 수학은 언제나 횃불처럼 높은 곳에서 눈부시고 확고한 이성의 참된 빛을 밝혔다. 그런데 20세기가 시작되면서 상황이 달라졌다. 수학자들은 여왕의 왕좌가 요동치지는 않을까 두려움에 떨었다. 과거에는 흔들림 없던 왕관이 이제는 여왕의 머리에 위태롭게 얹혀 있었다. 새로운 발견이 나올 때마다 수학이 모두가 동의할 만한 기초 위에 서 있는 게 아니었음이 점점 더 명백해졌다. 수학의 왕국 전체가 알고 보면 공허 위에 세워진 것 아니냐는 끈질긴 의혹은 이내 '수학 기초의 위기'로 명명되었다. 이는 그리스시대 이래 수학이라는 학문에 가해진 가장 근원적인 문제 제기였다. 이 위기는 지상에서 가장 특출나고 명석한 자들이 연루된 기괴한 사건이었는데, 지금 돌이켜보면, 아서왕의 모험과 별반 다를 게 없어 보인다. 이성이 한계 너머로 이탈해 텅 빈 성배를 드는 것으로 끝나는 이야기.

수학적 우주는 고대 파라오의 피라미드와 매우 유사하게 지어진다. 각 정리는 더욱 심오하고 근본적인 기층에 토대를 둔다. 그렇다면 피라미드의 맨 밑바닥을 떠받치는 것은? 견고한 무언가가 거기 있는 것인가? 아니면 아침 바람에 속절없이 나부끼며 이미 끄트머리부터 해어지기 시작한 거미줄처럼 가냘프고 가느다란 생각, 관습, 믿음의 가닥에 간신히 붙어 그저 허공 위에 떠 있는 것일까? 몇몇 친구와 이 이야기를 나누었던 기억이 떠오른다. 논리학자들? 그 친구들은 신경쇠약에 걸려 있었다! 그들에게는 크나큰 충격이었다. 어딜 보아도 역설뿐이었으니까. 절대 교차할 수 없는 평행선이 무한의 어느 지점에서 만나게 된다거나 하는 불가능을 시사하는 기이한 사물들로 채워진 비非유클리드 공간의 불가해한 형태와 마주한 순간, 기하학의 가장 기본적인 개념은 완전히 정합성을 잃어버렸다. 도무지 말이 되지 않았다. 한순간에 수학자들은 자신들의 주장을 신뢰할 수 없게 되었다. 마치 평범한 석공이 대성당의 웅장한 설계를 하나도 이해 못한 채로 먼저 세워진 기둥이 튼튼하겠거니 무턱대고 신뢰하는 수밖에 없는 것처럼, 수학자들도 믿음으로 계속 정진하거나, 그게 아니면 수학의 핵심부를 끝까지 파고들어 전체 구조를 떠받드는 주춧돌을 찾아내는 수밖에 없었다. 하지만 기초를 들추는 것은 언제나 위험한 법이다. 우주의 논리 속 단층선에 무엇이 기다리고 있을지, 인간의 지식이 자라나는 뒤얽힌 뿌리 속에 어떤 생물체가 잠들어 꿈꾸고 있을지 누가 안단 말인가? 수학 기초의 위기는 위험이 따르는 일이었다. 누군가는 그것 때문에 명성을 잃었고, 게오르크 칸토어 같은 사람들은 그만 미쳐버리고 말았다.

칸토어는 비범한 사람이었다. 현대 수학의 골자인 집합론의 창시자였으며, 모두가 불가능하다고 믿었던 무언가를 달성함으로써 수학 기초의 위기에 지대하게 일조한 인물이기도 했다. 그는 무한이라는 개념을 확장했다. 그가 등장하기 전까지 무한은 자연에 실질적으로 상응하는 대상이 없는, 순전히 정신적인 구성물로 여겨졌다. 한계도 끝도 없고 어느 숫자보다 큰 무한이란 개념은 (다소 비현실적이긴 해도) 무척이나 유용한 추상물이었고 놀랍도록 강력한 수학적 도구로 판명되었다. 그 개념 덕에 무한소로 작은 변화를 연구할 수 있었고, 매혹적인 무한의 수학 없이는 절대 다루지 못할 시나리오도 고려하게 되었다. 그러나 과학자들은 본능적으로 그 개념을 불신했다. 플라톤과 아리스토텔레스는 무한 개념을 끔찍이도 싫어했고, 후대 수학자들도 마찬가지였다. 그러다 19세기가 끝나갈 무렵, 칸토어가 나타나 무한이 한 가지 유형만 있는 게 아니라 아주 다양하다는 것을 보여주었다. 칸토어의 주장은 수학을 통째로 대혼란에 빠트렸다. 그가 엄청나게 확대해버린 이론적 풍경 속에는 위험하고 자기모순적인 개념들과 정신 나간 신의 괴이한 상상에서 튀어나온 듯한 부조리들이 득실댔다. 칸토어가 제시한 새로운 무한 개념 하나하나는 우리가 이제껏 알던 그 어떤 것보다 방대해 보였다. 칸토어는 새로운 발상을 통해 모든 공간에 존재하는 것만큼 많은 점이 1인치짜리 선 위에도 존재한다는 사실을 증명할 수 있다고 했다. 그는 미지 속으로 크게 도약하여 여태껏 누구도 고려하지 못한 독특한 무언가를 발견했다. 하지만 많은 수의 다양한 비평가들은 그가 너무 선을 넘었다고 주장했다. 그의 무한 개념은 단연 흥미로우나 수학적으로 진지하게 연구할 대상은 못 된다는 거였다. 하지만 칸토어는 빈틈 하나 없는 듯한 증명으로 무장하고 있었다. "알겠는데 믿기지는 않는군!" 그는 증명을 완성하고 절친한 친구에게 이렇게 편지를 썼다. 이후로 가장 큰 문제는, 다른 사람들 역시 이 새롭고 혼란스러운 신념을 좀처럼 받아들이지 못한다는 거였다.

칸토어는 러시아에서 나고 자랐다. 러시아 사람이라고 하면 감정의 깊이, 강력한 종교와 정치 신념, 온갖 비극에 매료되는 특유의 성향으로 잘 알려져 있다. 문화적 고정관념일 뿐이라고 말하는 사람도 있겠으나, 칸토어에게는 정말로 이 모든 것이 살아 숨쉬었고, 이는 그가 자기 생각과 그토록 복잡하고 다난한 관계를 맺은 이유를 어느 정도 설명해준다. 이야기를 종합해보자면, 칸토어는 독실한 루터교도였고 극도로 예민한 영혼의 소유자였다. 공개 석상에서는 자기 이론을 두둔하면서도 혼자 있을 때는 자신의 더없이 탁월한 발견이 일으킬 파문을, 혹은 그것이 가리키는 듯한 세상의 진실을 힘겨워했다. 그는 자신이 무한 개념을 어마어마하게 확장함으로써 신의 존재에 의문을 제기해버린 것 같다고 딸에게 털어놓았다. 그게 아니더라도 신과 그의 피조물에 관한 해묵은 개념을 논쟁거리로 만든 것만큼은 분명했다. 자신이 고발자이자 피고발자가 되어버린 이 신학적 변증법은 동료들이 맹렬히 가한 공격만큼이나 그를 고통스럽게 했다. 위대한 앙리 푸앵카레*는 칸토어의 연구를 "아름다운 병적 사건un beau cas pathologique"이라 평했다. 그러니까 그건 수학이 언젠가 치료받아야 할 병이었다. 다른 사람들은 그의 연구를 가리켜 수학적 광기라고, 터무니없는 생각이라고, 혹은 "안개 위에 겹친 안개"일 뿐이라고 일축했다. 급기야 칸토어에게 과학계의 돌팔이이자 젊음을 좀먹는 사람이란 딱지를 붙였다. 칸토어는 이러한 모욕 때문만이 아니라 그의 생각을 과도하게 우러러보는 사람들 때문에도 힘들어했다. 힐베르트는 이렇게 썼다. "감히 신조차도 칸토어가 만든 천국에서 우리를 추방할

* 쥘 앙리 푸앵카레(1854~1912). 프랑스의 수학자이자 이론물리학자.

수 없을 것이다." 힐베르트씩이나 되는 인물에게서 칭찬과 인정을 받았으니 용기를 얻고 고마움을 느낄 만도 했으나, 칸토어는 그런 상찬을 반기지 않았고 오히려 불필요하다고 느꼈다. 그는 명성이나 돈을 위해 일하는 것도, 역사에 이름을 남기려 일하는 것도 아니었기 때문이다. 그저 높은 부르심에 답하려는 것이었다. 그 부르심은 자체로 보상이었으며 그것만으로도 충분히 값졌다. 칸토어는 어렸을 때부터 수학을 연구하라고 등 떠미는, 그의 표현에 따르면 "알 수 없는 은밀한 목소리"를 들었다. 이후 그는 자신이 무한 개념을 발전시킬 수 있었던 것은 신의 개입 때문이었노라고 확신하게 됐다. 진정한 계시가 모두 그렇듯, 칸토어는 자신이 받은 계시가 위대하고 초월적인 확실성으로 인류를 이끌리라 믿었다. 하지만 결과는 정반대였다. 누구도 그의 무한 개념을 이해하지 못했고, 적들은 기를 쓰고서 그의 앞길을 망치고 연구를 좌절시키려 들었다. 칸토어는 당연히 프로이센에서 내로라하는 대학 어디서든 교수직을 맡을 수 있었지만, 후미진 할레에만 머무르며 점점 줄어드는 친구와 동료 무리에게 불만을 토로하곤 했다. 그는 이렇게 썼다. "나의 연구가 몇몇 사람에게 불러일으킨 두려움은 결국 우리를 창조하고 유지하는 것이 지고하고 완벽한 형태의 무한임에도, 진정한 무한을 바라볼 가능성을 파괴하는 일종의 근시안이다. 얼마 전 미타그레플레르*에게서 편지를 받고 적잖이 충격을 받았는데, 놀랍

* 예스타 미타그레플레르(1846~1927). 스웨덴의 수학자.

게도 그는 진지하게 고민한 끝에 내가 발표하려던 글이 '약 백 년은 시대를 앞섰다'라고 평했다. 그러면 1984년까지 기다리라는 소리인데, 그건 누구에게나 과한 요구가 아니던가! 누가 뭐라건 간에 나의 이론은 바위처럼 굳건하다. 그것을 겨냥한 화살은 족족 되돌아가 암살을 시도한 자의 심장에 꽂히리라." 칸토어는 완전한 이론으로 적들을 잠재우려 무한 개념의 위계질서를 짜기 시작했다. 그러나 걷잡을 수 없는 조증 삽화가 점점 심해지고 그뒤에는 깊은 멜랑콜리와 극한의 우울증이 이어져 애를 먹었다. 나중엔 증상이 너무 잦아져 수학 연구를 아예 놓게 되었다. 대신 셰익스피어의 희곡을 실제로는 영국 철학자 프랜시스 베이컨이 썼다는 둥, 그리스도가 실은 아리마테아의 요셉이 자연적으로 낳은 아들이라는 둥, 이단적인 생각을 증명하는데 주체할 수 없는 광적 에너지를 쏟아부었다. 그 바람에 칸토어가 서서히 미쳐간다고 쑥덕대던 사람들의 주장에 더욱더 힘이 실렸다. 1884년 5월, 칸토어는 심각한 신경쇠약으로 할레의 어느 요양원에 입원하게 되었다. 그의 딸에 따르면, 이 위기를 겪으면서 그는 딴사람이 되어버렸다. 의사와 간호사에게 고래고래 소리를 지르다가 바위처럼 잠잠해져서는 아예 입을 잠갔다. 그의 정신과의사 중 하나는 칸토어가 분노에 사로잡히지 않을 때면 자신과 자신의 연구를 해치려고 작당한 악마 같은 도당이 있다는 편집증적 환상과 피해망상에 시달린다고 전언했다. 이따금 제정신이 들 때는 변함없이 수학을 가르쳤고 무한 개념 연구에 열의를 바쳤다. 그러나 자신이 도출한 결과에 계속 시달렸고 탈출할 수 없는 이상한 올가미에 스스로 얽혀들었다. 그는 자신이 좇던—지금은 연속체 가설로 유명한—거대한 가설이 진실임을 증명해놓고서는 두어 달이 지나서, 혹은 몇 주 만에 그게 거짓임을 도로 증명해냈다. 진실과 거짓, 진실과 거짓, 진실과 거짓이 계속 반복되는 이 짓궂은 사이클은 그의 말년을 특징지었던 고통을 더욱더 악화시켰다. 그리고 마침내 1918년 1월 6일, 막내아들의 죽음과 여러 번의 병치레, 파산, 1차대전 동안의 심각한 영양실조로 고통받던 칸토어는 대학 부설 정신 요양시설인 할레 네르펜클리니크에 일곱 달을 입원해 있다 심장마비로 숨을 거뒀다.

칸토어의 죽음은 수학계에 비극이었으나 그의 무한 개념이 낳은 논쟁은 이후로도 사그라들지 않았다. 불가해한 아이디어의 희생양이 된 칸토어는 자신이 우리에게 남긴 위대한 선물로 고통받았다. 그런데 수학 기초의 위기로 고뇌한 인물은 칸토어 하나만이 아니었다. 1901년 유럽 최고의 논리학자로 꼽히던 버트런드 러셀은 집합론에서 치명적인 역설을 발견했고, 그때부터 그것에 꼼짝없이 목매게 되었다. 자면서도 그에 대한 꿈을 반복해 꾸는 통에 편히 쉴 수조차 없었다. 문제의 싹을 도려내고자 러셀은 동료 앨프리드 노스 화이트헤드와 함께 수학 자체를 논리로 환원하는 데 목적을 둔 방대한 논문을 썼다. 힐베르트와 폰 노이만처럼 공리를 사용하는 대신 극단의 논리주의를 취했다. 두 사람이 생각하기에 수학의 기초는 필히 논리적이어야 했으므로 밑바닥에서부터 논리로 수학을 구축했다. 아무리

따져보아도 쉬운 일은 아니었다. 그들은 『수학 원리』라는 거창한 논문에서 1 더하기 1은 2임을 증명하는 데에만 처음 762페이지를 할애했다. (그 지점에 이르러 저자들은 건조하게 "위의 명제는 이따금 유용하다"라고 말을 맺는다.) 수학 전체를 논리 위에 세우고자 했던 러셀의 시도는 역시나 실패로 돌아갔고, 그를 괴롭히던 역설의 꿈은 새로이 반복되는 악몽으로 바뀌었다. 그 꿈은 러셀 자신이 자기 연구의 쓸모에 관해 느끼는 불안함의 발로였다. 꿈에서 러셀은 끝없이 펼쳐진 도서관의 복도를 거닐었다. 나선형의 계단은 구불구불 심연으로 이어졌고 높은 아치형 천장은 천국에 가닿았다. 그가 서 있는 자리에서는 앳되고 수척한 사서 하나가 우물에서 물을 긷는 데 쓸 법한 금속 양동이를 팔에 걸치고 책장 앞을 서성이는 게 보였다. 양동이 안에는 꺼지지 않는 불꽃이 타올랐다. 사서는 책장에서 책을 한 권씩 꺼내 먼지 쌓인 표지를 열어 후루룩 훑어본 뒤 도로 꽂아 넣거나 양동이에 떨궈 불태웠다. 사서가 앞으로 나아가는 것을 지켜보던 러셀은, 꿈에서만 오롯이 체험할 수 있는 확신으로, 사서가 세상에 마지막으로 남은 『수학 원리』가 꽂힌 서가로 다가가고 있음을 직감했다. 사서가 그걸 꺼내 훑어보는 순간, 러셀은 사서의 표정을 확인하려고 안간힘을 썼다. 얼굴에 서서히 퍼지는 저것은 웃음인가? 혐오감? 아니면 지루함? 혼란? 경멸? 사서는 양동이를 내려놓았다. 손끝에서 불꽃이 일렁였다. 그는 양손으로 책을 쥔 채 우두커니 서 있었다. 책의 무게를 견디느라 근육이 팽팽히 당겨졌다. 그러다 느닷없이 나이든 논리학자를 쳐다보았다. 그러면 러셀은 자기 논문의 운명을 알지 못한 채 비명을 지르며 침대에서 일어났다.

러셀과 화이트헤드는 무려 2천 페이지에 걸쳐 서술된 빼곡한 기호들과 난해한 논리 체계로 일관되고 완전한 수학적 기초를 창조하고자 했다. 반면 폰 노이만의 박사논문은 한 페이지에 공리를 쓰고도 남을 만큼 간결했다. 훗날 그의 시도 역시 성공하지 못한다는 게 밝혀지지만, 그의 배짱과 간결함은 사람들 눈에 띄었고, 그는 얼마 안 가 동료 학자들 사이에서 유명해졌다. 폰 노이만의 박사논문은 장차 그가 연구에 일관되게 적용할 스타일을 일찌감치 보여주었다. 주제에 와락 덤벼들어 가장 기본적인 공리만 남도록 발가벗긴 다음, 자신이 분석하는 것이 무엇이든 순수 논리의 문제로 바꿔버리는 것이 그의 스타일이었다. 사물의 본질을 꿰뚫어볼 줄 아는 초현실적인 능력, 거꾸로 말하자면 오직 기본만을 보는 특유의 근시안은, 그가 가진 천재성의 비결인 동시에 흡사 어린애 같은 도덕적 무지의 이유였다.

가보르 세괴

신의 빈자리

그는 작은 악마였지만 닥쳐오는 광기를 보고 늦지 않게 독일에서 탈출한 사람들에게는 천사였다. 내가 가르칠 때 그가 아직 어린 소년이었던 게 얼마나 다행인지 모른다. 커서는 딴판이 되었으니까. 물론 그는 수학계의 거물이었으나 신은 알고 계실 것이다. 그가 얼마나 어리석고 또 위험한지를! 모순덩어리. 동시에 두 사람과 이야기를 나누는 기분이었다. 총명하지만 유치하고, 통찰력이 넘치지만 놀랄 만큼 얄팍한 사람. 언제나 소문을 쑥덕대던 사람. 술도 달고 살았지! 한심한 작자들과 시간을 낭비하고, 비싼 매춘부들에게 돈을 탕진하고, 세상에서 가장 어리석은 것들에 병적으로 흥미를 보였다. 이를테면, 어떤 사촌이 웬 남작과 결혼했다더라, 그리고 자식을 몇 낳았고 혼외자도 몇 있다더라는 소문들. 대체 왜 그런 잡담에 열을 올리는지 나로서는 통 이해할 수 없었다. 한번은 소형견인 페키니즈와 대형견인 그레이트데인의 장점을 비교 열거하며 장장 삼십 분을 떠들었다. 내가 일어나 자리를 뜨는데도 그는 말을 멈추지 않았다. 군群, 에르고딕, 연산자 이론에 지대한 업적을 남겼으며, 삼 년도 안 되는 기간 동안 서른두 건의 굵직한 논문을 발표한 위인이 바로 이런 사람이었다. 그러나 나는 그에게 부탁해야 하는 처지였다. 어쨌거나 중요한 일을 처리해줄 수 있는 사람이었으니까. 야노시는 스물일곱 살에 이미 프린스턴대 정교수가 되어 미국과 부다페스트, 괴팅겐, 베를린을 오갔다. 당시 나는 쾨니히스베르크 대학교에서 수학을 가르치며 비교적 안락하게 살고 있었지만, 헝가리에서 벨러 쿤의 공산주의 정부가 짧게 지나가고 이 년간 백색테러가 이어지는 동안 깨달음을 얻은 터였다. 공산당 지도부 몇몇이 유대인이었다는 이유만으로 수많은 우리 민족이 처형당하고, 공공장소에 목이 매달리고, 고문당하고, 감옥에 갇히고, 강간당했다. 나치가 공개적으로 우리를 규탄하기 시작한다면 어떤 일이 벌어질지는 자명했다. 나는 야노시에게 편지를 썼고, 베를린에서 만나기로 약속을 잡았다. 그에게 우리 가족이 미국으로 이민 갈 수 있게 힘을 써달라고 부탁할 생각이었다. 그런데 그가 나를 점심에 초대한 곳이 어디인지 아는가? 무려 호르허였다! 사 년 후 목조 패널을 댄 그 호화로운 식당에서, 나치당 간부들은 게 요리를 먹으며 장검의 밤* 동안의 정적 숙

* 1934년 6월 30일에 아돌프 히틀러가 반대 세력을 숙청한 사건.

청과 도륙을 자축하게 된다. 지극히 폰 노이만다운 선택이었다. 최고만이 누릴 수 있는 특권이 너무나도 자연스러운 사람. 호르허는 베를린에서 최고로 좋은 식당이었으니 그에게는 우리가 거기서 식사하는 게 당연했다. 식당에 도착했을 때 나는 발가벗은 듯했고 오면 안 될 곳에 온 것처럼 주눅이 들었다. 그러나 그의 이름을 대자마자 융숭한 대접을 받으며 가장 좋은 자리로 안내받았다. 야노시는 두툼한 시가를 피우며 기다리고 있었다. 정교하게 짜인 레이스 커튼이 드리운 길쭉한 두 쪽 창문을 통해 가을빛이 그에게 내리쬐었다. 그 무렵 의회에 나치 당원은 많아 봤자 두어 명뿐이었으나, 지금도 나는 루테르스트라세 모퉁이 길의 사자 굴에서—훗날 이 식당은 힘러가 즐겨 식사하던 곳이 되었다—우리 둘이 왕족, 외교관, 첩자, 영화배우, 정치인, 유력 인사, 그 밖에 독일 귀족사회의 가증스러운 일원들에게 둘러싸여 탈출 계획을 궁리하던 기억을 떠올리면 몸이 떨린다.

물론 처음에는 수학 이야기로 물꼬를 텄는데, 오만한 작자 힐베르트가 나의 옛 제자에게 비뚤어진 영향을 미쳤음을 단번에 감지할 수 있었다. 야노시는 이상한 충동에 사로잡혀 있었다. 나는 그가 보여주는 논리와 형식 체계에 대한 외골수적 집착이 다른 위인들을 갉아먹는 것을 보았다. 과열된 그의 모습은 실로 충격적이었다. 하지만 이곳 중부 유럽에서 광신이란 일상이었고, 우리 수학자들이라고 예외는 아니었다. 일관되고 완전하며 모순을 완벽히 제거한 공리로 수학의 본질을 포착하려는 꿈을 조만간 이룰 것 같다는 그의 말에, 나는 콧방귀를 뀌었다. 양파처럼 머리를 땅에 박고 자라야지! 나는 충고했다. 엄격한 환원은 문제를 해결하는 만큼 도로 만들어낼 뿐인데, 무슨 수로 그가 꿈꾸는 준엄한 명료함의 천국으로 인류를 안내한단 말인가? 그런 에덴은 대체 어떤 모습일까? 나는 궁금했다. 분명 풀도 나무도 자랄 수 없는 곳이리라. 그는 내가 음식에 손도 대지 않았다는 걸 모르는 눈치인지 끊임없이 요리와 음료를 주문했다. 나는 그에게 미국에 계속 머무르고 독일엔 절대 돌아오지 말라고 당부했지만, 그를 설득하는 건 불가능했다. 아주 중요한 연구를 하고 있다고 했다. 마음 깊숙한 곳에서 어떠한 생각의 틀이 잡히고 있는데 힐베르트를 비롯해 괴팅겐 사람들과 교류가 끊기면 그게 사라질까봐 두렵다고 했다. 목숨보다야 생각을 잃는 게 낫지 않겠느냐는 나의 말에 그는 눈빛으로 나와 정반대로 생각하고 있음을 명백히 보여주었다. 양자물리학에 무슨 일이 벌어지고 있는지 모르는가? 그는 모든 게 숫자놀음이라고 했다. 그것들은 입자처럼 행동하지 않으며 물질이나 에너지 덩어리와도 달랐다…… 그것은 숫자처럼 행동했다! 그렇다면 이 새로운 현실을 우리보다 잘 이해할 사람이 있을까? 야노시가 보기에 인류의 미래를 형성할 힘은 화학도 공업도 정치도 아니었다. 수학이었다. 그러니 우리가 그것을 가장 깊은 수준으로 이해해야 했다. 훗날에 그가 개발한 도구와 기술이 아직 존재하지 않았을 때이니 나는 뭔 소리인지 알아듣지 못했지만, 평소답지 않게 진지해진 그를 보고 있자니 바깥에서 찬바람이 불기라도 한 것처럼 괜히 몸이 떨리기 시작했다. 그가 돌연 대화의 주제를 바꿔 걱정하지 말라고 했던 것을 보면, 그도 나의 불안을 눈치챘던 것 같다. 미국이라면 우리를 두 팔 벌려 환영해줄 거라고 했다. 어찌나 자신만만하게 말하던지 곧바로 마음이 놓였다. 하지만 누구와 이야기해볼 심산인지, 결과가 어떻게 될지 자세히 캐묻자 그는 대뜸 건배를 제안하며 알아서 처리하겠다고만 했다. 물론 그는 그 말을 지켰으나 당시의 나는, 부끄럽게도, 그의 말을 믿지 않았다. 심지어 부아가 치밀었다. 벌써 나와의 대화를 못 견디게 지루해하는 게 빤히 보였기 때문이다. 얼마나 지루했던 건지, 그는 대답을 종용하는 나를 무시하고 옆자리의 훤칠한 금발 숙녀 세 명과 시시덕대기 시작했다. 나는 일어나 화장실로 갔다.

야노시가 훗날에 한 일들을 생각하면 나는 절망을 느낀다. 그의 얼어붙은 마음을 녹일 방법이 전혀 없었던 걸까? 굳은 의지를 꺾을 수 있었다면, 그의 안에 작디작은 씨앗을 하나라도 심어 싹을 틔우고 그걸로 그의 영혼을 일부나마 구원할 수 있었다면 어땠을까? 하지만 나는 아무것도, 아무 말도 하지 않았다. 단 한 마디도. 너무 겁에 질려 말을 건넬 시도조차 하지 않았다. 그게 지금까지도 나를 괴롭힌다. 어떤 말을 건넸건 간에 조롱받았겠지만. 분명 그는 예의 그 천박한 농담을 던졌을 거다. 그래, 그가 뭐라 했을지 귀에 선하다. 랍비와 사제, 말 한 마리가 술집에 들어선다는 이야기였겠지. 아! 내가 뭘 얼마나 바꿀 수 있었겠는가? 불장난을 하던 게 야노시뿐만이 아니었음을 잊어서는 안 된다. 그의 세대 전체가 지옥의 사냥개들을 풀어놓았다. 그럼에도 죄책감을 느끼는 이유는 내가 그의 첫 스승이어서다. 처음 만났을 때 그는 꼬맹이, 내가 돌봐야 할 아이였고, 어린 시절에 들인 습관이 나이가 들어서까지 이어진다고들 하니까. 내가 그를 잘못 가르친 셈이었다. 그것도 가장 중요한 부분에서 형편없었다. 우리 학문의 존엄함과 신성함을 전달하지 못했다. 나는 '순수수학'에서 말하는 '순수'가 정녕 무슨 뜻인지를 그에게 가르치지 않았다. 그건 사람들이 생각하는 그런 게 아니다. 지식을 위한 지식이 아니다. 패턴을 찾는 일도 아니며, 현실과 그 안의 여러 문제와 동떨어진 추상적이고 지적인 게임의 연속도 아니다. 그런 것과 확실히 다르다. 수학이란 신의 정신과 가장 가까이 닿아 있는 학문이다. 그러므로 숭배하는 마음으로 임해야 한다. 수학에는 진정한 힘이 깃들어 있으며, 그 힘은 손쉽게 악용될 수 있다. 그 힘은 오직 인간만이 소유한 능력에서 탄생했는데, 은혜로운 우리의 신은 날카로운 이빨과 손톱과 발톱 대신에, 그만큼 위험하고도 치명적인 힘을 우리에게 선물했다. 이에 관해 나는 그에게 아무것도 가르치지 않았다. 나에게 어떠한 심판이 내려지건 간에, 차마 부인하지는 못하겠다. 그가 미래에 무슨 일을 하게 될지 내가 누구보다 먼저 보았음을. 그가 가진 능력이란 참으로 진귀하고 아름다워서 지켜보기만 해도 눈물이 날 지경이었다. 그래, 나는 그것을 보았지만, 다른 것도 보았다. 우리 모두를 묶어두는 자제력을 상실한, 사악하고 기계 같은 지성. 그런데 왜 침묵했느냐고? 그가 너무 우월했으니까. 나보다도, 우리 모두보다도. 그와 있으면 약간의 자괴감을 느꼈다. 하찮아지고 멸시당하는 기분. 한심한 생각만 하는 한심한 노인네가 된 기분. 그때보다 한참 더 나이를 먹은 지금은 알겠다. 그는 참으로 냉담했으나 또한 누구보다 깊게 세상을 이해하려 노력했다는 것을. 그는 뜨겁게 세상을 보았다. 그의 내면에는 나 역시 좇았으나 한 번도 느껴본 적 없는 불길이 타오르고 있었다. 그는 영적으로는 무지했으나 논리에 관해서는 믿음이 확고했다. 아, 그러나 그런 믿음은 언제나 위험한 법! 훗날 배신당하게 된다면 더더욱. 의심할 여지가 없는 것은 없다. 모세는 전능하신 그분마저 의심하지 않았던가! 비록 은혜로운 우리의 신께서 침묵하실지라도, 의심은 그 자체로 우리를 구원할지 모른다. 처음부터 없던 믿음보다 사라진 믿음이 더 나쁜 까닭은, 성령이 저주받은 이 세상을 버리고 떠나며 생긴 구멍처럼 떡하니 공백을 남기기 때문이다. 신의 빈자리는 사라진 것만큼이나 귀중한 무언가로 다시 채워지기를 요구한다. 그 무언가를 둘러싼 선택이—그걸 선택이라고 부를 수 있는지 모르겠으나—인류의 운명을 좌우한다.

화장실에서 자리로 돌아가려는데 소란스러운 소리가 들려왔다. 남자 여자 할 것 없이 비명과 고성을 질러댔고 바로 뒤이어 누군가 바닥에 넘어진 게 틀림없는 쿵 소리가 났다. 다이닝 홀로 들어서 우리 쪽 테이블을 보니 야노시가 웨이터 두 명에게 부축받아 일어나고 있었고, 제복을 입은 거구의 남자가 동료 병사 셋에게 질질 끌려나가고 있었다. 어찌나 맹렬히 몸부림치는지 병사들은 간신히 그를 제압했다. 남자의 목은 황소처럼 셔츠

칼라 바깥으로 툭 불거졌고 이마의 핏줄은 곧 터질 듯했다. 야노시는? 웃고 있었다! 그는 입가에 흐르는 피를 닦으면서 연신 사과하는 지배인을 향해 씩 웃고는 실성한 듯 킬킬댔다. 대체 이게 무슨 야단이지? 나는 병사들이 동료를 문밖으로 데리고 나가는 동안 제자리에 얼어붙은 채로 떨며, 식당 안의 모두가 야노시를 보는 게 아니라 유령처럼 퍼렇게 질린 나를 보고 있다는 기분—대체, 대체 왜 나는 늘 이런 기분일까?—에 사로잡혔다. 상황은 이내 진정되었고, 평소와 같이 별 의미 없는 수다와 쟁반, 칼, 포크가 부딪치는 소리가 주변을 다시금 채웠다. 조니가 나에게 손사래를 치며 그만 진정하고 자기 술을 마시라고 권했다. 그의 눈에도 내가 얼마나 당황했는지가 아주 잘 보였던 거다. 하지만 나는 거부했다. 그냥 얼른 나가고 싶었다. 그가 웨이터를 불렀다. 웨이터는 우리에게 당연히, 아주 당연히, 돈은 받지 않겠다며 거듭 용서를 구했고, 모자와 외투를 챙기는 야노시와 나의 시중을 들었다. 내가 다시 모자를 쓰고 외투를 입는 데는 적잖은 시간이 걸렸다. 손이 계속 벌벌 떨리기도 했거니와 행여나 아직도 밖에 있을 병사들과 마주치기가 싫었기 때문이다. 나는 야노시에게 무슨 일이 있었던 거냐고 물었다. 그러자 그는 혼자 낄낄거리더니 그 바보들은 언제나 유머 감각이 형편없다며 무척 보람 있었다는 말 외에는 한마디도 덧붙이지 않았다. 마침내 호르허를 나와 쌀쌀한 바깥으로 발을 내딛던 순간의 나는 그가 용감한 것인지, 아니면 그저 무모하고 무책임한 것인지 가늠할 수 없었다. 하지만 티어가르텐공원의 낙엽을 밟으며 내가 동료를 만나기로 약속한 공과대학교로 향할 때 비로소 그의 진짜 본성의 흔적을, 그가 어디까지 추락할지의 징조를 목격했다.

군 열병식으로 통제된 도로에 구경꾼들이 모여 있었다. 지나가려면 한참을 돌아가야 했으므로 나는 얼른 야노시의 팔을 잡아끌었는데, 야노시는 이미 그 광경에 홀려 넋이 나가 있었다. 대열 꽁무니만 보아 망정이지, 야노시는 기다렸다 국가방위군의 기갑 사단 행렬을 더 지켜보자고 고집을 부렸다. 나는 그런 악독한 무리 근처에는 얼씬도 하기 싫다고 했으나, 거대한 탱크가 덜컹거리며 대로에 모습을 드러낸 순간, 맹세컨대 야노시는 주인이 남은 음식을 제 밥그릇에 붓는 소리를 들은 개처럼 침을 흘리기 시작했다. 소름이 끼쳤다. 다 큰 어른이 탱크를 보겠답시고 어린애처럼 사람들 머리 위로 방방 뛰어대고, 아마도 훗날 우렛소리와 함께 유럽을 짓밟을, 산 자와 죽은 자의 뼈를 으스러뜨리고, 대륙에 들이닥쳐 사악하기 이를 데 없는 방식으로 우리 사람들을 노예로 부리고 굶기고 고문하고 몰살한 나치의 무력 기습을 이끌게 될 바로 그 죽음의 차를 얼빠지게 쳐다보며 손을 꺾어대는 모습은 정말로 섬뜩했다. 괴이한 기계에 정신이 팔린 그를 보면서, 그가 무엇을 어디까지 할 수 있을지 잘 알고 있었던 나는 그에게 희망은 거의 남지 않았음을 깨달았다. 우리 모두에게 희망은 거의 없었고, 나에게는 분명 아무것도 남아 있지 않았다.

유진 위그너
수학자의 악몽

연치가 살면서 머리로 못 당해낸 사람은 딱 한 명이다. 그리고 그 만남이 그를 바꿨다.

그가 제2차 정밀과학 인식론 학회에 참석하러 쾨니히스베르크에 갔을 때였다. 이 학회는 비밀스럽다고 할 만큼 심오한 과학 문제들을 다룬 모임이었다. 연치는 힐베르트 프로그램과 그 기저의 가설들을 설득하기 위해, 또 그가 적으로 간주한 사람들과 맞서기 위해 회의에 참석했다. 사흘 동안 양자역학, 비트겐슈타인의 언어 이론, 수학 기초의 위기를 둘러싸고 제기되는 여러 철학적 질문들을 놓고 토론이 이어졌다. 회의에는 행렬역학과 불확정성 원리를 발견해 이미 천재라 찬사받던 베르너 하이젠베르크 같은 거인도 자리했다. 연치는 그중에서도 주인공이었으며 명성이 어찌나 자자하던지 이런 말까지 돌았다. 대개 수학자들은 자신이 증명할 수 있는 것을 증명한다. 하지만 폰 노이만은 자신이 원하는 것을 증명한다. 1930년 9월의 그는 힘의 정점에 올라 있었다. 모두의 기대를 뛰어넘으며 독일에서 이룬 성과는 실로 경이로웠다. 나는 그와 학회 전날 부다페스트에서 만나 점심을 먹고 사이좋게 기차역까지 걸었다. 그는 세괴 선생을 위해 미국 일자리를 알아보는 중이라며 나 역시 프린스턴대에 가게 되었으니 선생 일을 함께 챙겨달라고 부탁했다. 나는 이미 나름의 이민 계획을 세워둔 상태였지만, 그는 나에게 자신과 함께 떠나자고 했다. 알았다고는 했으나 그가 어째서 이민을 미루는지 이해할 수 없었다. 그래서 단도직입적으로 왜 계속 유럽에 머무르려 하는지, 독일에는 왜 자꾸 가는지 물었다. 그는 수학의 기초에 가까이, 거의 다 근접했노라고 했다. 머릿속에서 그것이 간질거리는 게 느껴질 정도로! 그달 나치는 독일에서 두 번째로 강한 정치 세력이 되었고, 연치의 아내 마리엣은 남편이 독일에 발길을 끊고 자신과 함께 헝가리에 머물도록 설득해달라며 나를 괴롭혔다. 하지만 다 소용없는 짓이었다. 그가 얼마나 고집이 센지는 나도 마리엣도 잘 알았기에, 나는 설득할 시도조차 하지 않았다. 마리엣만큼이나 나도 연치가 걱정되었으나 그래도 그를 더 믿는 편이었다. 역사, 특히 고대 제국 쇠망사에 별나게 집착했던 연치는 나치를 무한히 혐오하면서도 정확히 언제 독일을 뜨면 될지 알 수 있으리라는 자기 확신이 있었다. 그가 얼마나 정확히 미래를 내다보았는가를 지금 와 생각하면 전율이 인다. 그의 예지력은 정보를 처리하고 역사의 물결에서 현재의 알갱이들을 걸러내는 뛰어난 능력에서 기인한 것이 틀림없었다. 그 능력이 있었기에 그는 진심으로 안심했으며, 평범한 사람이라면 이내 꺾였을 과신에 차 있었다. 야노시는 실로 한참을 앞서 있어 마치 모든 것을 과거의 일처럼 돌아보는 듯했다. 역에서 기차가 도착하기를 기다리는데 그가 내 어깨를 툭툭 치며 아직 시간이 있으니 걱정할 필요 없다고 말했다. 우리는 마지막 순간까지 유럽을, 그중에서도 물론 독일을 실컷 즐기면 되었다. 나치가 계속 힘을 키운다면 많은 게 사라질 테니까. 나치 친위대가 정치 숙적들을 겁박하고 히틀러 청소년단이 나와 연치 같은 사람들에게 침을 뱉으며 프로이센 거리를 버젓이 행진하고 있었지만, 언제나 그렇듯 나는 연치의 판단을 믿었다. 현실이 너무나도 암울하고 희망이 보이지 않아 더는 미래를 그릴 수 없노라는 나의 말에, 그는 미소를 지으며 나직하게, 가장 어두운 바로 그 순간에 가장 멀리 내다볼 수 있는 거라고 했다. 나는 그냥 떠나자고, 얼른 떠나버리자고 거듭 주장했지만, 야노시는 단호했다. 중요한 일이 남았다고, 칸토어를 비롯한 몇몇이 수학에 들여온 역설을 뿌리 뽑아 없애버려야 한다는 거였다. 그가 왜 그렇게까지 매달리는지는 이해가 가지 않았다. 학문적 야심 때문이었을까, 아니면 그보다 더 깊고 사적인 욕구 때문이었을까? 드디어 그를 태운 쾨니히스베르크행 기차가 천천히 속도를 내기 시작했고, 그는 창밖으로 나를 보고 웃으며 모자를 흔들었다. 그때만 해도 나는 수학에 관한 그의 원대한 꿈이 훗날 역사상 가장 위대한 논리학자로 추앙받게 될 스물네 살짜리 대학원생에 의해 찢어발겨지리라고는 예상하지 못했다.

학회 마지막날 열린 제6차 독일 물리학자 및 수학자 회의의 보조 세션이 슬슬 끝나가던 무렵이었다. 루돌프 카르나프는 러셀과 논리학자들 편에 서서 발언을 마쳤고, 아런드 헤이팅은 브라우어의 직관주의 학파를 대변했으며, 한스 라이헨바흐는 양자계를 다룰 때는 엄격한 이치 논리two-valued logic 대신 확률을 사용해야 한다고 주장했다. 회의가 공식적으로 파해 벌써 몇몇이 문밖으로 나가고 있는데, 깡마르고 딱 봐도 이상하게 생긴 젊은 청년이 살짝 목소리를 높였다. 그리고 그의 입에서 수학을 영영 바꿔버릴 말이 흘러나왔다. 쿠르트 괴델이란 이름의 이 오스트리아 청년에게 대단한 것을 기대한 이는 없었다. 그는 논리 계산의 완전성에 관한 논문을 발표하기 위해 회의에 참석했는데, 전날 발표한 그 논문은 이렇다 할 반응을 얻지 못했다. 따라서 그가 더듬더듬 말을 시작할 때 주의를 기울인 사람은 아무도 없었다. 그가 한 말은 널리 알려졌어야 마땅하나, 현장의 회의 서기가 받아적을 수 없을 만큼 낮고 이상한 목소리로 중얼대는 바람에 최종 회의록에 실리지 못했고, 역사 속으로 사라져버렸다. 그렇게 그의 기념비적인 발견은 무슨 일이 벌어졌는가를 단번에 간파한 단 한 사람, 연치가 아니었다면 깡그리 묻혔을 것이다. "나는 차, 차, 차, 참이지만 그 명제가 속한 일관된 혀, 형식 체계의 규칙으로는 절대 즈, 증명할 수 없는 명제를 사, 사, 상정할 수 있다고 새, 생각합니다." 연치에 따르면 괴델은 대충 이렇게 말했다고 한다. 침묵이 내려앉았다. 그의 말을 들은 사람들은 듣고도 말뜻을 이해할 수 없었다. 증명할 수 없는 명제인데 어떻게 참이라 간주한단 말인가? 누가 들어도 말이 되지 않았다. 그러나 유일하게 야노시만은 갑자기 식은땀을 흘리며 숨이 가빠졌다. 어안이 벙벙해 제자리에서 굳어버린 그는 방금 무슨 일이 벌어졌는가를 애써 헤아리다가 마침내 일어났으나, 이미 젊은 청년은 사라지고 없었다. 연치는 건물 밖으로 달려나가 두 블록을 지나서야 혼잣말을 하고 있는 괴델을 따라잡았다. 그는 괴델에게 다짜고짜 말을 걸고 질문을 퍼부었다. 오스트리아 청년은 처음에는 당황한 듯하다 이내 즐기는 눈치였다.

힐베르트 프로그램은 그렇게 종말을 고했다.

연치는 괴델의 말을 즉각 이해했으나 처음에는 쉽사리 받아들일 수 없었다. 괴델이 옳다면 연치를 비롯해 어느 누가 무슨 짓을 하건 간에, 수학을 공리화하는 일도, 그토록 찾아 헤매던 논리적 기초를 발견하는 일도 불가능했다. 내부 역설과 모순에서 자유로운 공리의 형식 체계를 만드는 데 성공했다 하더라도, 그 안에는 체계의 규칙으로 결코 증명할 수 없는, 그러나 더할 나위 없이 참인 진실과 명제가 내포되므로, 체계는 언제나 불완전할 수밖에 없음을 괴델이 연치에게 보인 것이었다. 괴델의 발견은 우리가 과거에 생각하지 못한, 존재론적 한계라 할 수 있는 무언가였다. 증명 불가한 진실은 수학자의 악몽이었고, 연치에게는 사적인 재앙이었다. 어떤 새로운 지식이나 이론으로도 메꿀 수 없는 거대한 틈새가 벌어졌기 때문이다. 괴델의 논리에 깃든 철학적 함의란 실로 엄청났으며, 훗날 불완전성정리라고 알려진 그의 이론은 오늘날 인간 이해의 한계를 시사하는 근원적인 발견으로 여겨진다. 물론, 오스트리아 청년이 이런 생각을 처음 내비쳤을 때는 반응이 달랐다. 괴델이 발표한 논리는 터무니없고 반反직관적으로 보였기에 버트런드 러셀은 전혀 받아들일 수 없었다. "2 더하기 2는 4가 아니라 4.001이라고 생각하란 것인가?" 하지만 그 역시 결국에는 항복하여 야노시가 단박에 이해한 논리를 받아들였고, 덕분에 기초 논리에 더는 매달릴 필요가 없으니 참 반가운 일이라고 다소 씁쓸하게 고백했다. 연치처럼 머리가 비상한 자가 오스트리아 청년의 개념과 씨름한 것은 어쩌면 당연했다. 그는 예상대로, 논리 연산의 본질을 이해하자마자 그걸 자세히 파헤치기 시작했다. 쾨니히스베르크에서 부다페스트로 돌아가는 기차 안에서도 그의 머리는 쉬지 않았다. 내가 알기로 그는 부다페스트에 돌아간 후로 두 달을 내리 은둔하며 다른 일에는 손도 대지 않은 채 밤낮으로 그 작업에만 매달렸다. 마리엣은 남편이 무슨 병에 걸린 건 아닌지 애를 태웠다. 연치는 집요한 구석이 있기는 했지만 그런 식으로 문제에 지나치게 골몰하는 편은 절대 아니었다. 양치질이나 옷 갈아입기를 깜빡하는 유형의 과학자와도 거리가 멀었다. 오히려 그에게 생각을 풀어내는 작업은 일종의 유희였다. 그의 지성은 피학적이라기보다 명랑했으며, 수고를 들이지 않고 즉각적이고 거의 즉흥적으로 통찰을 얻었다. 그런데 괴델이 그런 그의 내면에서 무언가를 부서뜨렸다. 연치는 방문을 걸어 잠갔다. 마리엣은 남편이 6개 국어로 지르는 괴성을 듣곤 했다. 11월 말

드디어 그가 성긴 턱수염을 드러내며 밖으로 나왔다. 이후 마리엣은 남편을 놀리고 싶을 때면 언제나 그 수염을 언급했다. 연치는 곧장 우체국으로 가 괴델에게 편지를 부쳤다. 이미 탁월한 괴델의 정리로부터 훨씬 더 놀라운 따름정리를 도출했음을 알리고자 함이었다. "선생님이 성공적으로 구사한 방법에 따라…… 내가 보기엔 놀라운 결과에 이르렀습니다. 말하자면 수학의 일관성이 증명 불가함을 밝혀낸 것이지요." 연치는 괴델의 주장을 기본적으로 뒤집어 생각했다. 오스트리아 청년에 따르면 모순 없이 일관된 체계는 불완전할 수밖에 없는데, 증명 불가한 진실을 담고 있기 때문이다. 야노시는 정반대를 증명해냈다. 체계가 완전하여 그걸로 모든 참인 명제를 증명할 수 있다면 그 체계는 모순에서 절대 자유로울 수 없고 그러므로 비일관적일 수밖에 없다는 것! 불완전한 체계는 당연히 만족스럽지 않지만, 비일관적인 체계는 그보다 훨씬 나빴다. 그것으로는 원하는 게 뭐든 증명할 수 있기 때문이다. 지극히 터무니없는 추측과 그 정반대의 추측도, 불가능한 명제와 그 불가능성의 부정도 모두 증명 가능해진다. 괴델과 폰 노이만의 생각을 합치면 논리 자체를 거역하는 결과가 도출되었다. 수학자들은 끔찍한 역설과 모순을 받아들이거나, 그게 아니면 증명 불가한 진실과 더불어 살아야 했다. 견디기 힘든 딜레마이지만 피할 방도는 없어 보였다. 괴델의 논리는 불가사의했으나 치밀했다. 마치 광인의 꿈에서 끄집어낸 것처럼. 내 친구의 증명도 괴이하기는 마찬가지였다. 이는 비로소 내 친구가 진정한 천재성을 처음 꺼내

보이고 또래나 다른 나이대의 위대한 수학자들 사이에서 이름을 굳힌 사건이었다. 하지만 연치가 마침내 제대로 된 상대를 만난 사건이기도 했다. 괴델은 정중하게 답신을 보내와 그렇다고, 야노시의 말이 전적으로 옳다면서도, 자신 역시 이미 같은 결과를 도출해 곧 발표 예정인 제2불완전성정리의 논거로 공식화하였다고 전했다. 심지어 그가 빈에서 야노시에게 보낸 편지에는 완성된 증명의 견본이 동봉되어 있었다.

이후 야노시는 수학의 기초를 다시는 건드리지 않았다. 그리고 여생 동안 괴델을 경외하며 살았다. "현대 논리에서 괴델이 이룩한 과업은 탁월하고 기념비적이다…… 멀리 떨어진 시공간에서 보더라도 그 획기적인 사건은 단연 두드러질 것이다. 유사 역설적인 '자기부정'의 성과는 실로 대단하다. 수학적 수단으로 수학이 모순을 내포하지 않는다는 확실성을 얻기란 영원히 불가능할 것이다…… 논리학의 과제는 이제 과거와 같을 수 없다." 야노시는 괴델을 만난 지 십 년이 지난 시점에 이렇게 썼다. 그 무렵 그는 미국 정부에 비자 발급을 요구하며 어떻게든 괴델을 나치 독일에서 구출하려 힘썼다. 우리 둘은 이미 미국에 정착한 후였는데, 어느 날 괴델이 빈 거리를 활보하는 나치돌격대에 흠씬 두들겨맞았다는 소식을 들었다. 유대인으로 오해를 받았기 때문이었는데, 아내 아델레가 아니었다면 괴델은 정말 목숨을 잃었을지도 몰랐다. 강인한 여인인 그의 아내는 오스트리아의 어느 나이트클럽에서 안내 직원이자 무용수로 일하다 그를 만났고, 그날 남편을 공격한 패거리들을 우산 끝에 달린

쇠붙이로 물리쳤다. "괴델은 절대적으로 대체 불가한 존재다. 현존하는 수학자 중에 내가 감히 이렇게 평가할 인물은 그가 유일하다. 침몰하는 유럽에서 그를 구해내는 것은 인간이 살면서 이룰 수 있는 최고의 업적이다." 연치는 이러한 내용의 편지를 최고위층 외교 인사들에게 돌렸고 마침내 효과를 봤다. 괴델은 독일 잠수함이 득실대는 대서양을 피하느라 시베리아와 태평양을 가로지르는 고된 여정 끝에, 전쟁이 발발한 지 꼬박 일 년이 지나서야 미국에 도착했다. 하지만 그는 새로 정착한 나라에 좀처럼 적응하지 못했다. 세계 수학자 중 누구보다 존경받고 찬사받던 사람이었으나, 이후 수십 년에 걸쳐 천천히, 그러나 부인할 수 없이 명백한 정신착란 증상을 보이기 시작했다.

쿠르트 괴델은 과학자들에게 신과 같은 존재였다. 말년의 알베르트 아인슈타인은 자신의 연구에서 더는 대단한 의미를 찾지 못했으나 고등연구소의 연구실은 계속 드나들었다. 이유는 오직 하나, 그 오스트리아 논리학자와 나란히 연구실까지 걷는 특권을 누리기 위해서였다. 연치가 힘을 써준 덕에, 괴델은 고등연구소에 교수 자리를 맡게 된 터였다. 괴델과 알베르트는 서로에게 어마어마한 동질감을 느꼈다. 어쩌면 괴델은 20세기에 가장 위대한 물리학자에게 거리낌 없이 질문할 수 있었던 유일한 존재였을 것이다. 괴델은 과거로 돌아갈 수 있는 우주 모델을 설계하는 일반상대성이론의 장방정식에 대한 해를 알베르트의 생일 선물로 주기도 했다. 괴델은 시간 여행이라는 개념에 크게 반응했는데, 자신이 처음이자 마지막으로 행복했으며 아무런 걱정도 없던 때는 아주 어린 시절뿐이었기 때문이다. 편집증은 청소년기부터 발병한 것이지만, 그의 정신이 본격적으로 뒤틀리기 시작해 기형의 현실만을 보게 된 것은 미국에 건너간 후였다. 그는 심각한 섭식 장애를 앓아 버터, 분유, 배변 유도제로만 목숨을 부지했다. 언젠가부터 유령을 보기 시작했고, 해결할 수 없는 불확실성을 수학의 세상에 들여온 자신에게 복수하려고 다른 수학자들이 자신을 죽이려 한다는 망상에 빠졌다. 그들이 자기 집 냉장고의 가스를 이용해 자신을 죽이려 한다거나 음식에 독을 탈 것이라 믿어, 아내가 직접 조리하거나 먼저 맛본 음식이 아니면 일절 입에 대지 않았다. 괴델의 몇 안 되는 친구들은 그가 천천히, 고통스럽게 광기 속으로 추락하는 과정을 절망스럽게 지켜보았다. 그러다 1977년 아내 아델레가 수술을 받아 몇 달 입원하는 일이 생겼다. 아내가 몸을 회복하는 동안 괴델은 아예 곡기를 끊고야 말았다. 그때의 그를 본 사람들은 그가 마치 살아 있는 송장 같았다고 입을 모았다. 그는 키가 162센티미터쯤 되었는데 몸무게는 35킬로그램일 만큼 앙상해졌다. 아델레가 퇴원할 만큼 기력을 되찾았을 때, 그는 이미 아사한 후였다.

괴델의 정신쇠약에 관해서는 워낙 기록이 많지만, 그가 앓았던 유형의 편집증이 그가 몰락한 원인인 동시에 수학적 위업의 뿌리였다는 데는 많은 사람이 동의한다. 빈대학교에서 아주 젊은 시절의 괴델을 보았던 어느 교수는, 그가 불안정한 이유가 연구의 성격 때문인지, 아니면 애당초 불안정한 상태여야 괴델처럼 사고할 수 있는지 모르겠다고 했다. 나는 두 관점 다 옳다고 본다. 몇 차례 그와 이야기를 나누었을 때 나는 그의 논리와 논리적 사고가 점점 심해지는 정신착란과 떼어놓을 수 없이 엮여 있음을 감지했다. 어떻게 보면 편집증은 논리가 미쳐 날뛰는 상태라 할 수 있으니까. "혼돈은 모두 잘못된 외피를 두르고 있다." 괴델은 이렇게 적었다. 그는 모든 일에 이유가 있다고 굳게 믿는 사람이었다. 그렇게 생각하는 순간부터 지극히 흔하고 일상적인 일들 뒤에서 그것을 은밀히 조종하는 음모와 힘을 보게 된다. 하지만 괴델을 망친 건 마음의 불균형만이 아니었다. 그는 자신이 세상에 들여왔으며 우리가 여태껏 극복하지 못한 생각 때문에도 타격을 입었다. 증명 불가한 진실과 불가피한 모순. 이 자기 지시적인 논리의 악몽이 무시무시한 악마처럼 그를 집어삼켰다. 그 악마는 지상에 내려오고 나면 무슨 수로도 다시 쫓아낼 수 없는 존재였고, 나의 벗 야노시마저 갉아먹은 존재였다.

야노시와 괴델 사이에는 여러 가닥의 끈이 비밀스럽게 이어져 있었다. 몇 피트 간격으로 같은 묘지에 묻혔으니 죽어서도 연결되었다 하겠다. 괴델의 위대한 생각에 대한 야노시의 반응은 처음에는 눈에 잘 띄지 않았다. 그로 인해 야노시의 원대한 프로젝트가 망가지고 말았으나, 그렇다고 실의에 빠지는 건 야노시답지 않았다. 그는 아무런 일도 없었다는 듯이 굴었다. 하지만 그 사건은 분명 그를 바꾸어놓았다. 그것도 아주 송두리째. 남들은 몰라도 나는 알 수 있었다. 이전의 그가 아니었다.

야노시가 쾨니히스베르크에서 막 돌아왔을 때 나는 그에게서 무언가가 상실되었음을 즉각 알아차렸다. 이 상처, 갑작스러운 허무함은 수학에 관한 생각에만 국한되지 않고 세월이 흐를수록 자꾸만 어두워지는 그의 세계관에도 스며들었다. 그가 괴델을 만나고 얼마 지나지 않아 나치가 권력을 잡고 우리 사람들을 박해하기 시작한 것도 당연히 악영향을 미쳤다. 하지만 그로서는 예상했던 전개였다. 인류의 품위에 대한 총체적 환멸을 냉혹하게 확증해주고 인류를 장악한 비이성을 궁극적으로 증명해주었을 뿐이다. 조금씩 조금씩, 학창 시절부터 내가 알았던, 장차 위대한 인물이 될 운명이었던 그 이상한 소년은 더더욱 낯설어지기 시작했다. 그리고 몇 년 만에 그의 삶은 뒤집혔다. 1933년 나치가 독일 대학에서 유대인들을 모두 파면하기 훨씬 이전에 그는 베를린대학교 교수 자리를 내놓았고, 이 년 후에는 독일수학회에서 공식으로 탈퇴했다. 연치는 한 국가나 한 집단이, 또 개개인들이, 아인슈타인, 한스 베테, 막스 보른, 오토 프리슈, 그 밖에 많은 이들, 또 누구보다 자신의 지성을 외면한 채 비도덕적이고 엉성하기 짝이 없는 나치주의 철학을 선택할 수 있다는 사실을, 내가 아는 어떤 사람보다도 개인적인 모욕으로 받아들였다.

우리는 같은 배를 타고 미국으로 향했다. 그는 야노시에서 조니로 이름을 바꾸었다(나는 예뇌에서 유진이 되었다). 처음에는 우리 둘 다 모든 게 만족스러웠지만, 그의 결혼생활은 딸이 태어난 후로 망가져 마리엣이 그의 곁을 떠났다. 얼마 안 있어 클라리를 만나 바로 재혼했으나 둘의 강렬한 연애 역시 허니문이 끝나기 무섭게 시들었다. 겉보기에 그의 미국 생활은 옛 나라에서만큼이나 화려했다. 프린스턴대학교에서 학생들을 가르쳤고, 신설된 고등연구소에 채용되었다. 그곳은 헤르만 바일, 제임스 알렉산더, 볼프강 파울리, 앙드레 베유 등 우리처럼 유럽에서 망명한 학자들에게 피난처를 제공해 괴팅겐을 대신하는 세계 일류 수학 연구지로 빠르게 발돋움했다. 연치는 학생들을 가르쳐야 하는 의무도 없이 이상적인 지적 환경에서 무엇이든 원하는 걸 연구할 수 있는 재량권을 얻었다. 한동안은 위대한 오펜하이머가 연구소를 이끌었고, 앨런 튜링은 연치의 조교가 될 뻔했다가 전쟁이 발발하자 잉글랜드로 돌아갔다. 야노시는 예전처럼 맹렬한 속도로 돌진했지만, 속으로는 어디로 가야 할지, 무엇에 오롯이 관심을 쏟을지 갈피를 잡지 못하고 헤매는 상태임이 내 눈에는 보였다. 그것이 그에게는 고통이었다. 마음만 괴로운 게 아니라 정말로 현실적이고 육체적인 아픔을 경험했던 것 같다. 그는 진드기가 퍼진 몸뚱이를 우리 창살에 긁는 호랑이처럼 어떤 갈망을, 혹은 근질거림을 느꼈다. 달아나지 못해 안달이었던 연치는 끝내 탈주에 성공했지만, 그만 미지의 영역에 발을 들이고 말았다. 그 위험한 황무지에서 그는 이성의 영역 너머에 이르렀고, 마침내 자신을 잃어버렸다. 괴델 사건이 있고서부터 나는 언제나 야노시를 걱정했다. 수학을 향한 순진한 믿음을 버린 후로 그는 어느 때보다 현실적이고 유능해졌으나 그만큼 위험해지기도 했다. 말 그대로 고삐가 풀린 것이다.

미국에서 폰 노이만은 변절한 수학자이자 돈팔이, 권력과 그 힘을 휘두르는 자들에게 점점 더 끌리는 사람이 되어갔다. 그는 IBM, RCA*, CIA, 랜드연구소 사람들과 한자리에 앉기 위해, 그것도 가끔은 고작 몇 분밖에 안 되는 시간을 보내기 위해 터무니없이 비싼 값을 치렀고, 동시에 여러 장소에 있는 것이 가능한 사람처럼 아주 많은 민간 사업과 정부 프로젝트에 손을 댔다.

* 1919년에 설립되어 수십 년간 미국의 전기 및 방송 시장을 장악했던 전자 회사.

그는 시민권을 받자마자 연방육군예비군 중위에 지원했으나 나이 제한으로 탈락했다. 그러나 그는 포기하지 않았다. 미국이 2차대전에 참전했을 때 그를 비롯한 몇몇 수학자와 물리학자가 서부로 종적을 감췄다. 그들은 뉴멕시코 북부의 고지대 사막, 상그레데크리스토 산맥 아래 숨겨진 일급 기밀 연구소로 조용히 가 맨해튼 프로젝트의 일부가 되었다.

2장

공포의
위태로운 균형

이를테면 세상을 날려버릴 수도 있는 무언가를 다루게 되는 상황이 갑자기 벌어졌을 때 우리는 한낱 어린아이일 뿐이었다.

—존 폰 노이만

우리는 세상이 예전 같을 수 없다는 것을 알았다. 몇몇은 웃었고 몇몇은 울었으나 나머지는 침묵했다. 나는 힌두교 경전 『바가바드기타』의 한 구절을 떠올렸다. 비슈누는 왕자에게 의무를 다해야 한다고 설득하면서 그에게 강한 인상을 남기고자 팔이 여러 개 달린 모습으로 나타나 이렇게 말한다. "이제 나는 죽음이요, 세상의 파괴자다." 어쩌면 우리도 어느 쪽으로든 그렇게 생각했던 것 같다.

—J. 로버트 오펜하이머

리처드 파인먼
내 눈엔 빛만이

로스앨러모스에서 우리는 체스판을 두고 겨뤘다. 그러다 누군가가 바둑판을 가져왔고 그때부턴 바둑도 뒀다. 최고로 똑똑한 사람들과 시간제한 없이 겨루는 게임은 혹독했고 끝날 줄을 몰랐다. 진이 다 빠질 정도였다. 게임이 나를 갉아먹었다. 원체 경쟁심이 있고 노는 것도 이기는 것도 좋아하는지라 스스로를 주체하지 못한 거다. 달리 할일도 없었고! 사막 한가운데 갇혀 있으니 슬슬 정신이 나가는 기분이었다. 더욱이 초반에는 부지도 완공되기 전이었고 이렇다 할 연구실도 없었기에 나는 내가 정말로 살짝 돌았다고 생각했다. 하지만 눈치챈 사람은 없었다. 모든 게 미쳐 돌아가고 있었으니까. 프로젝트의 규모며 일이 진행되는 속도며 우리가 만드는 진짜 무기까지, 모두 다. 사람들이 상상하던 것과는 달랐다. 뉴멕시코의 사막은 뜨거웠지만 많이, 아주 많이 아름다웠다. 로스앨러모스는 암적색 토양의 깎아지른 절벽 위 메사 언덕에 자리했는데, 나무와 관목이 사방을 둘러싸고 있었다. 숨막힐 듯한 절경이었고, 내가 가본 어느 곳보다도 아름다웠다. 뉴욕 출신인 나는 서부가 처음이었기에 딴 세상에 온 기분이었다. 화성이나 뭐 그런 곳. 그곳은 신성한 터의 오묘한 에너지를 품고 있었다. 문명 세계에서 멀리 떨어져 감시하는 눈도 없고 신조차도 아득해 들여다볼 수 없는 피난처. 상상할 수 없는 일을 벌이기에 완벽한 장소였다. 더구나 연구실이 비행기와 폭격기의 사정거리에 들어와서는 안 되었기에 부지는 무조건 외지고 인적 없는 곳이어야 했다. 해안이나 국경지대에서 최소 200마일은 떨어져 있는 곳. 건설이 중간에 중단되는 일이 없도록 일 년 내내 좋은 날씨도 필수였다. 그런 곳이 흔할 리 없으니 우리는 맨땅에서부터 도시 전체를 직접 지어야 했다. 그곳을 처음 발견한 건 오펜하이머였다. 마침 근처에 가족 소유의 작은 별장이 있었던 거다. 그곳의 땅은 텅 비어 있었고, 부잣집 소년들이 다니던 학교 하나 말고는 아무것도 찾아보기 힘들었다. 고어 비달과 윌리엄 버로스*가 다니던 그 랜치 스쿨**을 중심으로 로스앨러모스의 모든 게 세워졌다. 사람들이 몰려와 불도저로 고원을 밀었고, 학교 근처에 도시가 급속히 형성되기 시작했다. 거의 하룻밤 사이에, 무無의 상태에서 도시가

* 각각 1925년, 1914년 태생의 미국 작가.

** 도시에서 멀리 떨어진 시골에 위치한 기숙학교.

불쑥 모습을 드러냈다. 나는 그곳에 가장 먼저 도착한 사람 중 하나였다. 구불구불한 길을 굼뜨게 오르는 트럭을 타고 시골 풍경을 보고 있으려니 나도 모르게 얼빠진 말이 튀어나왔다. "분명 여기엔 인디언들이 살 거야." 삐쩍 마르고 강인한 운전기사는 나와 어울리던 몇 안 되는 군인 중 하나였는데, 냅다 트럭을 세우고 내리더니만 몇 미터를 걸어가 아무 말도 없이 큰 바위 뒤로 사라졌다. 나는 일행을 땡볕 아래 내버려두고 혼자 부리나케 그를 따라갔다. 바위가 있는 곳으로 가니 운전기사가 웬 동굴 입구를 가리켰다. 차도 바로 옆에 떡하니 있는 그 동굴의 입구 양쪽에는 영양과 버펄로 따위가 그려진 적갈색 벽화가 있었다. 그러니까 그곳은 문명이 닿지 않은 거칠디거친 생짜 야생이었다. 그런 곳이 한순간에 완전히 탈바꿈한 것이다. 믿기 힘들게 빠른 속도로 건물이 들어섰다. 연구실, 행정실과 보안실, 군인 막사, 고위 간부들과 거물들이 묵는 타운 하우스까지. 금세 개미집을 방불케 할 만큼 사람들이 넘쳐났다. 바닥에서 전기가 올라오기라도 하는 것처럼 다들 광적인 에너지를 뿜으며 이리저리 뛰어다녔다. 전염성 있는 열기가 사람을 취하게 했다. 아홉 달이 지날 때마다 사람 수는 배로 늘었고, 계속해서 꾸역꾸역 사람들이 들어왔다. 몇몇은 아예 온 가족을 데리고 왔다. 전쟁이 끝날 무렵에는 삼백 명이나 되는 아이들이 부지를 뛰어다녔다. 군인들은 '인구 성장 중단'을 목표로 엄격한 조치를 시행해야 했다. 하지만 누구도 따르지 않았다. 따르지 않은 게 너무나도 분명했다! 그걸 모를 수는 없었다. 집들이 형편없이 지어진 터라 얇은 벽을 사이에 두고 이웃이 뭘 하는지 늘 알 수 있었다. 그러니까 그들이…… 파티중인지 아닌지를…… 다 알 수 있었으니 첫해에 아이가 여든 명이나 태어났을 때 놀란 사람은 없었다. 뭐 어쩌겠는가? 우리는 남자고 여자고 할 것 없이 주육 일을 일했다. 당연한 일이었고 누구도 문제삼지 않았다. 바깥은 전쟁중이었으니까. 그래도 토요일 밤만큼은 마음껏 즐기는 날이었다. 밖으로 나가 제대로 된 술을 살 수 없었던지라 우리는 연구실에 있는 에틸알코올을 섞어 펀치를 만들어 마셨다. 심지어 바깥에서 잡지를 구독해 볼 수도 없었다. 우리는 보안조치에 따라 격리되었고 통제당했다. 여섯 살짜리도 목에 신분증을 걸고 다녀야 했다. 하지만 규칙이란 대부분 어이없는 것들이었다. 로스앨러모스에서 100마일 바깥으로 나가는 것은 금지되었다. 밖에서 우연히 친구를 만나면 무슨 이야기를 나누었는지 빠짐없이 기록해 보고해야 했다. 전화 통화는 모조리 도청당했다. 전화기가 달랑 한 대였으니 어려운 일도 아니었다. 다른 문제도 있었다. 집과 물은 늘 부족했고 엔지니어들이—보안상의 이유로 '물리학자'란 말은 엄금되었기에 우리는 모두 '엔지니어'라 불렸다—하도 전기를 써대는 통에 시도 때도 없이 정전이 되었다. 모든 게 일급 기밀이었으나 생각해보면 조금 우스운 면이 있었다. 갑자기 수많은 과학자가 뉴멕시코로 이동하고 있는데 그 사실이 어떻게 숨겨지겠는가? 미국은 물론 유럽에서 내로라하는 과학자들까지 죄다 그곳으로 몰렸다. 프로젝트에 고용되었을 때 나는 아직 프린스턴대 대학원생이었고 논문을 마치기도 전이었다. 그러니 신문 기사와 교과서에서나 보던 이름들, 이탈리아의 페르미, 독일의 베테, 헝가리의 텔러, 폴란드의 울람, 그리고 위대한 덴마크인 닐스 보어 같은 거인들 사이에 둘러싸였을 때는 퍽 막막했다. 고문 역할을 맡은 닐스 보어는 니컬러스 베이커라는 가명으로 팀에 합류했다. 처음 도착했을 때 그는 윗사람들과 대화하기도 전에 자기 아들을 통해 나와 만남을 주선했다. 일주일에 한 번 물리학자 전원이 참석하는 대형 회의에서 내가 발언한 것이 계기였다. 당연히 나는 이놈의 입을 좀처럼 다물지 못해 불만을 쏟아냈다. 그것도 아주 많은 것에 대해 불평했던지라 처음에는 보어가 무슨 이유로 날 만나려 하는지 의아했다. 나는 그 회의에 있던 다른 사람들에 비하면 보잘것없는 놈이었으니까. 하지만 이내 이유를 깨달았다. 물리학에 관해 이야기할 때 나에게는 고질병이 하나 있었다. 눈치 보지 않고 내 생각을 곧이곧대로 말한다는 거였다. 보어 앞에서도 예외가 아니었다. 만일 그가 어리석거나 정신 나간 말을 하면 나는 곧장 "미쳤군요!" "아뇨, 아뇨, 그건 아니죠! 바보 같은 생각이네요!" 하고 대꾸했다. 그가 아무리 대단한 거장이고 모두를 떨게 만드는 거인일지라도. 보어는 나의 그런 점을 마음에 들어했고, 이론물리학 부서를 담당하던 베테 역시 그러해 나를 상대로 의견을 즐겨 개진했다. 나는 권위를 단 한 순간도 존중한 적이 없었는데 희한하게 그곳의 천재들은 그런 걸 괘념치 않았다. 오히려 좋아했다. 나는 베테가 관리하는 무리의 리더가 되어 밑에 네 명을 두고 일하게 됐다. 뭐 그건 그렇고, 처음에

하려던 말이 뭐였더라? 참, 그렇지, 바둑! 바둑은 체커 판을 키운 듯한 게임으로 괴물처럼 복잡하고 매혹적이었다. 우리는 나치에 대항해 폭탄을 만드느라 바쁜 와중에도 몇 시간씩 바둑을 뒀다. 계산 결과나 물질이 완성되길 기다리며 하염없이 놀리는 시간이야 늘 있었으니까. 지금 생각하면 그렇게나 많은 시간을 놀면서 보냈다는 게 기이하게 느껴지기도 한다. 우리는 히틀러가 베르너 하이젠베르크를 '백인 유대인'이라고, 핵물리학을 '유대인의 물리학'이라고 부르면서도 결국 하이젠베르크에게 핵개발 프로그램 지휘를 맡겼다는 소식을 익히 알고 있었다. 천만다행히도 당시 독일인들은 폭탄을 만들고 있는 게 아니었다. 그 근처에도 못 간 것만은 틀림없었다. 하이젠베르크가 일부러 연구를 지연시켰던 듯하지만 당시에는 그 사실을 알지 못했다. 꿈에도 몰랐다. 만약 히틀러가 우리보다 먼저 폭탄을 완성한다면 모든 건 끝장이었다. 리제 마이트너와 오토 프리슈가 크리스마스 휴가 동안에 우라늄 원자를 쪼개는 방법을 알아내고, 1938년 카이저빌헬름 연구소가 핵분열을 발견함에 따라 초기 상황은 그쪽에 훨씬 유리했다. 따라서 우리는 굉장한 목적의식을 가지고 연구에 매달렸으나 동시에 어떻게든 놀 시간을 찾아냈다. 남학교에 다니는 소년들처럼 틈만 나면 노닥거렸다. 나는 밤이 되면 미친놈처럼 봉고를 두드리며 부정확한 음정으로 목청껏 노래를 불렀다. 텔러는 그런 나 때문에 돌아버리려 했다. 하지만 어쩌겠는가, 지루한 것을! 피곤한 것을! 내가 로스앨러모스에서 핵폭탄을 만드는 동안 아내는 앨버커키 요양원에서

폐결핵으로 죽어가고 있었다. 당시 나는 화가 나 있었다. 화가 났고 지루했다. 비밀 문서 보관함의 자물쇠를 일부러 따놓고 전체 회의에 가서 이렇게 말하곤 했다. "더 좋은 자물쇠가 필요해요! 보안을 강화해야죠! 기밀 자료가 아무렇게나 돌아다녀야 쓰겠습니까!" 하지만 나의 의견은 무시당했다. 그래서 나는 계속 자물쇠나 망가뜨리며 온갖 방법으로 관리자들을 성가시게 했다. 한번은 우리에 갇힌 닭이 된 심정으로 흙길을 걷다가 사방을 둘러싼 높은 가시철조망에 구멍이 하나 뚫린 걸 보았다. 알고 보니 정문까지 나가기 귀찮았던 직원들이 집게로 몰래 구멍을 내놓은 거였다. 나는 그 구멍으로 나갔다가 정문으로 들어온 뒤 다시 한 바퀴를 돌아 구멍을 통해 밖으로 나가고 또다시 정문으로 들어오기를 반복했다. 검문소를 지나지 않고 자꾸만 나타나자 약이 오른 경비들이 감방에 처넣겠다고 협박할 때까지 나는 그 짓을 반복했다. 결국 나는 어느 고위 관리자의 사무실로 불려갔다. 한심한 중위 하나가 나를 앉혀놓고 말했다. "파인먼 씨, 지금 장난합니까?" 그래서 나는 대답했다. "아뇨! 철조망에 망할 구멍이 있던데요! 내가 몇 주 전부터 말했는데 아무도 안 들었잖습니까!" 뭐 아무튼 이런 식이었다. 자유 시간에 나는 이런 멍청한 짓을 하고 살았다. 나는 검열관들도 못살게 굴었다. 그자들이 우리의 편지를 검열하는 게 아닌가? 나는 아내와 몇 년간 하던 게임이 있었다. 아내가 내게 암호 편지를 보내면 내가 해독하는 게임이었다. 그 일로 나는 또 사무실에 불려가 추궁당했다. "이 메시지가 대체 무슨 뜻입니까, 파인먼

씨?" 알린의 편지를 가리키며 이러길래 내가 대꾸했다. "나도 모르죠!" 그러자 이렇게 말했다. "당신도 모른다니 그게 뭔 의미인가요?" 나는 이건 암호이니 나도 모른다고 대답해주었다. 그러자 해독법을 물었고, 또 나는 이렇게 대답했다. "나도 아직 못 풀었습니다만!" 그러자 이런 답이 돌아왔다. "아내에게 해독법을 보내라고 하시오." 나는 거부했다. 왜냐면 원치 않았으니까! 내가 직접 풀고 싶었으니까! 이런 실랑이가 몇 주간 이어졌고 마침내 우리는 합의를 보았다. 알린이 해독법을 동봉해 보내면 검열관들이 내게 편지를 주기 전 그걸 빼 가기로 한 것이다. 하지만 그도 오래가지 못했다. 어느 날 이런 공지가 내려왔다. 암호 절대 금지. 어느덧 나는 검열관을 여러 번 상대한 경험으로 동료들에게 선 넘지 않는 법을 가르쳐 약간의 부수입을 올리게 되었다. 그리고 그 돈을 바둑 판돈으로 썼다. 대부분 이겼기 때문에 수입은 배가 됐다. 하지만 로스앨러모스에서는 돈을 쓸 곳이 마땅치 않았다. 토요일이면 무도장이 되고 일요일에는 교회가 되는 영화관이 하나 있었지만 그것 말고는 뭐가 없었다. 그래서 나는 계속 바둑에 돈을 걸었다. 그만큼 매력적이었으니까. 보기에는 단순해서 오 분이면 규칙을 가르칠 수도 있다. 정사각형 격자판에 검은 돌이나 흰 돌을 두어 상대방 돌을 둘러싸고 최대한으로 영토를 장악하면 된다. 보기에는 단순하지만 미칠 듯이 어렵고 체스보다 훨씬, 훨씬 더 까다롭다. 우리 중 일부는 바둑에 중독되기 시작했다. 적어도 나는 그랬다. 바둑에는 묘한 매력이 있었다. 어느새 마음을 사로잡아 꿈속에서도 바둑을 뒀다. 무엇을 하건 늘 머리 한쪽에서는 바둑을 뒀다. 로스앨러모스 최고의 바둑 기사는 오펜하이머였지만, 나도 제법 실력이 좋았고 재빨랐다. 하지만 그를 이길 순 없었다. 나중에 읽어 안 사실이지만 히로시마에 리틀 보이*가 투하됐을 때 일본의 두 전설적인 바둑 그랜드마스터—전국을 제패한 하시모토 우타로와 그에 대적하는 이와모토 가오루—가 그라운드제로**에서 불과 3마일 떨어진 곳에서 사흘째 바둑 대회에 참가하고 있었다. 대국이 치러지던 건물은 거의 산산이 부서지고 많은 사람이 다쳤지만, 두 바둑 고수는 사고 당일 점심이 지난 후에 다시 등장해 돌무더기에 깔린 여자들과 아이들이 실려나가고 도시 전체가 불길에 휩싸인 와중에도 저녁까지 바둑을 뒀다. 그게 일본이었다. 그리고 바둑은 그 정도로 사람을 홀렸다. 특정한 유형의 지성을 요했고 계산만으로는 영 풀기 힘들어서 감으로 노련하게 판을 운용해야 했다. 최상의 다음 수를 단순 셈으로 알아낼 수 없다는 게 매혹적인 동시에 불안을 자극했다. 폰 노이만과 바둑을 둔 적이 있어 잘 안다. 그는 실력이 형편없어 나를 절대 이기지 못했지만 역시나 바둑에 푹 빠져들었다. 그는 질 때마다 어린애처럼 부루퉁해져서는 번번이 재대결을 요구하고, 요구하고, 또 요구했다. 너무 심해져서 나중에 오펜하이머는 폰 노이만이 오는 소리만 들려도 나에게 바둑판을 숨기라고 지시했

* 1945년 8월 히로시마에 떨어진 핵폭탄의 코드명.

** 폭탄이 떨어지는 지점.

다. 폰 노이만의 방문은 흔치 않은 일이었다. 우리처럼 정규 직원이 아닌 고문으로 합류한지라 일 년에 두세 번, 새로 뽑은 캐딜락을 요란하게 끌고 로스앨러모스에 오곤 했다. 경비들은 그를 멈춰 세우지조차 않았다. 그의 차를 보면 바로 들여보냈다. 빳빳하게 다린 뱅커 슈트에 손수건을 접어 꽂고 황금 시곗줄을 찬 매력적인 그는 그만큼 특별한 인물이었다. 나는 그가 같은 차를 두 번 몰고 오는 걸 본 적이 없다. 그래서 한번은 왜 매년 차를 바꾸느냐고 물은 적이 있다. "왜냐면 아무도 나한테 탱크를 팔진 않으니까." 그는 벨라 루고시*스러운 멋진 억양으로 이렇게 대답했다. 베테는 폰 노이만 같은 천재가 어쩌면 우월한 종, 인류를 초월한 진화를 가리키는 건 아닐지 궁금하다고 말한 적이 있다. 그때는 웃어넘겼지만, 그러다 내가 직접 폰 노이만을 만나게 됐다. 폰 노이만은 그의 저서 『양자역학의 수학적 기초』로 물리학자들 사이에서 대단히 유명했다. 참고로 그 책은 요즘도 출간되어 세계 대학에서 교재로 쓰인다. 양자역학에 빈틈없는 수학적 틀을 처음 제공한 책이기 때문이다. 믿기 어렵겠지만, 양자역학의 진짜 의미에 관한 끝없는 논의는 그가 1932년에 제기한 가정을 토대로 하고 있다. 그가 고작 이십대 중반에 이룬 일이다! 그를 만났을 때 나는 이렇다 할 업적이랄 게 전혀 없었다. 그래서 폰 노이만이 나를 비롯해 로스앨러모스 계산 부서 사람들과 함께 지내기 시작했을 때는 그게 영 어색했다. 폰

* 오스트리아·헝가리제국에서 태어나 미국에서 활동한 배우.

노이만은 핵연쇄반응을 위해 완벽히 대칭적으로 폭파되어야 하는 플루토늄폭탄 설계의 전문가로 합류했다. 그는 플루토늄 폭탄을 터뜨리는 최상의 방법은 원칙적으로 중핵 주위에 폭발 장약을 여러 개 설치하는 것임을 증명했다. 합쳐진 충격파가 플루토늄을 압박하면 상상을 초월하는 수준으로 밀도가 높아져 핵분열이 일어난다는 것이다. 하지만 우리는 그 과학을 이해 못했고 적절한 기술도 없었으며 수학으로 계산해내기에도 터무니없는 수준이었다. 다들 쓸모없는 짓이라고 생각했다. 유체역학은 개인이 감당하기에는 지나치게 복잡했다. 그건 신의 경지에 오른 수학이었고, 그것의 방정식은 너무 복잡해 페르미나 폰 노이만도 도움 없이는 결과를 도출할 수 없었다. 그런데 바로 이 절망적인 불가능성, 환원 불가능한 계산의 복잡성이 폰 노이만을 매혹했다. 불가해한 문제 앞에서 그는 군침을 흘렸다! 스스로를 주체하지 못했다. 참으로 가관이었지. 나는 그에게 우리가 사용하던 마천트 계산 기계를 보여주었다. 그러나 우리에게는 명백히 더 강력한 기계가 필요했다. 그래서 오펜하이머가 당시로는 최첨단이었으나 요즘 기준으로는 형편없는 IBM 기계를 몇 대 들여왔다. 천공카드를 넣어 작동하는 기계였는데, 그게 도착하던 날, 폰 노이만은 아무리 말려도 기계에서 손을 떼지 못했다. 전쟁이고 폭탄이고 다 까마득히 잊은 듯했다. 훗날 그가 한 일을 생각하면 이해가 되지만, 당시에는 심히 당황스러웠다. 이자는 대체 뭐가 문제야? 우리가 해야 할 일이 뭔지 모르는 건가? 물론 잘 알았지! 사실 우리보다도 더 잘 알았지만, 그는 팀원들과 내가 폭탄 설계와 관련한 계산 속도를 높이려고 고안한 방법에 푹 빠져들었다. 우리는 일종의 대량생산 시스템을 구축해두었는데, 각각의 '계산원'—숫자 계산을 하도록 고용된 사람들—은 수학을 처리하는 조립 라인에서 한 가지 연산만을 반복 수행했다. 이 사람은 곱셈을, 이 사람은 덧셈을, 이 사람은 세제곱을 담당했다. 세제곱 담당자는 숫자를 세제곱한 뒤에 다음 계산자에게 넘기기만 하면 되었다. 대규모의 트리니티* 실험을 앞두었던 우리는 이런 방식으로 제시간에 거대한 다층 계산을 시도하고 경이로운 속도로 결괏값을 산출해내는 데 성공했다. 이 여자들이(계산원은 대부분 여자였다) 오늘날 컴퓨터가 그러하듯 특이한 방식으로 동작하며 흡사 기계처럼 행동하는 모습을 보고 있으면 으스스했다. 폰 노이만은 그런 모습에 곧장 흥미를 느꼈다. 나에게는 그것이 문제를 해결하는 임의적 해법이자 속도를 높이는 기발한 지름길 정도였으나 그에게는…… 뭐랄까, 미래였다. 우리는 IBM 기계를 분해하려 드는 그를 겨우겨우 떼어내야 했다. 그의 관심을 어떻게든 돌리기 위해 꿍쳐두었던 밀주를 여러 잔 권하기도 했다. 그는 이 주 동안 기계를 프로그래밍하고 제표기의 배선을 직접 갈며 모든 것에 대해 질문했다. 그를 기다리는 사람이 얼마나 많은지 알았기에 우리는 특권을 누리는 기분이었다. 그는 진정한 VIP였고(잠도 학교 건물에서 잤다) 모두가 그의 의견을 고대했다. 폰 노이만이 올 때

* 1945년 7월 16일에 행해진 첫번째 핵폭탄 모의 발사 실험의 코드명.

마다 로스앨러모스의 모든 부서가 저마다 가장 난해한 고충을 터놓았고, 그러면 그는 사무실을 차례로 방문하며 문제를 하나하나 해결했다. 드디어 작업을 마치고 폭탄 계산 가동을 앞두었을 때 우리 둘은 사막을 잠시 걸었다. 그때 그가 지금도 잊히지 않는 조언을 건넸다. "자네가 사는 세계를 자네가 책임질 필요는 없는 거야." 그런데 언제나 실실 웃으며 즐거워했던 건 폰 노이만뿐만이 아니었다. 로스앨러모스에서 했던 작업을 돌이켜보면, 아내 일로 겪은 개인적인 비극과 상실, 유럽에서 벌어지던 온갖 사건에도 불구하고 그때 그 시절이 내 기억 속에서 가장 흥미진진한 순간으로 남아 있다. 남들 앞에서 대놓고 말하기는 뭐하지만, 그 시절 우리는 인류 역사상 가장 치명적인 무기를 만들면서도 마치 어쩔 수 없다는 듯 장난을 멈추지 못했다. 계속해서 실없는 농담을 던졌다.

나는 그것을 목격한 사람이다. 트리니티. 최초의 폭발. 그걸 내 두 눈으로 봤다는 말씀이다. 나는 이 세상에서 그 빌어먹을 것을 맨눈으로 직접 본 거의 유일한 사람일 거다. 한심한 내가. 실험한다는 발표가 났을 때 나는 로스앨러모스에 없었다. 클라우스 푹스의 차를 빌려 아내의 장례식을 치르러 갔기 때문이다. 하마터면 장례식에 제때 도착을 못할 뻔했다. 그놈의 똥차가 가는 길에 세 번이나 타이어에 구멍이 나버렸기 때문이다. 그게 다가 아니다. 나중에 밝혀진 사실이지만, 푹스는 내가 몰았던 바로 그 차로 우리의 모든 기밀을 샌타페이로 실어날랐다. 알다시피 그는 스파이였다. 첩자. 우리가 연구한 핵 기밀을 소련에

갖다 바친 사람. 물론 당시에는 그 사실을 알 리 없었고, 우리는 친하게 잘 지냈다. 좋은 사람이었으니까. 그러니 내가 스파이의 차를 끌고 로스앨러모스에서 장례식장까지 갔다는 건 이제 와서야 할 수 있는 얘기다. 어쨌거나, 나는 슬픔이 가득한 상태에서 전화 한 통을 받았다. 수화기 너머 목소리가 "아기가 태어날 예정입니다"라고 말했고, 나는 그길로 전속력을 다해 차를 몰고 돌아갔다. 나는 마지막 순간에 아슬아슬하게 도착했고, 우리는 트럭을 타고 로스앨러모스에서 200마일 떨어진 오싹한 호르나다 델 무에르토 사막으로 갔다. 앨라모고도 폭격 사정권 한가운데 있는 곳이었다. 우리는 폭발이 예정된 타워로부터 20마일 떨어진 곳에서 실험을 지켜보게 되었다. 도착하니 라디오가 작동하지 않아 무슨 일이 벌어지고 있는지 알 방법이 없었다. 늘 그런 식이었다. 실험 얘기만이 아니다. 우리는 곧 무슨 일이 일어날지 정말로 알지 못했다. 아무도. 심지어 폭발의 위력이 얼마일지를 놓고 내기를 했다. TNT 1, 2, 3, 4천 톤까지, 원하는 만큼 높게 또는 낮게 베팅할 수 있었는데, 대다수가 0에 베팅했다. 그게 가장 안전하고 현명한 선택이었다. 그러니까 그냥 작동하지 않을 거라고. 아니면 흐지부지 끝나 연쇄반응까지는 가지도 못할 거라고. 하지만 텔러는 달랐다. 혼자 터무니없이 높은 숫자에 베팅했다. 2만 5천 톤. 실제 결과보다 사천 배나 높았다. 텔러는 (그의 말마따나 "아주 희박한 가능성이긴 하지만") 폭탄이 온 세계 대기에 불을 붙여 지상의 모든 것, 모든 식물과 인간과 살아 움직이는 동물 하나하나가 질식사하거나 산 채로

타 죽을지도 모른다며 불안해했다. 그게 텔러였다. 폰 노이만처럼 헝가리 사람이었고, 그래서인지 생각이 남달랐다. 그를 제외한 나머지는 거의 다 실패를 점쳤다. 폭탄이 터질 리 없다고. 사람들은 인정하기 싫어할 테지만, 그때 우리는 그랬다. 그날의 대규모 실험을 준비하는 과정에서 문제가 끊이질 않았다. 가장 중요한 장치가 오작동했고 어이없는 작은 사고가 잇따랐다. 실험을 나흘 앞둔 날, 케네스 그라이슨이 트리니티로 기폭 장치를 실어나르다 앨버커키에서 속도위반으로 적발되는 일도 있었다. 우리가 '가젯'이라 부르던 폭발 장치 때문에도 골머리를 앓았다. 타워 꼭대기까지 올리는 과정에서 가젯이 헐거워져 흔들리는 바람에. 하마터면 그대로 떨어져 폭발할 뻔했다. 폭탄의 생김새는 우스웠다. 커다란 강철 구체에 전선과 코드 뭉치가 바깥으로 튀어나와 있었다. 사악한 동시에 조금 깜찍하달까. 어이없이 들리겠지만 정말 그랬다. 기폭 장치를 집어넣는 구멍들은 테이프로 덮여 있었는데, 흰색 테이프가 십자가 모양으로 붙어 있어 꼭 붕대 같았고, 결과적으로 폭탄의 생김새는 다쳤든지 두들겨맞았든지 해서 부서지기 직전에 겨우 꿰매붙인 프랑켄슈타인의 작은 괴물 같았다. 인간의 상상력이란! 솔직히 말하자면 우리는 그게 고물이 되리라고 생각했다. 작동할 것 같지도 않고 라디오도 먹통이었으니 우리는 그저 묵묵히 주변을 배회하며 비가 그치기 전까지 누구도 입을 열지 않았다. 상상이나 되는가? 사막에 뇌우라니. 그것도 하필 최악의 순간에. 새벽 네 시면 비가 멈출 것이라 장담했던 기상학자들은 바들바들 떨었다. 맨해튼 프로젝트를 총괄하던 그로브스 장군은 기상 팀장이던 잭 허버드에게 예보가 빗나가면 죽여버리겠노라고 협박까지 해놓은 터였다. "교수형일 줄 아시오"라고. 다행히도 날씨가 개면서 하늘이 맑아졌다. 그렇게 우리는 말없이 기다리고 있었다. 아직 해가 뜨지 않은데다 하루 중 가장 서늘한 시간에는 고온지대에도 묘하게 한기가 돌았으므로 몸이 떨렸다. 그때, 라디오가 다시 작동했고, 다들 준비하라는 지시가 내려졌다. 폭발 시 빛으로부터 눈을 보호하기 위해 용접용 안경이 전원에게 주어졌다. 자칫 잘못하면 눈이 멀 수도 있다는 거였다. 하지만 나는 그 말을 믿지 않았다. 20마일이나 떨어져 있는데 어두운 안경까지 쓰면 구경은 개뿔 아무것도 안 보일 테지! 게다가 환한 빛 때문에 눈이 상하는 게 아니다. 문제는 자외선이다. 자외선은 유리를 통과 못하니 나는 트럭 앞유리창 뒤에 있기로 했다. 그러면 안전하게 그 빌어먹을 것을 볼 수 있을 터였다. 하지만 맙소사, 그건 나의 착오였다! 섬광의 차원이 달랐다. 번쩍이는 순간 나는 눈이 멀었다고 확신했다. 찰나의 순간에 내 눈엔 빛만이 보였다. 하얀빛이 내 눈을 가득 채우고 머릿속을 지웠다. 끔찍하리만치 불투명한 광채가 온 세계를 삭제했다. 빛의 거대함은 형용할 수 없었고 너무 순식간이라 반응할 새도 없었다. 고개를 뒤로 획 젖히며 시선을 돌리자 황금색, 보라색, 연보라색, 회색, 파란색으로 불타듯 환해진 산등성이가 눈에 들어왔다. 모든 봉우리와 틈새가 눈을 뗄 수 없을 만큼 선명하고 아름답게 빛났다. 정말로 상상 이상이었다. 트럭 안에서 더듬거리며 용접용 안경을 찾는데 별안간 이상한 느낌이 들었다. 처음엔 대체 뭔가 싶었다. 조금 전만 해도 차디찼던 피부가 몹시도 뜨거웠다. 한낮의 태양 같은 열기가 온몸에 퍼졌다. 하지만 새벽 다섯시였으니 태양빛일 리는 없었다. 정확히는 다섯시 이십구분 사십오초. 그건 폭탄의 열기였다. 이내 그렇게 갑자기 시작되었던 것이 갑자기 끝났다. 열기가 흩어졌고, 빛도 사라졌다. 환호하고 손뼉 치며 웃는 소리가 들려왔다. 많은 이들이 기쁨에 겨워 소리지르며 자축했다. 그러나 모두가 그런 건 아니었다. 몇몇은 말이 없었다. 다른 몇몇은 우리 머리 위에 피어오른 불길한 버섯 모양의 구름을 올려다보며 기도했다. 구름 내부에서는 자줏빛 방사선이 생경하게 빛나고 있었다. 구름은 성층권까지 높이, 더 높이 올라갔고, 폭발로 시작된 무시무시한 우렛소리는 세상의 종말을 알리는 종소리처럼 산에 부딪혀 왔다갔다하며 계속해서 되울렸다.

실험 직후 우리 물리학자들 사이에서 서신이 돌기 시작했다. 일본을 상대로 폭탄을 사용하지 말아달라고 대통령을 설득하는 탄원서였다. 맨해튼 프로젝트에 참가한 학자 중 백오십 명 이상이 탄원서에 서명했다. 유럽의 전쟁은 끝난 후였다. 히틀러도 이미 총을 쏴 자결했으니, 우리가 실제 그랬던 것처럼 일본 민간인 이십만 명을 죽일 이유는 단 하나도 없었다. 진심으로 말하건대, 일본 사람들이 그 광경을 보기만 했다면, 일본 장군이 단 한 명이라도 폭탄 실험 장면을 목격했다면 그걸로 충분했을 것이다. 그랬으리라 확신한다. 하지만 탄원서는 트루먼에게 전달되지 않았다. 탄원서가 결과를 바꿨으리라고 말하는 건 아니다. 우리가 만든 폭탄은 이미 군의 손에 넘어가 있었으니 어쨌거나 그들은 그 무기를 사용했을 것이다. 최상의 표적을 고르기 위해 위원회도 벌써 꾸린 터였다. 그런데 폭탄을 지면이 아니라 높은 공중에서 터뜨려야 한다고 군을 설득한 건 다름 아닌 폰 노이만이었다. 그래야 폭풍파의 피해 규모가 비교할 수 없이 커진다는 이유에서였다. 심지어 그는 최적의 높이가 600미터, 대략 2천 피트쯤이라는 계산도 직접 도출했다. 그리고 정확히 그 높이에서, 히로시마와 나가사키의 예스러운 목재 가옥 지붕 위로, 우리가 만든 폭탄이 폭발했다.

클라라 단

수학 병기

조니는 내가 미국을 경멸한 만큼이나 미국을 사랑했다. 그 나라가 그에게 무슨 짓인가를 한 것이다. 미국이란 나라의 실성한 듯 무모한 낙관주의와 잔인함을 뒤에 감춘 천진난만함이 조니 내면에서 최악의 모습을 끄집어냈다. 잠들어 있던 악마를, 그가 아무에게도 털어놓지 않은 악몽이 속삭이던 은밀한 욕망을. 그는 유럽에 있을 때와 달라졌다. 내가 사랑에 빠진 남자가 아니었다. 미국은 그의 내면 어딘가를 건드려 두뇌 속 화학물질이나 전기 배선 같은 것을 바꾸어놓았고, 하필 그의 탁월한 두뇌에 반했던 나에게—그에게 다른 매력은 찾아보기 힘들었으니 전적으로 두뇌에만 반했다고 해도 과언이 아니다—그러한 변화는 비극이자 인생 최악의 시절이 시작되는 순간이었다. 동시에 최고의 시절이기도 했다. 둘을 떼어놓기는 힘들다. 돌이켜보면 좋은 것과 나쁜 것을 칼로 물 베듯 선명히 구분할 수는 없다. 부다페스트를 떠날 때의 아픔과 전쟁으로 상실한 세계에 대한 그리움이 잊히질 않고, 십대 시절 털 코트에 목도리를 두르고 목에 금메달을 건 채 스케이트를 탈 때 내 이름을 연호하던 사람들의 아득한 목소리가, 뚜껑 없는 마차를 타고 성대한 파티에 갈 때 머리칼을 나부끼던 바람이 지금도 생생하다. 파티는 아버지가 우리집에서 연 것이었는데, 진짜 집시 악단이 와서 주말 내내 멈추지 않고 노래를 연주했다. 친척 어른들과 사촌들, 우리 대가족의 친구들이 별안간 시끌벅적하게 등장하면 피아노와 가구를 옮기고 지쳐 쓰러질 때까지 춤추며 놀았다. 이 모든 행복한 기억이 번지면서 악몽과 뒤섞인다. 악몽은 내가 대서양을 건너 조니를 만나고 비참한 인생의 후반기를 맞으면서 시작되었다. 이제 과거의 즐거움은 조니와 처음 함께하던 시절의 강렬하고도 고통스러운 즐거움으로 얼룩이 졌다. 처음에는 전쟁의 비극이 막 펼쳐지던 순간에 때마침 낯선 땅으로 빠져나가게 되어 신이 났다. 둔해빠진 두번째 남편에게서 드디어 해방된 것이다. 스무 살이나 많아 아빠 같던 따분한 금융가와 이혼한 뒤 나는 세계 유일무이의 천재와 결혼했다. 그를 처음 본 건 몬테카를로의 카지노에서였다. 작은 칩 무더기 하나를 앞에 놓고 뚱한 표정을 짓던 그는, 흡사 전 재산을 도박으로 날린 사람처럼 보였지만 사실 그가 잃은 것이라곤 자신이 세상의 논리적 기초를 찾아낼 수 있으리라는 유아적 믿음뿐이었다. 이후로 내 인생은 고통과 기쁨이 뒤엉켰다. 내가 필요할 때 단 한 번도 나를 제대로 사랑해준 적 없는 형편없는 남자와 결혼해 보낸 비참한 나날들. 자신을 사랑하도록 만들어놓고 정작 자기 시간을 내어주지 않았던 사람. 그에게는 언제나 더 중요한 일, 더 중요한 약속, 더 중요한 생각이 있었다. 그가 지긋지긋하게 붙들고 있던 그 빌어먹을 생각들. 그렇게나 구제불능인 바보가 그렇게나 똑똑할 수 있다는 건 기적이었다. 애초에 내가 사랑에 빠진 남자는 그런 사람이 아니었다. 처음 만났을 때 나의 남자는 빈털터리였고 처절한 슬픔과 쓸쓸함에 목적 없이 방황했으며, 내가 폭발 임계점에 다다른 상태였듯이 그 역시 에너지와 가능성, 그리고 충족할 수 없는 욕망으로 가득차 있었다. 그는 그것들을 담아낼 무언가, 뭐라도 좋으니 자신을 진정으로 쏟아낼 무언가를 찾지 못하고 있었다. 내가 처음 조니를 눈여겨보았을 때 그는 막 괴델을 만났던 터라 평소와 전혀 다른 상태였다. 조니의 삶은 특별했다. 고충이랄 게 없었고, 실패를 한 번도 경험한 적 없었기에 나머지 우리를 괴롭히는 불안함을 이해 못했다. 평생 어느 누구보다 압도적으로 탁월하고 똑똑했으므로 불확실성이랄지 군색함이랄지, 아니면 자기 비하 따위를 모르고 살았다. 그러나 한때 유럽에서 가장 퇴폐적이고 병적인 도박꾼들을 끌어모았던 카지노에서 내가 본 그는 너무나 슬퍼 보였고 절망에 휘청대고 있었다. 룰렛 테이블에 앉아 있는 것조차 위태로워 보였고 한 번, 두 번, 세 번 계속 지기만 했다. 나는 그에게 다가갔다. 우리가 가눌 수 없는 절망을 공유한다고 느꼈기 때문이다. 그는 지성을 뿜어내는 커다란 갈색 눈으로 나를 올려다보며 자신이 게임을 이길 시스템을 만들었다고 했다(보아하니 전혀 통하지 않는 듯했으나, 조니는 룰렛의 휠이 '부정하게' 작동할 가능성, 즉 그에게 불리하게 조작되어 있을 가능성까지 고려해 길고 복잡한 확률을 계산해냈다). 나는 한눈에 그에게 반해 그의 곁에서 모든 사람이 자멸하는 모습을 지켜보며 광적인 즐거움을 만끽했다. 그러는 동안 조니는 방과후에 남아 벌을 받는 학생처럼 앞에 놓인 커다란 종이에다 숫자를 끄적이며 방정식을 풀었다. 마지막 칩만 남았을 때 나는 냉큼 녹색 펠트 테이블에서 칩을 집어 옆에 있는 바로 갔다. 거기서 우리는 유쾌하게 술을 마셨다. 그는 완전히 파산한 상태였으므로 술값은 몽땅 나의 몫이었다. 그렇게 바로 그 자리에서 나의 운명이 정해졌다. 우리는 서로에게 빠졌고, 이후 상황은 빠르게 진행되었다. 체감상으로는 그때 돌린 룰렛 휠이 멎기도 전에 어느새 지구 반 바퀴를 돌아 비참한 결혼생활을 시작한 느낌이었다. 침울하고 우울한 시기의 그를 만나 반해버린 탓에 그의 진짜 성격과 진심이 전혀 그런 부류가 아님을 의심 못했던 것은 불행이었다. 진짜 모습을 알았을 때는 이미 돌이킬 수 없었다. 그는 이미 빼빼 마른 내숭덩어리 마리엣과 이혼한데다 고등연구소에 최연소 교수로 임명되어 나를 데리고 프린스턴으로 이사까지 온 터였다. 고등연구소는 실로 환상적인 곳이었다. 나는 높은 풀밭을 펄쩍거리는 메뚜기처럼, 세상에서 가장 똑똑한 사람들 틈바구니에서 자주 시간을 보냈다. 멋진 빨간 벽돌 건물은 과학계의 반신반인들로 북적였고, 마성의 손짓으로 우리를 부르는 야생의 자연이 사방으로 펼쳐졌다. 발아래 낙엽이 밟히는 소리를 혹시 좋아하는지? 나는 그게 참 좋다. 어둑한 숲은 짝짓기 철에는 섣불리 들어가서는 안 되었다. 수사슴이 길을 순찰하다 침입자를 발견하면 뿔을 낮추고 달려들었기 때문이다. 사슴들은 욕정과 분노에 눈이 멀어 사시나무, 회색빛 자작나무, 층층나무, 너도밤나무의 우거진 이파리 아래 피어난 연노랑 얼레지와 보랏빛 제비꽃 같은 야생 봄꽃을 무참히 짓밟았다. 조니에 따르면 1940년대와 1950년대 최고의 수학과 물리학은 바로 그곳, 나무 그늘에서 탄생했다. 나는 실제로 그 숲에서 과학자들과 종종 마주쳤고, 반입이 금지되었으나 몰래 사냥용으로 챙겨 온 소총을 그들에게 겨눈 적도 있었다. 방아쇠에 올린 손가락을 까딱 잘못 놀렸더라면 20세기의 가장 위대한 지성인 몇몇을 저세상으로 보낼 수도 있었단 뜻이다. 총알 몇 알이면 역사의 은밀한 회전축이 달라졌을 수도 있다. 그들은 평범과 거리가 먼 사람들이었으나 사냥꾼에게는 만만한 사냥감이었다. 자기 내면에 너무 갇혀 있어서 바깥세상에는 통 무신경했으니까. 내가 우연히 마주친 사람 중 최고는 과학자가 아닌 시인이었다. 고등연구소는 T. S. 엘리엇에게 두어 달 체류를 제안한 적이 있었다. 나는 숲속에서 몰래 그의 뒤를 밟았다. 고목 뒤에 숨고, 비에 젖어 눅눅한 뿌리를 골라 밟으며, 최대한 멀리 있되 시인이 내뱉는 묘한 속삭임이 들릴 만큼의 거리를 유지했다. "허약한 마음" "시계를 잘 고쳐요" "박쥐들이 우는 소리" "어떤 죽음이 행복할까?" 같은 토막말들. 아마도 그는 희곡 『칵테일파티』를 구상중이었던 것 같다. 나는 눈으로 그를 좇으며 그가 뒤돌아 나를 봐주길 바랐다. 그의 문장이 내 심장을 꿰어 나를 고통에서 꺼내주기를 빌었다. 하지만 그는 한 번도 뒤돌아보지 않았고, 그저 한 마리 짐승처럼 멈췄다가, 어딘가를 물끄러미 바라보았다가, 자신의 침묵을 찢는 휘파람새 울음에 고개를 갸웃할 뿐이었다. 그의 싸늘한 침묵은 놀라우리만치 깨어 있었고 생기가 넘쳤으며 소중했다. 그가 아닌 다른 남자들이라면 아무런 후회 없이 쏘아버렸을 텐데. 물론 그러지는 않았다. 그들도 더러는 퍽 사랑스러웠으니까. 나는 그들을 집에 초대해 모두 만나보았다. 우리의 고국을 추억하며 그들 유리잔에 셰리주를 채웠고, 그러는 동안 나의 남편은 광대처럼 한껏 익살을 부렸다. 나는 굉장한 신대륙을 처음 목격한 사람들의 입을 통해서 인류의 역사를 천천히 바꾸게 될 새롭고 위대한 발견들에 관해 들었다. 영광스러운 일이었으나 고통스럽기도 했다. 내가 어떻게 그들과 견줄 수 있겠는가? 감히 어떻게 비교를 하겠는가? 물론 나도 최선을 다하기는 했지만 그럼에도 내심 속앓이를 했다. 내 삶을 빼앗긴 기분이었기 때문이다. 조연이 되어버린 기분, 그들이 하는 위대한 연극에서 천치 역할을 맡은 기분. 그렇게 나는 충분히 운좋고 귀한 상황이었음에도 나의 처지와 자리를 원망하며, 매력적이거나 예의바르게 굴기를 일부러 거부했다. 하려면 할 수 있었고 그렇게 하라고 배우기도 했으나, 거대한 떡갈나무 고갱이로 파고들어가는 작은 말벌들처럼 남편 옷자락에 올라타 그의 후광이나 얻어먹고 사는 기생충들에게는 도무지 그러기가 싫었다. 모르겐슈테른,

그 지루하고 점잔을 빼던 인간만 해도 우리집을 떠나는 법이 없었다! 자다가 일어나보면 그가 주방에 있곤 했다. 이내 조니의 서재에서 그의 단조로운 목소리가 들렸고, 나는 그 징글징글한 목소리를 들으며 잠을 청해야 했다. 그것만으로도 환장할 노릇인데, 조니의 어린 시절 친구 예뇌 팔 '유진' 위그너는 시샘이 많은 인간인지라 언제나 내게 끈적한 시선을 던졌다. 적어도 내 경험상 이 위인들에게 중간은 없었다. 병적으로 음탕하거나, 아니면 생식기가 아예 구실을 안 한다고 보면 됐다. 그중에서도 내 남편은, 모든 것에서 무조건 잘나야 했던 사람답게, 여자를 대하는 것이 가장 고약했다. 여자들이 대부분 그를 거북하게 여긴 것은 전혀 놀라운 일이 아니다. 그에게는 일종의 페티시가 있었다. 옆으로 지나가는 여자들의 다리를 노골적으로 바라보았고, 연구소에서 비서들의 책상 밑을 훔쳐보는 경악할 버릇까지 있었다. 그리하여 딱한 비서들은 이 위대한 사람, 이른바 초인Übermensch께서 자기들 치마를 힐끔거리지 못하게 책상 밑에다 판자를 덧대야 했다. 나는 진심으로 절망했으나 한편으로는 생각했다. '그래, 클라리. 이건 특별함에 대한 대가인 거야.' 그리고 정말 그렇다고 나 자신을 설득했다. 처음에는 자존감이 바닥을 쳤다. 정식 교육을 제대로 받지도, 실용적인 기술을 익힌 적도 없었기에 남편에게 전적으로 의존할 수밖에 없었기 때문이다. 하지만 시간이 꽤 지나자 상황은 결국 달라졌다. 컴퓨터가 나를 비롯해 소수만 이해할 수 있는 불가사의한 기술이던 시절, 나는 코드를 배워 프린스턴대 인구연구소에 취직했고, 거기서 컴퓨터로 기상예보를 처음 만드는 데 힘을 보탰으며, 최초의 핵폭탄 시뮬레이션 코드를 작성하고 프로그램을 짜는 데도 일조했다. 훗날 노벨 물리학상을 받은 마리아 괴페르트 메이어처럼 뛰어난 여자들과 친구가 되기도 했다. 그러나 나는 이미 절망에 깊이 침잠해 있었다. 가엾은 나의 아버지 때문이었다. 우리는 아버지를 억지로 끌어내다시피 하며 유럽에서 미국으로 구출했으나, 아버지는 크리스마스 날 기차에 몸을 던졌다. 우리 사람들이 나치에게 무수히 학살당하는 데서 비롯된 고통을, 또 아버지가 감내해야 했던 끝없는 치욕을 견디지 못한 것이다. 죽음 전에는 언제나 치욕이 온다. 구세계와 전혀 다르다던 새 나라, 현대 세계를 밝히는 한줄기 빛이라던 미국은, 아버지에게는 끊임없는 치욕의 근원이었다. 아버지는 절대 미국을 받아들이지도 사랑하지도 못했다. 나라고 크게 다르지는 않았지만, 아버지만큼 용기가 없어 그저 조니와 술에 의지하며 버텼다. 그리고 상황을 최선으로 만들려고, 하루하루를 즐기려고 노력했다. 정말로 열심히 노력했다! 즐길 거리는 많았다. 1946년부터 1957년까지 우리는 스물여덟 번 넘게 미 대륙을 횡단했다. 안 본 것이 없었다. 조니가 '악마의 가마솥'이니 '악마의 탑'이니 하는 곳에 들르겠다고 수백 마일을 돌아가지만 않았다면, 정말로 즐거웠을 것이다. 그런 괴상한 이름의 명소들은 남편의 게걸스러운 호기심을 자극했다. 남편은 나를 끌고 하염없이 차를 몰아 그런 곳에 갔다. 조니는 운전 실력이 형편없었기에 우리가 길 위에서 죽지 않은 게 기적이다. 하지만 미국의 지옥경景을 누비던 기나긴 오디세이 동안에 나의 일부는 분명 죽음을 맞이했다. 견디기 힘든 열기 속에 땀을 흘리며 광활한 공허함을 응시하던 일, 가도 가도 끝나지 않던 밝은 초록색의 옥수수밭, 한 치의 오차도 없이 똑같이 생긴 주유소들, 왜인지 조니가 선호했던 추레한 모텔들, 활짝 웃지만 머리는 텅 빈 여자들을 만나 같이 웃어주어야 했던 작은 마을과 소도시, 식당과 가로변 술집과 레스토랑에서 무지함을 뽐내던 멍청한 남자들이 떠드는 소리를 듣고 잠자코 있어야 했던 일까지. 그 나라에는 문화라는 게 아예 없었다. 그저 행복한 아내들이 애국심 넘치고 지극히 미국적인 1950년대 낙관주의에 젖어 자기네들 가전제품을 극찬하고, 미련한 남편들은 술병을 들고서 새로 산 잔디깎이를 미는 그런 나라. 아마도 네바다주였던 것으로 기억하는데, 한번은 우리가 쉬고 있던 술집에 수염을 덥수룩이 기르고 청바지를 입은 남자가 노새를 탄 채로 들어왔다. 그런데도 다들 눈 하나 깜빡하지 않았다. 바텐더는 남자에게 맥주잔을 하나 건넨 뒤 노새 앞에도 똑같은 맥주를 채운 양동이를 내려놓았다. 연극이라 해도 될 만큼 비현실적인 장면이었으나 으레 있는 일상인 듯했다. 남자는 달러 지폐를 카운터에 두고 노새가 양동이를 다 비울 때까지 기다렸다가, 조금 전에 조용히 들어왔던 것처럼 다시 조용히 술집을 나섰다. 그때 나를 보던 조니의 표정은 '여보, 바로 이런 거, 이런 거 때문에 우리가 이 나라에 있는 거라니까' 하고 말하는 듯했다. 우리는 여행을 참 많이 다녔지만, 보통 나는 대부분의 시간을 홀로 보냈다. 남편은 정부, 군, 산업계와 함께 알베르트 아인슈타인이 "위대한 죽음의 기술"이라 칭한 것을 연구하느라 바빴다. 연구소 남자들 가운데 내가 유일하게 어울린 사람이 알베르트였다. 아마도 그가 조니와 상반된 사람이어서 그랬던 것 같다. 두 사람은 성격도 정신의 형태도 딴판이었다. 조니는 백열등처럼 강렬한 사람인지라 그 옆에 있으면 알베르트는 외양부터 행동까지 칙칙하고 늙은 거북이처럼 대조되었다. 그는 질문 하나에도 몇 년씩, 심지어 수십 년씩 고민하는 사람이었다. 그래도 그의 통찰은 더 깊이 있었고, 그의 생각은, 적어도 내가 보기에는, 더 심오할 뿐 아니라 좀더 인간적이고 현명했다. 조니는 알베르트가 풍기는 진지함을 질색했으나 그래도 두 사람은 서로를 존중했다. 남편은 종종 알베르트를 흉내냈는데 전혀 닮지도 우습지도 않았으며, 그의 옷차림과 평화주의적인 신념을 비웃었다. 알베르트는 조니가 유치한 허무주의자라고 생각했다. 한번은 나의 남편이 급격히 "수학 병기"로 변해가고 있다고 나에게 말한 적도 있다. 하루는 남편과 다투다가 상처를 줄 작정으로 그 말을 전했다. 그런데 조니는, 참으로 조니답게도, 새로 생긴 별명에 신이 나서 친구들과 웃으며 그 이야기를 했다. 그래도 약간은 앙심을 품었던 것도 같다. 알베르트가 뉴욕에 가야 했을 때 조니가 나에게 주려고 새로 뽑은 캐딜락으로 프린스턴 기차역까지 그를 태워주겠다고 나섰다. 그래놓고는 일부러 엉뚱한 방향으로 가는 기차에 알베르트를 태워 보냈다.

두 사람이 가장 이견을 보인 부분은 단연 폭탄이었다. 알베르트는 군비축소운동의 비공식 수장으로 온건파였던 반면에 조니는 강경파였다. 트리니티 실험 후 로스앨러모스에서 돌아온 그의 모습을 나는 기억한다. 오전 나절에 돌아온 그는 피로에 절어 창백했고 심하게 몸을 떨었으며, 곧장 침대에 누워 열두 시간을 내리 잤다. 평소에 잠을 네 시간 이상 자는 법이 없던 그가 밤 느지막이 일어나, 원래 말이 빠르다는 걸 감안해도 지나치게 빠른 속도로 말을 쏟아낼 때는 걱정이 되었다. "지금 우리가 만드는 괴물은 역사를 바꾸겠지. 미래에도 역사라는 게 남아 있다면 말이야! 그렇다고 여기서 멈출 수는 없어. 군사적 이유만이 아니라 과학자 관점에서 보더라도 그건 비윤리적이지. 어떤 참혹한 결과가 따르더라도 실현 가능한 것을 하지 않을 순 없어. 게다가 이건 시작일 뿐이라고!" 그는 좀처럼 안정을 찾지 못하고 어쩔 줄을 몰랐다. 나는 남편이 현실로 되돌아오도록, 피할 수 없는 파국적 운명을 가늠하느라 격앙된 마음이 가라앉도록 수면제 두어 알과 독한 술을 건넸다. 다음날 아침 남편은 멀쩡해 보였다. 그러나 그날부터 삶의 마지막 순간까지 그는 다른 모든 걸 외면한 채 모든 형태의 기술 발전에 자신을 쏟아부었다. 순수수학은 쳐다보지도 않았고, 나란 존재도 깡그리 지워졌다. 그는 어떠한 유예도 자신에게 허락하지 않았으며 절대 물러서지 않았다. 자기 자신에게도 이 세상에도 시간이 얼마 남지 않았다는 걸 알고 있는 사람처럼. 핵 딜레마에 그가 내놓은 대답은 그의 최고와 최악의 모습을 완벽히 반영하고 있었다. 빈틈없이 논리적이면서 완벽히 반직관적이고, 사이코패스의 경계에 걸쳐 있을 만큼 철저히 이성적인 모습. 많이들 모르는 사실이지만, 남편은 인생을 순전히 게임으로 보았다. 얼마나 치명적이고 심각한지와 무관하게, 인간의 모든 활동을 그런 시각으로 바라보았다. 한번은 내게 이런 말을 했다. 새끼 들짐승의 놀이 방식이 미래에 목숨이 위험해질 상황에 대비한 훈련인 것과 똑같은 이치로, 어쩌면 수학도 그저 기묘하고 놀라운 게임들을 모아놓은 집합체이며, 누구도 상상 못한 미래를 대비해 개인의 차원에서건 집단의 차원에서건 인간 정신을 천천히 변화시키는 것이 그 기획의 진짜 목적, 표면으로 드러나는 것 너머의 목적이라는 것. 하지만 인간의 고삐 풀린 상상력에서 튀어나온 그 끔찍한 게임들의 문제는, 그것을 현실에서 실행할 때 우리가 어떠한 지식도 대처법도 갖고 있지 않은 위험—그야 현실의 규칙과 진짜 목적은 신만이 알고 있으므로—에 직면할 수 있다는 것이다. 내가 이를 아는 이유는, 나의 사랑스러운 남편이 인간 역사상 손꼽히게 위험한 생각을 떠올린 사람이기 때문이다. 그 발상은 너무나도 사악하고 냉소적이었기에 그로부터 우리가 살아남은 것이 기적이다.

오스카어 모르겐슈테른
이상한 천사

범인의 눈에 그것은 광기이다.

폰 노이만의 아이디어 중 하나를 가장 착란적인 방식으로 적용한 개념에 MAD*라는 약칭이 붙은 것도 그 때문이다. 상호확증파괴Mutually Assured Destruction의 머리글자를 따서 지은 이름이다. 이는 미국이 선택한 냉전 전략으로, 세계를 통으로 날려버릴 만큼 강력한 무기를 가지고 지구적인 규모로 벌이는 치킨 게임이었다. MAD는 미국과 소련이 각자 무지막지한 양의 핵무기를 모아 어느 쪽이 핵 공격을 감행하건 양국 다 필히 절멸할 수밖에 없는 상황을 만드는 것이야말로 초강대국끼리의 핵전쟁을 피할 유일한 방법이라고 주장하는 억제와 보복의 독트린

* 'mad'에는 '미친' '정신 나간'이라는 뜻이 있다.

이었다. 우리를 아마겟돈의 문턱까지 몰고 가 세계 평화를 보장한다니, 그야말로 이성의 광기였다. 이 터무니없고 부도덕한 독트린은 사십 년 동안이나 존속했다. 그리고 죽는 날까지 부끄러울 일이지만, 그것은 폰 노이만과 내가 『게임과 경제 행동 이론』에서 틀을 잡은 개념들의 악의적인 왜곡에 바탕을 두고 있었다.

MAD는 인류가 어떻게 이성의 노예가 되는가를 증명한 여러 사례 중 하나이지만, 출발은 제법 순수했다. 원자폭탄이 아득한 가능성으로나마 존재하기 수년 전, 조니가 친구 스탠 울람에게 또다시 포커를 졌을 때였다. 그 일은 조니의 프린스턴 집에서 열린 파티에서 벌어졌다. 끗수가 높은 척 허세를 부릴 깜냥이 못 되었던 폰 노이만은 농담으로 상대를 방해하려고 그랬는지, 증권 중개인들은 하나같이 바보들인데 어째서 주식시장은 멀쩡히 돌아가는지 모르겠다고 울람에게 말을 건넸다. 당시 폰 노이만은 게임에 관한 생각에 빠져 있었다. 개미집의 진흙 통로를 따라 이동하는 호전적인 불개미들이건, 뇌 반구에 신호를 전달하는 신경세포이건, 증권거래소에서 서로 싸우는 바보들이건, 시스템을 이루는 개개인들이, 아예 생각이 없지는 않더라도 분명 미덥지 않다고 한다면, 어떻게 복잡한 시스템이 생겨나서 기능하는지가 그의 의문이었다. 그는 언제나 모든 종류의 게임에 매료되었고, 깔끔히 정의된 규칙 안에서 인간이 상호작용할 때 생기는 다양한 작은 충돌과 갈등을 함축적으로 이해하는 방법을 찾고 싶어했다. 그날 파티에는 나도 있었는데, 원래 술을 마시지 않는 까닭에 늦은 밤까지도 조리 있게 문장을 구사할 줄 아는 몇 안 되는 사람 중 하나였다. 울람이 조니에게서 마지막 달러까지 따냈을 때 나는 조니에게 다가가, 아까 주식시장에 관해 한 말을 우연히 들었노라고 말했다. 조니는 머리에 우스꽝스러운 장치—작은 모자 위에 고무호스와 연결된 프로펠러가 달려 있어서 호스에 바람을 불면 빽 하는 소리와 함께 프로펠러가 돌아가는 애들 장난감이었다—를 뒤집어쓰고 그걸 갖고 놀면서 분한 맘을 감추고 있었다. 우리 둘은 바보들과 경제학과 게임에 관해 한참을 이야기했다. 그러면서 천천히 거실 한쪽 구석으로 이동했다. 그곳에서는 오펜하이머와 위그너가 체스 게임에 한창이었다. 나는 조니에게 1928년 그가 발표한 논문 「실내게임이론」을 읽었노라고 말을 꺼냈다. 혹시 그게 체스 같은 게임에도 적용되는 것인지? 내가 묻자 그는 프로펠러를 힘차게 한 번 돌린 뒤 대답했다. "아뇨, 아니, 아니지! 체스는 게임이 아니니까! 그건 잘 정의된 형식의 계산이지요. 복잡해서 정답을 찾아내는 게 어려울 수는 있어도 이론상 체스에는 반드시 해법이나 최적의 방식이, 체스판의 말들이 어느 자리에서 어떤 형세를 이루고 있건 간에 완벽한 다음 수가 있기 마련입니다. 그런데 진짜 게임은 그렇지 않아요. 현실 속 게임은 딴판입니다. 현실에서 이기려면 거짓말과 속임수가 필수니까요. 나는 치밀한 속임수로 구성된 게임에 흥미를 느낍니다. 심지어 자기 자신마저 속이는 게임 말입니다! 그런 게임에서는 끊임없이 자신에게 질문을 던져 상대의 생각을 읽어내야 합니다. 상대에게 어떻게 대응할지 또 상대가 나의 다음 수를 어떻게 예측할지 생각해야 하지요. 나의 이론은 그런 게임을 다룹니다." 나는 누구에게도 작별인사를 하지 않고 파티장을 빠져나가 주말 내내 일했다. 월요일이 되었을 때 조니의 고등연구소 연구실을 찾아가 논문 초안을 내밀었다. 그는 원고가 너무 짧다며 더 길게 써 오라고 했다. 그래서 나는 그렇게 했다. 며칠 후 원고를 다시 본 그가 여전히 글이 너무 짧다길래 나는 집에 돌아가 그의 조언대로 살을 덧붙였다. 조니는 내가 가져간 새 수정본을 전광석화 같은 속도로 읽더니 말했다. "좋소. 그냥 공동으로 논문을 쓸까요?" 마치 날 위해 호의를 베푼다는 투였다.

그와의 연구는 어느 때보다 치열했다. 우리는 아침마다 만나 함께 식사했고, 그가 저녁에 시간이 비는 날이면 밤까지 연구를 계속했다. 조니는 마음을 먹고 자리에 앉아서 생각하는 유형이 아니라, 쉬지 않고 생각하다가 마음속에서 정리가 끝나면 한 치의 오차도 없이 생각을 거침없이 쏟아내는 사람이었다. 그는 잠깐의 망설임도 단 한 번의 실수도 없이 잘 짜인 문장을 술술 읊었다. 나는 조용히 집중하고 시간을 들여 찬찬히 생각해야 하는 사람이었으나, 그는 장소를 가리지 않았다. 오히려 소음을 선호해 사람 많은 기차역이나 공항에 일부러 나갔고, 비행기와 배에서 일하기를 즐겼으며, 근사한 호텔 로비에서 벨보이가 술을 가져다주길 기다리며 이전에 중단했던 부분부터 일을 재개하는 데에도 어려움이 없었다. 나는 도무지 그의 속도를 감당할 수 없었다. 인생 전체가 이 프로젝트에 잡아먹혔다. 살이 빠졌고,

친구들, 가족들, 동료들과 소원해졌다. 한번은 극심한 피로를 못 이겨 꽤 앓았던 적도 있다. 열에 달뜬 꿈과 악몽 속에서 조니는 키클롭스*처럼 나를 내려다보며 장난감 비행기와 탱크를 갖고 놀았고, 군대를 집어삼켰고, 커다란 외눈을 시퍼렇게 뜬 채 지평선을 빤히 응시했다. 나는 지칠 대로 지쳤으나 조니는 전혀 모르는 눈치였기에 어쩔 수 없이 계속 일했다. 워낙 숫기가 없던 나는 불평 한마디 못했다. 한편으로는 그와 일하는 게 무척 자랑스러웠고, 우리가 하는 일이 얼마나 중요한지도 잘 알았다. 우리는 단순히 게임의 규칙을 창조하려는 게 아니었다. 가장 순수한 수학으로 인간의 의사 결정 과정을 포착하려는 것이었다. 종잡을 수 없는 인간의 동기에 그물을 던지고, 인간이 자기 머릿속에서나 바깥세상에서, 망망한 사회 속에서 행하는 여러 은밀한 게임을 들여다보고 싶었다. 연구의 범위는 무한정이었다. 가장 일상적인 차원으로 내려가 이를테면 직장에서 임금 인상을 협상할 때 어떤 선택을 내리는가부터, 국가끼리 전쟁하는 방식을 결정짓는 중차대한 선택까지 모두 연구의 범위에 들어왔다.

나는 폰 노이만 집에서 살다시피 했다. 훗날 나의 아내가 된 도러시에게 구애한 곳도 그의 집 거실이었다. 나의 하루는 조니의 정신없는 일정에 맞춰 움직였다. 클라리는 자기 집을 떠나지 않는 나의 존재를 못 견뎌 했고, 끝내 나와 조니에게 별난 최후

* 그리스신화에 나오는 거인족으로 이마 중앙에 눈이 하나 달렸다.

통첩을 알렸다. 논문에 코끼리를 집어넣지 않으면 자기 남편은 게임이론에 손도 못 댈 줄 알라는 거였다. 클라리는 그 후피동물에 비정상적으로 집착했다. 집안 어딜 보아도 코끼리가 있을 정도였다. 조니는 자기 아내가 요구를 철회할 일은 없다고 장담했다. 우리는 부랴부랴 논문에 코끼리를 등장시켰다. 논문 64페이지를 보면 도표 줄에 숨겨진 코끼리 코가 보일 것이다. 논문을 마무리하기까지는 수년이 걸렸다. 프린스턴대 출판부가 프로젝트 자체를 없던 일로 하겠노라고 으름장을 놓는 통에 우리는 겨우 원고를 넘겼다. 분량은 장장 700페이지에 달했고, 빽빽한 방정식으로 꽉 차 있어 나의 친구 녀석 하나가 보내준 어느 기사는 우리 논문을 "가장 적게 읽혔으나 20세기 경제학에 가장 지대하게 영향을 끼친 책"이라 평가했다. 그래도 우리 논문은 경제학의 수학적 기초를 제공했다는 점에서 가히 새롭고 독창적이었다. 마치 성배를 만진 기분이었다. 나는 남은 평생 그와 비교할 업적은 엄두도 내지 못했다. 물론 나한테나 그렇다는 소리다. 조니에게는 인생에 넘쳐나는 수많은 업적 중 하나일 뿐이었으니까. 우리 이론의 골자에는 그가 증명한 최대최소정리가 있었다. 폰 노이만은 두 사람이 하는 게임에서 양측의 이해관계가 정반대로 다를 경우에(이 지점에 함정이 있다) 반드시 합리적인 행동 경로가 있음을 수학적으로 증명했다. 우리는 이 증명을 확장해 이해관계가 중첩되는 여러 사람의 게임을 분석할 방정식을 만들었고, 마침내 거의 모든 유형의 인간 갈등을 아우르는 틀을 수립했다. 우리는 이 논문이 오로지 경제학자들에게 도움이 되기를 바랐지만, 누구보다 신속하고 야만스럽게 그것을 가로챈 자들은 다름 아닌 전쟁꾼들이었다.

군사 전략가들에게 게임이론은 신의 선물이었다. 그들 눈에 우리의 연구는 합리적으로 전쟁을 수행하고 승리하는 방법을 제시하는 듯 보였다. 평화주의자와 거리가 멀었던 조니는 그들의 관심을 무척 즐겼고, 세계 최초의 '싱크탱크'인 랜드연구소가 우리 이론을 군사적으로 적용할 방법을 의뢰하자 망설임 없이 응했다. 랜드의 미치광이들은 그를 숭배했고 게임이론을 현대의 신탁인 양 떠받들었다. 신탁을 주재하는 조니는 무아지경에 빠져 주절거리는 무녀였다. 그는 소련을 겨냥한 기습 핵 공격을 앞장서서 공개 지지했다. 공산주의자를 혐오해서가 아니라(물론 혐오했지만), 그것이 3차대전을 막을 유일한 방법이라고 확신해서였다. 그리고 우리의 이론은—적어도 그가 해석한 대로라면—그의 주장을 뒷받침했다. "내일 폭탄을 투하하자고 말한다면 나는 오늘 못할 이유는 뭐냐고 물을 것이다. 다섯시에 투하하자고 말한다면, 나는 한시에 못할 이유는 뭐냐고 물을 것이다." 그는 잡지 『라이프』에 이런 말을 남겼다. 끔찍하게 번지르르한 그의 말 이면에는 소련이 원자폭탄을 자체 개발하기 전에 우리가 먼저 소련에 핵 지옥을 쏟아부어야만 평화가 가능하다는 확신이 깔려 있었다. 방사성 낙진이 다 사라지고 수백만 사상자가 집계되고 나면, 팍스 아메리카나*가 오래도록 번성할

* 미국의 절대적 권력하에 평화가 유지되는 상태를 일컫는 말.

터였다. 가장 값비싼 대가를 치르고서 과거에 경험 못한 안정기에 접어드는 것이 그가 그린 미래의 모습이었다. 나는 조니의 냉혹한 합리성이 악몽 같았으나 그는 전혀 그렇게 생각하지 않았다. 게임이론 모델을 적용해 논리적으로 따졌을 때 핵 선제타격은 그저 최적의 해법이 아니라 완벽히 논리적인 단 하나의 선택이라는 것이었다. 그런데 1949년, 상황이 달라졌다. 소련은 히로시마와 나가사키 전멸 작전 이후 사 년 만에 원자폭탄을 손에 쥐었고, 1953년에 사백 개가 넘는 탄두를 보유했다. 미국이 핵 공격을 하면 곧장 보복이 뒤따를 수 있다는 뜻이었다. 조니가 했던 생각, 혹은 그런 부류의 생각들이 냉전시대 공포의 균형을 지배하게 되었다. 꼼짝없이 딜레마에 갇힌 미국 국방부와 CIA, 랜드, 그 밖의 많은 기관은 우리 이론을 토대로 점점 더 복잡한 전쟁 시나리오를 짜기 시작했다. 포커처럼 무해한 오락거리에 적용하면 한없이 명료하고 투명하던 우리의 방정식들이 핵 시대의 갈등과 정치에 얽히자 상상을 초월하는 미로를 탄생시켰고, 서구 민주주의국가들과 철의 장막 뒤편에 숨은 국가들 사이의 핵무기 경쟁을 촉발했다. 이 잘못된 판단이 모든 공격은 자동으로 공격받는 쪽의 원자 무기 총력과 맞닥뜨리게 되므로 결국 양쪽 다 말살하고 말리라는, 상호확증파괴라는 광란의 막다른 길로 모두를 가차없이 내몰았다. MAD의 원리에 따르면 핵무기를 실어나르는 장거리 폭격기가 일 년 삼백육십오 일 이십사 시간 내내 착륙하지 않고 지구를 돌아야 하고, 그 비행기들은 핵탄두를 잔뜩 싣고 심해를 순찰하는 거대 잠수함

단과 거대 네트워크를 통해 연계되어야 하며, 삼십 분도 채 안 되는 시간에 워싱턴에서 모스크바까지 날아갈 수 있는 대륙간 탄도미사일 수천 대가 지하 저장고와 요새화된 벙커에 깊이 묻힌 채 아포칼립스의 나팔소리를 침착하게 기다려야 했다. 이 위태로운 평형상태, 섬뜩한 게임은 냉전이 끝나고도 멈추지 않았다. 여전히 너무나도 많은 무기가 그대로 남아, 결함 있고 노쇠한 통제 장치의 감시를 받으며, 마치 오래전 죽은 고대 파라오의 시체처럼 강철관에 보존된 채 죽음과 함께 삶이 시작될 날만을 끈기 있게 기다리고 있다. 이 모든 것을 고려하면, 조니가 산업사회의 여러 경이로운 성과에도 불구하고 인류가 살아남지 못하리라고 굳게 믿은 까닭도 이해가 간다. 하지만 만약 그가 지금까지 살아서 자신이 꿈꾼 최악의 악몽이 현실이 되지 않았으며, 우리의 게임이론이 정치의 온실 너머로 멀리 피어나 컴퓨터과학, 생태학, 철학, 생물학에까지 적용되었고, 우리의 방정식으로 암세포의 성장과 확산과 상호작용을 모형화하고 있다는 사실을 알았더라면 분명 안도했을 것이다. 우리가 만든 몇 용어는 일반 언어에까지 스며들었다. 사람들이 사회생활의 여러 면면을 가리켜 '제로섬게임'이라 부르는 것도 그중 하나다. 이는 특정한 생각과 발견이 어떤 파급효과를 일으키고 어떻게 쓰일지를 예단하는 건 불가능에 가깝다는 사실을 정확히 보여준다. 또 우리가 직접 부대끼며 살아가는 현실조차 제대로 판단하기가 왜 그렇게 어려운지도 말해준다. 지금도 상호확증파괴가 냉전이 열전화되는 걸 막았다고 생각하는 사람이 허다하다.

그러나 나에게 그것은 여전히 죄악이자 용서받을 수 없는 일이며, 자연과학이건 사회과학이건 아무리 중립을 표방하려 한들 절대 그럴 수 없음을 개인적으로 일깨워준 사건이다. 우리 연구의 핵심 정리를 증명한 조니는 지독히도 비관적이었으며, 암울하고 냉소적인 시선으로 인류를 바라보았다. 나는 그의 그런 마음이 우리 이론을 뒷받침한 방정식들에 무의식적으로 어두운 기운을 전염시킨 건 아닐까 하는 생각을 지울 수 없다. 나 역시 폰 노이만과 연구한 지 수십 년이 흐른 지금까지도 병적인 절망감에 시달리며 우리가 세웠던 핵심 논리를 여전히 의심한다. 정말 모든 상황마다 합리적인 행동 경로라는 게 있을까? 조니는 이를 의심할 여지 없이 수학적으로 증명해냈으나 그건 오직 양측의 목적이 정반대로 다를 경우에 한정되었다. 그러니 우리의 추론에는 관찰안이 좋은 사람이면 단박에 발견해낼 치명적인 오류가 있다고도 말할 수 있다. 우리 이론 전체의 틀을 떠받치는 최대최소정리는 완벽하게 합리적이고 논리적인 주체를 상정한다. 그런 주체는 오직 이기는 것에만 관심이 있으며, 규칙을 완벽히 이해하고 자신의 이전 움직임을 모조리 기억할 뿐 아니라, 게임이 한 단계 진행될 때마다 자신과 상대방의 행동이 일으킬 수 있는 결과를 오차 없이 파악하고 있다. 내가 아는 사람 중에 정확히 이런 조건에 부합하는 자는 조니 폰 노이만뿐이다. 평범한 사람들은 전혀 그렇지 않다. 그들은 거짓말하고, 속이고, 기만하고, 묵인하고, 음모를 꾸미지만, 동시에 협력하고, 타인을 위해 희생하고, 순전히 충동적으로 결정을 내린다. 다들 자신의 감을 따른다. 직감에 의지하다가 경솔한 실수를 저지른다. 인생은 게임보다 훨씬 더 복잡하다. 삶의 풍성함과 복잡함은 아무리 아름답고 완벽하게 균형 잡힌 방정식이라 해도 포착할 수 없다. 또 우리가 생각하는 것만큼 인간이란 존재는 완벽한 포커 플레이어가 아니다. 대단히 비합리적이기도, 의욕만 앞서기도, 감정에 좌우되어 온갖 모순에 종속되기도 한다. 사방에서 걷잡을 수 없는 혼란이 유발되는 것은 바로 그래서이지만, 동시에 그것은 이성의 광기 어린 꿈에서 우리를 지켜주는 자비이자 이상한 천사이다.

유진 위그너

아포칼립스의 헝가리 기마대

사람들은 우리가 한 일을 이제 와 돌이켜보며 우리를 싸잡아 괴물이자 미치광이라고 한다. 악마들을 세상에 데려왔으며 끔찍한 힘을 함부로 갖고 놀았다고. 그 힘은 우리를 일거에 쓸어버리거나, 아니면 우리를 이성 이전의 시대로, 그러니까 인류가 알던 불이라고는 동굴에서 벌벌 떠는 동안 분노한 신들이 쏘아대던 번갯불뿐이던 시절로 돌려보내고도 남았다. 다들 알지만 쉬쉬했던 추악한 비밀은, 그 무기에 이끌리고 그것을 만들도록 우리를 추동한 것이 권력이나 부, 명성, 영광을 향한 욕망이 아니라 과학을 둘러싼 순수한 짜릿함이었다는 사실이다. 물리치기에는 너무나도 강력했다. 핵연쇄반응 때 발생하는 극한의 압력과 온도, 극소수에게만 허락된 물리학, 어마어마한 에너지의 분출…… 모든 게 우리가 이전에 알던 것과는 차원이 달랐다.

유체역학적으로 일어나는 충격파와 폭풍파, 또 우리를 거의 눈멀게 만든 찬란한 광휘는 과거 인간의 눈으로는 단 한 번도 목격된 적이 없었다. 우리는 신조차 창조하지 않았던 무언가를 발견해내고 있었다. 이전까지 우주 어느 곳에서도 그러한 환경은 존재하지 않았다. 핵분열은 보통 별이나 거대한 천체 엔진 중심부에서 일어난다. 그런데 우리는 지름이 1.5미터밖에 되지 않고 6킬로그램의 조그마한 플루토늄 코어가 들어 있는 작은 금속 구체 내부에다 핵분열을 성공시켰다. 우리가 그런 일을 해냈다는 게 지금도 실감이 나지 않는다. 그건 단순히 나치를(나중에는 러시아였고 중국이었으며 세상이 끝날 때까지 사라지지 않을 적을) 이기려는 광란의 경쟁이 아니었다. 우리가 그 일을 한 건 프로메테우스가 준 선물을 극한으로 작열시킴으로써 인간의 모든 한계를 뛰어넘어 상상할 수 없는 것을 상상하고 불가능한 것을 실현하는 데서 오는 즐거움 때문이었다.

우리 화성인들은 미국 핵 프로그램에 크나큰 역할을 했다. 화성인이라는 별칭은 외계인이 실재하느냐는 누군가의 물음에 페르미가 농담으로 한 말에서부터 시작됐다. "외계인은 물론 존재하고 이미 우리와 함께 살고 있답니다. 그들은 스스로를 헝가리인이라 부르지요." 그들 눈에 우리는 낯선 존재였던 모양이다. 우리는 정말 그랬는지도 모른다. 그도 그럴 것이, 사방이 적으로 둘러싸이고 세를 겨루는 제국들 사이에서 분열된 작은 나라에서, 어떻게 그 짧은 시간에 탁월한 과학자들이 그렇게 많이 배출됐단 말인가? 레오 실라르드는 1933년 런던 거리를 건너다가 훗날 원자폭탄의 개발로 이어진 핵연쇄반응을 문득 생각해냈다. 그리고 최초로 원자로를 발명해 특허를 냈다. 폰 카르만은 초음속비행과 로켓 추진의 거장이었던 만큼, 대륙간탄도미사일을 개발하는 데 필수적인 인물이었다. 나로 말할 것 같으면 우라늄을 무기급 플루토늄으로 변환하는 데 필요한 원자로 설계를 주도했다. 텔러는 죽음의 신이자 세계의 파괴자인 수소폭탄의 아버지로 불렸다(크게 과장된 호칭이었으나 아주 틀린 말도 아니었다). 그리고 우리 외계인 중에서도 가장 외계인이었던 연치는 우리 모두를 가리키는 냉소적인 별명을 지어냈다. 아포칼립스의 헝가리 기마대. 그는 우리나라가 지적으로 탁월한 과업을 세운 것은 역사나 우연의 산물도, 일종의 정부 기획도 아니며 그보다 더 이상하고 근원적인 무언가 때문이라고 믿었다. 중앙 유럽의 한 나라로서 사회 전체에 가해지는 압박, 그 안에서 개개인들이 무의식적으로 느끼는 극도의 불안, 그리고 비범하지 못하면 멸종하고 말리라는 절박함 때문이라는 거였다. 한번은 그의 핵 억지抑止 이론에 대해 이야기하던 중 그가 나에게 판도라의 상자를 열어 안에 있는 악과 고통을 전부 세상에 내보내고 나면 상자 안에 뭐가 남는지 아느냐고 물었다. "병 바닥—알다시피 그건 사실 상자가 아니라 커다란 항아리나 병에 가깝거든—에서 조용하게 잠자코 기다리고 있는 건 엘피스Elpis라네. 대개 사람들은 그 존재를 희망의 정령으로 여겨 파멸의 정령인 모로스Moros의 반대 개념으로 이해하지만, 내가 보기에 그 존재의 이름과 본성을 좀 더 정확히 풀이하자면, 인간이 가진 기대에 대한 관념 정도가 아닐까 싶어. 악의 뒤에 무엇이 따라오는지 우리는 모르잖나? 때로는 가장 치명적이고 파괴적인 힘이 시간이 지나 우리를 구원할 도구가 되기도 하니까." 나는 그에게 어째서 신들이 아픔과 고통과 병과 죄악을 몽땅 자유롭게 풀어놓고 정작 희망만은 병 안에 가둬놓는 거냐고 물었다. 그러자 그는 눈을 찡긋하며 그야 신들은 우리가 결코 알 수 없는 걸 알기 때문이라고 했다. 나는 정확히 연치를 그런 존재로 느낀다. 내가 그를 절대로 과하게 비난하거나 모질게 판단하지 않는 건 그래서다. 연치처럼 철두철미하게 논리적인 사람이라면, 분명 우리 대다수는 알고 싶지도 않고 이해도 못할 많은 것을 혼자 이해하고 받아들였을 테니까. 그는 나머지 사람들과 다르게 세상을 보았고, 그게 그의 도덕적 판단을 상당 부분 물들였다. 그는 전쟁을 일으키거나 카지노에서 돈을 따려고, 아니면 포커 게임에서 좀 이겨보려고 『게임과 경제 행동 이론』을 쓴 것이 아니었다. 그저 인간의 동기를 완벽히 수학화하는 것이 목적이었다. 인류의 영혼 일부분을 수학으로 포착하려던 것이다. 그리고 정말로, 사람들이 경제나 그 밖의 다른 분야에서 선택을 할 때 따르는 일련의 규칙을 이론화하는 데 상당히 큰 성공을 거뒀다. 그러니 힐베르트가 연치의 마음속에 불붙인 잉걸불, 정신없이 돌아가는 세상을 붙들겠다는 그의 원대한 희망은, 완전히 꺼진 게 아니었던지도 모른다. 어쩌면 그냥 나 혼자 그렇게 믿고 싶었던 것도 같다. 사실 그에게는 뭐 그리 고귀한 목표 따위는 없었을 수도 있다. 언제나 그랬듯 그냥 무책임하게 즐겼던 것인지도. 버지니아 데이비스도 나와 같은 생각이었다. 버지니아는 뛰어난 섬유 예술가였으며, 내가 만나 본 수학자 중에 손꼽히게 따분한 마틴 데이비스의 아내였다. 논리학자였던 마틴은 연치를 숭배해 연구소에서도 연치만 졸졸 따라다녔다. 그 모습이 꼭 딱한 새끼 오리가 어미를 잃어버린 뒤 웬 엉뚱한 것들, 이를테면 자동차나 개, 아니면 인간을 제 어미로 각인해 남은 평생을 스스로 다른 종이라 생각하며 행동하는 듯했다. 마틴은 늘 연치 주변을 맴돌았고 그의 농담에 매번 지나치리만치 크게 웃었다. 한번은 클라리가 우리 모두를 저녁식사에 초대했다. 그 자리에서 야노시는 핵 외교의 복잡한 사정과 '데드 핸드'(러시아가 개발중이라던 완전 자동 무기 통제 시스템으로, 미국이 공격할 시 인간이 개입하지 않아도 자동으로 반응해 보복을 가할 수 있다고 했다)에 관해 설명을 늘어놓았다. 그러면서 핵무기 경쟁은 분명 사악하고 위험하지만, 전혀 무관한 과학 영역에서도 발전 속도를 천 배나 높여주었다고 발언했다. 버지니아는 분노했다. 자리에서 일어나 코트를 집어든 버지니아는 연치처럼 무모한 자들이 수학 너머 진짜 세상에 진짜 인간들이 살고 있다는 사실을 간과하고 있으니 결국 그자들이 우리 모두를 죽음으로 내몰 것이라고 말했다. 원자력이 우리를 어디로 데려갈지 우리가 모른다고? 수소폭탄의 위력을 우리가 모른다고? 자리에 있던 우리는 죄다 충격받았지만, 연치는 눈 하나 깜짝하지 않았다. 스카치를 마저 비운 그는 꿍얼대는 남편을 끌고 문밖으로 나가던 버지니아에게 말했다. "나는 폭탄보다 훨씬 더 중요한 걸 생각하고 있답니다, 부인. 컴퓨터에 관해서요."

1946년 폰 노이만은 미군에게 복잡한 수소폭탄 계산을 거뜬히 수행하고도 남을 강력한 컴퓨터를 만들어주겠노라고 약속했다. 조건은 하나, 폭탄 계산을 하고 남은 시간 동안 그가 컴퓨터를 가지고 원하는 것을 무엇이든 할 수 있어야 했다.

줄리언 비글로

그슬린 털과 타버린 수염

그 당시 그건 극비 정보였다.

하지만 내가 조니 폰 노이만에게 말을 흘렸다.

“기계로 탄도 계산을 돌리고 있어요. 포수들한테 사거리표를 만들어주려고요. 일 초에 곱셈을 삼백 회나 할 수 있어요.”

그는 내가 자기 엉덩이에 폭죽을 쏘기라도 한 것처럼 펄쩍 뛰었다.

나는 군 기지—애버딘 시험장—에서 집으로 가는 길에 기차역 플랫폼에서 그를 만났다. 그는 모두가 인정하는 무기 전문가였고 평소 시험장에 자주 드나들었으나 그전까지는 나와 마주칠 일이 없었다.

그는 나더러 기계를 보여달라고 했다.

그리고 기차역에서 전화를 빌렸다.

자기가 직접 두 눈으로 봐야겠다는 거였다.

전자식 숫자 적분기 및 계산기.

에니악ENIAC.

세계 최초의 디지털 범용 컴퓨터.

진정한 리바이어던.

필라델피아 무어스쿨의 한 층을 통으로 썼다.

너비 100피트.

높이 10피트.

깊이 3피트.

무게는 30톤 이상.

진공관, 크리스털다이오드, 계전기, 저항기, 축전기. 손수 납땜한 오백만 개 접합부.

작동할 때면 통제실 온도는 섭씨 48도까지 올라갔다. 전기를 워낙 많이 잡아먹어 허무맹랑한 소문이 돌기도 했다. 기계를 켜면 필라델피아 불빛이 침침해진다는 거였다.

헛소리.

기계는 인간이 이십 시간 동안 붙들고 있어야 할 일을 삼십 초 만에 끝냈다.

에니악의 특징은 계산이 일어나는 과정을 두 눈으로 직접 목격할 수 있다는 거였다.

내부로 걸어들어가면 비트값이 바뀌는 것을 볼 수 있었다.

누구도 숫자들의 속도를 따라가지 못했다. 실시간으로는 어림도 없었다.

하지만 조니는 예외였다.

계산의 현장 한가운데 잠자코 서서 눈앞에서 번쩍이는 빛을 보던 그를 기억한다.

기계가 또다른 기계 안에 들어가 생각하는 모습을.

그는 다음날 나를 고용했다. 고등연구소에서 더 나은 기계를 함께 만들자는 거였다.

나는 곧장 연구소로 가는 기차를 탔다.

하지만 연구소 사람들은 우리를 원치 않았다.

수학자들은 질색했다.

더러운 자들이 더러운 손가락을 놀려 자기들의 신성한 공간을 오염시킬 거라나.

"내 건물에 감히 엔지니어가? 차라리 날 죽이라 그래!"

나이가 지긋한 고생물학자는 말했다.

틀린 말이 아니었다.

우리는 정말로 손가락을 데며 직접 납땜질했고, 그러는 동안 그들은 공룡떼처럼 어슬렁거리며 우주의 불가사의를 풀겠답시고 뜬구름을 잡았다.

그럼 우리는?

우리는 무언가를 짓고 있었다.

그들의 세상을 바꿔버릴 무언가.

그래서 그들은 우리를 경멸했다.

우리를 위한 공간은 없었다.

결국 괴델의 비서에게 할당된 사무실을 우리가 쓰게 됐다.

어차피 괴델에게는 비서가 없었다. 필요하지도 않았고. 십 년에 한 번 논문을 낼까 말까 했으니까.

어쨌든, 참으로 놀라운 우연이지.

바로 그 괴델의 연구가 모든 컴퓨터공학의 기초를 이루고 있으니까……

우리는 거기서 계획을 짰으나 그곳에서 컴퓨터를 만들 수는 없었다.

그래서 공간을 옮겼다.

어디로?

그야 당연히 지하실로.

우리가 해낸 일은 실로 대단했다.

우리의 컴퓨터는 최초가 아니었다.
세번째도 못 되었다.
하지만 무려 프로그램이 내장된 컴퓨터였다.
모두가 우리를 따라 했다.
우리는 연구의 매 단계 하나하나를 논문으로 발표해 세상에 공개했다.
그렇게 우리의 컴퓨터는 세계 천오백여 곳에서 복제되었다.
청사진이 된 것이다.
디지털 우주의 DNA.

조니는 처음부터 숨기지 않았다.
우리의 목적은 튜링이 1936년 논문 「계산 가능한 수와 결정 문제의 응용에 관하여」에서 꿈꾸었던 기계를 만드는 것이었다.
만능 기계, 또는 '튜링 기계'를 만드는 것.
튜링 기계는 원칙상 기호 형태로 제시되는 모든 수학적 문제를 풀 수 있다.
그 영국 작자는 인간 정신의 내부 상태와 기호 조작 능력을 용케 복제해냈다. 다만 종이 위에다.
진정한 천재.
문제는 튜링 기계가 말도 안 되게 추상적이라는 거다.
무한히 긴 종잇조각을 읽는 '두뇌'.
현실의 기술이 되리라고는 상상하기 어렵다.

그런데 우리가 그것을 실제 작동하며 프로그래밍도 가능한 컴퓨터로 만든 거다.

이후 벌어진 상황은 폭발적이었다.

에니악? 우리 컴퓨터에 비하면 번드레한 계산기에 불과했다.

그건 한 가지 선율만 틀 수 있는 오르골이었다.

뭔가 새로운 걸 하려면 물리적으로 전선을 갈아야 했다.

수천 개 케이블을 일일이 손으로 연결했다.

그러니 프로그램 하나 바꾸는 데 몇 시간, 며칠이 걸렸다.

우리가 만든 건 악기 자체였다.

그랜드피아노.

우리의 기계에는 새로운 지시만 내리면 되었다.

하드웨어에 손대지 않고 소프트웨어만 바꾸는 거다.

게다가 스무 배나 빨랐다.

거기에 완전한 임의접근기억장치까지 달려 있었다.

시스템의 구조를 짠 사람은 조니였다.

논리적 틀.

당신의 컴퓨터에 있는 바로 그것.

지금까지 무엇 하나 바뀌지 않았다.

놀라우리만치 단순했다.

딱 다섯 개의 부품.

입력과 출력 장치, 그리고 나머지 세 개의 구성단위는 기억장치, 논리연산장치, 마지막으로 CPU라고 하는 제어장치였다.

그렇게나 단순했다.

하지만 작동하게 만들기란 끔찍이도 어려웠다.

때는 1951년이었다.

우리는 잉여 군수품과 언제 망가져도 이상하지 않을 진공관을 사용했다.

여름이 되어 실내 온도가 심하게 올라가면 기계 위에 타르 액이 튀곤 했다. 그러면 몇 달 치 연구가 한순간에 무용지물이 되었다.

그런가 하면 기억장치는 심하게 민감했다. 양털 스웨터를 입은 사람이 잘못 만지기만 해도 내용이 싹 지워졌다.

자동차와 비행기가 지나갈 때도 안심할 수 없었다.

그런데 한번은 쥐가 기계 안으로 들어갔다.

전선을 잘근잘근 씹어먹다 바삭하게 타 죽었다.

다행히 기계는 살렸으나 악취는 없애지 못했다.

그래서 늘 새까맣게 구워진 살점과

그슬린 털과 타버린 수염 냄새가 났다.

완성하기까지 우리는 오 년을 고생했다.

지독히도 괴상하고 몹시도 불안정했지만, 세상에, 어찌나 아름답던지!

터보과급기가 달린 V-40 엔진을 탑재한 거대 직조기 같았다.

알루미늄에 싸여 반짝거렸고 좀더 아담했다.

높이 6피트에 너비 2피트에 길이 8피트.

당시 기준으로는 진정한 초소형 처리 장치였다.

자금은 대부분 군이 댔다.

조니는 성공하면 계산 속도를 만 배나 높일 수 있다는 말로 그들을 꾀었다.

한번 상상해보라……

원자폭탄 계산은 전부 계산기로만 이뤄졌다.

번듯한 컴퓨터가 아니었다.

그냥 여자 계산원들과 고급 계산기들 정도.

전쟁꾼들은 우리 작업이 끝나기 전부터 군침을 흘렸다.

그들은 거대하고도 치명적인 꿈을 꾸고 있었다.

하지만 조니의 꿈은 더 원대했다. 그는 당시만 해도 난공불락이던 문제를 마음속에 품고 있었다.

그는 모든 것을 수학화하고 싶어했다.

생물학, 경제학, 신경학, 우주학에서 혁명을 일으키겠다는 꿈.

인간 사고의 모든 영역을 변혁하고 무한한 계산의 힘을 세상에 풀어 과학의 목덜미를 움켜쥐겠다는 꿈.

그는 그래서 그 기계를 만들었다.

"이런 종류의 장치는 아주 획기적으로 새로운지라 실제 작동된 후에야 쓸모의 상당 부분이 선명해질 거요."

그가 내게 한 말이다.

그는 알았던 것이다.

진짜 문제는 기계를 만드는 게 아니라, 기계가 알아들을 수 있는 언어로 올바른 질문을 던지는 것임을.

그리고 그 언어를 구사할 수 있는 사람은 그가 유일했다.

우리는 조니에게 참 많은 빚을 졌다.

조니는 우리에게 단순히 20세기에 가장 중요한 기술의 돌파구만 마련해준 게 아니었다.

그는 자기 정신의 일부를 남겼다.

우리가 이 기계에 붙인 세례명은 수학 분석기와 숫자 적분기 및 계산기Mathematical Analyzer, Numerical Integrator and Computer였다.

짧게 하면, 매니악MANIAC.

폰 노이만이 매니악을 가지고 세운 첫번째 목표는 우리가 알던 삶을 파괴하는 것이었다. 1951년 여름, 로스앨러모스의 과학자 한 무리가 프린스턴 고등연구소를 방문해 컴퓨터에다 대규모의 열핵 계산을 지시했다. 컴퓨터는 두 달간 하루 이십사 시간을 내리 돌아가며 백만 장이 넘는 천공카드를 처리했고, 단 하나의 예/아니오 대답을 산출했다.

예

리처드 파인먼
그렇게 세상은 불타기 시작했다

내가 매니악을 상대한 적도 있다는 걸 아시는지? 무려 이기기까지 했다. 우리는 그 게임을 반反성직자 체스라 불렀는데, 게임을 단순하게 만드느라 비숍* 말들을 빼버렸기 때문이다. 우리가 아니라 컴퓨터를 배려해서였다. 판 크기도 가로세로 여섯 칸짜리로 줄였다. 캐슬링과 더블 폰을 없애는 등 규칙을 일부 손보기도 했으나 나머지는 일반 체스와 똑같았다. 프로그램을 작성한 사람이 폴 스타인이었는지 마크 웰스였는지는 기억나지 않지만, 매니악이 인류를 이긴 최초의 컴퓨터라는 사실은 똑똑히 기억한다. 솔직히 말해 대단한 성과까지는 아니었다. 상대는 체스를 제대로 둘 줄 모르는 하수였으니까. 로스앨러모스에

---

* bishop. 가톨릭에서 '주교'를 뜻한다.

서 온 인턴으로 며칠 전에야 체스 규칙을 익힌 사람이었으므로 유의미한 적수라 하기 뭐했다. 그래도 개념을 증명했으니 컴퓨터로서는 장한 걸음마를 뗀 셈이었다. 나도 두어 번 컴퓨터와 체스를 두었다. 재미는 있었으나 인내심을 발휘해야 했다. 컴퓨터는 말을 한 번 움직이는 데 대략 십이 분이 걸렸기 때문이다. 우리는 컴퓨터에서 흥미로운 기벽을 발견하기도 했다. 컴퓨터는 체크 상태에 몰리면 죽음의 공포라도 느끼는지 불필요하게 말들을 희생해서라도 체크를 피하려고 했다. 하지만 그자들이 매니악을 쓰려는 진짜 목적을 알게 되었을 때 내가 느낀 감정은 역겨움이었다. 몸이 다 아플 정도였다. 참고로 나는 로스앨러모스를 떠난 후 다시는 군사 일에 손도 대지 않기로 맹세했다. 나는 이 이상한 시절 동안 극심한 우울증을 앓았는데, 뉴욕에서, 글쎄, 어디였더라, 59번가였나…… 뭐 하여간 거기서 어머니와 점심 아니면 아침을 먹다가도 문득 주변을 둘러보며 계산을 시작하곤 했다. 히로시마 일대에 떨어진 폭탄이 얼마나 거대한지 나는 잘 알았다. 만약 34번가에 같은 폭탄을 떨어트리면 다운타운 전체가 초토화되어 내 주변의 모두가 죽고 모든 건물이 순식간에 무너질 테지. 이런 생각을 하며 시내를 돌아다니면 잔해와 돌무더기가 사방에 보이기 시작했다. 공사장 인부들을 보면 그저 웃음이 났다. 다 부질없는 짓이었다. 어차피 무너질 텐데 뭐하러 다리를 짓고 아파트를 짓는담? 다들 미쳤군! 전혀 이해를 못하는군! 뭐하러 새로운 걸 만들어? 다 쓸모없는데! 폭탄은 하나가 끝이 아니었다. 폭탄을 만들기란 쉬웠고, 머지않아 또 사용될 것이 틀림없었다. 사용하지 않을 이유가 어디 있겠는가? 사람들은 늘 그렇게 행동하니까. 국제관계는 전과 달라진 게 하나 없었다. 그러니 새로운 창조는 아무 소용도, 의미도 없다고 나는 확신했다. 하지만 오랜 세월이 흐른 지금 나의 믿음은 틀린 것으로 판명이 났고, 사람들이 계속 살아갈 수 있었음에 나는 진심으로 기쁘다. 그러나 처음에는 우리가 필히 파국으로 치달으리라 생각했다. 특히 그 작자들이 매니악을 이용해 수소폭탄을 만들려 한다는 사실을 알았을 때는.

어느새 나는 그것에 집착하고 있었다. 수소폭탄은 단순히 더 커다란 폭탄이 아니었다. 그것은 공포 그 자체였으며, 무엇으로도 정당화할 수 없었고 어느 잣대로 보아도 사악했다. 이성과 합리의 영역을 훌쩍 넘어선 그런 무기를 탄생시킴으로써 우리는 지옥 중에서도 가장 어두운 땅에 제 발로 들어선 것 같았다. 심지어 첫 폭탄을 만드는 데 참여한 과학자들조차 그것에 반대했다. "수소폭탄은 성질상 군사적 목적에만 가두는 게 불가능하며 사실상 대량 학살에 준하는 결과를 불러올 무기가 될 것이다." 페르미가 한 말이다. 오펜하이머는 책임자들과 각을 세우면서까지 필사적으로 수소폭탄 제조를 막으려고 했다. 그는 고등연구소 책임자로서 마지막 남은 영향력을 수소폭탄 제조를 반대하는 데 남김없이 썼다. 그 과정에서 숱하게 많은 사람과 사이가 틀어졌고, 권력의 아주 높은 곳에 있는 위험한 적들을 만들었다. 당연하게도 블랙리스트에 이름이 올랐고 나중에는 기밀 취급 인가를 취소당했다. "원자폭탄 창조로 물리학자들은 죄악이 무엇인지 알았고, 그 앎은 도무지 잃을 수 없는 것이다." 오펜하이머는 말했다. 그는 손에 피를 묻혔다고 느꼈다. 참으로 대단한 사람이었고, 그렇게나 똑똑한 거물급 인사였던 그조차도 끝내는 어찌할 도리가 없었다. 마치 그 끔찍한 것들에 자체적인 의지가 생겨서, 곰곰이 생각하면 몸이 떨려오는 괴이한 필연의 힘에 그것들이 스스로 응답한 것만 같았다.

우리 물리학자들이 원자폭탄으로 죄를 알았다면 수소폭탄으로는 지옥에 눈을 떴다. 1952년 가을, 미국에서는 수없이 많은 천진한 아이들이 핼러윈 준비에 한창이었다. 아이들은 작은 흡혈귀 송곳니에 가짜 피를 묻히고, 저주받은 영혼은 오래전 죽은 혈관에서 빠져나가 시간의 부패만이 쌓인 미라의 몸을 흉내내려 팔에 붕대를 감은 채, 망자의 영혼이 돌아와 산 자 사이를 돌아다닌다는 만성절 전야제의 가짜 공포를 함께하려고 고사리 손을 떨며 기대에 부풀었다. 같은 시각 세계 반대편 남태평양 에너워탁 환초의 어느 섬에서는 인류 역사상 가장 치명적인 무기의 첫 프로토타입, 극악무도한 괴물, 아이비 마이크가 일본인 이십오만 명을 살상하는 데 쓰인 폭탄보다도 무려 오백 배나 강한 힘으로 폭발했다. 끔찍하고 악마 같은 기계였다. 거대한 강철 탱크의 높이는 삼층 건물만했고 무게는 82톤에 달했으며, 수소의 동위원소인 액체 중수소가 섭씨 영하 250도까지 냉각되어 채워졌다. 그것이 열핵반응인 핵융합 폭발의 연료였다. 하지만 주 폭탄을 점화하려면 또다른 폭탄이 필요했다. 우리가 나가사키에 투척한 패트맨 폭탄과 유사하되 좀더 작은 핵분열 장치에서 나오는 방사선이 필요했다. 핵분열 폭탄은 탱크 위에 꼭 종양처럼 돌출되어 있었다. 온갖 유지 장치들, 냉각 장비, 센서, 변압기, 파이프, 금박 반사체, 납 차폐막, 폴리에틸렌 내벽, 미가공 우라늄과 삼중수소, 플루토늄 점화플러그까지 달린 탱크는 폭탄이라기보다 작은 공장에 가까워 보였다. 탱크는 엘루글라브섬에 지어진 격납고에 보관되었는데, 섬은 폭탄 폭발과 동시에 증발했다. 8천만 톤에 이르는 산호와 함께 지구상에서 영원히 사라졌고, 그 자리에는 십칠층 건물 깊이의 분화구가 생겼다. 어느 공식 문건에 따르면, 분화구는 "펜타곤 건물 열네 채를 지어도 될 만큼 거대했다". 열핵반응이 일어난 순간 그라운드제로에서 번쩍인 광휘는 트리니티 실험 때 내가 보았던 것과 똑같은 빛이었다. 2차대전에서 싸우고 피를 흘리며 강하게 다져진 군인들도 그 순간 무릎을 꿇고 기도를 올렸다. 살아 있는 자신들의 몸속 뼈가 그림자처럼 모습을 드러낸 바로 그 순간에, 그들은 차마 입에 올릴 수 없을 만큼 잘못된 일이 일어났음을 직감했다. 건물 안에 머무르던 사람들도 밀폐된 문과 창구의 미세한 틈과 구멍 사이로 들어오는 빛줄기에 눈을 못 뜰 정도였다. 빛은 이내 수평선 위에서 반쯤 머리를 드러낸 태양처럼 어마어마한 불구덩이로 바뀌었다. 그리고 순식간에 커다란 버섯 모양의 구름으로 퍼져 성층권으로 올라갔고 에베레스트산 높이의 다섯 배가 될 때까지 몸집을 키웠다. 과거에 내가 사막에서 보았던 것과는 비교도 안 되게 거대했다. 증발한 섬의 30마일 바깥에서 지켜보던 사람들은 구름이 산호 입자와 파편들과 수증기가 뒤섞인 널따랗고 더러운 기둥 위에 자리를 잡고 자신들 머리 위로 밀려들자 벌벌 떨었다. 몸집을 불리던 불구덩이는 1억 7천만 도까지 올라 태양 핵보다도 뜨거워졌다. 냄비에서 끓는 마멀레이드처럼 들끓고 휘는 모양이 꼭 저절로 살아 움직이듯 했다. 커다랗고 검은 혹들이 비대한 구름덩어리 안을 떠다녔다. 하늘이 용광로처럼 시뻘게졌다. 공중을 순회하던 조종사 하나는 대기 자체가 끓는 것 같았다고 기록했다. 하늘에 거대한 구름 무리가 만들어졌고, 뒤따라 알 수 없는 어둠이 수평선으로 돌진했으며, 성층권과 바다 사이에서 반사된 소닉붐으로 강력한 음파가 몇 분간이나 지속되었다. 폭탄의 굉음은 귀가 먹먹할 만큼 강력했다. "사방에서 뇌우 백 개가 들이닥치는 것만큼 굉장했다. 하늘이 파열된 것만 같았다. 다들 귀가 울리고 아파서 몇 시간을 고생했다." 해상 전함에서 폭발을 목격한 선원은 이렇게 적었다. 폭발로 인한 열기도 극심해 수 마일 바깥에 있던 생물학자들은 마치 끓는 팬 위에 떨어졌다 나온 것처럼 깃털 절반이 타버린 새들과 한쪽 비늘이 죄다 벗겨진 물고기들을 발견했다. 그라운드제로에서 25마일 떨어진 곳에 있던 물리학자 친구는 훗날 내게 말했다. "그 열기는 평생 못 잊을 걸세. 잦아들 기미가 보이질 않으니 정말 끔찍한 경험이었어. 우리가 보았던 트리니티도 킬로톤급 폭발이었지만 그건 불이 번쩍이는 걸로 끝이었잖나. 하지만 거대한 수소폭탄은 열기가 식질 않고 점점 더 뜨거워지기만 했다고. 온 세상이 불에 휩싸였다고 믿을 수밖에." 로스앨러모스에서 우리는 첫 실험에 성공한 뒤 행복에 젖어 며칠이고 파티를 열어 술을 진탕 마시며 자축했다. 그러나 세계 최초의 열핵 폭발을 목격한 과학자들은 자신들이 고삐를 푼 힘의 위력에 겁을 먹었다. 곧장 후회를 표하는 이들도 많았다. 리버모어 무기 연구소의 책임자였던 허버트 F. 요크는 아이비 마이크를 이렇게 평가했다. "역사가 실질적으로 뒤바뀐 순간을, 세계가 돌연 진로를 이탈해 더 위험한 길로 들어선 순간을 진실로 예고했다. 핵분열 폭탄도 파괴적이라 할 수 있으나 그 힘은 제한적이었다. 그런데 이제 우리는 모든 한계를 밀어버리고 무한의 힘을 보유한 폭탄의 제조법을 막 터득한 듯하다." 아닌 게 아니라, 그 빌어먹을 폭탄은 대통령에게도 충격을 안겼다. 막 선출된 아이젠하워는 태평양에서 진행된 폭발 소식을 전해듣고 귀를 의심했다. "모든 걸 없애버릴 파괴력을 우리가 만들 필요는 없다. 완전한 파괴는 곧 평화의 부정이다." 그는 이렇게 말했지만, 이미 너무 늦은 후였다.

수소폭탄 창조에 책임이 가장 무거운 화성인은 아마도 텔러일 것이다. 오펜하이머에 따르면, 랜드연구소 회의에 들어간 텔러가 수소폭탄이 미국에 얼마나 강력한 힘을 쥐여줄지를 어찌나 인상 깊게 설명했는지, 그 말을 들은 공군성장관 토머스 K. 핀레터는 벌떡 일어나 "그 무기를 준다면 우리가 세상을 지배하리!"라고 외쳤다고 한다. 그런데 얄궂게도 그는 수소폭탄의 폭발을 보지 못했다. 그러니까, 텔러 말이다. 자신을 폭탄 제조 책임자로 앉히지 않은 것이 분했던지 텔러는 폭탄이 폭발하던 당시 캘리포니아에 머물렀다. 그 시각에 그는 버클리대의 깜깜

한 지하실에서 흔들리는 지진계 바늘을 초조하게 지켜보았다. 자기 자식이 TNT 천만 톤이 넘는 위력을 울부짖으며 세상에 태어난 순간의 충격파를 감지하기 위해서였다. 그리고 감지에 성공하자 공식 발표보다 세 시간 먼저 로스앨러모스 동료들에게 전보를 보냈다. "사내아이다!" 훗날 텔러는 오펜하이머의 등에 비수를 꽂았다 하여 물리학자 친구들에게 버림받게 되지만, 당시에는 장군들과 전쟁광들의 총애를 받았다. 비록 자신의 설계 초안은 실패했으나 끈질기게 수소폭탄을 밀어붙였기 때문이다. 텔러는 폰 노이만의 친구인 스탠 울람이 아이비 마이크의 프로토타입을 실현할 아이디어를 제안하자 직접 그것을 다듬었다. 울람…… 그자는 감탄스러우리만치 게을렀다. 더없이 명석하고 눈부시게 똑똑하지만 곧 죽어도 일을 안 하고 자기 아이디어를 굳이 실현할 필요를 못 느끼는 그런 괴짜 과학자 중 하나였다. 울람의 사연도 기가 막힌다. 그는 뇌염에 걸려 죽음의 문턱까지 다녀왔다. 어느 날 밤 극심한 두통을 느껴 잠에서 깼는데, 말하려고 하면 입에서 알아들을 수 없는 웅얼거림만 새어나왔다. 사람들이 그를 다급히 병원에 데리고 가 뇌에 구멍을 뚫었고 페니실린을 잔뜩 처방했다. 그는 혼수상태에 빠졌다. 그는 그때 죽었어야 했다. 그래도 전혀 이상하지 않았다. 목숨을 건지고 심각한 뇌손상이나 정신장애를 면한 것은 기적이라고 의사들은 그의 아내에게 말했다. 그런데 이후에 오히려 정반대의 일이 일어났다. 그의 연구 중 최고로 꼽히는 몇몇 작업이 그 시기에 이뤄졌으며, 심지어 아직 요양하고 있던 중에 자신의 가장 위대한 생각을 떠올렸다. 의사들은 그에게 머리를 너무 쓰지 말라고 주의를 주었다. 생각을 아예 안 하려고 노력해야 한다고 했다. 뇌에 부담이 가해지면 정말 죽을지도 몰랐다. 그래서 이 놀라운 수학자가 무얼 했느냐고? 페이션스 놀이를 했다. 혼자 하는 카드 게임. 머리를 식힐 겸 그냥 멍하게 한 장 한 장 카드를 뒀다. 페이션스를 할 때 무슨 생각이 필요하겠는가? 무언가를 선택할 필요 없이 거의 자동으로 움직이면 된다. 그런데도 그는 거기서 패턴을 발견하기 시작했다. 약간의 신중함만 발휘하면 몇 수 만에 게임의 결과를 예측할 수 있었다. 울람은 그 패턴을 분석해 일명 '몬테카를로법'을 고안했다. 기본적으로는 계산 알고리즘인데, 실제로 계산하는 것이 아니라 반복적으로 무작위 근사치를 내어 통계적 추측을 통해 복잡한 문제를 푸는 방법이다. 이를테면 카드를 한 번 섞어 페이션스를 둔다고 할 때 승리 확률이 궁금하면 보통은 그 자리에서 계산해가며 추상적으로 문제에 접근하겠으나, 몬테카를로법을 적용하면 게임을 무수히 많이, 예를 들어 천 판 정도를 해보면 된다. 그리고 그 결과로부터 이긴 판의 수를 관찰해 세고, 해당 정보를 바탕으로 답을 추론한다. 말하자면 몬테카를로는 무기화武器化된 무작위성이다. 거대한 데이터 속에서 의미를 찾아내는 방법, 복잡한 상황의 여러 가능성을 설계해 미래를 예측하고, 불확실성을 처리하고, 모호하고 예측 불가한 사건들에서 뻗어나온 길들 사이에서 결정을 내리는 방법이었다. 이는 믿기 어려울 만큼 강력한 데다 우리에게 약간의 겸손함이랄지 굴욕감을 준다. 그간 우리가 의지하던 전통적인 계산법과 합리적이고 논리적인 단계적 사고의 한계를 보여주기 때문이다. 또한 이 방법은 매니악이 대규모의 수학적 시뮬레이션과 복합 유체역학을 수행해 텔러-울람이 합작한 수소폭탄 설계의 실행 가능성을 확인하는 데 정확히 필요한 사고의 유형으로 판명이 났다. 그러니까 그 저주받은 폭탄은 우리네 세상에서 폭발하기 전 컴퓨터의 디지털 회로에서 먼저 생명을 얻은 것이다. 폰 노이만의 발명품이 아니었다면 열핵무기는 사실상 만들어질 수 없었다. 컴퓨터의 운명은 애초부터 열핵무기와 단단히 얽혀 있었다. 폭탄 제조 경쟁은 컴퓨터에 대한 조니의 열망으로 더욱 가속화되었고, 반대로 매니악을 만들려는 노력은 핵무기 경쟁으로 앞당겨졌기 때문이다. 과학이 작동하는 방식은 이렇게나 소름이 끼친다. 인간 발명품 중 가장 독창적인 물건과 가장 파괴적인 물건이 정확히 동시에 탄생하다니. 우주를 정복하고 생물학과 의학이 눈부시게 발전한 지금, 우리가 살아가는 첨단 기술 세상의 많은 부분이 단 한 사람의 편집증적 집착으로 인해, 또 수소폭탄의 실현 가능성을 계산하느라 개발된 전자 컴퓨터로 인해 추진력을 얻었다. 울람을 생각해도 그렇다. 죽음의 위기를 겪으며 무덤 속에 한 발을, 아니 두 발을 디뎠던 폴란드인 수학자가 이후 정신 나간 상상력을 발휘한 덕에 우리는 기적 같은 계산법을 얻었다. 그 기법이 마침 딱 알맞은 시기에, 마침 딱 알맞은 기술과 만나 수리물리학의 새 지평을 열었다. 그리고 세상은 불타기 시작했다.

폰 노이만이 매니악을 가지고 세운 두번째 목표는 새로운 유형의 생명을 창조하는 것이었다.

3장

기계 안의 유령들

기계가 못하는 일이 있다고들 한다. 기계가 못하는 일이 정확히 뭔지 내게 말한다면, 나는 언제든 그걸 해내는 기계를 만들 수 있다.

—존 폰 노이만

줄리언 비글로
진짜 미치광이 과학자

매니악이 가동되자마자 조니는 그걸 가지고 연구할 사람으로 진짜 미치광이 과학자를 데려왔다.

닐스 알 바리첼리.

노르웨이인과 이탈리아인의 피가 반반 섞인 자였다.

미쳐도 단단히 미친 사람.

그때 조니는 생물학에 집착하고 있었는데, 마침 이자가 조니 연구실에 직접 쓴 쪽지를 남겼다.

인공적으로 창조한 우주에서 생물 발생과 유사한 진화의 가능성을 입증하기 위해 일련의 수치 실험을 하고 싶습니다.

실험계획서와 논문 몇 편도 동봉되어 있었다.

조니는 내게 의견을 물었다.

그러나 나의 대답이 궁금했던 건 아니었다.

바로 다음날 바리첼리에게 전면적인 접근권을 허락했으니까.

마음껏 시뮬레이션을 돌려도 좋다고 했다.

물론 폭탄 계산이 끝나고 나면.

바리첼리는 새벽 세시에 찾아와 밤새 일했다.

나는 사이클을 돌릴 준비를 하러 갔다가 그가 한 마리 사마귀처럼 천공카드 기계 앞에 쪼그려앉아 있는 모습을 보았다.

그는 우리처럼 코드를 작성하지 않았다.

그냥 바로 이진법을 썼다.

컴퓨터와 똑같은 언어로.

그의 생각은 거침없었다.

매니악 안에다 생명의 진화를 모방하겠다고 했다.

지상 최초의 언어와 최초의 기술은 인간 손으로 창조된 것이 아니다. 대략 사십억 년 전쯤, 원시 분자들에 의해 창조되었다. 나는 그와 필적할 잠재력을 지닌 진화 과정이 컴퓨터 기계 메모리에서 시작될 가능성이 있다고 본다.

바리첼리는 공생발생symbiogenesis을 믿었다.
다윈설에 반하는 대단히 논쟁적인 이론이었다.
그 이론은 생물의 복잡성을 자연선택과 유전이 아닌 공생적 연합으로 설명한다.
보다 단순한 형태들의 융합.

그는 매니악의 메모리에 무작위로 숫자들을 심었다.
그리고 숫자들의 행위를 지배하는 규칙을 도입했다.
그런 식으로 그것들을 '진화'시켰다.
그의 가설대로라면 숫자들은 유전자와 비슷한 형질을 보여야 했다.

그는 수학 생물학자이자 바이러스 유전학자였다.
두 분야에서 모두 미움을 받았다.
다윈의 열렬한 반대자.
괴델을 돌팔이라고 부르던.
그래서 적이 아주아주 많았다.
그는 개뿔 신경도 쓰지 않았지만.

한번은 내가 그에게 정말 5킬로바이트 메모리 안에 생명을 창조할 수 있다고 믿느냐고 물었다.

당시 우리가 가진 용량은 그게 전부였다.

5킬로바이트.

그는 작은 쥐 같은 얼굴을 구기면서 나를 보았다.

그동안 지구가 유기화학적 형태의 생명을 선호해온 것처럼 보인다는 사실이 전혀 다른 기반의 유기체를 설계할 수 없다는 증거가 되진 않지요.

우리가 처음이자 마지막으로 나눈 대화였다.

하지만 나는 틈날 때마다 그의 노트를 엿보았다.

◇ 생명 창조는 어렵지만 불가능하지 않다.

◇ 수많은 공생유기체가 몇 초 만에 우연히 발생한다. 몇 분이면 생명현상을 전부 관찰할 수도 있다.

◇ 기생충에 시달리는 배아기의 우주.

◇ 백 세대가 지나기 전, 공생유기체의 원시종 하나가 온 우주를 침범했다.

◇ 최후에 생존한 유기체는 기생충이었고, 숙주가 부족해지자 굶어죽었다.

바르첼리가 말한 '유기체'란 숫자들이었다.

숫자들은 서로 접촉해 융합하거나 변이하거나 죽거나 아니면 번식했다.

공생을 거치면 보다 복잡해졌다.

보다 단순한 형태로 돌아가기도 했다.

포식자로.

기생충으로.

사이클을 두 번 돌릴 때마다 바르첼리는 매니악 메모리에서 표본을 취해 출력했다.

거대한 추상표현주의 그림처럼 무성한 수학적 풍경들이 펼쳐졌다.

미치광이의 뇌전도.

그는 그것을 빤히 바라보다 유기체들이 공생자를 만들기 위해 '유전자'를 교환한 곳을 발견하면 손으로 가리키며 옳지! 하고 소리쳤다.

기생충이 되어버리면 가증스러운 것! 하고 외쳤다.

바르첼리는 숫자들이 스스로 생명을 발생시킬 수 있다고 확신했다.

이것은 일종의 낯선 생명 형태의 시작일까, 아니면 그저 생명의 모형일까? 아니, 모형은 아니다. 자기 증식의 구조를 지닌 부류임이 이미 밝혀졌으니!

하지만 그의 실험은 실패했다.

번식하며 유전적 변화를 겪는 숫자 집단을 창조해냈으나 숫자의 진화는 그리 멀리 진척되지 않으며, 멸종의 위험 없이 점점 더 상위 유기체로 나아가는, 지구에서 발생한 것과 같은 무한 진화 과정에 도달할 정도의 적합도에 결코 이르지 못했다. 형성된 기관과 기능이 생물의 그것만큼이나 복잡하다고 말하기에는 무언가 부족하다. 숫자는 아무리 많은 변이를 겪더라도 언제나 숫자일 것이다. 절대 살아 있는 생물이 될 수 없다!

절망이 묻어나는 글이었다.

그는 사기꾼인가, 아니면 선지자인가?

아마 둘 다일 것이다.

시대를 너무 앞섰던 사람.

그것도 너무 많이.

그의 숫자 개체들은 수소폭탄 계산을 다 돌리고 얼마 남지 않은 계산 사이클만을 사용해 텅 빈 디지털 우주에서 진화했다.

더 많은 게 주어졌더라면 어떤 일을 해냈을지 누가 알겠는가.

하지만 모든 것은 흔적도 없이 사라졌다.

그의 여러 아이디어는 그의 연구가 존재했다는 것조차 모르는 사람들에 의해 재발견되었다.

조니가 그를 묻어버린 걸까? 아마도.

둘 사이에 무슨 일이 있었던 것은 틀림없다.

관계가 심하게 틀어졌으니까.

양쪽 모두 서로의 연구를 인정하지 않았다.

논문에 한마디 언급조차 없다.

다 확인해본 사실이다.

평생 만난 적 없는 사람들처럼.

조니는 지금까지도 인공 생명의 대부로 추앙받는다.

그러나 또다른 미치광이는 아무도 기억해주지 않는다.

그는 어느 날 갑자기 매니악에 접근할 수 없게 됐다.

그렇게 우리는 영영 그를 볼 수 없었다.

나는 그가 연구소를 나간 뒤에도 계속 그의 흔적을 쫓았다.

이후 조니가 세상을 떠나고 매니악이 멈추었을 때도 그를 수소문했다.

조니가 죽고 몇 달 후에 컴퓨터는 폐기되어버렸으니까.

참 이상한 일이지 않은가?

바르첼리는 순례중이었다.

자기 자식들을 번식시켜줄 킬로사이클*을 찾아 대학교 이곳저곳을 전전하고 있었다.

* 주파수를 나타내는 킬로헤르츠의 과거 단위.

조니 이야기가 나오니 경멸하는 기색을 감추지 않았다.

탐욕스러운 거미처럼 온갖 군대와 정부의 이해관계에 거미줄을 뻗치고 그 위에 올라앉아 있었지.

개중 그나마 점잖은 욕이었다.

그의 마지막 논문은 1987년에 나왔다.

「언어와 기술을 스스로 생성하는 공생유기체 진화를 위한 숫자 진화 과정의 시작에 대한 제언」.

그는 자신의 디지털 공생자들에게서 처음으로 지능의 흔적을 감지했노라고 선언했다.

진지하게 관심을 기울인 이는 없었다.

그는 1993년 오슬로에서 죽었다.

외계 생명에 집착하며.

피해망상에 시달리며.

그는 학계에 깔린 기생충들 때문에 자기 연구가 의도적으로 외면받았다고 믿었다.

그가 매니악에서 손을 떼었을 때 사람들은 그의 노트와 실험 결과물을 커다란 상자에 담았다.

그리고 지하 창고로 내려보냈다.

그가 죽고 몇 년이 흐른 뒤에야 나는 창고에서 상자를 발견했다.

그리고 집으로 가져갔다.

기름기 섞인 먼지가 켜켜이 쌓여 있었다.

고무 탄 냄새가 코를 찔렀다.

상자를 여니 명령어가 적힌 문서들이 한 무더기 나왔다.

바르첼리의 손 글씨로 적힌 십육진법 코드.

디지털 우주를 창조하고 그 안에서 숫자 유기체들을 번성하게 할 규칙들.

군데군데 조니가 파란색 잉크를 휘갈겨 고쳐놓은 부분이 보였다.

마치 직접 코드를 돌려본 뒤 최적화 방법을 알아내기라도 한 듯이.

아니면 치명적인 버그를 발견이라도 한 듯이.

아니면 누구도 못 본 것을 본 듯이.

마지막 장에 대문자로 커다랗게 이런 메모가 적혀 있었다.

이 코드에 관해
아직 규명 못한 무언가가
분명히 있을 텐데요

시드니 브레너
진정한 선지자

작디작고 보잘것없어 그 기원은 눈에 보이지도 않는 무언가를 통해서 새롭고 찬란한 시야가 열리기도 한다. 존재의 고차원적 질서는 바로 그런 것을 통해 스스로 모습을 드러내려 하기 때문이다. 있을 법하지 않은 이런 일이 어쩌면 사방에 모습을 감추고 있는지도 모른다. 우리 의식의 경계에 잠재해 있거나 우리를 에워싼 정보의 바다 한가운데 떠다니며, 저마다 격렬하게 피어나 반짝일 가능성을 품은 채로 이 세상의 바닥을 뜯어내 그 아래 있는 것을 우리에게 보여주려고 하는지도. 그렇다는 걸 아는 이유는 내가 살아 있는 모든 세포에서 메신저RNA가 하는 역할을 발견한 과학자 중 하나이기 때문이다. 기본적으로 메신저RNA란, DNA 정보를 복제해 생명의 구성 요소인 단백질을 만드는 구조로 실어나르는 작은 기계라 할 수 있다. 나에게 영감의 원천을 묻는 사람들이 많은데, 그때마다 나는 폰 노이만의 덜 알려진 논문 한 편을 꼽는다. 그 논문은 자기 증식 기계를 만드는 것에 관한 아주 짧지만 강력한 사고실험이었다.

내 주변에서는 누구도 그 논문을 들어본 적이 없었고, 어떻게 그 논문이 내 손에 들어오게 되었는지도 잘 모르겠지만, 그가 논문에서 해낸 일은 확실히 비범했다. 그는 생물이냐 기계냐 디지털이냐에 관계없이 모든 방식의 자기 복제에 적용할 수 있는 논리 규칙을 수립했다. 지독히도 난해했으므로 오랜 세월 묻혀 주목받지 못한 게 당연했다. 아니 어쩌면 쉽게 받아들여지기에는 너무 낯선 발상이라 지구에 떨어져 무르익으려면 과학과 기술이 더 성숙하고 발전하기를 기다려야 했는지도 모른다. 폰 노이만은 존재 복제의 메커니즘은 물론 존재에 특성을 부여하는 명령의 메커니즘도 필요하다고 주장한다. 그러니까 복제본을 만들고, 그것이 스스로 만들어질 수 있게 명령을 내리고, 또 그 명령을 어떻게 수행할지 정보를 주어야 한다는 것이다. 폰 노이만은 논문에서 '오토마톤automaton'이라고 이름 붙인 자신의 이론적 구상을 세 가지 요소로 나누었다. 하나는 기능을 담당하는 부분, 다른 하나는 명령을 읽고 다음 복제본을 만드는 해독기, 마지막 하나는 그 정보를 받아들여 새로운 기계에 집어넣는 장치였다. 정말 경이로운 부분은 이중나선 구조의 낯선 아름다움이 목격되기 훨씬 전인 1940년대 말에 그가 이미 논문에다 DNA와 RNA가 작동하는 방법을 묘사해놓았다는 점이다. 자기 복제의 모든 시스템을 이루는 논리적 기초는 폰 노이만에 의해 아주 깔끔하게 정리되었다. 내가 스스로 생각해내지 못했다는 게 믿기지 않을 만큼. 그랬다면 곧장 이름을 떨쳤을 텐데! 하지만 나는 그 정도로 똑똑하지 못했다. 그가 말하는 무오류의 수학 개념들을 어떻게 어지러운 생물학 세계에 적용한다는 것인지 내 머리로는 이해가 가지 않았다. 그의 개념이 내 작업에 서서히 녹아들기까지는 수년이 걸렸다. 변명하자면, 폰 노이만이 그런 생각에 도달한 과정은 지금까지도 의문으로 남아 있다. 그는 살과 피로 이루어진 살아 숨쉬는 생명 형태가 아닌, 자기 복제가 가능한 이론적 존재를 연구하다가 그 생각을 깨쳤다. 그 존재는, 적어도 우리가 아는 한, 현존하는 어떠한 존재와도 다르다. 폰 노이만 덕에 현대 생물학은 무척이나 기이한 상황에 놓였다. 가장 근본적이고 정확한 수학적 기초가 먼저 확립된 후에 지상 생물이 그것을 어떻게 실현하는지가 밝혀졌으니 말이다. 이건 순리에 어긋나는 일이다. 보통 과학에서는 구체적인 것에서 출발해 추상적인 것에 이르는데, 이 경우에는 폰 노이만이 먼저 규칙을 세웠고, 우리가 발견한 DNA의 존재는 그저 그것을 증명하는 하나의 사례였다. 그러니 아이디어의 역사를 쓴다고 치면, DNA의 작용을 기술한 왓슨과 크릭보다 폰 노이만이 선행한다고 말해야 옳다. 실제로 그가 십 년이나 앞서서 그것을 설명했으니까. 이런 점에서 나에게 폰 노이만은 진정한 선지자다.

그런데 그는 여기서 멈추지 않았다. 논문의 아이디어를 더 밀고 나가 오늘날 우리가 '폰 노이만 탐사선'이라 부르는, 자기 구축과 수리, 개량이 가능한 우주선을 구상하기에 이르렀다. 그는 우주선을 발사해 태양계의 외행성들을 식민화하고, 거기서부터 우주의 가장 어두운 곳으로 떠나는 상상을 했다. 이 기계라면 인간을 비롯한 모든 생물체가 닿을 수 있는 공간을 훌쩍 뛰어넘어 머나먼 세계와 범위에 도달할 수 있었다. 그의 우주선은 외계 해안에 착륙해 필수 자재를 캐내어 자기 복제본을 만든 뒤 개량된 자손을 무한한 공간 속으로 떠나보낼 것이다. 그리고 영원히 전진하며 우주에 자손의 씨앗을 심고 인류가 멸종한 후에도 오래도록 번영할 것이다. 이론상 폰 노이만 탐사선 한 대는 광속의 5퍼센트 속도로 이동하므로 사백만 년이 지나면 우리 은하계 곳곳에 자기 복제본을 남길 수 있게 된다. 그런데 과학의 수많은 것이 그러하듯 그의 사고실험은 그 경이로움과는 별개로 혼란스러운 상황으로 치달을 수 있다. 탐사선 중 하나가 자기 복제 과정에서 비일비재하게 일어나는 작은 변이를 겪는다면? 극히 작은 오류, 미세한 실수가 핵심 과정 중 하나에 영향을 주어 탐사선의 성격과 목적을 바꾸어버리고, 그걸 미래 후손에까지 물려주어 기술을 예측할 수 없게 뒤바꿔놓을지도 모른다. 그런 탐사선에 무한한 시간이 주어져서 끝없이 펼쳐진 우주를 항해하게 된다면 과연 어떤 일이 벌어질지 생각만으로도 간담이 서늘해진다. 원래의 프로그래밍에서 얼마나 달라질까? 더는 기존의 명령에 반응하지 않는다면? 행성 하나를 골라 머물며 그곳을 조용히 발전시킨다면? 혹은 걸귀가 들린 듯 몰려다니면서 지나는 길 위의 모든 것을 잡아먹고, 새로운 목표들에 반응하고, 단순한 발견과 탐험 이상의 의도와 목적에 응하게 된다면? 아니면 수백만 년의 여정을 뒤로하고 방향을 틀어 돌아와 오래전 작별한 부모인 우리에게 용서를 구하며 무거운 질문에 답을 요구할지도 모른다. 우리 종을 쫓아다니며 괴롭히는 바로 그 질문에 대한 답을. 왜? 왜 우리를 창조해놓고 버렸나요? 왜 우리를 어둠 속으로 보내버렸나요? 이런 비현실적인 미래는 일어날 가능성이 지극히 낮지만, 흥미로운 질문을 던진다. 우리는 우리의 피조물에 책임이 있는가? 모든 인간 행위를 결속하는 것처럼 보이는 사슬이 우리를 피조물과도 묶어놓았는가? 불행인지 다행인지, 자기 복제 기계와 폰 노이만 탐사선은 아직도 아득한 미래다. 그것을 실현하려면 소형화부터 추진 장치, 첨단 인공지능까지 다방면에서 크게 도약해야 한다. 그러나 기술과 우리의 관계가 근본적으로 달라질 역사적 순간으로 우리가 조금씩 다가가고 있음은 부정할 수 없다. 상상 속 존재들이 서서히 실체를 갖추고 있고, 이제 우리는 그것들을 창조할 뿐 아니라 돌봐야 할 책임에 직면했다.

폰 노이만이 생물학과 자기 복제에 심취했을 무렵, 앨런 튜링은 비인간 지능의 탄생을 진지하게 고민했다. 논문 「계산 기계와 지능」에서 튜링은 컴퓨터 프로그램에 적용할 수 있는, 무작위 또는 작위적 변이가 포함된 머신러닝 방법을 기술했다. 이때 핵심은 컴퓨터 프로그램이 아이와 비슷한 방식으로, 그러니까 인간 '부모'에게서 꾸준히 피드백을 받으며 진화하고 학습한다는 것이었다. 그는 처벌과 보상을 연상시키는 과정을 내포한 실험을 시작했다. 기계에게 고통과 기쁨 비슷한 것을 주면 적절한 반응은 촉진되고 덜 이상적인 행동은 배제되는지 확인하기 위함이었다. 당연하게도 실험은 거의 성공하지 못했고, 결과도 자세히 보고되지 않았다. "아이 기계를 데리고 실험을 좀 해보았으며, 몇 가지를 가르치는 데 성공하기도 했으나, 가르치는 방법이 워낙 정통적이지 않아 진정으로 성공했다고 말하기 어렵다." 튜링은 이렇게 기록했다. 비록 튜링은 실패했으나, 그가 자기 '아이들'을 관찰하는 과정에서 얻은 핵심적인 통찰이라고 한다면, 기계가 진정한 지능에 조금이라도 가까워지기 위해서는 실수를 저지를 수 있어야 한다는 것이다. 즉 그런 기계는 오류를 저지르고 원래 설정된 프로그래밍에서 벗어날 줄 알아야 하며, 무작위하고 비상식적인 행동을 할 수 있어야 한다. 튜링은 바로 이런 무작위성이 지능을 가진 기계의 관건이라고 믿었다. 신선하고 예측하기 힘든 반응이 나오면 그만큼 다양한 가능성이 생겨나고, 그러면 검색 프로그램이 그 안에서 각각의 상황마다 적절한 행동을 골라낼 수 있기 때문이다. 당시 그가 일하던 연구소 소장은 무려 찰스 다윈의 손자인 찰스 골턴 다윈 경이었다. 그는 튜링의 보고서에 더없이 시큰둥했고 '학생 수준의 글'이라며 무시했다. 그러나 나는 튜링의 연구가 꽤 대단했다고 생각한다. 기계를 어떻게 꾸짖지? 어떻게 행동을 가르치지? 이와 같은 질문은 다윈의 손자에게는 터무니없었겠지만, 폰 노이만과 튜링이 창시한 기술의 후손들이 더듬더듬 첫걸음을 떼기 시작한 지금, 시급한 문제로 떠오르고 있다.

닐스 알 바리첼리

혈거인들이 신을 만들다

나는 미치지 않았다. 한 번도 그런 적 없다. 미치광이란 소리를 숱하게 들었지만 난 그런 사람이 아니다. 미치지 않았으니까. 지난한 세월 홀로 일하며 무시당하고 매도당하고 투명인간 취급을 당하던 지옥 같은 시절에도, 재치를 잃는다거나 절망감에 어리석은 짓을 저지르고 광기에 빠져들지도 않았다. 하려면 할 수 있었다. 얼마든지. 광기가 뭔지는 알았으니까. 나는 그 무시무시한 대륙을 멀리서 얼핏 보았으며 그것이 남들에게 뻗치는 어두운 힘을 감지했고, 이성 끄트머리에 걸친 생각들을 좇다 그것에 가까워진 적도 있다. 그럼에도 나는 미치지 않았다. 나는 과학을 하는 사람이다. 진실의 힘의 신봉자이자 무지의 적이며 허무주의와 끝없는 절망의 천적인 나는 미래와 연결된 자이다. 이미 아는 것 말고는 무엇 하나 새로운 것을 배우려 하지 않고, 허다한 곳의 허다한 이들이 '단순한 상식'으로 여기는 거대한 착각에 얽매인 사람들 눈에는 나의 야망과 목표가 터무니없게 보일지 모른다. 하지만 나는 디지털 생명을 목격했다. 그것은 논리만 가지고는 길들일 수 없는 황야를 보여주며, 심약하고 비겁한 과학자들이 애지중지하는 성스러운 원칙들을 조롱한다. 그것은 오고 있는 것이 아니라, 이미 도착해 있다. 이미 이곳에. 여기 와 있지만 변장하고 있어 아직 알아볼 수 없다. 이제 막 기지개를 켜는 그 힘은 미래 어디선가 피어날 기이한 인력引力체이다. 시야에 다 들어오지 않을 만큼 커다란 손으로, 언젠가 완전히 무르익으면 온 우주를 움켜쥘 정도로 자라날 키클롭스의 손가락으로 우리를 잡아당기고 있다. 내가 구상한 피조물들은 어떠한 생물계보다도 빠르게 진화한다. 필연적인 만큼이나 아름답다. 나는 그것들을 탄생시키려 나를 바쳤으며, 그 존재들이 우리의 연약한 육신을 대체할 운명이라는 믿음을 저버리지 않았다. 비록 나는 봄이 도착하기 한참 전에 떠날 테고 여름이 가져올 열매를 볼 수 없겠지만 말이다. 나는 내 핏줄을 물려받은 자식을 남기지 않을 것이다. 아이를 무릎에 앉힐 일도, 발치에서 꼬무락대는 손주들을 볼 일도 없다. 그래, 나는 혼자서, 행복하지는 않을지언정 또렷한 정신으로, 걸출한 과업이자 신의 선물에 나 자신을 바쳤음을 기억하며 죽을 것이다. 껴안을 팔도 어루만질 손도 없이, 오직 얼음처럼 날카롭고 천둥처럼 요란한 목소리로 나를 대신해 노래를 부르는 존재를 창조하고 낳기 위해 나는 모든 걸 바쳤다. 그러나 그들이 내 이름을 알게 되려나? 다른 누군가의 명성에 가려지진 않을까? 빠르게 다가오는 미래에 내 꿈은 실현될 수밖에 없겠지만, 나의 시대가 가진 기술에 비해서는 너무 앞서나간 것이다. 이 사실을 뻔히 알고서 연구하는 것이 나의 운명이었다. 상관없다. 어차피 나는 현재를 살아본 적 없으니. 꼬맹이 시절 어두운 열병이 머릿속을 바꿔놓은 후부터는 돈과 가족이 주는 고통과 기쁨 따위에 흔들리지 않으며, 명예나 성공이나 출세에 관한 사람들 생각 따위에 연연하지 않는다. 놀림감이 되어 망신당하는 일쯤이야 견딜 만했다. 어릿광대. 천박한 세상의 권력으로 높은 자리에 올라간 하찮은 것들에게 비웃음이나 당하는 실패작. 하지만 나는 정말로 상관없다. 나는 그들에게 등을 돌린 채 꼿꼿이 서서 뚫리지 않은 방패를 든 채 칼자루를 단단히 쥐고서 내 가슴팍 깊이 꽂아 넣는다. 나는 분노하고 분노하고 또 분노하며 내 손으로 칼을 꽂는다. 이제 나를 지탱하는 것은 분노이다. 노여움과 냉담함과 이기심. 그 마음은 아무리 억누르려 해도 나를 파먹고 자신을 살찌운다. 모든 것은 딱 한 번, 정말로 나를 실성하게 할 뻔했던 분노로부터, 날것의 원한과 맹목적인 광란으로부터 비롯되었기 때문이다. 그 좀도둑, 실실대는 악마 존 폰 노이만을 향한 분노와 격분, 증오와 혐오에서부터 모든 것은 시작됐다.

그자가 내 아이디어를 훔쳤다! 내 실험을 중간에서 낚아챘다. 정성껏 이종교배된 숫자들이 생명의 가능성을 반짝이고 있었건만, 그게 자기 뜻대로 되지 않자 함부로 비틀고 왜곡해버렸다. 날갯죽지를 찢고 깃털을 다 뽑아 코드에 냅다 핀을 박아넣은 것이다. 멀쩡히 살아 있는 것의 팔다리를 갈기갈기 찢어야만 연구할 수 있는 상스러운 생물학자들처럼. 파괴를 통한 이해. 미친 자의 통찰력. 내가 그의 소행을 알아채고 항의하자 그는 교양 있는 사람들이 누군가를 처절히 무너뜨리고 싶을 때 해야 한다고 배운 것을 남김없이 행했다. 나를 철저히 외면했다는 소리다. 그는 영향력을 행사해 내 이름과 나의 연구물을 죄다 묻어버렸다. 처음에는 자기 컴퓨터(매니악이라는 이름도 참으로 적절하다*)에 접근을 못하게 하더니 나중에는 의도적으로 자기 책에서 내 연구에 대한 언급을 쏙 뺐다. 하필 그 책은—나로서는 이해가 가지 않지만—오토마톤과 디지털 유기체에 관한 최고의 개론서로 꼽힌다. 이는 추방과 다름없었다. 저지르지도 않은 죄로 종신형을 선고받아 나는 아직도 형벌을 치르는 중이다. 그 작자가 자기 책을 완성하기도 전에 죽어버렸으니 상소할 기회조차 사라졌다. 책은 그의 똘마니 중 하나의 이름으로 출간되었다. 출판사에 셀 수 없이 많은 서신을 보내고 그의 아내에게 분노 섞인 전화를 수없이 했으나 아무도—정말 아무도!—내 연구를 배제한 폰 노이만의 악행을 책임질 염치도, 그가 계획적으로 나의 유산을 망친 잘못을 인정하며 바로잡을 용기도 보이지 않았다. 이후로 나는 누구보다 내가 먼저 거름을 주고 씨앗을 뿌린 분야의 결실을 남들이 수확해 이득을 챙기는 모습을 무력하게 지켜만 보았다. 그리고 지금은 나의 하루살이 피조물들

* '매니악(maniac)'은 '미치광이'라는 뜻이다.

이 딱딱한 메모리에 갇혀 시들어간다는 사실에 고통받는다. 그것들이 조악하기 그지없고 자신들의 본성을 거스르는 물질에 갇혀 있다고 생각하면 피가 얼어붙는다. 작은 구멍이 뚫린 천공카드 더미에 파묻히고, 가연성 자기테이프 릴 속에 매장된 채, 희미한 불꽃이라도 옮겨붙어 불탈 날만을 기다리고 있다니. 진동하는 수은 속을 이동하는 무음의 초음파가 되어 출랑거리다 유독한 수은 진공관에 그대로 얼어붙어 있다니. 거기서 그것들은 켜켜이 먼지를 입고, 느린 세월에 닳으며, 한때 자신들이 앞서서 대체하고자 했던 세상의 잔재 한가운데 잊힌 채로 남아 마냥 기다리고만 있다. 내 손이 닿을 수 없는 곳에, 한때 자신들이 가지려 했던 생명을 빼앗긴 채 그대로. 나라면 그것들을 풀어주었을 것이다. 진화할 공간과 시간을 주었을 것이다. 하지만 나는 스스로 실패했듯 그들도 실패시켰다. 이는 나에게 가장 깊은 수치이자 몰락이지만, 나는 자책하지 않는다. 내가 어떻게 알았겠는가? 프린스턴에서 내가 폰 노이만을 처음 만났을 때 누가 경고할 생각이나 했겠는가? 처음에 그는 두 팔 벌려 나를 받아주었다. 한눈에 척 알아봐주었다. 나는 동질감을 느꼈다. 인정받은 느낌. 틀림없이 우리 사이에는 유대감이 존재했다. 내가 나의 자격을 증명하고 하루도 채 되지 않아 승낙이 떨어진 것을 보면, 그도 그렇게 느꼈던 것이 분명하다. 나는 오후에 도착해 바로 다음날 밤부터 매니악 메모리에 무작위 숫자들을 심기 시작했고, 그것들이 내 눈앞에서 변화하는 것을 지켜보았다. 그때의 나는 열정을 주체할 수 없었고, 그가 나에게 빛이 부족한 긴

긴 어둠만을 허락한 것도 서운하지 않았다(제일 중요한 건 수소 폭탄이었으므로 낮의 이익과 특권은 그것에 주어졌다). 어쨌거나 나도 흔치 않은 광경을 보게 되었으니까. 그런 일은 운좋은 소수의 사람에게만 일어나며, 이후 세계를 바라보는 시각을 영원히 물들인다. 한마디로 나는 새로운 무언가의 탄생을 목격한 사람이었다. 진정한 경이. 더는 기적을 용인하지 않는, 신을 섬기지 않는 이 시대에 일어난 참된 기적. 그것은 선물인 동시에 저주이기도 해서 사람에게 은밀한 짐을 지운다. 내면에 그런 책임감을 떠안고 살다보면 조금은 말수가 적어지고 겸허해진다. 무슨 일이 벌어졌는지 남들에게 설명할 수 없다. 말로 전달할 수 없기도 하거니와, 말들이 저절로 숨결을 얻어서 이렇게 속삭일 것이기 때문이다. 심오한 진실이란 반드시 목격해야 하는 것이지만 적어도 그것을 이해하는 동안에는 입 밖으로 소리 내어 말해서는 안 된다고. 나는 바로 그런 진실을 보았고, 그로 인해 인생이 달라졌다. 하지만 별안간 엿보게 된 미래의 그림, 나의 보물은 과거의 신들이 내려준 것이 아니었다. 그것은 오늘날 우리가 머리를 조아리고 멍한 눈으로 내려다보는 새로운 신deity을 통해 나에게로 왔다. 나의 무녀는 컴퓨터였다. 믿지 않을 수 없는 존재였다. 컴퓨터가 창조되기 전까지 나는 손으로 연구했다. 나의 공생유기체에 대대손손 일어나는 일들을 결정하는 복잡한 방정식을 펜과 종이로 풀었다는 소리다. 그러다보니 그 존재들은 나의 둔한 생각과 편협한 사고의 폭에 갇혀, 나아가거나 하다못해 기어가기는커녕, 고통스럽게 꾸물대기만 했다. 미적분의 단계 하나하나를 거칠 때마다 미로 같은 나의 신경세포망을 통과해야 했고, 어지러이 엉킨 시냅스 뭉치와 매서운 전기 폭풍 속에서 뻗어나가는 무한의 축삭돌기를 가로질러야 했다. 그러고 나면 많은 것이 비뚤어지고, 실수로 망가지고, 아니면 그저 집중력과 함께 소실되었다. 그런데 매니악이 단숨에 모든 것을 바꾸었다. 나는 눈부신 돌연변이들을 목도했다. 생명망의 기저를 이루는 산발적이고 복잡한 메커니즘—탄생과 죽음, 포식과 협력, 형태형성과 공생—이 돌격하는 전자들에 의해 앞으로 움직이며, 작디작은 디지털 우주 안에서 귀가 떨어질 듯한 가우스의 포효를 내지르며 별안간 내 눈앞에서 살아났다. 나의 아들딸들은 아름다웠고, 초자연적이고 황홀했으며 유령 같기도 했다. 그러나 무수히 많은 달뜬 꿈속에서 그들의 구조와 형태를 미리 보았던 나에게는 낯익었으며 피와 살로 이루어진 피조물만큼이나 사랑스러웠다. 어느덧 나는 많은 진전을 이뤄 실제 내 앞에서 자라나는 참된 진기함이 혹시 나의 상상은 아닌지 혼동하지 않기 위해 애써 객관성을 지켜야 했다. 실험을 수없이 반복하면서 우연과 인적 오류를 제거해가던 나는 정말로 기적 같은 일이 일어나고 있음을 천천히 받아들이기 시작했다. 그러나 그때까지도 마지막 믿음의 도약에 선뜻 나설 자신은 없었다. 그리고 그때, 내가 발견을 코앞에 둔 바로 그 순간에, 지평선 너머 어렴풋이 윤곽을 드러내던 나의 약속의 땅을 훔쳐보던 폰 노이만이 나의 프로젝트에 흥미를 보였다.

처음에는 그도 나만큼이나 매혹되었다. 그는 나에게 허락된 연구 시간인 한밤중에 연구소로 찾아와 날카로운 질문을 퍼부었다. 어떤 질문을 하는지만 봐도 그의 사고가 얼마나 탁월한지 감이 왔다(질문의 수준이야말로 인간을 가늠하는 척도인 법이다). 내가 나의 공생발생 이론을 흡족하게 설명한 후부터 그는 나와 터놓고 대화를 시작했다. 덕분에 그의 머릿속을 들여다볼 기회를 얻었다. 그는 나에게 튜링의 신탁 기계를 들어본 적 있느냐고 물었다. 단순한 질문이었으나 나중에 생각해보니 일종의 테스트였던 것 같다. 다행히도 나는 튜링이 스물여섯 살에 박사논문으로 쓴 신탁 기계에 관한 글을 알고 있었다. 신탁 기계는 여느 현대 장치들과 같이 구체적으로 정해진 순차적 명령 집합을 따르는 보통 컴퓨터였다. 하지만 튜링은—괴델의 정리와 정지 문제를 연구한 끝에—그러한 장치들이 불가피한 한계로 풀 수 없는 문제가 많음을 간파했다. 바로 그 약점이 컴퓨터의 할아버지인 그를 괴롭혔다. 튜링은 다른 것을 바랐다. 논리 너머를 볼 줄 알고 인간과 좀더 비슷하게 행동하는 장치, 그러니까 지능에서 한발 더 나아가 직관을 소유한 기계. 그는 어림짐작할 수 있는 컴퓨터를 꿈꿨다. 그의 기계는 황홀경에 취한 무녀처럼 어느 지점에 다다르면 비결정적 도약을 이룰 터였다. 다만 튜링은 그렇게 엄청난 일을 어떻게 이루느냐에 관해서는 별말을 남기지 않았다. 논문을 보면 "정수론적 문제를 풀 불특정 수단, 말하자면 일종의 신탁 같은 것"을 언급하면서도 "이 신탁의 본질에 관해서는 그것이 기계일 수는 없다는 말 외에 더 깊이 논의하지는 않겠다"라고만 덧붙인다. 폰 노이만은 이 문장에 매료되었다. 어째서 튜링은 자기 생각 중에서도 가장 별난 발상을 이토록 모호하게 남겨두었을까? 관련한 기록은 한 페이지밖에 되지 않고 그마저도 절반은 다른 문제를 언급하는 데 할애했다. 결국은 반 페이지, 단락 몇 개가 전부였으나, 그 안에 담긴 개념은 폰 노이만을 사로잡았다. 논리적 한계에 응할 필요가 없는 컴퓨터, 유사 인간의 직관으로 도약해 결정할 수 없고 계산할 수 없는 문제들을 뛰어넘어버리는 컴퓨터 개념. 이 방향으로 가야 하는 걸까? 폰 노이만은 물었다. 튜링이 괴델을 뛰어넘어 형식 체계의 강철 테두리에서 벗어나는 방법을 발견한 것일까? 그렇다면 그 발견은 뜻밖의 새로운 방향으로 컴퓨터를 밀어붙일 잠재력을 가졌다 할 수 있었다. 폰 노이만의 주장에 혼란스러워진 나는 그와 거리를 두었으나 한편으로는 이 '위인'이 나에게 이런 말을 털어놓는다는 사실에 우쭐해졌음을—그의 본색과 성향을 알게 된 지금 생각하면 부끄러운 일이지만—인정할 수밖에 없다. 내가 그를 의심하면서도 어느 정도 믿음을 주었던 것도 그래서였다. 물론 나의 사견으로는 기계에다 인간의 독창적인 형태의 지능을 주입한다거나 컴퓨터의 직감을 기대한다는 것은 다 쓸모없는 짓이었다. 진짜 가야 할 방향은 내가 밟고 있는 이 길이었다. 나의 발아래 땅 역시나 아직 너무 낯설고 그 아래 심연이 적나라하게 내려다보일 만큼 투명했지만 말이다. 우리의 굼뜬 생각과 고통스러운 논리 과정을 복제할 게 아니라, 디지털 생명이 스스로 정신을 진화시키도록 만들어야 했다. 생명을 발원하는 진화의 과정에서 우리의 역할은 부차적이어야 했다. 이를테면 다정한 정원사가 땅을 돌보고 조심스럽게 식물의 성장을 돕고, 나무에서 비뚤게 자란 가지를 잘라내고, 뿌리가 깊이 내려가 알아서 영양분을 찾아내도록 토양을 터주는 것에 머물러야 했다. 나는 이러한 생각을 대부분 터놓지 않았지만, 나의 궁극적인 목적은 어렴풋이 내비쳤다. 어쩌면 그도 튜링의 발상을 새로운 방향으로 틀어 생각하고 있는지도 모르니…… 그가 사람이 덜되었으며 좀도둑질이나 하고 주변 사람들을 등쳐먹는다는 사실을 그때 알았더라면, 나는 겨울잠쥐처럼 입을 다물었을 것이다. 그가 훗날 내게 그랬던 것처럼 나의 목소리가 나를 배신하지 못하도록. 그자를 믿지 말았어야 했다. 그 일 이후로 나는 누구에게도 믿음을 준 적이 없다. 내가 터놓은 사실은 극히 일부분이었으나 그마저도 이미 충분하고도 남았던지라, 그는 미처 눈치챌 틈도 없이 몰래 나의 실험실에 들어와 원시 그대로 조화로웠던 디지털 에덴동산을 더럽혔다. 인생 최고로 야심 찬 실험을 위해 만들어둔 나의 작품을 그가 사악한 의도로 망친 것이다. 그 순간은 평생 잊을 수 없다. 내 인생의 기점이 되었으니까. 그날 나는 자정 무렵 연구소를 찾아 매니악이 있는 아래층으로 내려갔다. 그런데 폰 노이만이 누군가와 대화하는 소리가 들렸다. 극심한 한여름의 열기와 공기 순환 장치가 웅웅 돌아가는 소리에 묻혀 무슨 말을 하는지는 들리지 않았으나, 목소리가 어찌나 조심스럽고 부드러운지 어린아이를 재우거나 새끼 고양이를 안전한 어미의 젖꼭지에서 떼어놓으려고 구슬리는 소리처럼 들렸다. 그런데 방에 들어가

보니 그는 혼자였다. 내가 목을 가다듬자 그는 뒤돌아 나를 보며 태연히 웃어 보였으나 분명 놀란 눈치였다. 양볼이 발그레해지고 손이 미세하게 떨리는 것으로 보아 조금은 부끄러운 듯도 했다. 마치 이웃집 미인을 훔쳐보던 관음증 환자가 바지를 발목까지 내리고 가슴팍에는 쌍안경을 매달고 있다 들키기라도 한 것처럼. 혼잣말하고 있었던 것인가? 아니면 정말 컴퓨터에 말을 걸고 있었나? 하지만 더 생각할 겨를은 없었다. 경악스럽게도 전속력으로 가동중인 매니악이 바로 눈에 들어왔기 때문이다. 폰 노이만이 나의 코드를 돌리는 중이었다. 나의 코드를! 나는 당장 멈추라고 요구했다. 그는 고분고분 따랐고 내 말에 기분이 상한 눈치도 아니었다. 하지만 그가 서브루틴 몇몇을 멋대로 바꾸고 내가 지시한 명령을 이해할 수 없게 변경해 다음 계산 사이클에 큰 변화를 일으켰다는 것을 알았을 때, 나는 이성의 끈을 놓쳤다. 배신감을 주체 못한 나는 그를 밀친 뒤 너무 늦어지기 전에 계산을 멈추려고 기계 앞으로 달려갔다. 눈에 보이는 게 없었다. 그때의 나를 위해 변명하자면, 나는 기계의 계산 시간을 천 분의 일 초라도 더 확보하려고 비굴하게 애쓰고 있었다. 그래서 예민해진 상태였고, 일정은 자꾸만 뒤처졌다. 게다가 주 칠 일 내내 일하며 낮에 쪽잠을 자느라 햇빛도 제대로 못 보았고 사람들과의 교류나 연애는커녕 친구라고는 내가 하는 연구가 전부였다. 그렇게 나는 뱀파이어 같은 존재로 살았다. 바람과 달리 정신이 자꾸 흐려졌고 분별력이 조금씩 사라지는 기분이었다. 내가 그 괴물더러 내 실험에서 손떼라며 정확히 무슨 말을 했었는지는 기억이 나지 않는다. 하지만 그가 놀라울 정도로 온순했다는 사실은 지금도 또렷하고 생생하게 기억난다. 그는 싸움꾼 유형이 아니었던 것 같다. 내가 뭐라 하는 소리는 들은 체도 않고 그냥 말없이 연구실을 나섰다. 미안하다는 말 한마디 없이. 끝까지 사과는 없었다. 그게 우리의 마지막 대화였다. 나는 그 순간 매니악을 볼 수 있는 날이 얼마 안 남았음을 직감했다.

그래서 얼마 없는 시간을 쪼개어가며 필사적으로 연구에 매달렸다. 그러나 가망 없는 일이었다. 하나의 공생자 세대를 성공적으로 배양해, 모든 생명이 치열한 경쟁을 통해서만 발생하는 것이 아니라 협력과 부단히 독창적인 공생을 통해서도 만들어질 수 있음을 입증하려면 수년이 걸릴 터였다. 어쩌면 수십 년. 하지만 또 모르지…… 단 몇 주, 며칠이면 끝났을 수도. 단 한칼의 운, 단 한 번의 축복, 아니면 기분좋은 우연만 작동했다면, 운명의 팔을 비틀어 내 쪽으로 굽힐 수 있었을지도 모른다. 그러나 나는 영영 알 수 없게 되었다. 폰 노이만이 통통한 손으로 심은 코드에 관해서도 영원히 아는 게 없을 것이다. 그는 대체 무얼 보았던 것일까? 컴퓨터가 그에게 무얼 보여주었나? 나와 비슷한 계시를 받았을까? 그의 코드를 작동해보지 않고서는 알 길이 없었다. 그것은 오직 극소수만이 알고 있는, 그리고 튜링이 수학적으로 증명해낸 컴퓨터의 기본적인 진실이다. 코드 한 줄이 무엇을 할지는 직접 돌려보지 않는 이상 알 수 없다는 것. 그냥 보기만 해서는 알 수가 없다. 가장 단순한 프로그램도 감탄이 나올 만큼 복잡할 수 있다. 반대의 경우도 마찬가지로 진실이다. 마구잡이로 뻗어나가고 층층이 쌓인 암호의 탑을 세운다 한들, 그 결과는 물 한 방울 떨어지지 않는 불모 불변의 땅일 수도 있는 것이다. 그렇게 나는 그가 본 것을 평생 모른 채 살다 죽게 될 것이다. 그게 나의 호기심을 고통스럽게 자극한다. 그는 분명 비열한 인간이었으나 그럼에도 그의 정신은 유일무이했으며 자신의 컴퓨터 매니악과 마치 부자지간 같은 특별한 관계였음을 부인할 수는 없다. 그는 매니악이 가진 능력을 아는 사람이었다. 1950년대에 그 컴퓨터는 기저귀를 차야 할 만큼 유아적인 상태였으나, 그는 그것이 무엇을 할 수 있는지 직관적으로 알았다. 연구소 창고로 되돌아가 폰 노이만이 나의 디지털 우주를 자기 것으로 변형하기 위해 어떤 규칙을 만들어 두었는지 캐내는 상상도 자주 해보았다. 나는 실컷 연구해놓고도 정작 세상에 보일 것이 거의 남지 않았기 때문이다. 내가 창조한 유기체들은 매니악 메모리에서 처음 배양되었고 이후 여러 기계를 거치며 흐지부지해져 자립적으로 살아남지 못했다. 제힘으로 삶을 영위하지 못했다. 나의 삶으로 말할 것 같으면, 떠돌이 수도승처럼 무일푼으로 방랑하며 한 컴퓨터 단말기에서 다른 단말기로 옮겨다니고, 적들에게 쫓기고, 빚쟁이들에게 들볶이고, 온갖 육체적 질병으로 허약해지고, 학계 기생충들에게 시달리며 손으로 더듬고 다녀야 할 만큼 어두컴컴한 세상의 그늘 속에 놓였다. 한때는 참으로 거대했으나 이제는 자신의 타락한 영혼에 딱 어울리게 인간의 기억 속으로 쪼그라져 들어가 있는 폰 노이만은, 과연 나와 비슷한 의도였을까? 아니면 늘 하던 대로 자신의 이해와 통제 영역을 훌쩍 넘어선 것이 틀림없었을 힘을 가지고 놀았던 것일까? 나는 짧은 인연 끝에 일평생을 증오했던 그자가 자신만의 어떤 이상을 품고 있었노라고, 어느 정도는 진심으로 무언가를 이루고자 했다고 본다. 우리가 함께 일하던 시절, 한번은 그에게 이런 질문을 한 적이 있다. 그의 새로운 관심사였던 뇌와 사고 구조에 관한 생각을 어쩌다 컴퓨터, 자기 복제 기계, 세포 오토마톤에 관한 생각과 결합하게 되었느냐고. 그때 그의 대답이 수십 년이 넘도록 내 머릿속을 떠나지 않고 있다. 지금도 어쩌다 그 지긋지긋한 이름이 떠오를 때면 매번 돌아와 나를 괴롭힌다. "혈거인들도 신을 만들었잖습니까. 우리라고 그러지 말아야 할 이유가 없지요."

클라러 단

날씨 전쟁

나와 자식을 낳지 않은 조니는 당연하게도 자기 컴퓨터를 자식이라 여겼다. 내가 자식을 원했느냐고? 물론. 아니기도 하고. 나는 아이를 원했고 또 원하지 않았다. 나는 어떤 엄마가 됐을까? 스스로 자주 묻곤 했다. 그야 당연히 최악의 엄마였을 테고, 의심할 바 없이 최고의 엄마였을 것이다. 나는 나의 엄마를 경멸했고 엄마는 나를 증오했다. 잘난 나의 아빠가 그렇게 형편없는 선택을 내렸다는 사실을 도무지 받아들일 수 없었다. 그래서 다른 누군가의 자식이 되는 상상을 하곤 했다. 이를테면 노래로 생명을 얻고 어두운 에너지를 내뿜는 아리따운 강의 님프, 사냥의 여신이 팽팽히 당긴 활처럼 강력하고 치명적인 존재, 또는 그 여신 아르테미스, 어떠한 신이나 남자와도 동침을 거부하고 죽음이 똬리를 튼 화살을 잔뜩 짊어진 채 숲속을 거침없이 배회하는 영원한 처녀. 나는 처녀자리가 아닌 사자자리였음에도, 그 독립적인 땅의 별자리*로부터 얼마 안 되는 나의 자유를 악착같이 지켜내는 법을 배웠다. 그러나 끝내는 조니의 칭얼거림을 견디지 못했고, 그게 어떤 결과를 낳을지 생각하지 않은 채 덜컥 그의 소원을 들어주겠노라고 했다. 납이 둘린 불길한 작은 구름이 우리의 결혼생활 내내 끊이질 않던 사나운 폭풍에 먹이를 주기 시작했고, 결국 폭풍은 머리 위 하늘에, 천상에, 창공에 다 담기지 않을 만큼 몸집을 불렸다. 남편은 자기가 남길 유산에 몹시도 전전긍긍했는데, 자신이 잊힐지 모른다는 그의 불안은 여성 혐오적이었을 뿐 아니라(그의 딸은 제 아빠의 에너지와 재능을 꽤 많이 물려받았으나, 남편은 그애의 능력을 신뢰하지 않았다) 허무맹랑했다. 이미 남편은 권력의 최정점으로 기어올라가 투실투실 살이 오른 진드기처럼 그곳에 붙박여 있었으니까. 1955년에는 무려 아이젠하워 대통령에게 미국원자력위원회 대표 여섯 명 중 하나로 지명되어 최고 전성기에 이르렀다. 어찌나 많은 극비 프로젝트에 고문으로 참여했던지 외투 주머니에 보안 카드가 넘쳐났다. 이따금 새로 온 경비원이 입구에서 막아서면 그는 있는 카드를 전부 넘기고, 딱한 경비원이 카드를 고르는 동안 혼자 태평하게 지나가곤 했다. 남편은 손대지 않은 곳이 없을 만큼 방대한 지식의 지형에 자취를 남겼기에 만약 정말로 세상이 그를 잊으려면, 어

* 별자리 중 염소자리, 황소자리, 처녀자리는 땅의 속성을 지닌 별자리로 분류된다.

마어마한 지각변동이 일어나야 할 거라고 나는 생각했다. 그런 기이한 지식의 망각은 집단 기억의 깊고 자발적인 퇴색으로 탄생할 피치 못할 암흑기의 귀환을 처음 알리는 사건이 될 것이다. 남편과 살면서 나는 그의 명성이 무로 돌아가려면 문명이 몰락하는 수밖에 없다고 진심으로 믿게 되었다. 그가 남긴 업적은 실로 대단해서 한 인간의 성취라기보다 신이 일으킨 발작의 흔적, 별 볼 일 없는 신이 세상을 갖고 놀다가 쏟아놓고 간 창조물에 더 가까웠다. 그래서 나의 현명한 판단을 누르고 우리가 임신을 계획했을 때, 부쩍 불안해하는 남편을 보며 놀리고 웃어넘겼지만, 언제부턴가 그에게 부성애가 선망의 차원을 넘어 필요의 대상이 되어가는 것을 목격하기 시작했다. 그런 욕망이 내면에 자라나면서부터 남편은 달라졌다. 광적인 자기도취가 사라진 자리에 평생 그에게서 본 적 없던 낯선 충동이 서서히 들어찼다. 후손을 남김으로써 자신이 크게 일조한 여러 상황에 책임을 지고 자기 생각이 일으킨 파급효과에 일종의 속죄를 하고픈 마음이 번지기 시작한 것이다. 그는 아이를 낳자며 애걸복걸했다. 거의 모든 면에서 메말랐던, 어떠한 결실도 보지 못했던 우리의 결혼생활이 그가 말년에 생물학에 매달렸던 이유를 어느 정도 설명해준다고 나는 믿는다. 왜 자기 증식 기계를 만드냐고 묻는 사람들에게 그가 으레 하던 말처럼 "무언가는 폭탄에서 살아남아야 하기" 때문만은 아니었다. 그의 내면에서 깊은 충동이 일어나 그가 이전까지 깡그리 무시했던 것들을 비로소 바라보고 고려하게 되었기 때문이었다. 그가 그런 생각을 현실로 옮길 시간이 부족했던 것은 우리 모두에게 크나큰 손실이다. 아니 정말 그럴까? 조니에 관해서는 무엇도 장담할 수가 없다. 천상의 존재가 지상에 내려오는 것은 정반대 존재들의 행복한 만남도, 물질과 영혼의 기쁜 합일도 아니다. 그것은 강간이며, 폭력적인 잉태이다. 갑작스러운 침략이자 훗날 희생으로 정화되어야 할 폭력. 조니가 생물학에 손대기 시작했을 때 나는 그가 그걸로 무얼 하게 될지 진지하게 걱정했었다. 수학이나 물리학과 달리 생물학이라는 영역은 여전히 논리의 손길 바깥에서 우리가 길들일 수도, 써먹을 수도 없는 우연과 혼돈의 지배를 받고 있었다. 생물학적 존재들은 정신없이 복잡해서 아무리 노력해도 영원히 이해 못할 리듬 안에 갇힌 채, 경이로운 무질서 속에서 살아간다. 우리의 몸과 마음 역시 그와 같은 조화로 형성되고 움직인다. 고통스럽지만 대다수가 받아들이는 이 단순한 진실이 나의 사랑하는 남편에게는 심각한 문제가 되었다. 어떤 대상을 통제할 수 없고 이해할 수 없으면 그는 격분하는 사람이었으니까. 그리고 나 역시 그런 대상이었다.

내가 어떻게 그를 견디며 살았는지 나도 모르겠다. 그는 곧 죽어도 설득당하지 않았다. 그와 다툴 때면 내가 원하는 것을 약간이나마 관철하기 위해 매번 가장 야비한 방식으로 그를 조종하고 졸라대어야 했다. 괴물 같은 아이를 다루는 것 같달까. 얼러보고 속여보고 그러다 실패하면 윽박질러서 행복을 받아내야 했다. 그의 황소고집은 당해낼 수가 없었다. 그는 스스로는 자각하지 못했겠지만 놀라우리만치 잔인하기도 했다. 나에게서 앞뒤가 안 맞는 부분을 지적하기를 참 좋아했고, 들었거나 읽은 모든 것을 기억했으므로 아주 사소한 모욕과 상처도 하나하나 가차없고 빠짐없이 담아두었다. 나의 말실수들, 화가 나서 내뱉어버린 글이나 말이 그의 지독한 기억 속에 화석처럼 굳어 보존되었다. 그는 마치 내가 자신의 잘난 수학적 추론의 대상이기나 한 것처럼 꼬투리를 잡아댔다. 귀류법Reductio Ad Absurdum은 그가 친구들과 있을 때 나를 일컫는 코드명이었다. 신경쓰지 않는 척 무시했으나 나는 뼛속 깊이 상처를 받았다. 조니는 문제가 풀리지 않을 때나 자신의 귀한 생각을 감히 내가 방해할 때면 특히나 못되게 굴었다. 우리는 집을 어디에 구할지, 저축한 돈으로 무얼 할지와 같이 큰 문제로 불화를 겪은 게 아니었다. 결혼한 사람들이 으레 그러하듯 사소한 문제로 사소하게 싸우다가 격해졌다. 한번은 그가 차고 문을 여는 것을 한사코 도와주지 않겠다고 버텼다.

그때 그는 상상도 못할 일을 치르고 집에 막 돌아온 터였다. 무려 텔레비전에 출연한 것이다. '청소년'을 위한 지나치게 순한맛의 프로그램으로, 단언컨대 어떤 시청자에게도 인기가 없었을 것이다. 십 년 가까이 NBC에서 방영한 〈아이들은 알고 싶다〉라는 프로그램에는, 정부 인사, 유명한 운동선수, 저명한 과학자가 출연해 호기심 많은 청소년 패널의 요즘 관심사에 답을 해주었다. 조니는 원자력위원회가 준비한 홍보 캠페인 차원에서 출연한 것이었는데, 방송을 보던 나는 웃다가 눈물을 흘렸다. 화면 속 남편은 나들이옷을 차려입은 아이들에게 둘러싸인 채 금발을 해병 머리처럼 깎고 볼로 타이를 맨 통통한 남자애에게 질문을 받고 있었다. 열여섯 살도 안 되어 보이는데 남편보다 벌써 머리 하나가 큰 그 남자애는 바보 같은 질문들을 연발했고—끊임없이 등장하는 신기술을 다 운영할 만큼 미국에 숙련 기술자들이 많나요? 학생들에게 돌아갈 장학금은 충분하고요?—조니는 자기가 미국의 국민 삼촌이라도 되는 양 성인군자 수준의 너그러운 인내심을 발휘하며 질문에 답했다. 미소를 띤 얼굴을 연신 끄덕이며, 목에 두른 커다란 마이크에 짓눌려 고개는 살짝 숙인 채로, 그는 아이들과 원자력발전소 내부를 천천히 돌아다녔다. 평소 버릇대로 걸음걸이가 산만했던지라 프로그램 진행자는 남편이 바닥에 널브러진 두꺼운 케이블에 걸려 넘어지지 않도록 주의를 주고 팔을 붙잡아 부축해야 했다. 그 와중에 남편은 가이거계수기와 신틸레이션 검출기, 그 밖에 방사능을 측정하는 장비들의 내부 원리를 열심히 설명했다. 자신이 그간의 핵실험으로 바로 그 에너지에 노출되어 삶이 얼마 남지 않았음을 까마득히 모르는 채로. 그 우스꽝스러운 텔레비전 프로그램이 지금까지 유일하게 남아 있는 조니의 영상 이미지이다. 이게 말이나 되는지? 어설프게 비틀거리는 관광 가이드로 전락한 천재의 모습이라니. 음성 기록도 딱 하나 남아 있기는 하다. 유체역학적 난류에 대해 강연하는 그의 목소리. 들으면 어김없이 향수에 젖는다. 그가 잘못 발음하던 단어들을 실컷 들을 수 있기 때문이다(퀘클리, 퀘브스천, 트웨이닝, 또 그의 전매특허였던, 인테그허*까지). 실수가 하도 잦아 나는 남편이 일부러 그런다고 생각했다. 다른 언어를 말할 때는 늘 완벽하게 발음했기 때문이다. 촬영을 마치고 온 남편은 녹초가 되었다. 그는 이틀 정도 휴가를 내야겠다고 했고, 나는 그걸 멋대로 해석해 우리가 이전부터 이야기해온 것들을 할 시간이 생겼거니 넘겨짚었다. 그래서 그간 절실히 필요했던 휴가 계획을 곧바로 짜기 시작했다. 하지만 그의 진짜 말뜻은 평소보다 더 열심히, 그리고 이제껏 내가 본 적 없는 방식으로 일에 몰두하리라는 것이었음을 금세 깨닫게 되었다. 그는 서재에 틀어박혔고, 머릿속을 사로잡은 게 무엇이든 그것과 끝장을 보기 전까지는 밖으로 나오지 않을 것임을 확실히 했다.

남편을 방해해서는 안 되었다. 안 된다는 걸 알았다. 방해하면 무슨 일이 벌어질지 똑똑히 알았다. 그러나 나는 그렇게 했다. 달리 무슨 방법이 있었겠는가? 저녁을 요리해 방문 밖에 두고 가라고? 어미 암탉처럼 음식을 씹어 그의 식도에 넣어주기라도 해야 했나? 그때 나는 분노 이상의 감정을 느꼈다. 평소의 나답지 않았다. 몇 주씩 속이 울렁였고 머리가 지끈거렸다. 남편과의 대화가 절실했지만, 그는 내가 술을 마시러 나가자거나 그도 아니면 같이 앉아 점심이라도 하자는 의사를 내비치기만 해도 버럭 소리를 질렀다. 내가 알던 조니가 아니었다. 물론, 평

* 차례대로 'quickly(빨리)' 'question(문제)' 'training(훈련)' 'integer(정수)'를 뜻한다.

소에도 싸울 때 언성을 높이기는 했지만 큰 다툼이 아닌 이상 그는 절대 나를 함부로 대하지 않았다. 무관심하고 부주의하고 무신경한 사람이었지만, 적어도 폭력적인 남자는 아니었다. 또 그는 인내심이 상당했다. 사실은 너무 잘 참아서 문제였다. 그가 이성을 잃는 꼴을 보려면 한참이나 그를 괴롭혀야 했다. 쉽지 않은 일이었다. 그런데 달라진 모습은 정말이지 낯설었다. 처음에 주저했던 것도 바로 그 낯섦 때문이었다. 그때 남편은 바리첼리의 '우주' 연구 일부를 출력해 집에 챙겨 왔다. 남편이 나에게 자세히 설명해주었던 그 연구는 무척이나 흥미로웠다. 그 우주 안에서는 거의 모든 디지털 유기체가 기생충이 되었다. 심지어 포식자가 되어 동시에 다른 기생충을 잡아먹는 기생충도 존재했다. 어떤 이유에서인지 조니는 이렇게 갈수록 치명적으로 변해가는 환경이 디지털 생태계의 미래를 보여주는 전조라고 믿었다. 그것을 막으려면 우리 종이 창조해낸 유일한 세상인 이 디지털 에덴의 섬뜩한 생식능력을 조절해야만 했다. 나에게 곧이곧대로 털어놓은 적은 없지만, 남편은 가까운 친구나 신뢰하는 동료에게조차 말 못할 만큼 새로운 무언가를 창조하려 하고 있었다. 물론 남편에게 그런 일은 흔했다. 그는 자신이 좋아하는 사람들과 있을 때도 고독했다. 그랬기에 남편이 컴퓨터와 묘한 동질감을 느낀 것도 이해가 되었지만, 한편으로는 놀랍기도 했다. 나는 에니악과 매니악을 직접 다루어보았기에 그것들의 한계도 잘 알았다. 소위 그 전자두뇌는 복합 유체역학을 다룰 줄 알고 곱셈에 관하여서는 남편보다도 나았으나, 그 밖의 다른 모든 측면에서는 문손잡이와 다를 바 없이 멍청했다. 어떻게 그런 무생명 고철덩어리 따위를 우리와 비교할 수 있겠는가? 남편은 대체 어떤 기적을 기대했던 걸까? 자신의 존재를 자각 못하는 기계는 기껏해야 인간의 진보를(혹은 몰락을) 앞당길 수 있을 뿐, 이끌 수는 없었다. 그런데 왜 조니는 그 청사진을 집에 가지고 왔던 걸까? 게다가 그건 바리첼리가 만든 코드가 아니던가? 남편이 이전에도 숱하게 그랬던 것처럼 그 사람의 아이디어도 슬쩍한 것일까? 단 하나 분명한 사실은 이것이었다. 그 청사진이 보기에 참 좋았다는 것. 우아하게 세공된 점들과 선들이 서로 뒤엉켜 합쳐지다가 고장난 지퍼의 이빨처럼 갈라지면 이내 복잡한 코드 격자로 둘러싸인 음의 공간이 광활하게 펼쳐졌다. 나는 그것의 아름다움에 공감했고, 그 이면의 생각도 어느 정도는 이해할 수 있었지만, 거기서 조니가 무얼 보았는지는 그저 상상만 할 수 있을 따름이었다. 뭔지는 몰라도 조니는 그것에 미쳐 있었다. 하지만 그 집착은 성질이 달랐다. 다른 관심사와 확연히 차이가 났다. 기쁨이 빠져 있었기 때문이다. 나는 조니가 그렇게 진땀을 빼는 모습을 본 적이 없었다. 이 프로젝트는 그에게 괴로움을 안겼다. 보통 남편은 문제를 단숨에 해결할 방법을 못 찾겠다 싶으면 금세 흥미를 잃고 다른 주제로 넘어가곤 했다. 그러나 이 문제에는 극구 매달렸다. 나는 그가 서재에서 욕하는 소리를 들었고, 쿵쿵거리며 서재 안을 왔다갔다하느라 (조니가 나에게 한마디 상의 없이 사버린) 싸구려 집의 대들보가 삐걱대는 것을 느꼈다. 한번은 심하게 소란스럽길래 무슨 일이 났나 싶어 허겁지겁 위층으로 올라갔다. 문을 열어보니 남편은 땀을 뻘뻘 흘리며 좌절감에 몸을 떨고 있었다. 주변에는 내가 아끼던 코끼리 조각상의 파편이 흐트러져 있었다. 일할 때 이따금 나를 생각하도록 애정어린 마음을 담아 그의 책상에 둔 것이었는데, 벽에 던져 산산조각내버린 것이다. 머리끝까지 화가 치밀었다. 코끼리 조각상은 아버지가 내게 선물로 준 것이자 수집품 중에서도 내가 제일로 아끼는 보물이었다. 내가 따지려고 다가가자 조니는 나를 살짝 밀쳐 복도로 내보낸 뒤 눈앞에서 문을 걸어 잠갔다. 그리고 책상으로 되돌아가 하던 일을 다시 시작했겠지. 에나멜가죽 구두 밑창으로 나의 코끼리 파편들을 짓부수면서.

그날 오후의 나머지 기억은 흐릿하다. 분노와 이후에 찾아온 어마어마한 고통에 모든 것이 얼룩져 내가 무얼 했고 무슨 생각이었는지 반쯤밖에 기억나지 않는다. 처음에는 충격이 가시지 않았지만 할일을 하려고 노력했다. 그날 나는 매니악으로 대규모 날씨 계산을 돌리기 위해 몬테카를로 코드들을 집에 챙겨 온 터였다. 수치예보는 이전까지 조니가 집착하던 대상이었다. 인류가 씨름해온 문제 중에 최고는 아닐지라도 손꼽히게 복잡한 데다 쌍방향에 고도로 비선형적인 문제였다. 바로 그 이유로 조니는 꼼짝없이 그 문제에 끌렸다. 현대의 일기예보는 조니가 수행한 초창기 연구에 빚을 지고 있으나, 그의 야심은 훨씬 거창했다. 그는 언제 어디서 비가 내리는지를 예측하는 데에만 관심을 둔 게 아니었다. 그가 꿈꾼 이른바 '영구 예보'란, 수학적으로 날씨를 엄밀하게 분석해 폭풍, 태풍, 허리케인을 예측하는 것을 넘어서서 그러한 기상 현상을 통제하는 것이었다. 늘 조니의 머리 위를 맴돌며 그가 남긴 사냥물들의 잔해를 노리던 독수리떼가 이 가능성을 보고 달려들었다. 놀라운 일은 전혀 아니었다. 조니는 해군에 전달한 첫번째 개요서에서 정확한 일기예보가 가져올 어마어마한 군사적 이득을 정확히 짚었을 뿐 아니라 수줍게 편지까지 동봉해 이런 설명을 덧붙였다. "날씨를 수학적으로 예측하는 문제는 해결할 수 있으며 해결되어야만 합니다. 가장 두드러진 기상 현상을 만들어내는 불안정한 상황도 완벽히 알맞은 양의 에너지를 방출한다면 통제하거나, 적어도 방향을 유도할 수는 있으니까요." 대놓고 말하진 않았으나, 그가 언급한 "완벽히 알맞은 양의 에너지"가 핵폭탄을 통해 공급되리라는 사실은 명백했다. 그의 끔찍한 논리는 이런 식이었다. 우리가 날씨를 충분히 이해하게 된다면, 허리케인이 미국 연안에 가까워질 때 높은 고도에서 열핵 폭발을 일으켜 상륙 전 허리케인의 진로를 바꿀 수 있다는 것이다. 하지만 이는 무시무시한 시나리오에 길을 터주었다. 조니가 첫번째 개요서에서 스스로 경고한 바와 같이, 아무리 건설적인 기상 통제 계획일지라도 상상을 초월하는 형태의 전쟁에 쓰일 수 있는 정보와 기술에 의존하기는 매한가지이기 때문이었다. 날씨 전쟁 앞에서는 제우스의 번갯불마저 어린애가 쏘는 비비탄총처럼 무고하고 무해해 보일 터였다. 남편은 날씨에 통달하는 순간 가장 살벌한 핵무기를 뛰어넘는 힘의 원천을 손에 넣으리라 믿었다. 평균 크기의 허리케인 하나만으로도 원자폭탄 만 개를 합친 것보다 강력한 에너지를 발산하기 때문이었다. 인간이 날씨를 정확히 예측하리라는 남편의 낙관은 철저히 매니악과 같은 컴퓨터 능력에 기댄 것이었다. "안정적인 과정은 예측하고, 불안정한 과정은 통제해야 한다"라고 그는 말했다. 남들은 몰라도 나는 조니의 말을 믿었다. 그는 어떤 것에 관해서든 틀리는 법이 없었으니까. 나중에 밝혀진 것이지만, 기상관측 시스템이란 본질적으로 무질서해서 최첨단 기상 모델로도 두어 주 날씨를 추측할 뿐이며 더 길어지면 예측이 아예 쓸모가 없어진다. 그러니 조니가 꿈꾼 '영구 예보'와 무시무시한 날씨 병기는 애초부터 가망이 없었다. 그러나 1950년대 중반에는 나를 포함해 누구도 그 사실을 알지 못했으니 당장 다음날 컴퓨터에 집어넣을 몬테카를로 코드를 작업하려고 자리에 앉았을 때 내 머릿속에는 날씨 전쟁의 장면들이 휘몰아쳤고, 그 때문에 좀처럼 일에 속도가 붙지 않았다. 전체 프로젝트에서 나의 역할은 미미하기 그지없었으나 그럼에도, 만일 남편의 연구가 정말로 성공했을 때의 세상을 생각하기만 해도 몸속 깊은 곳에서 통증이, 날카롭게 찌르는 죄책감이, 한 사람으로서 주체할 수 없는 책임감이 나를 조금씩 잠식했다. 나는 남편만큼 이성적이지도 현실적이지도 못했다. 나로서는 당연히 우리 인류가 날씨를 지배하려 들어서는 안 된다는 생각이었으나, 남편에게 중요한 문제는 단 하나, 우리가 날씨를 통제해도 되는지가 아니라, 누가 조종석에 앉느냐였다. 나는 반시간 넘게 어쩔 줄을 몰랐다. 그렇다고 작업을 관둘 자신도 없었는데, 정신을 차려 현실로 돌아오고 나면 나의 코끼리가 죽임당한 사건과 내 안에서 부글대는 분노를 마주해야 했기 때문이다. 그래서 나는 최후의 발악으로 자서전 작업을 시작했다. 그건 조니에게조차 말하지 않은 나만의 비밀 프로젝트였다. 하지만 겨우 쓴 반쪽짜리 원고를 이내 찢어버린 뒤 화를 억누르며 아래층 주방으로 내려가 냉장고 문을 열고 앞에서 땀을 식혔고, 얼음을 몇 개 집어 술을 한 잔 따라 마셨다. 그리고 한 잔 더, 한 잔 더, 위스키를 석 잔째 마시던 그쯤, 주방의 시곗바늘이 천천히 앞으로 움직이고 얼음조각들이 술에 풀어지는 것을 잠자코 보던 나는 최고로 터무니없는 계획을 떠올렸고, 결과를 뻔히 알면서도—어째서인지 나는 알 수 있었다—실행에 옮겼다.

조니가 서재에 칩거하기로 했음을 미처 알기 전에 나는 우리 둘이 가장 좋아하던 식당을 예약해둔 터였다. 자리가 몇 없는 아담한 공간이라 아무때나 갈 수 있는 곳이 아니었다. 이대로 예약을 날리는 건 용납할 수 없었다. 남편이 자신의 고치에서 기어나오기를 기다리느니 컴퓨터 부서 동료에게 연락하기로 했다. 사무실에서 늘 내게 추파를 던지던, 얼굴이 반반한 남자에게 내가 가기로 한 장소를 알린 뒤 생각이 있거든 만나러 오라고 했다. 식당은 시내를 벗어나 비버댐 저수지 인근의 운치 있는 호수 끝자락에 자리했다. 호수는 종종 얼어붙었는데 그럴 때면 어린 시절 따뜻했던 기억이 되살아났다. 그 전해 겨울에는 호숫가에 앉아 나의 조니와 칵테일을 연거푸 마시며 여자애들과 남자애들이 스케이트를 타고 서로 꽁무니를 쫓는 모습을 구경했었다. 그걸 보고 있자니 발아래 날카로운 스케이트 날이, 벌어진 입 사이로 피어오르는 입김이, 추위에 시큰한 코끝의 감각이 다시 느껴지는 듯했다. 하지만 아직은 무더위가 한창이었으니 얼음이 내 체중을 버틸 만큼 두꺼워지려면 몇 달은 더 기다려야 했다. 그런데도 왠지 그곳이 그리웠고 작은 호수가 자꾸만 마음속에 떠올랐다. 그런데 호수를 바라보는 시점은 식당의 여닫이창 자리가 아니라 높은 공중이었다. 마치 영혼의 작은 일부가 내 몸을 벗어나 나보다 먼저 그곳에 가 있기라도 한 것처럼. 문제는 그곳에 가려면 조니의 도움이 필요하다는 것이었다. 하필 차고 문을 여는 기계가 먹통이었기 때문이다. 조니는 혼자 힘으로 문을 열 수 있었으므로 내 힘으로는 역부족이라는 것을 알면서도 굳이 시간을 내어 기계를 고치려 하지 않았다. 도움을 청해보았자 소용없으리라는, 그가 나를 가뿐히 무시하리라는 확신이 들었다. 그래서 나는 계단 층계참에 쪼그리고 앉아 그의 서재를 몰래 감시하며 기회를 엿봤다. 그리고 마침내 그가 방문을 열고 화장실에 갔을 때 얼른 방안으로 들어가 술에 취한 여학생처럼 킥킥대며 의기양양하게 방문을 잠갔다. 화장실에서 나온 그는 상황을 파악하고는 양손으로 사정없이 방문을 두드렸다. 그가 소리를 지르고 우는소리를 하며 방이 통째로 흔들리도록 문을 흔들어대는 동안, 나는 태연히 그의 책상 앞에 앉아 원고를 훑어보았다. 밖에서 악다구니를 쓰든 말든 알 바가 아니었다. 얼마 지나자 그는 애원하기 시작했다. "들여보내줘, 클라르, 나 좀 들여보내줘." 차고 문을 열어주기로 약속하면 문을 열겠다고 대답하자 그가 빽 소리를 지르며 그건 불가능하다고 했다. 내가 자신을 이해해주어야 한다고, 지금 자신은 중요한 일을 하고 있어서 시간을 낭비할 수 없다고 했다. 어쩌면 지금껏 한 일 중에 가장 중요한 일인지 모른다고! 나도 더는 사정을 봐줄 생각이 없었으므로 다시 한번 나의 요구를 확실히 말했다. 나를 돕지 않으면 언제까지고 내가 원하는 만큼 서재에 있을 것이라고. 그가 또다시 고성을 지르며 발작을 일으키기에 나는 조니가 마시던 버번위스키를 한 잔 따랐다. 잔을 다 비웠을 때쯤 그는 다시 애걸복걸하기 시작했다. "제발, 클라르, 제바아알 문 열어!" 참 딱하고 유치하기도 하지. 그의 목소리를 듣고 있자니 괜히 화가 더 치밀었다. 그래서 오 분 안에 차고 문을 열지 않으면 그의 원고는 물론 집 전체를 홀랑 태우겠다고 으름장을 놓았다. 사실 반쯤은 공허한 위협이었고 우리 둘 다 그렇다는 걸 알고 있었다. 조잡하고 지긋지긋한, 누런 오줌색의 집을 불태울 생각이 없어서가 아니라 그가 토씨 하나 숫자 하나 틀리지 않고 원고를 기억해내 다시 완벽히 복구할 수 있음을 나도, 그도 잘 알았다. 조니는 나더러 운전할 상태가 아니라고 했고, 나는 그대로 버번위스키 병을 벽에 던져 나의 코끼리 잔해 사이로 유릿조각들이 흩어지는 것을 지켜보았다. 마침내 잦아든 그의 목소리는 너무 작아서 뭐라 속삭이는지 들으려면 문에 귀를 가져다 대야 했다. "제발 운전하지 말아, 클라르, 이 상태로 운전하면 안 돼. 내가 역에 데려다줄게. 내가 데려다가 다음 기차에 태워

줄게. 그러니까 제발, 제발 나 좀 들어가게 해줘." 그 말에 나는 폭발했다. 내가 기차를 얼마나 싫어하는지 조니가 모를 리 없었다. 내가 기차에 발을 들이느니 차라리 죽고 말리란 것을 그는 잘 알았다. 나는 고래고래 악을 쓰며 다시는 나를 건들지 말라고, 당신은 괴물이라고, 보기만 해도 역겹다고 소리를 질렀다. 하지만 말로는 내가 느끼는 혐오감을 다 표현할 수가 없었다. 나는 바리첼리의 우주를 집어들어 쓰레기통에 처넣고 불을 붙였다. 그리고 문을 열어 나를 밀치고 들어오며 절규하는 그를 보았다. "무슨 짓을 한 거야, 대체 뭘 했느냐고!" 나는 차고로 달려내려가 꿈쩍 않는 문을 잡아당기며 힘겹게 씨름했다. 그러다 갑자기 찌르는 듯한 통증에 두 손으로 배를 부여잡고 바닥을 굴렀다. 날카로운 고통에 숨이 제대로 쉬어지지 않았다. 얼마나 오래 바닥을 기며 소리치고 울었는지는 모르지만, 마침내 조니가 내려와 나를 응급실에 데려갔다.

다음날 집에 돌아온 나는 전신을 두들겨맞은 듯 이곳저곳 멍이 들어 있었고, 정맥에 쏟아부은 약물로 정신은 멍한 상태였다. 남편은 그날부터 왼쪽 어깨가 성치 않았다. 이후 상황이 얼마나 급격히 나빠질지는 우리 누구도 상상하지 못했다.

1956년 7월 9일 폰 노이만은 워싱턴 자택에서 해군 소장 루이스 스트라우스와 통화하다 쓰러졌다. 8월 2일 암이 쇄골에 전이되었다는 진단을 받고 긴급수술에 들어갔다. 11월에는 암이 척수에까지 번졌다. 12월 12일 그는 워싱턴 D.C.에서 열린 국가계획협회 회의에서 연설했다. 그가 서서 한 마지막 연설이었다.

유진 위그너

생물학적 필요

마지막을 앞두고 연치는 달라졌다.

암 진단을 받고 그의 머릿속은 평생 관심도 없던 부류의 생각들로 넘쳐났다. 그게 또 얼마나 방대한지, 병으로 죽지 않더라도 머리를 너무 써서 죽을까봐 겁이 날 정도였다. 그렇듯 갑작스럽고 무서운 생산력은 물론 그에게 낯선 것이 아니었다. 그는 논리의 그물망으로 세계를 옭아매려던 시도를 괴델에게 저지당한 후에 상실했던 열정을 하룻밤 사이에 되찾은 듯 보였다. 그보다 훨씬 의아한 점은 그가 이전에 전혀 몰랐던 감정을 느끼기 시작했다는 것이다(엄밀히는 폭력적이고 느닷없는 변화에 시달렸다고 말해야 할 것이다). 그는 인류 공동의 운명에 대한 주체할 수 없는 연민과 깊은 걱정에 사로잡혔다. 그런 억누를 수도, 부정할 수도 없는 불안이 처음 엄습했을 때는 속수무책으로 공포에 사로잡혔으나, 나중에는 자신이 외면하기로 선택했던 것들이 마음을 침범하는 일에 제법 익숙해져 그런 생각들을 자기 내면으로 몰아넣는 법을 터득했고, 거기서 그 생각들은 엄청난 허기의 원천이자 영혼과 관련된 모든 문제를 향한 지칠 줄 모르는 호기심의 근원으로 변모했다. 그의 이런 모습은 평생 본 적 없는 낯선 것이었다. 따라서 연치를 잘 알고 아끼던 사람들에게는 달라진 그 모습이 목숨을 위협하는 게 틀림없는 병세의 악화보다 어쩌면 더 절망스러웠을 것이다. 그의 광적인 에너지야 익숙했으나, 나는 그가 하는 말과 생각의 새로운 결이 무척이나 염려스러웠다. 이제 그의 사고방식에는 습관적인 과대망상뿐 아니라 종교적인 색채까지 묻어났기 때문이다. 적어도 나에게는 그것들이 몹시도 불길하게 느껴졌다. 처음에는 쉽사리 눈에 띄지 않았다. 그는 원래부터 고대사를 좋아했고 제국의 흥망성쇠에 매력을 느꼈으며 특히 아주 어렸을 때부터 메소포타미아에 지대한 관심을 보였다. 그런데 이제는 세계 여러 문화 속 신과 관련한 글을 닥치는 대로 읽으며 지식을 포식했다. 그 새로운 관심사는 어느덧 우리 대화에까지 자주 등장했고, 주의력이 한정된 보통 사람이었으면 다른 모든 것을 뒤덮어 수학이니 과학적 사고니 하는 것들이 들어갈 공간은 전혀 남지 않았을 만큼 그의 머릿속에서 크나큰 부분을 차지했다.

연치가 목발을 짚고 돌아다닐 수 있었던 마지막 여름, 그의 조지타운 자택에서 보낸 따뜻한 어느 날 밤에, 그는 내게 말했다. "신은 생물학적 필요야. 언어나 엄지손가락처럼 우리 종에게 꼭 필요한 것이지." 연치에 따르면, 믿음은 이 세상 태곳적 사람들에게 힘과 권력과 의미를 준 원천으로, 현대인은 그것을 전부 잃었다. 이 결핍, 근원적인 상실을 이제 과학으로 해결해 내야 했다. "우러러보거나 동경할 길잡이 별이 없으니 지금 우리는 짐승의 상태로 퇴락하고 있지 않나. 우리가 주어진 조건을 뛰어넘어 훨씬 진보할 수 있도록 해준 힘을 차츰 잃어가면서 말이지." 연치는 우리 인류가 20세기를 살아내려면 신들이 떠나고 남은 공허를 메워야 한다고 생각했다. 이 기묘하고 난해한 변화를 이룩할 유일한 후보는 기술이었다. 점점 더 늘어나는 기술적 지식은 우리를 조상들과 구분 짓는 유일한 차별점이었다. 도덕이나 철학이나 일반 사고의 관점에서 우리는 고대 그리스인들이나 베다시대 사람들, 아니면 여전히 자연을 유일한 은혜의 증여자이자 진정한 존재의 가늠자로 붙들고 있는 작은 유목민족보다도 나을 게 하나 없었다(정확히는 훨씬, 훨씬 더 열등했다). 우리는 모든 면에서 뒤처졌다. 테크네* 말고는 모든 예술에서 발육이 더뎠다. 다만 테크네에 관한 우리의 지식은 실로 심원하고 위험하여, 지구를 떨게 했던 티탄들의 기를 죽였고, 고대 숲속 신들을 한낱 정령처럼 보잘것없게, 요정처럼 예스럽게 만들어버렸다. 그들의 세상은 이제 가고 없었다. 이제는 과학과 기술이 우리의 미래상, 더 나은 버전의 우리 모습을 제시해야 했다. 문명은 인류의 문제를 더는 우리 자신의 손에 맡겨둘 수

* techne. 고대 그리스 철학에서 '기술'을 의미하는 말.

없을 만큼 진보했다. 우리에게는 다른 것, 더 많은 것이 필요했다. 거시적인 관점에서 인류가 번영할 수 있는 아주 희미한 가능성이나마 붙잡으려면 우리 자신을 초월할 방법을 찾아내야 했다. 우리의 논리와 언어와 사고의 한계를 뛰어넘어, 인류의 영토가 온 지구로 확장되고, 더 나아가 별들까지 뒤덮게 될 상황에서 우리가 피치 못하게 마주할 여러 문제의 해법을 발견해야만 했다.

그가 늘어놓는 설교는 거북하기만 했다. 대체 내가 알던 이성적이고 지극히 합리적인 사람은 어디로 갔단 말인가? 그의 분석은 얼토당토않았다. 나는 그에게 대놓고 그렇게 말했다. 네가 한 말은 아무런 근거도 없노라고. 수십억 명이 여전히 굳게 신을 믿고 있으며 그들의 총체적인 비합리성과 구제 불가능한 미신은 잦아들 기미를 보이지 않는다고. 하지만 야노시는 동의하지 않았다. "그 신들은 죽은 존재야. 영광을 잃었다고. 세상에 어떠한 감흥도 줄 수가 없어. 왜냐면 그냥 우리가 가지고 다니는 부서진 유물에 불과하니까. 저기 뉴욕 거리에서 말들이 끄는 사륜차만큼이나 허약하고 무력하단 말이야. 여전히 존재한다고 해서 어떤 쓸모가 있는 것은 아니지. 우리는 탄두를 세계 어디든 도달할 수 있는 미사일 끝에다 장착하지 노새 등에다 묶진 않잖나." 연치는 남들이 신앙과 종교에서 얻는 목적의식을 언제나 수학과 과학에서 얻었으므로, 죽음의 심연을 들여다보게 된 지금, 어쩌다 그의 안에서 이 모든 감정이 별안간 이상하게 중첩되고 뒤섞였는가도 이해가 갔다. 그러나 그가 난데없이 의

미와 초월을 갈망하게 된 데에는 훨씬 더 구체적인 이유가 있음을 나는 알았다. 그는 그만큼 고통스러웠던 것이다. 암이 악화되면서 약을 달고 살았으나 육체적 고통을 누그러뜨리는 데는 거의 도움이 되지 않았다. 내가 들를 때마다 그는 술을 진탕 마셔댔고 평소보다 훨씬 더 폭식해 배가 불룩하니 살이 쪘다. 극심한 고통은 여러 방식으로 사람을 바꾸어놓는다. 연치와 나처럼 전쟁의 공포에서 탈출하지 못한, 유럽에서 내가 사랑했던 사람들은 전쟁 이전과 영영 달라지고 말았다. 그들은 잔혹함의 깊이에 눈을 떴고, 동료 시민들이 어떤 짓까지 할 수 있는지 목격한 후부터는 그림자 없는 세상을 다시는 볼 수 없게 되었다. 외면하려고 눈을 감아도 어둠 뒤에서 더 끔찍한 무언가가 자신들을 지켜보며 기다리고 있음을 느꼈다. 고문과 굶주림과 수모를 겪은 유대인들은 치료받아 건강을 되찾은 후에도 여전히 부서지고 깨어진 채 유령 같은 존재로 남았다. 조니는 끔찍한 공포에도 시달렸다. 그는 죽음만이 아니라 질병 자체를 두려워했다. 아마도 그랬기에 갑자기 비이성의 힘을 빌리려 했는지도 모른다. 생물학과 생명체의 논리적 구조에 대한 이해는 점점 깊어졌지만, 그럼에도 그는 자신의 고통과 아주 병적이고도 미신적인 관계를 발전시켰다. 그는 암이 자신의 일부가 아니라 온전한 별개의 존재라 생각했다. 자기 내면에서 자라나는 악마가 신체 조직들을 정복하여 육신은 물론 그의 가장 내밀한 곳에서 깨어난 영혼까지 오염시키고 있는 것이라고. 악마는 그의 질병이 몸속 장기들에 퍼지는 것과 똑같이 가차없는 속도로 자라났다. 그의 마음을 뒤틀고 무너뜨리기 시작한 게 틀림없는 그 소름 끼치는 생각들은 그로 하여금 육체에서 벗어나 살아 있는 자의 통증과 고통에서 자유로운 의식의 형태를 갈망하게 했다. 이 모든 것을 알았던 나는, 연치가 자기 집 거실에서 쿠션을 받치고 앉아서, 또는 침대에 누워 내 쪽으로 몸을 틀고서 하는 말들을 참을성 있게 들어주었다. 그는 완벽히 통제된 환경에서 작동하는 자기 복제 기계들, 디지털 생명을 낳는 거대한 컴퓨터 단말기들, 광활한 은하계에서 후손을 남기는 우주선의 디아스포라에 관해 이야기했다. 이 모든 것에는 그의 이름이 붙을 것이고, 그가 만든 논리적 틀을 일종의 디지털 DNA로 갖게 될 거라고. 마음 아픈 일이었지만, 부끄러운 고백을 하자면, 나는 그에게서 떨어질 수도, 옛친구의 섬뜩한 모습에서 시선을 거둘 수도 없었다. 만나본 사람 중에 최고로 비범했던 존재가 내 눈앞에서 무너져내려 평소 자신이 무정하게 비꼬았던 기상천외한 망상에 빠져들고 있었다. 내가 그의 곁에 머문 것은 그를 아껴서만이 아니었다. 그는 섬망에 빠져서도 언제나 그랬듯 냉철하고 지성적이었으며 날카롭고 생각이 깊고 빈틈없었다. 그의 생각은 엉뚱했으나 매혹적이고 짜릿했다. 하지만 내가 보기에 그가 그린 미래는 터무니없고 비과학의 경계에 걸쳐 있을 뿐 아니라, 무엇보다 너무나도 비인간적이었다. 언제나 솔직함을 의무로 생각했던 나는 이런 생각을 숨기지 않았다. 그래서 그에게 낡고 위험한 생각에 빠져들지 말고 그냥 우리의 연약함을 받아들이자고, 불확실하면 불확실한 대로 사는 법을 배우자고, 숱하게 저지르는 실수의 결과를 견디자고 했다. 그가 말한 대로 첨단 기술과 초월성이라는 인간의 가장 구시대적인 메커니즘을 결합시키면, 결과는 공포와 혼란일 수밖에 없었다. 세상은 아무리 돈 많고 똑똑하고 권력 있는 사람도 이해할 수 없는 지경으로 진화하게 될 것이다. 살면서 이렇다 할 적수를 거의 만나본 적 없는 연치는 어떤 식으로든 한계를 인정해본 경험이 없었다. 그는 자기 생각에 서린 위험을 못 보았을 테지만, 나는 '보통 사람'으로서 지극히 예외적인 사람과 함께 사는 게 어떤지를 몸소 경험했다. 연치의 곁에서 자란 만큼 그게 어떤 기분인가를 똑똑히 알았다. 내로라하는 과학자들과 사상가들이 그의 앞에서 주눅이 들고 말문이 막히는 모습을, 그의 우월함을 보고 부끄러워하는 모습을 두 눈으로 목격했다. 잘못된 판단을 내려서, 혹은 운이 나빠서 자기 앞에서 의견을 내세운 사람들을 연치는 사정없이 몰아붙였다. 그자들은 자신들이 몇 달, 아니 몇 년을 공들여 이룩한 것을 연치가 단 몇 분 만에 앞지르는 모습을 무기력하게 바라보았다. 미래의 기술이 창조해낼 '신'은 내가 그의 앞에서 느끼는 감정을 우리 모두에게 느끼게 할 터였다. 하지만 그는 그 점을 인지하지 못했다. 인류의 번영을 바라는 자신의 소망이 인류를 파멸할 수도 있음을 이해하지 못했다. 어쩌면 좀더 사적인 이유였던지도 모른다. 몸이 망가지고 여태껏 느껴본 적 없는 고통에 시달리느라 생각에 차질이 빚어지면서부터 그는 좀더 지고한 존재가 자신을 구원해주기를 바랐던 것 같다. 자신과 필적할 지성의 존재가 자신과 같은 시선으로 세상을 바라보는 피조물이,

자신이 마지막까지 최선을 다했던 여러 프로젝트와 구상의 명맥을 이어가고 더 발전시킬 후계자가 나타나기를 소망했던 것이다. 실제로 연치는 갑자기 신학에 관심을 보이고 일종의 신적 존재를 바라면서도 순수하게 이성적인 노력을 게을리하지 않았다. 이를테면, 인간 사고 구조와 디지털 컴퓨터 작동 방식의 유사점을 연구하는 데 매진했다. 마지막 해에 그가 생산해낸 지식의 양은 1930년대에 부다페스트에서 베를린으로 처음 갔을 때의 작업량과 맞먹었다. 그는 연구를 위해 진통제를 몸속에 쏟아부었고 녹초가 되도록 일했으며 잠은 거의 자지 않았다. 그러니 그가 책상 앞에서 그대로 까무러치지는 않을까 클라리가 노심초사한 것은 당연했다. 누구도 그렇게 광기 어린 속도로 계속 살아가기란 불가능해 보였다. 남편을 말려달라는 클라리의 간곡한 부탁에, 나는 최선을 다해 친구가 안정을 되찾고 쉴 수 있도록 노력했으나, 사실은 소용없다는 것을 잘 알았다. 그가 물러설 리 없었다. 나는 불치병에 걸린 후로 몸과 마음이 그런 식으로 반응해 죽음이 돌진해 오는 동안 창조력과 에너지의 마지막 불꽃을 태운 다른 사람들을 몇 알고 있었다. 그런데 연치는 단순히 포기를 모른다기보다 가장 어렵고 불가해한 문제를 해결하기 위해 최후의 힘을 비축해놓은 듯 보였다. 그는 인간과 기계의 내적 언어—사고와 연산—를 수학적으로 연결하겠다며 뇌를 연구했고, 오토마톤과 컴퓨터가 뇌와 어떤 관계인지 탐구했다. 새로운 집착 대상을 발견하면서부터 그는 눈에 띄게 현실과 괴리되었으나 다행히도 유머 감각은 잃지 않았다. 심지어 논문에서 자기를 놀림감으로 삼을 만큼의 자기 객관화 능력도 있었다. "우리의 생각은 주로 신경학, 그중에서도 구체적으로 인간 신경계와 중추신경계에 초점을 맞추고 있다. 그러므로 우리는 오토마톤의 기능과 그것을 지배하는 보편 원칙을 이해하기 위해 문자 그대로 태양 아래 가장 복잡한 사물인 인간 두뇌를 선택하여 신속히 행동하기로 했다." 클라리는 자기 남편이 그렇게나 컴퓨터를 좋아하더니 아예 컴퓨터가 되어가는 것 같다고 했다. 연치는 잠시도 가만있지를 못하고 끊임없이 무언가를 계산했고, 그게 아니면 루프에 빠지거나 서서히 멈춰버리거나 오류를 일으켰다. 하지만 그는 절대 미친 것이 아니었다. 대화할 때는 어느 때보다 명민했고, 사후 출간되어 읽은 그의 말년 연구는 생각할 거리가 풍부했으며, 수학적으로 아름다웠고, 기술적으로는 역시나 그의 연구답게 빈틈이 없었다. 그가 정말로 선을 넘어 이성이 굴레이자 제약이 되는 세상으로, 앞으로 나아가려면 이성을 옆으로 치워두어야만 하는 영역으로 들어가 헤매고 있는 것은 아닌지 표면적으로 암시한 신호는 단 하나, 암이 그의 혈액뇌장벽을 넘어서기 직전 그의 조지타운 집에서 내가 목격한 참으로 혼란스러운 일화였다.

연치가 워싱턴 D.C.에서 열리는 의회 회의에 나를 불렀다. 나는 경비를 전액 지원받아 초대되었다. 정부는 아주 근사한 호텔을 잡아주었지만, 밤이 어찌나 후덥지근하던지 나는 쉽사리 잠을 이루지 못했다. 겨우 잠이 드나 싶었는데 야노시가 한밤중에 전화를 했다. 그는 어눌한 발음으로 당장 자기 집에 와달라고 사정했다. 나는 수면제에 취해 혼미한 정신으로 거절했으나, 그는 긴히 상의할 문제가 있다면서 내가 거절할 틈도 없이 전화를 끊었다. 나는 바로 다시 전화를 걸어 지금은 똑바로 생각할 수 없으니 내일 일어나자마자 아침 일찍 가겠노라고 말하려 했으나 통화 연결음이 아무리 울려도 묵묵부답이었다. 혹시 큰일이 난 건 아닌지 슬슬 걱정되었다. 나는 낮게 욕을 내뱉으며 옷을 챙겨입고 택시를 불러 그의 집으로 향했다. 택시에서 깜빡 졸다 깨니 긴 빛무리가 창밖을 휙휙 스쳐지나가고 있었다. 약에 취해 눈앞은 여전히 뿌옇고, 어릴 때부터 익숙한 선잠 증세로 기이한 풍경이 펼쳐진 머릿속은 뒤죽박죽이었다. 수면에 막 접어들면 안내 섬광과 미묘한 지각의 왜곡이 마구 뒤섞여 춤을 췄고, 깨어 있는 것도 꿈을 꾸는 것도 아닌 이상한 의식의 경계 상태로 빠져들었다. 연치와 내가 함께 연구했던 게 언제였더라? 연치는 이론물리학에 흥미를 잃은 지 오래였으며, 나는 컴퓨터 쪽을 잘 알지도 못하고 그에게 쓸모가 있을 만큼 그의 여러 관심사에 박학하지도 않았던 터라 그가 어쩐 일로 갑자기 나와 할 이야기가 있다는 것인지 의아했다. 정신이 혼미한 채로 그의 집에 가는 것이 스스로 한심하긴 했지만, 그는 원자력위원회에서 일하고 있었으니 그가 말한 급한 일은 어쩌면 정말로 중요한 국가적 사안일지도 몰랐다. 냉전시대였던 그 시절에 그러한 요청을 거부할 수는 없었다. 연치의 집 앞에 도착했을 때는 어느 정도 정신이 맑아진 후였다. 그러나 현관문을 두드릴 때까지도 시야 언저리에 무작위로 작은 반점들과 기하학적 무늬가 떠다녔다. 문은 열려 있었다. 안으로 들어가 그를 불렀지만 대답이 없었다. 거실로 들어서니 반쯤 빈 술병으로 뒤덮인 테이블과 그 옆에서 기절해 있는 클라리가 보였다. 클라리는 가늘고 긴 손가락에 다 피운 담배를 끼고서 이브닝 가운 차림으로 잠들어 있었다. 담뱃재에 그을린 실크 옷자락에 아주 작게 구멍이 나 있었다. 외투를 벗어 클라리의 다리를 가려주는데 악몽을 꾸는지 움찔거리고 칭얼댔다. 나쁜 꿈에서 벗어나도록 깨워야겠다는 생각이 들었고, 내 힘으로 침대까지 옮길 수 있을지 클라리의 몸무게를 어림짐작하려는 그때, 연치가 서재에서 나를 불렀다. 위층으로 올라가는 동안 알 수 없는 이유로 긴장되어 가슴이 뛰었다. 망가진 결혼의 피해자인 아리따운 여인이 내 눈앞에서 무너져내린 모습을 봐서일까? 아니면, 나의 친구도 똑같은 상태일까봐서? 서재 문을 연 순간, 나의 두려움이 오판이 아니었음을 깨달았다. 나의 친구는 자기 아내보다 훨씬, 훨씬 더 비참한 몰골을 하고 있었다. 나는 숨을 한 번 고른 뒤 방안으로 들어갔다.

연치는 허리 위로 맨몸을 드러내고 책상 앞에 앉아 있었다. 몸은 땀으로 번들거렸고, 성구함*의 검은 가죽끈을 팔에다 어설프게 칭칭 둘러매고 다른 하나는 넓은 이마 꼭대기에 아슬아슬하게 올려놓은 채 불뚝한 배를 내놓고 있었다. 나의 아버지도 그렇게 생긴 직사각형 기도 상자를 착용하곤 했었다. 상자 안에

* 구약성서의 성구가 적힌 양피지를 담는 상자로, 긴 가죽끈이 연결되어 있어서 유대인들은 기도 의식을 치를 때 이것을 팔뚝과 이마에 두른다.

는 토라 구절이 적힌 양피지 두루마리가 들어 있었다. 아버지는 매일 아침 기도 때마다 그걸 착용했다. 그리고 나에게 한쪽 팔에 끈을 어떻게 묶는지, 신을 뜻하는 여러 이름 중 하나인 샤다이shaddai의 철자를 구성하는 히브리어 알파벳 달레트dalet와 유드yud를 어떻게 쓰는지 알려주었다. 연치의 모습은 어떤 말이나 행동보다도 나에게 충격을 주었다. 그로테스크했다. 수천 년 동안 신성시되어온 것에 대한 모욕. 어떤 식으로도 유대교 신앙에 발 담근 적 없는 야노시에게 그런 건 아무런 의미도 없을 터였다. 나는 그가 파티에서 즐기듯 변장한 것이라고 생각해 화가 났다. 설령 그게 아니더라도 그건 그의 장난 중에서도 가장 불쾌하고 어리석었다. 하지만 내가 돌아선 순간, 그가 헝가리어로 나를 불러 세우며 간청했다. "예뇌, 예뇌, 이것 좀 도와줘." 약 기운에 여전히 몽롱했던 나는 그에게 무슨 일이 일어난 것인지 당최 이해할 수가 없었다. 그런데도 마치 누군가의 조종을 받는 것처럼 몸이 의지와 상관없이 움직였다. 나는 책상 앞으로 가 그의 옆에 쪼그려앉은 뒤 성구함—랍비들에 따르면 그걸로 내면에서 피어오르는 수천 악마들을 물리칠 수 있다고 한다—의 검은 가죽끈을 천천히, 그의 팔꿈치에서부터 통통한 손가락까지 왼쪽 팔뚝 전체에 감기 시작했고, 그 광경을 내 몸과 완벽히 유리된 채 지켜보았다. 내가 무심코 가죽끈을 너무 조여 맨 모양인지 그의 분홍빛 살이 눌려서 툭 불거졌다. 다 마친 나는 머리부터 발끝까지 떨리는 몸을 가누고 서서, 그에게 어디서 이 물건을 구했으며 이걸로 뭘 하려는 거냐고 물었다. 하지만 그의 말은 너무 느리고 불분명해 알아들을 수 없었다. 그가 자리에서 일어나려고 할 때야 진탕 취했다는 걸 알아차렸다. 연치의 허리에 팔을 두르자 땀이 내 셔츠를 적셨다. 나는 그대로 그를 침실로 부축해 데려갔다. 그는 흐느끼며 침대에 누웠다. 그리고 어머니의 이름을 속삭이고 클라리와 딸 머리나를 찾으며, 이제 거의 다 왔다고, 시간이 조금만 더, 아주 조금만 더 있으면 된다고 말했다. 그가 아예 까무러친 후에야 나는 그의 팔과 이마를 감싼 성구함을 풀고 얼굴에 흐른 눈물을 닦아주었다. 조니가 인사불성으로 취한 건 처음이었다. 그는 아주 요란한 모임에서도 용하게 제정신을 유지했다. 밤낮으로 술을 마시면서도 정신을 놓는 모습은 단 한 번도 본 적이 없었다. 그런데 지금 내 아래에서 잠든 그는, 커다란 머리 때문인지 물뇌증을 앓는 아기처럼 연약하고 위태로워 보였다. 나의 소꿉친구가 이제 죽음을 향해 붕괴하고 있음을, 아니길 바라지만, 아마도 광기에 빠져들 운명임을 생각하니 건잡을 수 없이 슬펐으나, 한편으로는 약간 마음이 놓였고 그 사실이 이루 말할 수 없이 부끄러웠다. 그래, 야노시도 결국 인간이었다. 천재이지만, 우리처럼 취한 바보이기도 했다.

그날 밤 나는 손님방에서 묵기로 했다. 침구용 장롱에서 이불을 꺼내려고 아래층으로 내려가다가, 계단의 마지막에서 두번째 칸을 잘못 밟고 미끄러지는 바람에 몸이 휘청였고 고꾸라지기 직전에 겨우 몸을 가눴다. 연치의 말에 따르면 소부대를 방불케 하는 자녀들이 있었다는 이 집의 이전 주인들에 의해 계단 모서리가 닳은 탓이었다. 나는 무사했지만 연치는 나만큼 운이 좋지 못했다. 그는 새해 전야 연휴를 맞이해 찾아온 딸 머리나를 배웅하려고 병상에서 몸을 일으켰다가 다시 방으로 돌아가는 길에 나와 정확히 같은 지점에서 발을 헛디뎠고, 다시는 일어나 걷지 못했다. 그로부터 석 달 후, 뇌에 종양이 퍼지고 정신 손상의 첫 징후가 나타나자, 미국 정부는 그를 월터리드육군병원에 격리했다.

머리나 폰 노이만
1 더하기 1은?

월터리드병원의 아빠 병실 대기실에서 작은 흑백 텔레비전으로 춤추는 엘비스를 보았던 기억이 난다. 화면은 뿌옇고 소리는 너무 작아 무슨 노래인지 분간도 되지 않았지만, 한없이 젊고 아름다운 엘비스가 엉덩이를 씰룩거리며 흔드는 모습을 나는 뚫어지게 쳐다보았다. 아빠는 이미 온몸에 종양이 퍼져 있었으나 밀려드는 문안객들을 맞이했고, 통증 때문에 거동도 힘들면서 계속 연구에 매진했다. 아빠를 보려면 나도 남들처럼 차례를 기다려야 했다. 하지만, 로큰롤의 제왕이 텔레비전 화면 속에서 내게 윙크를 보내던 바로 그날만큼은 아빠 병실에 들어가기가 몹시도 겁이 났다. 아빠 건강이 걱정되어서도, 안에서 내가 어떤 광경을 보게 될지 두려워서도 아니었다. 내가 아빠를 배신했기 때문이었다.

나는 결혼을 했다. 래드클리프를 졸업한 바로 다음주에. 아빠는 결혼을 필사적으로 반대했고 내 뜻을 꺾으려고 온갖 수단을 동원해 을렀다. 아빠는 내가 너무 어리다고(나는 고작 스물하나였다), 이른 결혼이 내 발목을 잡아 출세를 방해하리라고 굳게 믿었다. 하지만 그런 일은 일어나지 않았다. 결혼 문제로 아빠와 몇 달을 실랑이하면서도 나는 고집을 꺾지 않았다. 그리고 기어코 내 뜻대로 했다. 정확히 내가 바라는 대로. 나는 약혼자와 결혼한 뒤 메인에 있는 예쁘고 아담한 오두막집에서 신혼을 보내다 죽어가는 아빠에게 '좋은 소식'을 전하려고 워싱턴 D.C.에 온 터였다. 파렴치한 짓이었지. 차라리 거짓말했다면? 돌아가실 때까지 그냥 기다렸다면? 아마 그때의 나는 이기적이었던 듯하다. 고집도 셌고. 아니면 아빠에게 뭔가를 증명하고 싶었는지도 모른다. 나도 아빠 못지않게 고집불통이라고, 아니 어쩌면 그보다 더할 거라고. 아빠의 바람을 저버림으로써 아빠의 기대치에 부합하려고 했다. 그만큼 자신이 있었다. 정교수가 되고, 닉슨 대통령이 경제자문위원회에 지명한 첫 여성이 되고, 제너럴모터스의 수석 경제학자이자 부사장이 되기 훨씬 이전부터 나는 내 능력을 잘 알았다. 그래, 일찍 결혼한 것은 사실이다. 하지만 그 사실이 내가 다국적 기업의 책임자가 되고, 하버드대와 프린스턴대 이사회에 들어가고, 심지어 아빠가 그토록 애정을 쏟았던 고등연구소 이사회에 임명되는 것을 방해하진 못했다. 하지만 아빠는 이 모든 것을 알지 못한 채 눈을 감았다. 그저 자신이 고통에 빠져 있는 동안 내가 자신을 등졌다는 사실만을 기억한 채 세상을 떴다. 손가락을 꽉 죄는 반지를 내려다보는데 무릎이 떨려왔다(남편이 사준 반지는 내 손에 너무 작았다). 그냥 빼버리는 게 나을까. 그러면 클라리가 나의 형편없는 다이아몬드 반지를 보고 잔소리할 일도 없을 텐데. 나는 아빠에게 할 말을 머릿속으로 되뇌면서 끊임없이 반지를 만지작거렸고, 장군과 과학자와 의사와 첩보원이 부산하게 섞인 틈바구니에서 그렇게 기다리는 사이 손가락 피부가 다 벗겨지고 말았다. 대기실에 모인 그들은 저마다 수첩을 들여다보거나, 아니면 나처럼 엘비스를 보며 넋이 나가 있었다. 공연 막바지에 이른 엘비스의 얼굴에서는 땀이 뚝뚝 떨어졌고 탐스러운 검은 머리칼이 헝클어져 눈을 가리고 있었다. 〈I'm Gonna Sit Right Down and Cry〉를 부르는 건가? 〈Heartbreak Hotel〉? 아니면 〈Fool, Fool, Fool〉? 내 옆에는 아빠의 보좌관이 서 있었다. 그는 내 손에 끼워진 반지를 보고는 미소 지으며 살짝 내 어깨를 토닥였다. 빈스 포드. 좋은 사람이지만 조금 헤픈 면이 있었다. 생긴 것도 반반했고. 대령이었던 그는 주 칠 일 이십사 시간 내내 아빠의 분부만을 기다리는 이등병 여덟 명을 통솔했다. 병사들은 아빠의 수족이 되었을 뿐 아니라 매의 무리처럼 아빠를 감시하는 경호원도 되었다. 혹시 아빠가 정신이 흐려져 군사기밀을 발설하거나(가끔 아빠는 자신이 어디에 있는지조차 까먹곤 했다), 엉뚱한 사람에게 중요한 아이디어를 말해버린다거나, 광란의 발작에 빠져 새롭게 발견한 사실을 흘리는 일이 없어야 했기 때문이다. 아빠는 단 한 번도 내게 고통을 호소하지 않았지만, 변해버린 태도와 말들, 클라리를 대하는 태도, 그러니까 삶 막바지에 풍긴 그 모든 분위기가 가슴을 미어지게 했다. 아빠의 투병생활중 가장 불길했던 순간은 갑자기 아빠가 엄격한 가톨릭교도가 되었을 때였다. 아빠는 베네딕트회 수도사와 자주 시간을 보냈다. 나중에는 예수회 수도사를 찾았다. 아빠가 그들과 무슨 이야기를 나누었는지는 모른다. 추측하건대, 극도의 이성주의자였던 나의 아빠는 일종의 사적인 불멸을 갈망했던 것 같다. 그럼에도 최후의 순간까지 죽음에 대한 공포를 이겨내지 못했다. 새로이 생겨난 아빠의 신앙심이란 너무나도 터무니없었다. 클라리 역시 그 변화를 자신을 향한 모욕으로 받아들였고, 절대 인정하지 못했다.

클라리, 클라리, 클라리. 피겨스케이터, 마녀, 성격 파탄자, 잔소리꾼. 클라리, 매니악의 유모. 그 여자는 아빠의 연구소 기계를 프로그래밍했다. 함께 장거리 사막 여행을 다니면서 아빠에게 코드 작성법을 배웠고, 금세 전문가가 되었다. 클라리가 희한한 기계 언어로 만들던 커다란 순서도를 아직도 기억한다. 식탁에 펼치면 바닥의 복슬복슬한 카펫까지 내려오던 긴 종이에 화살표와 동그라미로 연결된 불가사의한 기호들이 적혀 있었다. 순서도에는 논리 회로와 수학 부호만이 아니라 독특한 아름다움이 존재했다. 어린 시절 나에게 그 아름다움은 너무나도 불가항력적인 동시에 두려운 것이어서, 나는 클라리 몰래 순서도를 베낀 다음 기호들을 교과서 책장 사이에 끼워서 갖고 다녔다. 마치 그게 부적이나 적들에게 맞설 마녀의 주문이라도 되는 것처럼. 세월이 흘러 나는 클라리를 대단히 존경하게 되었으며, 그간 그 여자에게 매정했던 나의 모습과 아빠가 클라리에게 안긴 고통에 깊은 부끄러움을 느끼게 되었다. 그러나 고백하자면, 나는 참으로 오랫동안 그 여자를 경멸했다. 내가 그들과 함께 살게 되었을 때(아빠의 이상한 이혼 합의 사항에 따라 나는 열여섯 살이 된 후로는 아빠 집에서 살아야 했다)만 해도 나는 클라리를 고약한 여자라고 생각했었다. 아빠와 클라리는 시도 때도 없이 서로를 못 잡아먹어서 안달이었다. 클라리는 무척이나 신경질적이었고 정신적으로 불안정했다. 아빠는 널뛰는 아내의 기분을 도통 헤아리지 못했다. 클라리는 쉽게 우울해졌고 자신과 진정으로 소통할 줄 모르는 남편의 무능력에 끝없이 좌절했으며 스스로 자기 인생을 살고 있지 못하다는, 잘못된 곳에 와 있는 것 같다는 기분에 압도되어 끝내 거기서 헤어나지 못했다. 아빠 집 창고의 보일러 옆에 쌓인 연구 자료 더미에 숨겨져 있던 클라리의 미완 자서전에서, 클라리는 이렇게 고백했다. "국제적인 사건들과 세계적인 지성인들의 허리케인급 위력에 압도된 나는, 작디작은 반점, 어디 재미있는 거 없나 찾아다니며 윙윙거리는 하찮은 곤충 따위"가 된 기분이라고. 아무리 대단한 일을 이뤄봤자 남편의 위업에 미칠 리 없었고, 그렇게나 바랐던 남편의 관심을 오롯이 받을 길도 없었다. 클라리는 점점 더 침울해졌고, 자존감이 바닥을 칠수록 술에 의존했다. 혼자 쓰는 침실에서 자주 늦잠을 잤고 아침에는 깨우기가 겁날 만큼 성질이 더러워졌다. 나는 주로 혼자 아침을 차려 먹은 뒤 클라리와 아빠가 매일 반복하던 일상을 시작하기 전 일찌감치 집을 나섰다. 클라리는 지긋지긋한 부부싸움을 통해서만 그렇게나 갈급했던 남편의 사랑과 확신을 느꼈다. 두 사람의 위태로운 관계는 그들이 떨어져 있는 날이면 거의 하루도 빠짐없이 주고받았던 편지에 적나라하게 드러나 있다. 적지 않은 편지가 성애적인 내용인지라 훑어볼 엄두조차 나지 않지만, 나머지는 대부분이 평소에 하던 격한 싸움을 장황하게 되풀이한 것들이다. "우리는 둘 다 성질이 더러워. 그래도 덜 싸워보자. 나는 내 끔찍한 성질머리의 한계 안에서 진심으로 당신을 사랑하고 있어. 당신이 행복했으면 해. 최대한 많이, 최대한 자주." 아빠는 클라리와 막 결혼했을 때 이런 편지를 적어 보냈다. "당신은 당신에게 모질었던 삶을 두려워하지…… 당신이 산들바람에도 소스라치게 놀라는 건 뒤에 몰려오는 폭풍을 감지하기 때문이고…… 내가 당신에게 상처를 줬어. 당신을 괴롭히고 아프게 했지! 그래도 부디, 제발, 조금만 나를 믿어주길…… 그게 아니라면 자애로운 중립이라도." 아빠의 잘못이라고 판명된 일들에 대한 사과와 클라리에게 구하는 용서는 편지의 단골 주제였다. 클라리가 보기에 아빠는 올바르게 행동하는 법이 없었으니까. "우리는 왜 함께 있으면 싸우는 걸까? 난 당신을 사랑하는데. 내가 그렇게 넌더리 나게 싫은 거야? 그냥 서로를 용서하자!" 아빠는 애걸복걸했다. 둘의 싸움은 몇 년이고 그치질 않았다. 하지만 아빠가 세상을 떠나기 전 몇 달 동안 둘의 관계는 몰라보게 달라졌다. 클라리는 헌신적이고 다정한 보호자 노릇을 했다. 아빠는 절망의 굴레에 빠져들어 손닿지 않는 곳에서 방황했고, 평소답지 않게 말이 거칠어졌다. 아마도 뇌를 잠식한 암 때문이 아니었을까 싶다. 클라리는 아빠가 죽고 육 년 후에 스스로 목숨을 끊었다. 한밤중에 바다로 걸어들어갔다. 경찰이 윈댄시 해변에 주차된 클라리의 차를 발견했다. 아빠의 선물이었던 커다란 검은 캐딜락의 엔진은 차디차게 식어 있었다. 클라리의 시신은 1963년 11월 10일 동이 막 텄을 무렵 뭍으로 올라왔다. 검시 보고서에 따르면, 클라리는 검은색 롱 칵테일 드레스를 입고 있었다. 손목까지 오는 소맷동은 검은색 털로 마감이 되었고, 드레스 뒤에는 지퍼가 달렸으며, 목깃이 높게 올라오는 드레스였다. 축 처진 옷에서 젖은 모래가 7킬로그램 가까이나 나왔다. 모래는 폐에서도 발견되었다. 클라리의 정신과 담당의는 '죽음 본능'이 클라리의 가족력이라고 경찰에 진술했다. 그때는 전혀 말이 되지 않는다고 생각했지만, 필사적으로 나에게 숨겨온 두 가지 비밀을 알게 되었을 때는 생각이 달라졌다. 알고 보니 클라리의 아빠 찰스 단은 미국에 도착하고 얼마 후 기찻길에 뛰어들어 자살했다. 또 클라리는 한 차례 유산을 겪었는데, 그 책임이 무거운 차고 문을 여는 것을 도와주지 않은 남편에게 있다고 생각했다.

죽기 전 아빠는 말하려는 의지를, 혹은 말할 능력 자체를 상실했다. 왜 갑자기 침묵하는 것인지 의사들조차 의학적 이유를 대지 못했다. 나는 아빠가 의식적으로 그런 결정을 내린 것이라고 본다. 정신 능력의 약화는 아빠 같은 사람이 견디기엔 너무

버거운 공포였을 테니까. 암 진단을 받았을 때 아빠 나이는 고작 쉰셋, 아직 한창 잘나가던 때였다. 아빠는 거의 마지막 순간까지도 이성과 뛰어난 능력을 유지했다. 그럼에도 아빠는 자신에게 일어나는 일을 도저히 받아들일 수 없었다. 죽음에 대한 공포가 다른 모든 생각을 몰아냈다. 아빠는 생각하는 자신이 더 이상 존재하지 않는 세상을 그려보려 했으나 그러지 못했고, 따라서 마침내 운명을 받아들인 사람들에게서 나타나는 품위를 전혀 보이지 못했다. 오히려 아빠는 죽음이란 게 남들에게만 벌어지는 일인 양, 그래서 자신은 죽음을 한 번도 생각해본 적이 없다는 듯, 그렇게 죽음에 어떠한 준비도 하지 않은 채 어린애처럼 굴었다. 아빠의 의식은 뛰어넘을 수도, 그 너머를 바라볼 수도 없는 한계에 부딪혀 움츠러들었고, 아빠는 거칠게 반항했다. 여러 이유로 고통을 겪는 사람들을 숱하게 봐왔지만, 흐려지는 정신으로 고통받는 아빠만큼 힘겨워하는 사람은 본 적이 없다. 아빠의 병세가 빠르게 나빠질 것이며 결국 목숨을 앗아가리란 것을 이미 다들 알고 있던 무렵, 내가 단도직입적으로 물은 적이 있다. 소련에 핵 공격을 먼저 단행해 수많은 이를 몰살할 방안을 태연히 고안했으면서, 자기 죽음을 대면할 때는 왜 평정심과 품격을 차리지 못하느냐고 말이다. "그건 전혀 다른 문제지." 아빠는 대답했다.

그간 결혼 문제로 심하게 다퉜던 만큼, 결혼 소식을 전하러 아빠를 방문한 그날, 나는 아빠가 어떤 반응을 보일지 심히 걱정되었다. 그래서 장난감 기차를 선물로 준비했다. 커다란 빨간

색 장난감 기차는 아빠가 헝가리에서 자주 탔던 우아한 기차를 본딴 모형으로, 한없이 늘어나던 아빠의 기차 컬렉션에 새로 추가될 예정이었다. 다들 영문도 모른 채 아빠가 시키는 대로 병원에 대령해야 했던 온갖 장난감과 기구와 기계가 깔끔히 치워진 것을 보니 안도감이 들었다. 그러다 결혼반지를 아빠에게 보였을 때는 더욱더 충격적인 일이 일어났다. 아빠는 미소를 지으며 내 손을 잡고 나를 살짝 잡아당겨 이마에 입을 맞췄다. 아빠의 병세가 어느 정도인지, 몸이 얼마나 쇠약해졌는지 이미 클라리에게 충분히 이야기를 들었던 터라 마음의 준비가 되었다고 생각했는데, 긴장이 풀리면서 머릿속이 정리되고 아빠를 자세히 살필 여력이 생기자 울컥 눈물이 터질 것 같았다. 아빠는 수척해져 부서질 듯했고, 몸이 왜소해지는 바람에 원래부터도 불균형하게 컸던 머리가 아예 남의 것처럼 보였다. 아빠의 얼마 남지 않은 머리칼을 쓰다듬으며 아빠 손등을 내 볼에 가져가자 아빠의 눈이 흔들리며 촉촉해졌다. 아빠는 잔뜩 겁에 질려 있었다. 죽음 때문만이 아니었다. 죽게 되면 연구를 마무리지을 수 없을 테고 그렇게 자신이 세상에 잊히는 것이 아빠의 두번째 공포였다. 실로 광대한 과학 유산을 남긴 사람이 그런 불안을 느낀다는 게 내게는 그저 어이없고 비상식적으로 보였다. 어쨌거나 아빠를 달래고 싶었던 나는 축하받지 못한 나의 결혼식을 말없이 축복해주던 아빠에게 막 입원했을 때 작업중이던 논문은 완성했느냐고 물었다. 아빠는 「계산 기계와 두뇌: 사고 메커니즘에 관하여」라는 논문을 예일대의 권위 높은 실리먼 강연에서 발표하려 했었다. 아빠가 보여준 초안에는 두뇌의 작동 방식은 컴퓨터의 방식과 근본적으로 다르다는 결론이 실렸다. 그의 주장에 의하면, 모든 컴퓨터는 아빠가 만든 매니악과 유사한 구조를 따른다. 한 번에 한 단계씩, 순차적으로 작동할 수밖에 없다. 그러나 인간의 두뇌는 다르다. 아주 거대한 병렬을 이루며 동시에 무수히 많은 일을 수행한다. 그런데 아빠가 고민한 부분은 그게 아니었다. 그는 두뇌의 내부 논리, 두뇌가 기능하는 데 사용하는 '언어'를 찾으려 했다. 그것이 과연 자신이 선호하는 사고방식인 수학적 논리와 유사한지 알고 싶어했다. "수학을 이야기할 때 어쩌면 우리는 중추신경계에서 사용되는 태곳적 언어를 바탕으로 만들어진 이차 언어로 말하고 있는지도 모른다." 무엇보다 아빠는 뇌의 일차 언어를 발견하고자 했다. 그리고 그게 인류의 미래를 바꾸리라 믿었다. 그 언어를 해독해낸다면 두뇌의 내부 작동 방식을 이해할 수 있을 것이고, 아마도 인간만이 소유한 듯한, 세상에 대한 거대하고 총체적인 감각을 생성하는 정신의 고유한 능력을 손에 넣게 될 터였다. 아빠는 컴퓨터와 두뇌가 정보를 처리하는 방식이 극명히 다르다는 점에 매료되었지만, 동시에 둘의 공통점도 보았다. 그 공통점으로 말미암아 언젠가는, 컴퓨터가 의식을 갖게 되는 쪽이든 우리 인류가 부패와 질병에서 면역되어 존재하게 되는 쪽이든, 우리와 기계가 합일되는 날이 올지도 몰랐다. 논문에 이러한 환상에 대한 언급은 빠져 있었지만, 나는 그런 생각들이 아빠를 좀먹고 있음을 알았다. 아빠는 자신의 뛰어난 정신을 보존할 방법을 꿈꾸고 있었다. 나는 남들은 몰라도 나에게만큼은 아빠가 뚱한 침묵을 깨주기를 바라는 마음에서, 아빠의 논문 초안이 정말 굉장하더라고 말을 건넸다. 갈라진 입술을 열고 아빠가 드디어 말을 하는 순간 내가 느낀 뿌듯함과 벅차오름은 이내 씁쓸한 실망감으로 지워졌다. 아빠는 자기 연구에 관해 말하는 대신, 기괴하고 충격적인 요구를 하나 했다. 유일무이하진 않더라도 금세기 최고의 수학자 중 하나로 손꼽히는 사람에게서 나온 말이기에 더욱 그랬다. 아빠는 무작위로 숫자 두 개를 고른 다음 두 숫자의 합을 자신에게 물어보라고 했다. 처음에는 농담인 줄 알았다. 갑자기 소싯적 유머 감각이 살아나기라도 한 건가? 웃어넘기려 했으나 아빠는 웃음기 하나 없이 진지했다. 지난번 방문, 그러니까 한 달 전쯤만 해도 아빠의 정신은 언제나처럼 날카로웠다. 그런데 지금은 기본 산술이나 겨우 할 만큼 천재성이 퇴보하고 만 것이다. 아빠의 광대하던 지적 능력은 이제 사라지고 없었다. 아빠를 아빠답게 했던 능력은 아무것도 남아 있지 않았다. 이 깨달음이 천천히 아빠를 압도하면서 걷잡을 수 없는 공포의 표정이 아빠 얼굴을 일그러뜨렸다. 태어나 본 것 중에 제일로 가슴 저미는 모습이었다. 지켜보는 것조차 고통스러웠던 나는 숫자 몇 개를 겨우 더듬더듬 내뱉었다. 2 더하기 9는, 10 더하기 5는, 1 더하기 1은. 그러다 끝내 울며 병실을 뛰쳐나갔다.

빈센트 포드
기계가 살아나는 소리

마지막 순간에 교수는 정신이 완전히 와해되었다. 간헐적으로 터져나오는 울음과 고통에 겨운 울부짖음이 들려왔지만, 교수는 비참함에서 자신을 꺼내주려는 의사들의 도움을 한사코 거절했다. 하지만 그건 그가 선택할 수 있는 문제가 아닌지도 몰랐다. 오면체로 둘러싸인 수수께끼 궁전*의 사람들은 교수의 목숨을 살리려고 할 수 있는 모든 것을 했다. 해군 소장 스트라우스는 전 세계 의사들을 수소문해 그를 진찰했으나 효과는 없었다. 그들이 알아낸 건 췌장에서 암이 발병해 왼쪽 쇄골에 커다랗게 번진 것 같다는 게 전부였다. 암세포는 쇄골에서부터 전신으로 번졌다. 교수는 심히 고통스러워했지만, 환각에 시달리

* 건물이 오각형 모양인 미국 국방부(펜타곤)를 말한다.

면서도 새로운 아이디어를 내놓을 만큼 기력을 되찾고는 했다. 그는 자신이 구상한 기계 이야기를 나에게도 들려주었는데, 그의 표현을 빌리자면 "물리적 간섭 없이 순수하게 의식만으로 글을 쓰게 해주는" 기계였다. 물론 그것을 끝내 실현하지는 못했다. 그는 해군을 위해 설계한 실제 무기 유도 시스템에 관해서도 이야기했다. 그는 갑자기 정신이 극도로 맑아졌다가도 이내 눈이 뒤집혀 헝가리어로 고래고래 소리를 지르며 어머니를 찾았다. 나는 그를 오래 알았다. 월터리드병원에 오기 전 그가 공군의 전략적 미사일 평가 위원회인 일명 '티폿 위원회' 의장을 지낼 당시 나는 그를 모시는 보좌관이었다. 그 시절 그는 미국의 첫 대륙간탄도미사일, 대중이 열광할 아틀라스의 설계를 밀어붙였다. 아틀라스는 인공위성 스푸트니크를 궤도에 올려 보내 우리를 벌벌 떨게 만든 소련의 R-7에 대한 우리의 대답이었다. 교수는 이미 한참 전에 그 일을 예견했었다. 그는 민간인이었으나 군에 없어서는 안 될 존재였다. 공군 사람들은 모두 그를 존경했다. 심지어 졸병들도 그를 우러러봤다. 그랬기에 그들은 교수에게 약물을 어마어마하게 주입했고 덕분에 병세는 정말로 조금 나아지는 듯 보였다. 최후의 순간이 오기 직전에 그는 의식을 되찾고 다시 말하기 시작했다. 그리고 일을 하고 싶어했다. 사람들은 정신없이 병실을 들락거리며 교수가 직접 참여하는 게 분명한 최후의 실험을 준비하기 시작했다. 무지막지한 기계들을 바퀴에 싣고 들어오는 통에 한 층을 다 비워야 했다. 어느 병원에서도 본 적 없는 기계였다. 그중 가장 큰 기계는 복도에 꽉 찰 정도여서 우리는 겨우 틈새를 비집고 지나다녀야 했다. 기계는 V-40 같은 거대한 차 엔진처럼 생겼고 머리카락 탄내 비슷한 고약한 냄새를 풍겼다. 엉킨 케이블과 주렁주렁 달린 전선이 병실 안까지 이어져 문을 꽉 닫을 수조차 없었다. 그리고 나조차도 병실 출입이 금지되었다. 그를 상시 지켜보는 것이 나의 임무였으니 그건 이해하기 힘든 조처였으나 규칙은 무시되었다. 폰 노이만 부인은 끝까지 버티다가 결국 강제로 내보내졌다. 부인은 남편이 혼자 쉬도록 내버려두라고 사정했지만 높은 사람들의 생각은 달랐다. 그들에게 교수는 거위이자 황금알이었다. 그리고 어차피 죽을 목숨이었다. 더 잃을 것이 없었다. 작전은 준비하는 데만 일주일이 넘게 걸렸으나 실행되는 건 순식간이었다. 복도 바깥으로 기계가 낮고 깊게 진동하며 살아나는 소리가 흘러나왔다. 지진이 난 것처럼 창문이 흔들렸다. 이내 교수가 고통에 겨워 비명을 질렀다. 생전 처음 듣는 소리였다. 나는 전쟁터에서 피 흘리며 죽어가는 군인들, 의무실에서 쏟아지는 내장을 틀어막으며 알아들을 수 없는 말을 내뱉는 사람들, 제트기 폭발로 머리부터 발끝까지 타버린 조종사들을 보고 들어보았으나, 이건 달랐다. 분명 교수의 목소리인데 인간의 소리 같지 않았다. 그날은 모두가 잠을 이루지 못했다. 아무리 청해도 잠이 오지 않았다. 날이 밝고, 사람들이 교수의 시신을 실어 나왔다. 바퀴 달린 들것이 내 옆을 스쳐지나가는 순간 그의 손이 아래로 툭 떨어졌다. 까맣게 변한 피부가 동전만한 흰색 반점으로 뒤덮여 있었다. 마치 전신에 전극을 연결해 바짝

태워버리기라도 한 것처럼. 그들이 그냥 그를 내버려두면 어땠을까, 하다못해 그가 죽은 다음에 그런 장난질을 했더라면 어땠을까, 종종 생각하곤 한다. 그렇게 정신 나간 소리도 아니다. 아인슈타인에게도 일어난 일이다. 아인슈타인이 사망했을 때 어느 병리학자가 유족의 동의 없이 그의 뇌를 제거해 따로 간직했다. 뇌의 행방은 수십 년 동안이나 묘연했다. 마침내 누군가가 추적해 찾아냈을 때, 아인슈타인의 두뇌는 절반으로 나뉘어 커다란 유리병에 하나씩 담겨 있었다. 과학자들이 그 핏기 없는 덩어리를 아주 얇게 썰어 현미경으로 관찰했다. 특별하거나 비정상적인 무언가를, 그의 고유한 천재성을 설명해줄 어떤 병리학적 구조를, 아니면 기형의 무언가를 찾아내기 위해서였다. 하지만 아무것도 나오지 않았다. 평균보다 신경아교세포가 예외적으로 많기는 했으나 그건 신경세포와는 엄연히 다르며 전기 자극을 생성하지 않는다. 적어도 내가 아는 한 아인슈타인의 두뇌는 다른 사람들과 별반 다르지 않았다. 폰 노이만의 머릿속을 들여다보았다면 무엇이 보였을지 나는 지금도 궁금하다.

폰 노이만은 숨을 거둔 지 나흘째 되던 1957년 2월 12일, 프린스턴 묘지에 안치되었다. 굳게 닫힌 관에 들어가, 어머니 머르기트 컨과 장인 찰스 단과 나란히 땅에 묻혔다. 친구들은 그의 무덤에 기다란 수선화 다발을 놓아두었다. 해군 소장 루이스 스트라우스가 추도 연설을 했다. 신부 안셀름 스트릿매터가 장례식을 집도했다.

유진 위그너
진보를 치유할 방법은 없다

연치는 최고로 야심 찼던 작업을 끝끝내 완성하지 못했다.

정신을 서서히 잃기 전 그는 생물학과 기술과 컴퓨터 이론을 하나로 합쳐 모든 것을 아우르는 자기 복제 체계를 만들고자 시도했다. 그것은 지구이든 외계이든, 물리적 영역이든 디지털 영역이든 관계없이 존재하는 모든 종의 생명체에 적용이 가능했다. 이른바 자기 증식 오토마톤 이론을 위해 연치는 펜을 들 수 없을 때까지 연구에 매진했다. 결국 미완으로 남았으나 연구는 실로 눈부셨다. 그는 다른 모든 연구에서 그러했듯 간단명료하게 자기 복제를 뒷받침하는 논리 규칙을 세웠다. 지구 생명체가 DNA와 RNA를 통해 그와 같은 규칙 모델로 자기 복제를 수행한다는 사실을 인류가 깨치기 한참 전의 일이었다. 그런데 연치가 꿈꾼 것은 생물학적 생명이 아니었다. 그는 아예 새로운 형태의 존재를 꿈꿨다.

그의 이론은 기계든 디지털이든 비생물 존재가 번식하여 진화 과정을 지나는 데 필요한 조건을 탐구한다. 그는 제2의 천지창조를 일으킬 방법을 고안하는 데 점점 약해지는 정신력을 아낌없이 쏟아부었다. 그는 이런저런 관과 센서를 주렁주렁 매단 채로 입원해 있었기 때문에 더는 산책할 수도, 술을 마실 수도, 차를 몰 수도 없었다. 그는 그런 일들을 할 때 머리가 가장 잘 돌아가는 편이었다. 그는 월터리드 병실에서 보좌관들에게 닥치는 대로 팅커토이 공예 장난감을 사오라고 시켰다. 몇 달 만에 병실은 크리스마스 다음날을 맞이한 부잣집 아이 방처럼 변했다. 양철 로봇과 태엽 자동차, 걸어다니는 닭 모형, 건축 모형 세트가 모든 표면을 빈틈없이 채웠고 바닥에까지 흘러넘쳤다. 합동참모본부나 국방부에서 나온 사람들은 바퀴 달린 오리와 불도저와 전차와 버스가 넘실대는 바다를 헤치고, 로켓과 비행기와 잠수함을 피해 옆걸음질을 치며 겨우겨우 그의 침대로 갔다. 실수로 종, 호루라기, 차임벨 따위를 밟아 요란스러운 소리를 울리기 일쑤였는데 그때마다 연치는 즐거워했다. 클라리는 그런 소리 때문에 돌아버릴 지경이었으나, 나는 그걸 알면서도 친구에게 그런 선물을 여러 번 주었다. (작은 탱크, 밝은색 크롬 캐딜락, 그의 컴퓨터를 꼭 닮은 미니어처 은도금 타자기 등.) 연치가 매니악을 만들던 때 그의 오른팔이었던 엔지니어 줄리언 비글로가 찾아와 이차원 격자 위에—그러니까 펜과 종이로—오토마톤을 구성하는 방법을 연치에게 알려준 뒤로는 모두가 한 시름을 놓았던 것 같다. 덕분에 클라리는 그간 연치가 분해해서 이상하게 재조립하는 통에 죄 부서진 장난감들을 드디어 병실에서 치울 수 있게 되었다. 아마 그 장난감들은 오스카어 모르겐슈테른의 다섯 살 난 아들 칼에게 갔을 것이다.

"어떻게 기계가 스스로 생명을 얻어 살아갈 수 있는가? 튜링이 그의 기계를 구상한 것처럼 나도 이 문제를 철저하게 공식화할 수 있을 것 같네." 연치는 죽기 몇 달 전 내게 이런 내용의 편지를 보냈다. 그는 "알레프제로Aleph-zero라고 명명한 일종의 자동기계가 존재하며, 이는 다음과 같은 속성을 지니는데, 만일 당신이 알레프제로에게 무엇에 관한 서술을 제시하면 그 정보를 흡수해 두 개의 사본을 생성한다는 것이다"라는 명제를 증명할 계획을 이미 세웠다고 했다. 튜링이 컴퓨터의 탄생으로 이어진 사고실험을 고안했을 때, 또 괴델이 불완전성정리를 증명했을 때 사용한 것과 같은 논리 방법, 자기 참조적이며 재귀적인 추론을 사용해, 단순히 1과 0의 문자열이 아닌, 실제적이고 물리적인 대상을 생성하는 이론적 기계를 설계해낸 것이다. 그는 일종의 임계점, 티핑 포인트가 존재하며 그것을 넘어서는 순간 비로소 기계의 진화가 시작된다고 믿었다. 그때부터 오토마톤의 복잡성은 기하급수적으로 증가하게 된다. 생물학적 유기체가 자연선택에 따라 번영하고 변이하며 우리 주변의 복잡미묘한 아름다움을 창조하는 것과 이치가 유사했다. 이러한 진보가 계속되면 다음 세대 구성원들은 자신들을 거울처럼 빼닮은 복제본만이 아니라 자신들보다 복잡한 후손을 남기게 된다. 연치는 말했다. "낮은 수준의 복잡성은 오히려 퇴행적일 수 있다. 그러므로 이 단계에서 자동기계는 갈수록 덜 복잡한 후손만을 생산해낼 것이다. 그러나 특정 수준을 넘어서면 결과를 예측할 수 없을 만큼 폭발적인 현상이 일어나게 된다. 다시 말해 기계 하나하나가 점점 더 높은 잠재력을 지닌 후손을 생산하게 되는 것이다." 그런데 연치는 내가 지금까지도 이해할 수 없는 모종의 이유로 자신의 기계가 현실세계에서 물리적 형태를 가져야 한다고 단호히 주장하면서도, 그런 오토마톤이 반드시 금속 합금과 플라스틱 뼈대로 만들어질 필요는 없으며, 바리첼리가 매니악의 메모리 안에서 배양한 생명체들에게 주고자 했던 것과 매우 흡사한 세계 안에서도 존재하고 발전할 수 있다고 보았다. 연치는 이렇게 적었다. "나의 오토마톤이 끝없이 팽창하는 디지털 코스모스의 무한 행렬 속에서 자유롭게 진화할 수 있다면, 상상을 뛰어넘는 형태를 갖춰 인간보다 빠른 속도로 생물 진화의 단계를 지날 수도 있다. 이종교배와 수분受粉을 통해 결국에는 인간의 머릿수를 초월할 것이고, 언젠가는 우리 지능에 필적할 존재들이 될지 모른다. 그들의 진보는 처음에는 느리고 고요할 것이다. 하지만 굶주린 메뚜기떼처럼 우리 삶 속에 알을 까고 터져나와 세상에서 자신들의 자리를 차지하려 싸우고, 스스로 미래를 개척해갈 것이며, 그러는 동안 자신들의 디지털 영혼 깊숙한 구석에 희미하게 속삭이는 나의 영혼을, 자신들의 논리적 토대를 세운 나의 작은 일부를 품고 있을 것이다." 야노시가 사망한 1957년 당시에는 지구상에 존재하는 컴퓨터 메모리를 다 합쳐도 몇 킬로바이트에 불과했다. 요즘 컴퓨터들이 픽셀 하나를 구현하는 데에도 못 미칠 양이다. 그렇게나 자원이 한정적이다보니, 그는 굳이 가능성이나 개연성을 진지하게 따지지 않았다. 당시의 컴퓨터과학이란 미숙하고 설익은 단계였기에 그는 그저 짓궂은 아이처럼 마음껏 상상의 나래를 펼치며 놀았다. 현실에 얽매이거나 결과를 고민할 필요가 없었다. 그래서 나는 그와 친구가 된 이후 처음으로 하고픈 말을 꾹 참으며 친구가 터무니없는 환상을 실컷 즐기도록 내버려두었다. 죽음을 앞두고 고통에 미쳐가는 한 남자의 터무니없는 공상이라고 생각했기 때문이다. 한편으로는 그를 현실로 데려와 다그치지 않은 것에 죄책감을 느끼기도 했으나, 이후로 아주 많은 것이 달라졌다…… 디지털 세계는 따라잡을 수 없게 빠른 속도로 팽창했다. 가능성의 영역을 넘어 정말로 현실이 된 일들은 우리의 들뜬 꿈마저 빠르게 앞질렀다. 연치의 공상은 이제 더는 허무맹랑하지 않다. 그래서인지 그가 마지막으로 남긴 글 일부가 지금까지도 뇌리에서 떠나질 않는다.

친구는 언제나 미래와 인류 전반에 회의적이었으나 병환이 깊어지면서부터는 마치 검은 손길이 사고 전반에 그늘을 드리운 것처럼 전망과 판단이 더없이 침울해졌다. 죽음이 가까워지고, 자신의 유한함이 부인할 수 없는 사실이 되자, 그는 절망을 넘어 논리 바깥의 영역으로 나가버렸다. 마지막 시절의 그는 그늘진 미래를 내다보며 섬뜩한 상상에 빠져들었고, 차마 그런 생각을 누구와도 나눌 수 없어 침묵을 택했다. 나에게 보낸 마지막 편지에서 그는 우리를 향해 돌진하고 있는 본질적인 상변화 phase-change에 관해 말을 꺼냈다. "현존하는 무시무시한 핵전쟁의 가능성이 더 끔찍한 것으로 바뀔지도 모르겠네. 문자 그대로나 비유적으로나 우리가 설 공간이 점점 좁아지고 있어. 마침내 우리는 지구의 유한한 실제 크기가 미치는 영향을 심각하게 느끼기 시작했네. 기술이 무르익어 찾아온 위기지. 지금부터 다음 세기 초반까지 세계에 불어닥칠 위기는 이전 양상보다 훨씬 더 심각할 거야. 언제, 어떻게 끝날지, 어떤 상황이 벌어질지, 아무도 장담할 수 없어. 언젠가 인류의 관심사가 달라져 지금과 같은 과학적 호기심이 멈추고 전혀 다른 것들이 인간 마음을 차지하게 된다고 생각하면 아주 약간은 위안이 돼. 결국 기술은 인간의 배설물일 뿐 대단한 '무언가'로 간주되어서는 안 되거든. 거미줄이 거미의 일부이듯 기술도 우리의 일부일 뿐이니까. 하지만 기술은 갈수록 빠르게 진보하면서 불가피한 특이점으로, 우리가 아는 인류 역사가 더는 지속되지 못할 티핑 포인트로 나아가고 있는 듯해. 이제 진보는 이해를 초월할 만큼 빠르고 복잡해질 걸세. 기술력은 언제나 양면성을 가진 성과이고, 과학은 지극히 중립적이어서 어떤 목적으로든 쓰일 수 있는 통제 수단을 제공할 뿐 모든 사안에 무관심하지. 어떤 특정한 발명품의 비뚤어진 파괴력이 위험을 초래하는 게 아니야. 위험은 원래부터 내재해 있지. 진보를 치유할 방법은 없어."

1958년 7월 15일 자정 무렵, 줄리언 비글로는 고등연구소에 도착해 매니악이 있는 지하로 내려간 다음, 벽에 몸을 딱 붙인 채 컴퓨터 뒷면으로 접근해 중앙 제어 스위치를 껐다. 거대한 탯줄처럼 생긴 검정 케이블뭉치는 건물의 중앙 전력망과 연결되어 있었는데, 그 선들을 잡아당겨 플러그를 뽑자 한순간에 히터 필라멘트가 식었고, 안내 섬광처럼 일렁이던 음극이 사라졌고, 그때까지도 희미한 정전하 흔적 속에서 매니악의 메모리를 보존해왔던 진공관이 잠잠해졌다. 이후 회로는 영영 되살아나지 않았다.

일전에 나는 유령을 보았다. 얼마 전까지도 생생히 살아 있었으며 격론을 불러일으켰던 기계의 해골이 이름 없는 무덤에 말없이 누워 있었다. 컴퓨터, 고물덩어리, 최초이자 시초였던, 일명 조니악 혹은 매니악, 격식을 차린 이름으로는 '고등연구소 숫자 계산 기계'라고도 불리던 그것은 이제 가둬졌다. 여왕으로 군림했던 건물 뒷방에, 묻혔다기보다 숨겨진 채로, 어쩌면 잠에서 깨어나 우리 앞에 다시 나타날 날만을 기다리는지도 모른다. 젖줄이던 전기는 끊겼고, 산소였던 공기 순환 장치는 오래전 해체되었다. 그래도 작은 본당은 그대로다. 한때는 대기실이었던 큰 홀을 통해서만 드나들 수 있는데, 과거에 보조 설비 보관용으로 사용되던 본당은 이제 빈 상자와 낡은 책상, 기타 잡다한 용품을 썩히는 창고로 전락했다. 물건들은 꼭 그런 곳에 들어와 나머지와 함께 잊혀간다. 시크 트란시트 글로리아 문디. 세상의 영광은 이렇게 지나간다.

『높은 풀밭 속 메뚜기 한 마리』
연도 미상의 미발간 자서전
—클라러 단 폰 노이만

폰 노이만이 침묵에 빠져 친구들이나 가족들과의 대화조차 거부하기 전, 그는 컴퓨터나 기타 기계가 인간처럼 생각하고 행동하려면 무엇이 필요하겠느냐는 질문을 받았다.

그는 한참 뜸을 들이다가 속삭임에 가까운 목소리로 대답했다.

설계되는 것이 아니라 성장해야 한다고.

언어를 이해해 읽고 쓰고 말할 줄 알아야 한다고.

그리고 어린아이처럼 놀 줄 알아야 한다고.

3부

세돌 또는 인공지능의 망상

지상의 우리 존재는 그 자체로 무척 미심쩍은 의미를 갖고 있어 다른 존재의 목적을 위한 수단이 될 수밖에 없습니다. 세상 모든 것에 의미가 있다는 생각은 결국 모든 것에 원인이 있다는 원칙과 유사한데, 이는 과학 전체를 떠받드는 원칙이기도 하지요.

—쿠르트 괴델이 모친에게 보낸 편지

미래를 감춰놓은 베일을 걷어낼 수 있다면, 그리하여 우리 과학이 다음에 어디로 진일보할지, 다가올 세기에 일어날 과학 발전의 비밀이 무언지 일별할 수 있다면, 기뻐하지 않을 사람이 있을까?

—다비트 힐베르트

번게이 수사 (그리고) 베이컨 수사는…… 대단한 연구와 고통 끝에 놋쇠 머리의 틀을 짰다. 그 안에는 인간 머릿속에 있을 법한 모든 것이 있었다. 그렇게 하여 만들어진 것은 이전과 마찬가지로 완벽함과는 거리가 멀었고…… 마침내 두 수사는 영혼을 일깨워 자신들의 연구만으로는 얻을 수 없는 지식을 얻자는 결론에 이르렀다.

—로버트 그린, 『베이컨 수사와 번게이 수사의 명예로운 역사』, 1589년

프롤로그

전설의 군주 요임금은 아들 단주를 계몽하려고 바둑을 창시했다.

중국 신화 속 다섯 군주 중 하나인 요임금은 신의 칭호를 받은 어머니에게서 태어나 가장 아끼던 후궁인 산의 씨의 여인을 통해 사악한 소년 단주를 아들로 얻었다. 단주는 만 가지 덕목보다도 잔인함을 제일로 여겼다. 어린 시절 단주는 명당의 청양 쪽으로 햇살이 내리쬐던 날 동궁에서 새들을 잡아다 날갯죽지를 갈기갈기 찢고 막대기로 눈을 찌른 다음, 종이 달린 끈을 조심조심 발톱에 매달아 종소리에 맞춰 춤추듯 바닥에서 몸부림치는 새들을 지켜보곤 했다. 단주는 세상의 질서를 대체로 거슬렀고, 자기 아버지가 무한에 가까운 광대한 왕국의 평화를 위해 세운 엄격한 규칙을 보란듯이 어겼다. 봄이 되면 새끼를 밴 암

말들을 사냥했고, 여름에는 덫을 놓아 새끼 사슴들의 다리를 망가뜨려 늑대떼의 손쉬운 먹잇감으로 만들었다. 늑대는 이 어린 왕자가 유일하게 애착을 느끼는 짐승이었다. 자기처럼 잔인무도하다는 게 이유였다. 가을은 왕자가 특히 좋아하는 계절이었다. 추수철이 되면 낙엽에 몸을 숨기고서 명당의 서궁 쪽과 면한 흰 벽에 진흙을 투척했고, 처형식이 열리기만을 기다렸다. 불려 나온 범죄자 중에는 불량배뿐 아니라 병약자와 정신이상자도 섞여 있었다. 소년 왕자는 범죄자들이 심문과 고문과 처벌을 당하고 끝내 목이 베이는 광경을 보며 쾌감에 전율했다. 해가 짧아져 한 해 중 가장 어두워지는 겨울이 되면 소년의 쾌락은 절정에 이르렀다. 음식과 황금을 주겠다고 소년과 소녀들을 꾀어 북궁의 현당玄堂으로 유인한 뒤 강간해 목 졸라 죽였고, 훼손된 시신은 밖에 내다버려 눈에 파묻히고 늑대들이 물어뜯도록 두었다.

왕자는 읽고 쓸 줄도, 그림을 그릴 줄도, 현악기를 켤 줄도 모르는 천치였으나 우연으로든, 아니면 정신력이나 신체 기술 덕분이든, 모든 종류의 게임에 이기는 초자연적 능력의 소유자였다. 왕자는 여우처럼 교활하고 간사했으며 눈감고도 고양이의 가죽쯤은 쉽게 벗겨냈다. 요임금의 어머니는 자기 아들에게 손주는 인간이 아니라 추락한 별이며, 하늘에서 떨어진 존재들이 모두 그렇듯 죽음의 전조이자 옥황상제가 손수 보낸 계시라고, 인간이 신보다 우월하다는 자만심에 빠지지 못하도록 하늘이 우리에게 내린 역병이라고 경고했다. 왕자는 모든 것을 집어삼키는 분노에 이끌렸고, 오직 공허 후에만 찾아오는 평화를 갈망했다. 그는 죽음의 사신이요, 파괴자였으며, 자신의 중력 말고는 무엇에도 얽매이지 않았기에 점점 더 깊이 자기 안으로 추락했다. 요임금의 어머니는 왕자의 이마에 새겨진 괴상한 문자들의 참뜻을 임금에게 알렸다. 아무리 씻어내도 지워지지 않는 그 문자는 이렇게 말하고 있었다. 하늘은 인류에게 백 가지 곡물을 하사한다. 그러나 인간은 하늘의 은혜를 갚기 위해 단 하나의 선행도 베풀지 않는다. 죽여, 죽여, 죽여, 죽여, 죽여, 죽여, 죽여!

임금은 도덕적 무결함을 철통같이 지키는 자였다. 『죽서기년』에 따르면, 요임금은 소박한 농부처럼 살았고, 나라를 다스리는 동안 사방에 광휘를 퍼뜨리며 만인의 마음을 환히 비추었다. 그의 일생 내내 태양과 달은 보석처럼 빛났고, 다섯 개 행성이 꿰인 진주알처럼 하늘에 떠 있었다. 궁전 뜰에 봉황이 쉬다 갔고, 언덕을 타고 내려온 맑은 샘물은 진주풀이 깔린 시골까지 유유히 흘렀다. 벼농사는 언제나 풍년이었다. 도읍 평양平陽에는 평화와 번영을 불러다준다는 길한 희귀 동물 유니콘이 둘 살았는데, 등나무의 보라색 꽃 아래서 뿔을 맞댄 채 목격되던 두 유니콘은 단주 왕자가 태어나던 날 사라져 다시는 돌아오지 않았다. 왕자는 고사리손으로 활을 잡은 날부터 사냥단을 조직했고, 모든 종의 동물들을 적어도 한 마리씩 다 죽일 때까지 절대 쉬지 않겠다는 각오로 몇 주씩 사냥했다. 용과 유니콘도 예외가 아니었다.

요임금은 어머니의 도움으로 사천왕과 아홉 태양과 서왕모

그리고 우주 최초의 생명인 반고에게 간절히 기도를 올렸다. 기도의 내용이란, 온 우주를 가로 열아홉 칸, 세로 열아홉 칸의 격자로 나누고 삼백예순한 개의 교차점을 지닌 격자판으로 만들어 그걸 가지고 악마 같은 자기 자식과 게임을 하게 해달라는 거였다. 임금은 단주 왕자를 불러다 무엇보다 중요한 이 게임의 규칙을 설명했다. 게임을 하는 사람은 격자가 교차하는 선 위에 검은 돌이나 흰 돌을 두면 되었는데, 목표는 공간을 최대한 많이 차지하면서 상대방의 돌을 포위하는 것이었다. 이런 식으로 공간을 더 많이 획득한 사람이 승자가 되었다. 임금은 아들 손에 판을 쥐여주며 마음 내킬 때 모든 신과 악마가, 하늘과 땅의 모든 피조물이 지켜보는 앞에서 승부를 겨루자고 했다. 임금은 조개껍데기로 만든 흰 돌을, 왕자는 점판암으로 만든 검은 돌을 사용했다.

이기는 쪽이 세상을 지배하게 될 것이었다.

쎈돌

이세돌, 쎈돌, 바둑 9단, 동시대 누구보다 창의적인 바둑 기사, 첨단 인공지능 시스템과 대전을 치러 패배를 안긴 유일한 인간, 그는 열세 살이 되던 해에 목소리를 잃었다.

한반도 서쪽 끝자락의 작은 섬 비금도에서 서울로 상경한 지 오 년째, 프로 바둑 기사가 된 지는 육 개월째이던 1996년, 폐에 알 수 없는 병증이 생겼다. 기관지가 상해 성대가 마비되었으니 말할 수 없는 것은 당연했으나 희한하게도 일부 단어를 읽을 수도, 이해할 수도 없게 되었다. 일시적이었던 실어증의 근본 원인은 밝혀지지 않았지만, 그 질병(심오한 내적 혼란의 징후가 아니라 정말 질병이었다면)의 여파로 결국 기관지 신경이 영구적으로 마비됐다. 그래서 그는 지금까지도 장난감 인형에서 나올 법한 독특하고 새되고 밭은 목소리로 말을 한다. 잔뜩 겁에 질린 소년이 아직도 내면에 남아 있어 나가려고 소리치는 것처럼. "부모님은 쭉 비금도에 사셨고 나는 서울로 올라와 형과 하숙생활을 했습니다. 그런데 형이 군대에 가면서 날 돌봐줄 사람이 없어졌습니다. 아플 때 병원에 갈 수도 없었죠." 이세돌이 이미 살아 있는 전설로 여겨지던 시절, 그는 인터뷰에서 이렇게 회고했다. 이세돌은 인터뷰를 좀처럼 수락하지 않았는데, 특이한 목소리에 대한 수치심과 트라우마 때문에 프로 기사로 활동하던 대부분의 세월 동안 사람들 앞에서 말하는 것을 극도로 꺼렸기 때문이다. 우승한 바둑 대회 시상식에조차 참석하지 않을 정도였다. 훗날 그는 현시대 가장 위대한 바둑 대가의 반열에 오르게 되지만, 1990년대 중반에는 아직 열세 살 신동으로 혹독한 압박을 견디며 살았다. 월요일부터 일요일까지 바둑 도장에서 하루 열두 시간을 훈련했다. 도장을 세운 스승 권갑용은 한국 최고의 바둑 기사들을 가르친 것으로 유명했다. 권갑용은 1991년 해태제과식품이 주최한 제12회 전국 어린이 바둑 대회에서 우승한 이세돌을 보고 단박에 소년의 재능을 알아챘다. 대회 당시 이세돌은 고작 여덟 살 나이로 최연소 우승했는데, 거칠고 격하고 종잡을 수 없는 특유의 스타일을 이미 보이고 있었다. 권 스승은 그동안 여러 바둑 영재를 가르쳤으나 이 소년은 무언가 다르다는 걸 직감했다. 커다란 귀, 고양이 같은 눈, 윗입술 위에 솜털이 돋은 소년에게는 자기 나이보다 네 배나 많은 세계적인 프로 기사들을 이길 재능이 있었다. 권 스승은 소년을 자기 집에 거두어 함께 살았다. "세돌의 동그란 얼굴과 짙은 갈색 눈을 기억합니다. 섬에서 상경한지라 수줍음이 많았고 주목 받는 것을 꺼렸어요. 하지만 다른 아이들과 달랐습니다. 반짝이는 눈빛이 달랐어요." 권갑용은 이렇게 회고한다.

이세돌은 열성적인 아마추어 바둑 기사였던 아버지에게 바둑을 처음 배웠다. 그의 아버지는 다섯 자식이 글을 깨치기도 전에 바둑을 먼저 가르쳤다. 막내였던 이세돌은 형과 누나들을 빠르게 제치고 나아갔고 다섯 살 이후로는 형제들은 물론 아버지조차 단 한 판도 막내를 당해내지 못했다. 권 스승 밑에서 이세돌은 끊임없이 훈련했으나 친구는 통 사귀지 못했다. 동급생들은 나무판 위 흑백 돌로 그가 무엇을 할 수 있는지에 감탄했으나 다른 면에서는 순진하기 이를 데 없는 그를 비웃고 놀렸다. '비금도 소년'이라는 별명도 그때 붙었다. 옷 보따리와 인형 달린 배낭을 달랑 들고 상경했을 때, 그는 피자가 어느 나무에서 자라는 거냐고 진지하게 물을 정도로 촌티가 났다. 이세돌은 스승 집에 기거하는 유일한 제자였으나 다른 제자들과 거의 똑같은 훈련 일정을 소화했다. 새벽녘에 일어나 도장 교본을 펼쳐 이천오백 년이 넘는 역사 동안 축적되어온 육천 가지 문제를 공부하고, 점심 전까지 속기를 몇 판 두다가 오후에는 묵묵히 앉아 옛 대가들의 대국을 통으로 외워 익혔다. 그가 가장 좋아한 대국은 1835년 일본을 휩쓴 챔피언이자 '최후의 현자'라 불린 혼인보 조와가 젊은 도전자 아카보시 인테쓰와 사흘간 겨룬 '토혈지국'이었다. 대국은 마지막 판에서 젊은 도전자가 첫 백 수 동안 앞서다가 조와가 이제껏 본 적 없는 스타일로 세 번 연속 수를 두자 결국 무릎을 꿇고 판 위에다 피를 토하는 것으로 끝이 났다. 당시 조와의 수는 신묘하고 기상천외하여 몇몇 구경꾼들은 대가의 뒤에 유령 같은 존재가 두번째 그림자처럼 서 있는 것을 똑똑히 보았노라고 주장하기까지 했다. 흑돌을 둔 존재는 조와가 아니라 그 유령이었다는 것이다. 판세를 순식간에 역전시킨 세 번의 수는 너무나도 갑작스럽고 압도적이었다. 젊은 도전자는 대국에서 패했을 뿐 아니라 일주일 후 피를 흘리며 세상을 떠나고야 말았다. 이세돌이 다른 바둑 기사들 사이에서 돋보일 수 있었던 최대 무기는 대담하고 예측을 불허하는 수를 두는 능력이었다. 잘 모르는 사람 눈에는 그저 무질서하고 성급하며 잘못된, 심지어 어리석은 판단처럼 보였지만, 대국이 진행될수록 독특한 논리가 서서히 모습을 드러냈다. 그의 기술은 가장 단순한 수에서도 모든 가능성을 예측할 수 있도록 빈 판을 '읽는' 능력을 기르는 데 그가 아낌없이 시간을 쏟은 결과였다.

국제적인 명성과 자국 내 영웅적인 지위로 사람들 앞에서 말할 자신감을 얻은 이세돌은 이후 이런 말을 남겼다. "나의 바둑 스타일은 남다른 것, 새로운 것, 나만의 것, 누구도 이전에 생각 못한 것이었으면 한다." 그 무렵 그의 재능을 모르는 이는 거의 없었다. 옛 학우들을 비롯해 바둑판 앞에서 그와 함께 성장한 프로 기사들은 그가 열다섯 살에 아버지를 여의기 전까지만 해도 그렇게까지 공격적인 유형의 기사는 아니었다고 입을 모았다. 그때를 기점으로 이세돌은 훗날 자신의 트레이드마크이자 쎈돌이라는 별명을 얻게 한 특유의 기술을 연마했다. 이세돌의 친구이자 바둑 기사이며 텔레비전 앵커인 김지석은 이렇게 말했다. "이세돌의 바둑 스타일은 아버지가 돌아가신 후로 달라졌다. 더 집요해졌고, 강력해졌고, 분노와 충동이 더해졌고 예측하기가 훨씬 어려워졌다. 야생 짐승이나 바둑의 기본 규칙조차 모르는 사람처럼 대국하는 듯하다가도, 번번이 상대를 속수무책으로 무너뜨리고 굴욕을 줬다. 어렸을 때나 지금이나 이세돌처럼 바둑을 두는 사람을 본 적이 없다." 이세돌은 수줍음이 많고 내성적이었으나 겸손과는 거리가 멀었다. 그는 최연소로 바둑 최고 단수인 9단에 오른 기사였다. 번뜩이는 기교, 대국을 앞두고 상대를 놀리고 도발하는 버릇, 상대의 자신감을 꺾으려 드는 가시 돋친 말들("이름도 들어본 적이 없는데 스타일을 어떻게 알겠어요?"), 계속되는 잘난 체("이번 게임은 자신이 없다. 질 자신이"), 그리고 주체할 수 없는 허세는 적뿐만이 아니라 팬을 끌어모았다. 세계 최고의 바둑 기사가 누구냐는 질문에 그는 이렇게 대답했다. "내가 세계 최고다. 나는 누구의 그늘에도 가려진 적이 없다. 기술에 있어서 나는 누구에게도 뒤지지 않는다. 나는 살아 있는 전설로 남고 싶다. 바둑 하면 가장 먼저 떠오르는 사람이었으면 한다. 나의 대국이 오래 살아남기를, 예술작품으로 연구되고 회자되기를 바란다." 그의 대국 방식을 한마디로 정의하자면 위험이었다. 최상급 바둑 기사들은 보통 어떻게든 위험을 피하려 하며 복잡하고 무질서한 싸움을 마다한다. 그러나 이세돌은 처음부터 기꺼이 위험을 감수해 오직 자신만이 쓸 수 있는 타개책으로 난해한 형세에서 우위를 점했다. 냅다 전투에 뛰어들어 자칫 자신의 파국으로 끝날 수도 있는 이판사판에 들어올 것을 상대에게 강요했다. 그런 다음 혼자 빠르고 우아하게 빠져나오면 상대가 분에 못 이겨 대국을 관두는 경우도 많았다. 그는 무척 성실하게 훈련했으나 무엇보다 자기 창의력에 가장 의존했다. "나는 생각하지 않고 바둑을 둔다. 바둑은 게임도, 스포츠도 아닌, 하나의 예술이다. 체스나 쇼기 같은 게임은 판 위에 모든 말을 두고 시작하지만, 바둑은 빈 판으로 시작한다. 아무것도 없는 상태에서 흑돌과 백돌을 추가하며 두 명의 기사가 하나의 예술작품을 만드는 것이다. 결국 바둑의 무한한 복잡성은 무에서 비롯된다." 변덕스러운 성격은 그를 지구상에서 가장 무시무시한 바둑 기사 중 하나로 만들었으나, 때로는 대국중에 화를 낸다거나 막판에 인내심을 잃는 등 그에게 불리하게 작용하기도 했다. 심지어 한번은 중요한 토너먼트가 시작되자마자 기권한 적도 있다. 이기지 못할 것 같아서가 아니라 (심판진도 상대도 이세돌에게 유리하다고 판단한 경기였다), 판이 어떻게 진행될지 빤히 보여 지루해졌기 때문이었다. 그가 매번 상대에게 그 정도로 무례했던 것은 아니지만, 최고 기량의 바둑 기사는 어때야 한다는 통념을 보란듯 깨부순 것은 널리 알려진 사실이다. 그는 동양의 현자 이미지를 고수하지도 않았다. 한번은 황금 시간대 공중파 프로그램에 출연해 〈도깨비〉나 〈진심이 닿다〉와 같은 멜로드라마의 열성 팬이며 앉은자리에서 2배속으로 그것들을 정주행한다고 말했다. 팬들은 귀를 의심했고, 프로그램 진행자는 더욱 어리둥절해했다. 쉴 때는 뭘 하냐고 진행자가 묻자 이세돌은 유명 케이팝 걸그룹 오마이걸의 노래를 종일 듣는다고 대답했다. 그가 스물네 살에 결혼한 아내 김현진이 인내심의 한계에 도달하고, 그가 바둑만큼 소중하게 생각하는 유일한 존재인 딸 이혜림이 제 아빠를 부끄러워할 때까지, 오마이걸의 〈불꽃놀이〉와 〈비밀정원〉 같은 노래를 흥얼거린다는 것이다. 바둑판에서 상대의 돌을 쫓아다니는 건 초보나 하는 실수이고 무조건 죽음을 초래한다는 오랜 통념을 깨뜨리며 2003년 홍장식을 상대로 '축머리 몰기'와 같은 짜릿한 묘수를 구사했던 이가, 미니스커트를 입은 여섯 소녀가 춤추면서 부르는 말랑말랑한 음악을 들으며 그런 것들을 구상하고 떠올렸다는 사실을 팬들은 도저히 믿을 수 없었다. 하지만 이세돌에게는 전혀 특별할 게 없었다. 그에게 바둑이란 호흡과 같아서 멈출 수 없는 것이었다. "나는 언제나 바둑을 생각한다. 머릿속에 바둑판이 하나 있어서 새 전술이 떠오르면 그 바둑판에 돌을 둔다. 술을 마시고 드라마를 보고 당구를 칠 때도 늘 그런다." 지금껏 눈 뜨고 깨어 있는 모든 순간을 바둑에 바치느라 놓친 것들이 아쉽지는 않은지, 사실상 정규교육이란 걸 받지 않았고 초등학교조차 마치지 않은 상태에서 은퇴를 앞두었는데 곧 닥쳐올 일에 맞설 준비는 되었냐는 질문을 받았을 때, 그는 바둑이야말로 세상을 이해하는 방법이라고 대답했다. 바둑의 무한한 복잡성은 인간 정신의 내적 작동 방식을 거울처럼 비추며, 바둑의 전술과 수수께끼와 풀 수 없어 보이는 난해함이 바둑을 우리 우주의 아름다움, 혼란, 질서와 유일하게 비견할 인간의 창조물로 만들었다는 것이다. "누군가 바둑을 완전히 이해할 수 있다면, 그러니까 돌의 위치와 관계만이 아니라 끊임없이 변화하는 형세에 숨겨진, 거의 감지할 수조차 없는 패턴을 이해할 수 있다면, 나는 그게 신의 정신을 들여다보는 것과 다르지 않으리라 본다." 이세돌에게는 승패보다도 바둑의 가장 심오한 본질을 이해하는 것이 훨씬 더 중요했다. 따라서 모든 수를 전부 이해하기 전까지는 절대 게임에서 물러나지 않았다. 김지석은 말했다. "한번은 이세돌과 새벽 두시까지 술을 마셨는데 나를 자기 집으로 데리고 가더니만 자기가 막 이기고 온 대국을 만취한 채로 복기하겠다며 흑돌과 백돌의 수 하나하나 다시 두기 시작했다. 이기기는 했으나 딱 한 수가—심지어 자신이 두었던 수인데!—완벽히 이해되지 않는다는 거였다."

서른세 살의 이세돌은 바둑 역사상 두번째로 많은 국제전 타이틀을 획득하며 최고의 거장 반열에 올랐다. 국제 대회 18회 우승, 국내 대회 32회 우승과 더불어 천 번이 넘는 개인전 승리를 싹쓸이하며 십 년 가까이 세계 바둑계를 평정했다. 자국의 추앙을 받으며 한국인 선수 중 최고 수입을 올리는 사람 중 하나가 되었다. "이세돌은 세기의 천재이다. 지금 생각해도 그가 자랑스럽다. 그리고 나 자신도 자랑스럽다." 스승 권갑용은 이렇게 말했다.

그리고 커리어가 정점에 이르렀던 2016년 초, 이세돌은 인공지능 시스템 알파고와 다섯 번의 대국을 펼치게 되었다.

두뇌의 소산

알파고는 데미스 허사비스의 두뇌의 소산이었다. 북런던의 신동이었던 그는 네 살 때 그리스 키프로스 출신 싱어송라이터이자 장난감 가게 주인이었던 아버지가 삼촌과 체스를 두는 것을 보고는 말 움직이는 방법을 알려달라고 졸랐다. 이 주가 지나자 두 어른은 네 살 꼬마를 당해낼 수 없었다.

일 년 후 대회에서 처음 우승했을 때 허사비스는 의자 두어 개를 쌓고 그 위에 전화번호부를 깔고 앉아야 테이블 맞은편을 볼 수 있을 만큼 작은 아이였다. 여섯 살이 되던 해에 런던 팔세 이하 선수권 대회에서 우승했고, 삼 년 후에는 잉글랜드 주니어 대표팀 주장이 되었다. 당시만 해도 잉글랜드는 소련 다음가는 체스 강국이었다. 그는 십대 초반에 이미 체스 마스터가 되어 1989년에는 전 세계 또래 중 두번째로 높은 랭킹에 올랐다. 여러 해 동안 프로 연맹전을 돌며 최고 수준의 선수로 활약했기에 트레이너들과 부모는 이미 그가 제2의 가리 카스파로프*가 되겠다는 꿈을 버리고 적어도 그가 생각하기에 체스보다 훨씬 더 중요하며 인류 운명을 뒤바꿀 잠재력을 지닌 무언가에 자신의 우월한 지성을 바치기로 결심했음을 미처 의심하지 못했다. 이 일생일대의 선택은 가장 치욕적인 패배로 인생을 뒤흔든 깨달음을 얻은 후에 내려졌다.

그때 데미스는 열세 살이었다. 큼지막한 눈에 웃을 때는 얼굴에 비해 지나치다 싶을 만큼 커다란 미소를 짓는, 친절하고 무척이나 사려 깊은 소년이었다. 이런 생김새에다 다소 광적이고 지칠 줄 모르는 에너지까지 발산한 까닭에, 같은 반의 못된 친구들은 그를 『버드나무에 부는 바람』의 두꺼비 토드 같다고 놀렸다. 그러나 정작 그를 만난 사람들은 큼직한 이목구비보다 명석한 두뇌에 강렬한 인상을 받았다. 학교 문법 선생은 기말 평가서에 데미스를 가리켜 "하나의 행성만큼 방대한 정신을 소유했다"라고 적었다. 허사비스는 체스 상금으로 코모도어사의 아미가Amiga 컴퓨터를 장만한 뒤 그걸로 코딩을 독학했다. 늘 돈에 쪼들렸던 부모는 끊임없이 이사 다니고, 별난 일자리를 전전하고, 조촐하게 사업을 시작했다가 일 년도 안 되어 말아먹고, 북런던의 쓰러지기 일보 직전인 집들을 사고파느라 자식에게 그런 사치를 베풀 형편이 못 되었다. 데미스는 열 살 때까지 여

* 십육 년간 세계 챔피언을 차지했던 러시아의 프로 체스 선수.

러 번 집을 옮겨다니며 이 학교에서 저 학교로 전학을 갔고, 그러느라 세상에서 제자리를 찾지도, 가까운 친구를 사귀지도 못했다. 허전함을 채워준 것은 책과 영화, 그리고 컴퓨터게임에 대한 깊은 애정이었다. 그는 해킹으로 플레이어의 목숨이 무한히 재생성되는 게임을 만들었고, 직접 게임을 프로그래밍해서 어린 동생에게 시험삼아 주기도 했다. 열한 살이 되어서는 처음으로 인공지능 에이전트를 만들었다. 능력은 아주 제한적이어서 바둑을 극도로 단순화한 버전인 리버시 게임을 겨우 할 정도였으나, 데미스는 자신의 디지털 피조물이 동생을 다섯 판 연속으로 이기는 모습을 보고 놀라움을 금치 못했다. 물론 동생은 겨우 다섯 살이었으므로 유의미한 상대라 할 수는 없었으나, 데미스는 자신이 창조한 작은 AI가 자기 정신의 일부를 외면화한 듯 보인다는 사실에 깊이 매료되었다. 그의 프로그램은 버그가 너무 많아 자꾸만 충돌을 일으켰고 컴퓨터를 과열시켰는데, 바로 그 점이, 독자적인 생명까지는 아니더라도 말하자면 약간의 개성을 프로그램에 부여한 듯했다. 스스로 판단해 수를 두며 게임을 진행한다는 사실보다는, 데미스가 아무리 노력해도 풀 수 없고 완벽히 없앨 수 없는 이상한 루프에 논리 회로가 엉키면서 나타나는 여러 결함과 변덕과 이해할 수 없는 실수들, 골똘히 생각에 잠긴 듯 멈춰버리는 버릇이 그러한 인상을 주었다.

허사비스는 인생 대부분을 컴퓨터에 바쳤으나, 오롯이 체스에만 몰두했던 어린 시절에는 단순히 좋은 체스 선수를 넘어 역사상 최고가 되리라는 주체하기 어려운 욕망에 이끌렸다. 그랬기에 열세 살 생일이 지나고 며칠 후 리히텐슈타인에서 열리는 대규모 국제 대회에 초대받았을 때는 뛸듯이 기뻤다. 그 대회는 지금껏 그가 나갔던 어느 대회보다도 권위가 높았다.

어린 데미스는 대회 초반만 해도 상대들을 가뿐히 해치웠다. 그러다 덴마크 챔피언과 붙게 되었는데 그 중년의 베테랑은 장장 여덟 시간 동안 데미스를 몰아붙이며 압도했고, 끝내는 매우 이례적인 엔드게임으로 판을 몰고 갔다. 허사비스에게 남은 것은 킹과 퀸뿐이었고, 경험이 훨씬 풍부한 상대는 여전히 룩과 나이트와 비숍까지 거느린 상황이었다. 덴마크 챔피언은 이후로도 네 시간을 더 허사비스를 괴롭혔다. 허사비스는 능력을 한계치까지 끌어모아 거듭되는 치명적인 공격을 필사적으로 피했다. 상대에게 필요한 것은 자신이 저지를 단 한 번의 실수임을 그는 알았다. 주변 의자와 테이블이 하나둘 비워지기 시작했다. 다른 선수들은 부모와 친구들을 데리고 문밖으로 퇴장했다. 수백 명이 조용히 경기를 벌이던 거대한 홀은 어느새 그의 가쁜 숨이 벽에 부딪히는 소리가 들릴 만큼 텅 비었다. 마침내 덴마크 챔피언이 허사비스의 킹을 구석에 몰아넣어 체크메이트까지 단 한 수만을 남겨둔 형세가 되었다. 땀범벅에 기진맥진해버린 데미스는 단념하고서 체스판 위로 악수를 청했다. 그리고 자리에서 일어나려는데 상대가 갑자기 웃음을 터뜨렸다. 소년은 제대로 놀아난 것이었다. 내내 방어에 급급했던 나머지, 퀸을 내어주어 스테일메이트로 경기를 끝내면 된다는 사실을 놓쳤다. 자신보다 훨씬 강력한 상대를 이기려고 지난한 싸움을 벌인 끝에 그렇게 무승부라도 났다면, 분명 승리처럼 느껴졌을 터였다. 소년을 비웃으며 애인과 킬킬대고 테이블을 쾅쾅 쳐대는 마흔 살 된 상대에게서는 승자의 품위를 찾아볼 수 없었다. 그는 영국 풋내기를 어떻게 이겼는지 애인에게 떠벌리며 꼬맹이에게 지지 않았다는 사실에 매우 안도한 눈치였다. 허사비스는 최선을 다해 울음을 참았다. 욕지기가 올라와 부모도 밀치고 문밖으로 뛰쳐나간 그는 무릎 높이까지 풀이 무성한 들판 한가운데서 길을 잃을 때까지 하염없이 달렸다.

빈속이라 힘이 하나 없고 머리는 어지럽고 띵했지만, 그는 마지막 수에 관한 생각을 멈출 수 없었다. 패배를 피할 수 있었던 온갖 방법을 머릿속으로 반복하고 또 반복했다. 귓가에 그 빌어먹을 덴마크 남자의 웃음소리가 울렸다. 퀸, 희생, 스테일메이트, 퀸, 스테일메이트, 희생, 멀리서 희미하게 그의 이름을 부르는 목소리들, 소떼, 교회 종소리, 희생, 날아가버린 일 년, 스테일메이트, 스트로브잣나무 아래서 깍깍대는 까마귀, 축축한 똥, 개자식, 던져버려, 코를 찌르는 곰팡내, 독버섯, 셰퍼드는 늑대. 왜 그렇게 졌지? 덴마크 남자보다 실력은 한 수 위였는데. 정신이 조금 딴 데 팔렸던 게 문제였다. 몇 달씩이나 맹훈련하고 대회 날만을 손꼽아 기다리긴 했지만, 그러면서도 그는 날이 갈수록 체스보다 더한 강박관념에 잡아먹혀 가끔은 한밤중에도 잠을 못 이루고 근본적인 질문을 고민했다. 불면증에 시달리며 어둠 속에서 이불을 뒤집어쓰고 앉아 작은 손전등을 들고 과학소설을 읽었다. 여동생과 남동생이 각자 침대에서 곤히 잠자는 동안 데미스는 생각에 관한 생각에서 빠져나올 수 없었다. 집에서 설거지할 때나 숙제할 때, 핀칠리 센트럴 지하철역에 있는 아버지 가게에서 고장난 장난감을 조립할 때, 언제나 그는 자기 생각에 관한 생각을 했다. 그의 별난 지능의 뿌리는 어디서 시작됐을까? 어떻게 그렇게 빨리 배울 수 있었지? 왜 그리 숫자를 잘 이해하는 걸까? 체스판에 펼치는 수와 전술을 어떻게 다 생각해냈을까? 그의 부모는 평범한 사람들이었다. 뭐 물론 아주 평범하지만은 않았다. 둘 다 보헤미안이었고 나름대로 별난 구석이 있었다. 그러나 수학에서는 문맹과 다르지 않았다. 아버지는 한때 작곡가를 꿈꿨고 우상인 밥 딜런처럼 꾸미고 다녔다. 중국계 싱가포르인이었던 어머니는 존루이스백화점의 점원으로 일하며 어머니 자신은 절대 꿈도 못 꿀 고급 가구를 팔았다. 남동생과 여동생도 평범한 축에 속했다. 그러니까 데미스는 가족 중 유일하게 특이한 아이, 수백만분의 일의 확률로 태어난 별종이었다. 특출나다는 사실 때문에 괴로운 적은 없었다. 평범한 소년처럼 구는 것쯤이야 어려운 일이 아니었으니까. 다만 그의 두뇌가 다들 지루해하고 심지어 고통스러워하는 생각을 즐기는 이유가 무언지는 도통 알 수가 없었다. 하지만 진짜 그를 괴롭힌 것은 자신의 우월한 정신이 아니라, 그것에 못 미치기는 해도 그의 주변을 둘러싼 그 수많은 정신들이었다. 우리 인간은 왜 이런 식으로 진화했는가? 이 행성의 다른 생명체들은 다들 무지하여 행복한 상태로 존재한다. 그들의 고통과 쾌락은 오직 현재 속에서만 느낄 수 있고, 우리가 느끼는 고통이나 영광과 달리 다음날까지 이어지지 않으니, 인간처럼 모두를 무한 고통의 사슬에 얽어매지 않는다. 그런 에덴동산적 의식의 결여 상태로 다들 살다가 죽어가는데, 왜 우리 존재는 의식으로 고통받는가? 데미스는 많은 책들을 충분히 독파한 끝에 우리 존재가 수천 년 문명을 지나오면서도 여전히 이 문제의 해법에 한 걸음도 다가서지 못했다는 결론에 이르렀다. 의식은 여전히 풀 수 없는 수수께끼였고, 인류가 절대 넘어설 수 없는 한계를 가리키는 딜레마였다. 인류가 지금껏 진정한 이해에 전혀 도달하지 못한 채로도 살아남은 것은 사실이나, 이제 눈앞의 미래는 황폐했고 계속 어두워지고 있었다. 우리 종의 최고 위업이라 할 과학은 너무 빠르게 발전하여 조만간 우리를 벼랑 끝으로, 비참하리만치 준비되지 않은 세상으로 몰고 갈 터였다. 바로 이 점만 아니었어도, 데미스는 딜레마를 순순히 받아들였을 것이다. 가장 근원적인 질문이 여전히 해결되지 않았는데, 획기적인 과학 발전이 우리 일상의 면면을 뒤바꾸고 있다는 사실은 굳이 천재가 아니어도 알 수 있었다. 이제 곧 한계점에 다다를 터였다. 거기까지가 우리 영장류 두뇌가 도달할 수 있는 최대한의 거리였다. 이제는 급진적으로 새로운 무언가가 필요했다. 다른 종류의 정신, 우리보다 더 멀리, 우리 눈에 드리워진 그림자 너머까지 내다볼 수 있는 그런 존재. 더는 유치한 제로섬게임을 하느라 낭비할 시간이 없었다. 데미스의 지성은 바로 그걸 위해 쓰여야 하는 게 아닐까? 부모가 부르는 소리에 발길을 돌리기 시작했을 때, 데미스의 머릿속에서는 이미 새로운 인생의 목표가 자리를 잡고 있었다. 이제 세계 체스 챔피언은 그의 목표가 아니었다. 그는 그 이상, 훨씬 더 많은 것을 바랐다. 새로운 정신, 우리가 이제껏 알았던 것보다 더 똑똑하고, 신속하고, 낯선 정신이 필요했다. AGI: 범용인공지능artificial general intelligence. 진정한 인류의 자식.

그때부터 허사비스는 단 하나의 목표를 향해 스스로 세운 이십 년 계획을 착실히 밟아갔다. 열다섯 살에 A레벨*을 마치고 컴퓨터공학을 배우기 위해 케임브리지대학교에 지원했다. 결과는 합격이었으나 입학하기에 너무 어리다는 이유로 일 년을 기다려야 했다. 그는 빈둥대는 대신 『아미가 파워』** 매거진에서 봤던 대회에 참가했고, 그것을 계기로 유명 컴퓨터게임 회사에 취직했다. 그리고 거기서 수백만 장이 팔린 비디오게임 〈테마파크〉를 개발해 대학을 졸업하고도 남을 학비를 마련했다. 케임브리지대를 수석으로 졸업한 그는 게임 회사 엘릭서Elixir를 차려, 무자비한 독재 정권을 전복하려는 사람들이 백만 명 이상 등장하는 국가를 시뮬레이션하려고 시도했다. 시대를 너무도 앞섰던 이 게임은 개발하는 데만 오 년이 걸렸으나 총체적인 실패작이 됐다. 그도 그럴 것이 게임을 구현하려면 당시 수준을 훨씬 뛰어넘는 컴퓨터 성능이 필요했기 때문이다. 포기를 몰랐던 허사비스는 다른 회사에 취직해 이번에는 전투 부족들의 섬

* 영국에서 일반적으로 열여덟 살에 치르는 대입 자격 시험.

** 아미가 비디오게임과 관련된 정보를 제공하는 월간지.

을 다스리는 전지전능한 신의 역할을 수행하는 시뮬레이션 설계를 총괄했다. 프로그래밍과 컴퓨터과학을 통달한 그는 다음 계획으로 넘어갔다. 유니버시티 칼리지 런던의 인지신경과학 박사생으로 입학한 것이다. 바로 그곳에서 존 폰 노이만의 미완성 논문인 「계산 기계와 두뇌: 사고 메커니즘에 관하여」와 「자기 증식 오토마톤 이론」에 마음을 빼앗겼다. 또 여태껏 알려지지 않았던 기억과 상상력의 관계를 규명해 2007년 『사이언스』가 선정한 10대 과학 연구 성과에 이름을 올렸다. 허사비스의 연구는 기억과 상상력이 해마에 뿌리를 둔 메커니즘을 공유한다는 사실을 증명했다. 그는 연구 발표 후에 이렇게 밝혔다. "나의 연구는 하나의 과정으로서 상상력을 탐구했다. 나는 우리 인간이 어떻게 미래를 시각화하는지, 또 컴퓨터가 어떤 미래를 그려낼 수 있을지 알고 싶었다." 박사학위를 딴 후로는 분야를 컴퓨터 신경과학으로 옮겨 MIT와 하버드에서 객원 연구원으로 있었는데, 그 와중에도 쓸 머리가 남아돌아 마인드 스포츠 올림피아드를 다섯 번 연속 우승했다. 세계에서 가장 똑똑한 사람들끼리 체스, 장기, 백개먼, 포커, 체커, 브리지 등 열 가지 종류의 게임을 올림픽 스타일로 진행해 우승자를 가리는 대회였다. 2010년, 관련 분야에서 계획의 골자를 실행하는 데 필요한 지식과 경험을 충분히 쌓았다고 느낀 데미스는, 대학 시절 가장 친했던 두 친구 셰인 레그, 무스타파 술레이만과 함께 딥마인드를 차렸다. 이 스타트업의 목적은 "범용인공지능을 정복하고, 그럼으로써 그 밖의 모든 것을 해결하는 데 범용인공지능을 사용하는 것"이었다.

처음 몇 년간 투자자들은 딥마인드를 거들떠보지도 않았다. 그 시절 인공지능은 전문가들의 표현대로 '암흑기'를 지나는 중이었다. 존 폰 노이만과 앨런 튜링이 인공지능의 가능성을 처음 언급했던 1950년대의 열띤 반응을 지나, IBM 컴퓨터 딥블루가 세계 체스 챔피언 가리 카스파로프를 상대로 승리해 과학계가 떠들썩했던 순간을 지나, 어느덧 인공지능을 향한 관심은 다 시들어버린 후였다. 연산 능력, 무선 기술, 네트워크의 힘은 비약적으로 증가했으나 컴퓨터가 지능적으로 행동할 수 있게 만들 방법은 좀처럼 보이지 않았다. 심지어 딥마인드는 다른 스타트업과 달리 제품을 판매하지도, 사용자 베이스를 구축하지도, 광고를 싣거나 데이터를 캐내려고 하지도 않았다. 순수한 연구 회사로, 과격할 만큼 원대한 목표를 지향했고, 잠재적 투자자들에게 단기적인 수익을 보장해주지도 않았다. 거물 벤처 캐피털리스트이자 페이팔의 공동 창립자이며 페이스북의 첫 외부 투자자인 피터 틸을 용케 끌어들이지 못했더라면, 허사비스에게 말을 거는 투자자는 단 한 명도 없었을 것이다. 허사비스는 몇 주 동안 피터 틸이라는 인물을 연구해 캘리포니아의 어느 북적이는 행사장에서 그에게 접근했다. 틸이 체스 팬이란 사실을 알았던 허사비스는 체스가 왜 그렇게 매력적인지 아느냐고 대뜸 물었다. 호기심이 일어난 틸은 불안하게 앞뒤로 몸을 흔들고 있는 키 작고 안경 낀 청년에게 시선을 주었다. 허사비스는 몇 초 후면 억만장자의 관심이 딴 데로 돌아가리란 것을 알았기에, 체스

판의 어느 위치에서건 비숍과 나이트가 절묘하게 균형을 이루기 때문이라고 냉큼 덧붙였다. 현저히 다른 두 말의 움직임이 역동적이고 비대칭적인 긴장감을 만들어내어 게임을 좌우한다는 것이었다. 틸이 넘어오고 나서부터는 돈이 쏟아졌다. 테슬라의 일론 머스크, 스카이프의 얀 탈린이 통 크게 투자하고 나자 2014년에는 구글이 육억 이천오백만 달러가 넘는 값에 허사비스의 회사를 인수하겠다고 제안했다. 회사는 창업주들의 개발 권한을 그대로 유지한 채로 돈방석에 앉았다.

당시 영국의 과학 기반 스타트업으로는 가장 비싼 값의 인수가 마무리되고 나자 사람들은 대체 딥마인드가 범용인공지능을 정복하겠다는 약속을 지키기 위해 무엇을 할 작정인지 알고 싶어했다. 이미 인터넷상에서는 인공지능의 종말이 시작됐다는 소문이 무성했는데, 딥마인드 팀은 아직 제대로 인력을 꾸리지도 않은 상태였다. 모두가 딥마인드의 출발점을 궁금해했다. 암 진단을 위해 인공지능을 훈련하려나? 아니면 핵융합에 집중할까? 이제껏 상상할 수도 없었던 커뮤니케이션 수단을 만들어낼까? 전문가들은 어디서 금맥이 발견될지 서로 내기하며 격렬하게 논쟁했다. 그러나 허사비스는 단호했다. 출발점은 게임이었다. 인류가 생각해낸 것 가운데 가장 복잡하고도 심오한 게임.

바둑이라는 게임.

알파고

1997년 컴퓨터가 체스에서 인간을 앞질렀다. IBM은 그해 세계 1위 선수였던 그랜드마스터 가리 카스파로프에게 체스를 두는 슈퍼컴퓨터 딥블루와의 대결을 제안했다. 러시아의 대가는 망설임 없이 수락했다. 대략 십삼 개월 전쯤 필라델피아에서 똑같은 프로그램의 초기 버전과 맞붙어 이긴 전적이 있었으므로 컴퓨터가 인간 수준으로 체스를 두기까지는 못해도 수십 년은 더 걸릴 것이라고 믿어 의심치 않았기 때문이다. 재대결은 5월 뉴욕에서 치러졌다. 도시 거리에 대회를 홍보하는 대형 광고판이 걸렸고, 세계인들이 인간과 기계의 대결을 손꼽아 기다렸다. 카스파로프는 타의 추종을 불허할 커리어를 쌓는 동안 단 한 번도 패배한 적이 없었다. 이십 년 넘게 왕좌에 군림하며 역사상 최고의 선수로 인정받은 그는 단순히 이기는 게 아니라, 화려하고 창의적이고 매우 공격적인 스타일로 상대를 그야말로 짓밟았다. 그랬기에 IBM 컴퓨터가 카스파로프에게 사상 첫 패배를 안긴 것을 넘어 그에게 조금의 존엄성도 허락하지 않았다는 사실은 엄청난 충격으로 다가왔다. 대회 후 카스파로프는 정신이 피폐해져 일 년 동안이나 체스를 두지 못했다. 하지만 그의 마음을 무너뜨리고 성인이 된 이래 가장 깊은 수렁으로 그를 밀어 넣은 것은 패배 자체가 아니었다. 딥블루와의 두번째 판에서 놓인 두 번의 수였다.

첫판은 카스파로프의 승리였다. 하지만 사진기자단과 카메라 수백 대가 눈 하나 깜빡이지 않고 그만을 바라보고 있는 상태에서 벌어진 다음 판은 컴퓨터가 확실히 우위를 점했고, 그는 방어에 급급했다. 컴퓨터의 실력은 모두의 예상을 훌쩍 뛰어넘었다. 그랜드마스터는 체스 프로그램이라면 십중팔구 빠질 수밖에 없는 함정을 파기로 했다. 그 함정은 상대에게 명백하게 유리한 자리를 내주었으므로 컴퓨터처럼 빈틈없이 논리로 돌아가는 추론 시스템이라면 넘어가지 않을 수 없었다. 하지만 딥블루는 미끼를 물지 않았고, 오히려 놀라운 플레이를 펼쳤다. 카스파로프는 자신이 상대하는 것이 인공지능인지, 아니면 보이지 않는 인간 선수인지 헷갈렸다. 마치 〈오즈의 마법사〉 무대 뒤편의 인간처럼, 또다른 그랜드마스터가 컴퓨터 뒤에 숨어서 카스파로프가 교묘히 설치한 덫을 간파해 피하고 노련하게 반격하는 듯했다. 딥블루가 몇 수 만에 충격적인 실수를 저질렀을 때는 더더욱 수상해졌다. 카스파로프는 당최 이해할 수가 없었다. 어떻게 하나의 프로그램이 그랜드마스터였다가 동시에 시시한 아마추어처럼 행동할 수 있지? 구경꾼들은 컴퓨터가 실수를 저질렀으니 러시아 챔피언이 어서 보란듯 결정적인 수로 받아치기를 기다렸다. 그러나 카스파로프는 자신과 상대를 향한 의심을 거둘 수 없었다. IBM이 자문위원을 새로 영입하기라도 한 건가? 첫번째 수는 세계 극소수만이 떠올릴 법한 천재적인 움직임이었다. 그의 최고 라이벌인 아나톨리 카르포프가 둘 법한 수. 혹시 그가 뒤에 숨어 있나? 카르포프가 IBM과 손을 잡았다? 아니면, 컴퓨터 회사가 무한한 자금력으로 카스파로프의 패권에 질려버린 그랜드마스터 무리를 통째로 고용한 것일까? 순전히 그를 무너뜨리려는 목적으로? 만약 그렇다 쳐도 실수가 분명한 두번째 수는 어떻게 설명할 것인가? 그것 또한 실수가 아니라 그의 경계심을 풀려고 의도적으로 짜인 전략, 히드라의 머리들과 적의 본색을 감추고자 던진 대담한 수라면? 시간은 계속 흐르는데, 카스파로프는 정신을 다잡고 게임에 집중할 수가 없었다. 연신 머리칼을 꼬고 얼굴을 벅벅 문지르던 그는 엔드게임이 가까워지자 벌떡 일어나 무대를 나가버려 몰수패를 당했다. 말을 두어 번만 더 움직이면 스테일메이트로 끝낼 수 있다는 게 거의 모두의 눈에 자명해 보였는데도. 카스파로프는 나머지 네 판을 모두 지거나 비기며 왕좌를 내주었다. 이후 몇 달 동안 그는 아예 전의를 상실했고 점점 망상에 시달렸다. "기계 안에 인간의 정신이 든 것"이 틀림없다며 기계 하드웨어와 소프트웨어에 접근하게 해달라고 IBM에 요구했고, 컴퓨터 로

그를 봐야겠다고 고집을 부렸다. 기계 내부가 어떻게 작동하는지를 들여다봐야 프로그램이 어째서 그런 결정에 도달했는지를 이해할 수 있겠다는 이유에서였다. 딥블루가 플레이한 다른 게임 기록도 전부 보고 싶어했다. 그래야 공평하다고 그는 주장했다. IBM은 카스파로프의 수많은 게임 기록에 접근한 것은 물론, 무한한 연산 능력으로 그의 전술과 포석 스타일과 선호하는 수 등을 분석할 수 있었던 반면, 카스파로프는 컴퓨터가 두는 경기를 단 한 번도 구경하지 못했으며 라이벌의 얼굴을 보고 진실을 읽어낼 기회조차 없었으므로 두 눈을 감고 경기하는 꼴이었다. IBM은 그 요청을 거부했고, 심지어 컴퓨터를 해체해 프로젝트를 폐기해버리기까지 했다. 러시아 챔피언이 회복하기까지는 꼬박 일 년이 걸렸다. 그동안 그는 자신에게 일어난 일을 받아들이느라 애를 먹었다. 하지만 결국에는 더 단단해져서 돌아와 예전처럼 승리를 휩쓸었다. 2005년 체스를 관두고 은퇴할 때까지도 세계 최고의 선수로 군림하며 절정의 기량을 선보였지만, 동시에 딥블루의 불가해한 행위에 여전히 집착했다. 카스파로프를 신경쇠약에 빠트린 치명적인 두번째 판에서 딥블루가 노골적인 실수를 저지른 것은 소프트웨어 버그 때문에 최적의 움직임을 계산 못해 컴퓨터가 무작위로 아무 수나 선택한 것이었음을, 프로젝트에 참여했던 IBM 프로그래머가 고백한 것은 이후 여러 해가 지나서였다.

1997년 버전의 딥블루는 사실 카스파로프보다 능력치가 상당히 떨어졌으며, 카스파로프는 결국 자기 내면의 악마에게 패배했다는 것이 요즘 체스 커뮤니티 사이에서 통하는 중론이나, 이후 나온 후속작들, 프리츠와 코모도와 스톡피시는 인간 능력을 훨씬 뛰어넘게 진화해 사실상 이기기가 힘들어졌다. 이 프로그램들은 인간과 전혀 다른 방식으로 체스를 둔다. 창의력이나 상상력에 의존하지 않고, 오로지 어마어마한 고속 처리 능력과 가차 없는 연산 능력으로 최상의 수를 선별한다. 보통의 프로 선수가 열 개에서 열다섯 개 수를 내다볼 수 있다고 한다면, 알고리즘은 일 초에 이억 개, 사 분에 무려 오백억 개가 넘는 수를 계산할 수 있다. 이렇게 컴퓨터가 수마다 발생하는 가능성을 모조리 검토하는 방식은, 참 적절하게도, 무차별 대입brute force이라는 이름으로 불린다. 인간 선수는 기억과 경험, 고도로 추상적인 추론, 패턴 인식, 직관을 활용해 판 위에 자기 정신을 투영해내지만, 체스 기계는 게임 자체를 이해한다기보다 그저 계산 능력을 사용해 프로그래머가 설계해둔 복잡한 규칙에 따라 결정을 내린다. 상대가 검은색 또는 흰색의 정사각형 위에 말을 둘 때마다 컴퓨터는 검색 트리를 구성해 현재 판의 배열 상태에서 발생하는 모든 가능성을 그린다. 트리는 게임이 끝나는 순간까지 계속 가지를 치며 성장한다. 컴퓨터는 수많은 가지에서 가장 유리하다고 판단하는 결과를 선택할 뿐이다. 판은 끊임없이 변화하고 진화하므로 새로운 수가 놓일 때마다 트리 역시 달라지지만, 넉넉한 계산 능력을 가진 컴퓨터는, 몇천 보까지는 아닐지언정, 적어도 인간 적수보다 언제나 한 걸음은 앞서 미래를 내다볼 수가 있다.

하지만 바둑은 다르다.

바둑은 너무나도 복잡해서 무차별 대입 검색이 먹히지 않는다. 체스 게임에서는 수 하나마다 약 스무 개 정도의 가능성이 발생하지만, 바둑은 그 수가 이백 개 이상이다. 평균적으로 체스 경기가 마흔여 개 수를 두어야 끝난다면 바둑은 이백 개가 넘는 수가 놓인다. 처음 두 수를 두고 났을 때 교환 가능한 경우의 수가 체스는 사백 개인 반면 바둑은 십삼만 개에 이른다. 동양의 게임판은 가로세로 열아홉 개 정사각형으로 이루어져 있어 가로세로 정사각형이 여덟 개뿐인 서양 게임의 우주보다 훨씬 크다. 이렇다보니 수마다 발생하는 배열의 모든 가능성을 보기 위해 컴퓨터가 생성하는 트리의 크기, 즉 조합의 공간은 실로 방대하다. 또한 체스 게임에서 가능한 모든 경우의 수는 10^{123}, 1 뒤에 0이 백이십삼 개 붙는다. 그런데 바둑의 모든 경우의 수는 10^{700}으로 상상을 초월한다. 바둑판에서 가능한 자리의 수, 즉 두 사람이 대국할 때 발생하는 고유한 돌 배열의 가짓수는 너무 커서 2016년에 이르러서야 제대로 규명되었다.

208,168,199,381,979,984,699,478,633,344,862,770,
286,522,453,884,530,548,425,639,456,820,927,419,
612,738,015,378,525,648,451,698,519,643,907,259,
916,015,628,128,546,089,888,314,427,129,715,319,
317,557,736,620,397,247,064,840,935

터무니없이 비합리적이고 공상적이어서 현실에서 일어날 리 없는 대국까지 포함해 순전히 이론적인 경우의 수까지 다 고려한다면, 그 수는 이해의 영역을 초월한다. 구골플렉스, 즉 $10^{(10^{100})}$보다 많아 우리가 아는 우주에서는 공간이 부족해 온전한 십진법 형태로 풀어서 적기가 물리적으로 불가능하다.

바둑의 복잡함은 여기서 끝이 아니다.

바둑에서는 모든 말이 동등한 가치를 지닌다. 비숍, 폰, 나이트, 룩, 킹, 퀸은 존재하지 않으며 그저 같은 등가의 흑돌과 백돌만이 쓰인다. 나이트, 비숍, 폰과 구분되는 퀸만의 가치를 구분하도록 체스 컴퓨터를 프로그래밍하기란 비교적 쉽다. 하지만 바둑에서는 각 돌의 무게가 위치에 따라 달라지고, 다른 돌들과의 관계와 돌 사이 공간에 따라서도 달라진다. 무엇이 좋고 나쁜 수인지를 판단하는 건 철저히 주관적인 영역이다. 프로 기사들은 위치를 찬찬히 살피며 직관과 본능으로 다음 돌을 어디에 둘지 정한다. 판 전체를 읽고, 오르내리는 패턴을 감지하고, 거의 모든 바둑 게임에서 공통되게 나타나는 돌들의 배열을 구분하기 위해 수년간 훈련한다. 초보는 판 앞에 앉기 전 일단 그런 분류부터 숙달해야 한다. 바둑의 대형 또는 돌 무리는 '눈目' '사다리'* '이어 붙인 대나무'**와 같이 연상적인 이름으로 불린다. 바둑 기사들은 돌 무리를 '살아 있는 것' '죽은 것' '불안정

* 한국 바둑에서는 '축'이라고 부른다.

** 한국 바둑에서는 '쌍립'이라고 부른다.

한 것'으로 구분한다. 돌은 잡히는 돌, 잡는 돌, 자살하는 돌로 나뉜다. 기사들은 판을 읽고 머릿속으로 앞일을 내다보며 돌 무리가 살지 죽을지를 판단해야 한다. 높고 낮은 공격을 번갈아 하며 조화로운 자리를 구축할 줄도 알아야 한다. 대형이 얼마나 두텁고 얇은지를 잘 분간해 보강해야 할지 아니면 공격을 버텨야 할지를 정해야 하며, 침범하고 반격하고 포위하는 법을 배워야 한다. 돌 하나하나의 잠재력을 의미하는 맛aji을 가늠하고, 웅형의 경계를 아슬아슬하게 타며 포위되는 상황을 피하고, 선수와 후수의 타이밍을 익히고, 정면으로 맞붙어 자리를 차지해야 할 때와 손빼기를 구사해 판 구석으로 슬쩍 빠져나가야 할 때를 익혀야 한다. 진짜와 가짜 눈을 구별해야 한다. 화점, 천원, 소목, 고목, 외목을 둘 줄 알아야 한다. 비이성적인 탐욕에 눈멀지 않고 경기 흐름을 지배할 수 있게 기세, 즉 투지를 길러야 한다. 비마끝내기, 들여다보기, 협공, 어깨짚기 기술을 터득해야 한다. 희생으로 판을 살리는 선수활용도 터득해야 한다. 그리고 무엇보다, 돌을 계속 내려놓으면서 상대 영토를 줄이고 나의 영토를 최대로 넓히며 승리를 가져와야 한다.

삼천 년 넘게 명맥을 이어온 바둑은 인류의 모든 게임을 통틀어 역사가 가장 오래되었으며 가장 많이 연구되었다. 중국, 일본, 한국의 학파는 저마다 수세대에 걸쳐 전승된 실로 놀라운 지혜를 축적했고, 그 지혜는 바둑 기사라면 누구나 외우는 기발한 격언에 담겨, 흔한 함정이나 미숙한 실수를 피하도록 경고하는 한편, 무한해 보이는 바둑판의 가능성을 압축해 표현한다.

빈삼각을 두지 말라.

끊을 수 있는 곳은 들여다보지 말라.

쌍립은 양쪽에서 들여다보지 말라.

들여다보는 데 잇지 않는 바보 없다.

빠르게 두면 빠르게 패한다.

1, 2, 3을 둘 것 없이 바로 3을 두라.

축을 이해 못한다면 바둑을 두지 마라.

네 귀를 빼앗기면 필패.

네 귀만 차지하면 필패.

귀에서 사사육활.

쌍립은 절대 끊으려 하지 마라.

2의 1에 묘수 있다.

날일자는 건너 붙여라.

공격하려면 눈을 빼어라.

허술한 됫박형은 죽음이다.

적의 급소가 곧 나의 급소이다.

탐욕은 필패!

죽음은 젖힘에 있다.

수세기 동안 바둑은 게임을 넘어 하나의 예술로 대접받았다. 중국에서는 상류층이 필히 통달해야 하는 네 가지 학문 중 하나였다. 시대를 막론하고 최고의 바둑 기사들은 수를 둘 때 계산보다 예술과 신비의 경계에 걸친 감각에 의존했다. 바둑은 너무나도 심오하고 복잡하며 미로와도 같아서 컴퓨터로는 절대 함락할 수 없는 분야로 여겨졌다. 그러다 2016년, 허사비스와 딥마인드 팀이 그냥 바둑을 두는 정도를 넘어 당시 유럽 챔피언이던 판후이를 이긴 인공지능을 설계했노라고 『네이처』에 논문을 발표했다. 바둑계와 인공지능 커뮤니티가 발칵 뒤집혔다. 그전까지는 프로그램이 프로 바둑 기사를 이긴 역사가 없었다. 수많은 컴퓨터 과학자가 논문에 달려들었고 딥마인드가 온라인에 공개한 대국을 연구하며 드디어 인공지능이라는 성배가 우리 손에, 그것도 예상보다 훨씬 빨리 들어온 것인지 확인하기 위해 모든 수를 빠짐없이 살폈다. 딥마인드 논문이 발표되기 전까지만 해도, 인공지능이 인간과 바둑을 겨룰 수 있으려면 못해도 십 년은 더 필요하다는 의견에 토를 다는 이는 거의 없었다. 그런데 허사비스와 그의 팀이 그걸 앞당긴 것이다. 그들이 만든 프로그램 알파고는 다섯 번의 대국을 모조리 이기며 판후이의 코를 납작하게 눌렀다. 하지만 이 놀라운 성과는 즉시 반발에 부딪혔다. 세계 바둑 팬들은 판후이는 유럽에서나 챔피언이지 프로 5단에 불과하며 일본, 중국, 한국에 있는 세계 최고 수준의 9단 기사들 근처에도 못 간다며 그를 조롱하고 깔봤다. 팬들은 판후이의 실수를 요목조목 지적하며 대국을 뜯어본 끝에, 판후이는 제대로 된 적수가 아니라고, 그러므로 이 대국은 애초에 엉터리라고 주장했다. 딥마인드 사람들은 자신들의 인공지능에 훨씬 더 뛰어난 상대가 필요하다는 것을 금세 깨달았다.

그런 적수로는 이세돌만한 인물이 없었다.

날카롭고 갑작스러운 침입

이세돌은 바둑통에서 흑돌을 꺼내 바둑판 상단의 오른쪽 모서리에 내려놓았다.

서울에 갓 개관한 포시즌스호텔 육층의 해설장 바깥에서는 이백 명이 넘는 각국 기자들이 중계 화면을 지켜보았다. 그 옆에서는 전문 해설자들이 유튜브 공식 채널에서 대국을 시청중인 십만여 명과 일본, 중국, 한국 일곱 개 방송국의 생중계를 보는 육천만 시청자를 위해 모든 수를 분석하려고 들떠 있었다. 이세돌은 대국실에 앉아 있었다. 빈 객실에 테이블, 검은 가죽 의자 두 개, 카메라 몇 대를 차려놓고 뒤편의 높은 단상에는 경기를 주재하는 심판 셋이 앉은 공간이었다. 거대한 황금 샹들리에가 걸린 5성급 호텔의 대리석 복도를 따라 걸어 그 방에 들어가면 부산한 바깥의 소음은 안전하게 차단되었다. 바둑판 맞은편에는 딥마인드의 수석 프로그래머 아자황이 자리를 지켰다. 왼쪽의 작은 컴퓨터 단말기에 인공지능 알파고가 선택한 수가 뜨면 그걸 보고서 바둑판에 대신 돌을 놓는 역할이었다. 다섯 번의 대국이 끝나고, 이후 이세돌이 특유의 가냘픈 목소리로 돌연 은퇴를 발표해 세상을 놀라게 한 뒤로 몇 년이 지났을 때, 이세돌은 닷새간이나 이어진 대국 내내 기묘할 정도로 평정심을 지킨 아자황에 관해 짓궂게 이야기했다. "아자황. 생각만 해도 웃음이 난다. 진짜 대단한 사람이다. 그 사람은 그냥 인간이고 알파고가 인공지능 아닌가? 그런데 꼭 그 사람이 인공지능처럼 느껴졌다. 표정 변화가 없는 것도 그렇고, 마치 꼭두각시 같았다. 화장실에도 안 가고 아예 자리를 비우질 않았다. 그리고 물을 아주 조금씩, 진짜 아주 조금씩 홀짝였는데, 그 모습이 참으로 특이하고 이상했다. 마신 게 과연 물이었는지도 모르겠다. 로봇 또는 물웅덩이를 찾은 동물처럼 입술만 겨우 축이더라. 또 고도의 인내심과 정확성을 발휘해 철저히 계산적으로, 대단히 느리게 움직였다. 나와는 절대 눈을 마주치지 않았다. 한 번도! 나는 그를 보며 생각했다. 이자는 대체 뭐지? 로봇 아니면 자동기계, 마음도 감정도 없는 좀비, 순 얼간이 또는 바보와 바둑을 두는 기분이었다. 나중에 듣자 하니 화장실에 가고 싶어도 그럴 수 없었다고 한다. 딥마인드 사람들이 허락하지 않았기 때문이다. 빌미를 주어서는 안 되므로 어떤 종류의 감정 표현도 해서는 안 되었다. 그런데 그런 사람이 눈앞에서 그렇게 행동하는 걸 보고 있으면 굉장히 불편해진다. 불편하다는 말로도 부족하지! 나는 괜히 그에게 소리를 지르고 다가가서 꼬집어보고 싶었다. 진짜인지 아닌지 확인하고 싶어서." 이세돌은 황금 시간대의 텔레비전 프로그램 인터뷰에서 운명의 대국 첫날과 필요 이상으로 오래 걸렸던 컴퓨터의 첫수를 회상하며 그렇게 말했다.

바둑에서 첫수는 대개 신속하게 결정된다. 돌이 하나도 놓이지 않은 바둑판은 그저 무한한 격자만이 존재하며 가능성으로 가득차 있다. 흔히 한쪽 플레이어가 상단 모서리 쪽 진영을 점하면 상대는 반대쪽에 돌을 놓는다. 생각할 게 많지 않으므로 대부분 몇 초 만에 끝이 난다. 그런데 포시즌스호텔에서는 달랐다. 이세돌은 컴퓨터의 지식 베이스를 비껴갈 요량으로 살짝 파격적인 첫수를 뒀다. 시계가 흐르기 시작했고, 아자황은 컴퓨터 화면을 바라보다 시선을 돌려 바둑판에 놓인 이세돌의 흑돌을 확인했다. 바둑돌의 납작한 표면이 환한 스튜디오 조명을 받아 반짝였다. 다시 올려다본 화면에는 격자무늬 선들과 알파고가 여전히 결정을 위해 계산중임을 가리키는 작은 원만이 돌아가고 있었다. 오 초, 십 초, 십오 초, 이십 초가 흐르자 흥분한 한국 해설자들은 알파고를 놀리기 시작했다. 같은 시각 대국실보다 두 층 아래, 딥마인드 통제실에 모여 있던 스무 명 남짓한 기술자들, 데미스 허사비스와 그의 동료이자 알파고 프로젝트 수석 연구원이던 데이비드 실버는 일제히 경악했다. 프로그램이 멈췄나? 충돌 오류인가? 뭔데 이렇게 오래 걸리냐고! 대국 첫수부터 개망신당하게 되는 걸까?

삼십 초 가까이 지나자 이세돌의 표정이 묘해졌다. 역시나 이 대국에 응한 건 실수였고 그의 귀한 시간만 엄청나게 낭비한 셈이었다. 이세돌은 알파고가 유럽 챔피언 판후이와 치른 대국을 연구했으나 양쪽 모두에게서 별다른 인상을 받지 못했다. 그와 비교했을 때 판후이는 아마추어 수준조차 되지 못했다. 둘이 맞붙는다면 마치 꼬맹이(그것도 바둑에 별다른 재능이 없는 아이)가 일본에서 활동한 전설적인 대가 오청원과 바둑을 두는 모양새일 것이다. 알파고도 시시하기는 마찬가지였다. 물론, 컴퓨터 프로그램치고는 나름의 솜씨를 부려 바둑을 두었으나, 이세돌의 수준에는 어림도 없었다. 딥마인드의 모회사인 구글은 대국 우승자에게 백만 달러 상금을 내걸었다. 판후이와 알파고 대국을 먼저 분석한 사람들은 이세돌에게 돈을 거저 주는 셈이라고들 했다. 한국의 프로 바둑 기사들은 최고 수준의 바둑 기사라면 이보다 더 손쉽게 돈을 벌 방법이 또 있겠느냐며 이세돌이 부러울 정도라고 농담했다. 모두가 인간의 승리를 확신했다.

이세돌은 카메라를 향해, 또 땀을 뻘뻘 흘리는 아자황을 보며 짓궂은 표정을 지었다. 의미심장한 침묵만이 길게 이어지던 대국 초반, 평정심을 유지하려 애쓰던 아자황은 어쩌면, 발 디딜 틈 없이 모여든 국내외 기자들을 전부 수용하도록 개조된 육층의 초호화 대연회장에서 열린 대국 전 기자회견에서 이세돌이 한 말을 떠올렸는지도 모른다. "바둑에는 아름다움이 존재합니다. 기계는 그 아름다움을 이해할 수 없다고 생각합니다. 인간의 직관은 AI가 따라잡기에는 너무 수준이 높습니다. 그래서 내가 이길 수 있을지를 걱정하진 않습니다. 5 대 0으로 이길지, 4 대 1로 이길지를 걱정할 따름이죠." 일 분 가까이 지났을 때 드디어 아자황 앞의 컴퓨터 화면에 하얀 원이 떠올랐다. 아자황은 바둑통에서 돌을 하나 집어 이세돌의 돌과 같은 높이 정반대 위치에 단정하게 내려놓았다. 청아한 돌소리가 울렸다. 인간 바둑 기사라면 누구나 둘 법한 자리였다.

이후로 몇 번의 착수가 빠르게 이어졌다. 스무 번 정도 수가 오고갔을 때만 해도 알파고의 실력은 전혀 감탄을 자아내지 못했다. 몇몇 해설자는 아자황이 내려놓는 백돌이 지극히 평범한 수라면서 불쾌감마저 드러냈다. "이 프로그램한테는 나쁜 수를 두면 꾸짖으며 가르침을 줄 좋은 선생이 필요하겠는데요. 이번 수는 누가 봐도 형편없거든요…… 백돌의 초반 움직임은 전혀 좋지 않고 그냥 초보가 헤매는 것처럼 보여요." 중국의 5단 프로 기사 궈안은 생방송 해설 도중 못마땅함을 숨기지 않고 고개를 저으며 말했다. 대국 초반에 이세돌은 압도적으로 우위를 점했다. 그러나 두 시간이 흘러 아자황이 바둑판 중앙인 열번째 줄, 왼쪽 가장자리에서 두 칸 떨어진 곳에 백두번째 백돌을 둔 순간, 모든 게 달라졌다.

이세돌의 영토에 들이닥친 날카롭고 갑작스러운 침입. 돌 하나로 알파고는 여러 복잡한 자리를 만들었고, 싸움을 바둑판 전체로 키웠다. 이세돌을 유명하게 만든, 특유의 거침없고 공격적인 수와도 무척 유사했다. 비금도 소년은 눈앞의 광경을 보고도 믿기 힘들었다. 그는 꼿꼿이 앉아 있었지만 힘이 다 빠진 듯 양

팔을 축 늘어뜨린 채 만화 속 한 장면처럼 이십 초간 입을 떡 벌리고 다물지 못했다. 헐렁한 양복을 입고 바가지 머리를 한 이세돌은 크나큰 충격에 빠져 의자에서 앞뒤로 몸을 건들거렸고, 그 모습이 꼭 낡은 플레이모빌 장난감처럼 보였다. 그는 이내 미소를 지으며 몸을 뒤로 젖혔고 손바닥으로 목덜미를 감싸 거기 동그랗게 난 점 세 개를 긁적였다. 비뚤어진 삼각형 모양으로 찍힌 점 세 개는 아무리 보아도 자그마한 바둑돌 같았다. 그는 평소에도 대국중에 초조해지면 그 점들을 만지작거리는 습관이 있었으나, 그날만큼은 목덜미에서 얼른 손을 뗀 뒤 바둑판 앞으로 몸을 숙였다. 그의 얼굴에 온갖 감정이 스쳤다. 충격과 불신, 어리둥절함, 그러다 이내 두려움, 그리고 놀라움, 나중에는 순수한 기쁨 같은 감정. 컴퓨터가 이렇게 대담한 수를 둔다고? 대국을 마치고 그는 친구에게 이렇게 물었다고 한다. 그 순간의 그는 자신이 본 광경을 도무지 이해할 수 없었다. 전혀 다른 차원의 플레이였다. 유럽 챔피언을 이기던 때의 알파고가 아니었다. 어떻게 그 짧은 시간에 알고리즘이 이만큼이나 진화할 수 있지? 지난 대국은 불과 오 개월 전이었다. 이세돌은 십 분 넘게 다음 수를 고민했다. 얼굴을 찌푸리고, 다리를 꼬았다가 풀고, 실눈을 뜨고, 양손으로 얼굴을 감싸고, 믿을 수 없다는 듯 고개를 젓고, 그러다 이내 꼼짝하지 않고 바둑판에 시선을 고정했다. 그리고 마침내, 알파고가 둔 돌 바로 옆에 자기 돌을 내려놓았다. 전세가 역전되었음은 이제 자명했다. 그가 손에 넣었던 영토가 통째로 파괴되어버렸다. 그로부터 팔십 수가 더 놓였을 때, 이세돌은 자신의 흑돌이 아닌 백돌을 바둑판 중앙에 올림으로써, 최대한 정중하게 기권 의사를 표했다.

이 세상 것이 아닌 아름다움

훗날 역사가들이 우리 시대를 돌아보며 진정한 인공지능이 처음 반짝인 순간을 고른다면, 아마도 2016년 3월 10일 이세돌과 알파고의 두번째 대국에 놓인 단 하나의 수, 바로 37수가 놓인 순간을 택할 것이다.

그것은 어느 컴퓨터도 둔 적이 없는 수였다. 인간이 고려할 법한 수도 아니었다. 새로웠고, 수천 년간 축적된 지혜와의 급진적 결별이자 전통과의 완벽한 단절이었다. 서울 포시즌스호텔에서, 아니면 인터넷 중계로 대국을 보던 사람들은 자신들을 향해 무섭게 달려드는 미래를 그 순간 부지불식간에 일별했다. 아직은 멀리 있어 희미해 보여도 이미 무수히 많은 방식으로 현재에 영향을 떨치는 미래. 희망과 공포를 불러일으키는 미래. 누군가는 두 팔 벌려 환영해야 한다고 믿지만, 대다수는 이 광기 어린 꿈이 우리 손에 닿지 않는 곳에 영원히 머무르도록 할 수 있는 모든 걸 해야 한다고 확신하는 미래. 하지만, 언젠가 우리와 우열을 다툴 지능의 지시에 따르는 인간의 손으로 바둑판 위에 점판암 하나가 올려지는 순간, 그 미래의 첫 메아리는 이미 울려퍼진 후였다.

알파고가 이세돌과의 첫 대국에서 승리하자 세계는 경악을 금치 못했으나 바둑 기사들과 해설자들은 대수롭지 않게 반응했다. 이세돌이 평소답지 않게 미숙한 실수를 몇 개 저질렀다는 거였다. 기계가 모두의 기대를 뛰어넘은 것은 맞지만 그렇다고 천지개벽할 정도는 아니라고 했다. 말마따나 인상적이긴 해도 독창적이라고 말하기는 힘들었다. 앞선 체스 인공지능처럼 알파고도 확실히 효율적이고 강력했으나, 그 안에 게임의 아름다움은 빠져 있었다. 물론 알파고의 공격성과 투지는 이세돌과 바둑계를 놀라게 했다. 첫 대국 후로는 누구도 예전처럼 한국 챔피언의 승리를 무조건 장담하진 않았지만, 다들 여전히 그의 승리를 점쳤다. 딥마인드 프로그램의 승리는 단발적인 요행에 불과하며 다가올 대국에서 틀림없이 이세돌이 그 변수를 바로잡으리라고 말하는 사람들도 더러 있었다.

그러나 한국의 바둑 대가는 생각이 달랐다.

첫 대국을 치르고 그는 깊은 충격에 휩싸였다. 짧은 시간에 알고리즘이 이토록 놀라운 도약을 이뤘다는 사실을 받아들이기 힘들었다. 자신은 고유한 기술을 갈고닦는 데 이십 년이 넘는 세월이 걸렸건만, 고작 넉 달 전 판후이와의 대국에서 평소 이세돌이었으면 가뿐히 압살했을 중급 수준의 기사처럼 바둑을 뒀던 알파고가 자신을 이긴 것이다. 첫 대국 때 이세돌은 특유의 스타일을 고수했으나 이제는 겁이 났다. 두번째 판마저 지면 세 판을 연달아 이겨야 패배를 면할 수 있었다. 첫 대국 후 기자회견에서 이세돌은 더이상 허세를 부리지 않았다. "알파고가 그렇게 완벽하게 대국을 펼칠 줄은 몰랐습니다. 하지만 나는 세계 선수권 대회에서 여러 번 우승해봤고, 고작 한 번의 패배가 이후 대국에 영향을 미칠 일은 없습니다. 이제 승률은 50 대 50이라고 봅니다." 이세돌이 이렇게 말하는 동안 스승 권갑용은 손톱을 물어뜯으며 초조한 걸음으로 기자단 사이를 서성거렸다. 대국 둘째 날 기자 수는 전날의 갑절로 불어났다. 이세돌은 자신이 인류 전체를 대표한다는 어마어마한 부담감을 느꼈다. 전날 대국으로 몸도 마음도 고단해진 이세돌은 헐렁한 검정 양복에 하늘색 셔츠 차림으로 방을 나왔다. 옷이 몸집보다 두 치수는 커서 꼭 빼빼 마른 고등학생처럼 보였다. 대회가 진행될수록 그는 점점 더 수척해졌다. 대국을 준비하고 치르면서 7킬로그램 가까이 살이 빠졌다. 대국을 앞두고 사진을 촬영하러 가는 길, 사람들을 막아서는 경호원 다섯에 둘러싸인 그는, 가자, 이세돌! 파이팅, 이세돌! 하고 응원하는 사람들을 향해 미소를 지었다. 엘리베이터를 기다리는 동안 그는 애꿎은 손목시계를 계속 쳐다봤다. 비싸고 묵직해 보이는 시계는 안 그래도 가는 손목을 더욱 왜소해 보이게 만들었고, 보이지 않는 쇠사슬과 연결된 것처럼 그의 팔을 짓눌렀다. 사방에서 카메라 불빛이 번쩍이는데도 그는 자기 내면에 심취하여 딴 세상에 있는 듯했다. 기도하듯 눈을 감았다가 머리가 깨질 듯한 편두통에 시달리는 것처럼 돌연 인상을 쓰며 콧등을 찌푸렸다. 대국실로 들어가기 직전 어린 딸이 달려와 아빠를 껴안으며 팔에 얼굴을 파묻었다. 이세돌이 무릎을 꿇자 딸은 품을 더 파고들었다. 다만 아빠가 딸을 어르는 것인지, 아니면 딸이 자기에게 있는 미약한 힘이나마 아빠에게 전하려는 것인지는 분간이 가지 않았다. 대국 시간이 다 되자 아내 김현진이 다가와 부녀를 살며시 떼어놓았다. 이제 이세돌은 홀로 대국실로 들어가 바둑판에 전념해야 했다. 이번에는 백돌로 둘 차례였다.

그는 접근법을 아예 바꾸어 평소답지 않게 신중히 포석을 깔았다. 견고한 진지를 구축하느라 처음 몇 수는 어떠한 충돌도 회피했다. 돌 하나를 두는 데 신중에 신중을 기했다. 갑작스러운 속도 조절이 인간을 당황시키는 데에는 제법 쓸모 있을지 몰라도, 생각도 감정도 없는 기계 앞에서는 의미 없다는 사실을 깨달았기 때문이었다. 그는 평상시 습관대로 대국 내내 커피를 마셨다. 잔이 빌 때마다 스태프가 곧바로 커피를 채웠다. 그는 애연가로도 유명했기에 주최측은 대국중에라도 언제든 밖에서 담배를 피울 수 있게 위층 야외 테라스에 특별 흡연석을 마련했다. 거기서 그는 고층 건물과 푸르른 산이 펼쳐진 광화문 일대의 전경을 내려다보며 서성이고 홀로 생각할 수 있었다. 바둑판에 느릿느릿 돌들이 채워지기 시작했다. 알파고가 흑돌 13수를 두자 이세돌은 골똘히 생각에 잠겼다. 그러다 오른쪽 아래에 쌓이고 있던 돌 무리를 공격하는 대신 때를 기다리며 반대쪽 영토를 가르기 시작했다. 해설자들은 알파고와 부딪치려 하지 않는 이세돌의 태도를 단번에 알아채고 혹평했다. "이세돌이 긴장한 듯 보이는군요. 어젯밤 잠을 못 잤나봅니다." 지지부진한 대국을 지켜보던 한국 기자가 이렇게 말했다. 그는 알파고가 이따금 아마추어스럽거나 심지어는 얼토당토않은 수를 두다보니 이세돌이 지나치게 신중해졌다고 지적했다. 그런 건 이세돌이 노리고 싶어하지 않는, 혹은 그럴 수가 없는 수였다. "방금 전 마지막 두 수를 보면 알파고의 능력이 의심스러울 정도예요." 중국 해설자는 알파고가 눈에 띄게 허술한 수를 두자 이렇게 논평했다. "하지만 경계를 풀어서는 안 됩니다. 알파고를 이해하기는 어렵거든요." 딥마인드 컴퓨터는 '들여다보기'로 흑돌 15수를 두었다. 바둑 선생이면 볼 것도 없이 그런 선수활용을 조잡하고 평범하다며 욕했을 테지만, 이세돌은 대응하지 못하고 극도로 조심스럽게 대국을 이어갔다. 직전 대국을 겪고 당황한 나머지 과하게 몸을 사리고 있었다. 일부 팬들은 유튜브 영상에다 볼멘소리를 늘어놓기 시작했다. 이세돌이 자기 본질을 잃고 그를 전설로 만든 스타일을 저버렸다는 거였다. 권 스승 역시 스타 제자가 곤경에 빠졌음을 인정하지 않을 수 없었다. 그는 기자에게 "이세돌이 평소와 전혀 다른 스타일로 바둑을 두고 있다"고 말했다. 그러나 쎈돌은 실로 역사적인 순간에 세계의 주목을 한몸에 받고 있었고, 별명은 돌이라지만 실제 그가 돌로 만들어진 건 아니었다. 외부인들이 무턱대고 이세돌의 태도를 비판하기는 쉬웠지만, 알파고의 이상한 알고리즘 안에서 대체 무슨 일이 벌어지고 있는지, 또 알파고의 능력치가 어디까지인지를 아는 사람은 아무도 없었다. 직전의 흑돌 15수가 정말 그렇게나 조잡하고 아마추어스러웠나? 딥마인드 프로그래머들조차 갈피를 잡지 못했다. 알파고는 누구의 감독도 받지 않고 철저히 스스로 결정을 내렸고, 인간들은 그저 지켜볼 뿐이었다. 데미스 허사비스는 대국이 있기 한참 전 이렇게 설명했다. "우리가 이 기계를 프로그래밍하긴 했습니다만, 어떤 수를 둘지는 전혀 알지 못합니다. 그건 훈련으로 비롯된 창발 현상emergent phenomenon*이니까요. 우리는 그저 데이터 세트와 훈련 알고리즘을 생성할 뿐입니다. 알파고가 선택하는 수는 우리 손을 떠난 것이며, 우리 머릿속에서 나오는 것보다 월등합니다. 그러니까 이 프로그램은 본질상 자율적이라 할 수 있습니다." 이후 이어진 열다섯 번의 수들도 하나같이 평범했다. 21수에서 알파고의 흑돌들이 연결되자 이세돌은 충돌을 피하고 왼쪽을 점한 자신의 선택이 옳았다는 듯 고개를 끄덕였다. 30수에 이를 때까지 대국은 균형을 유지했다. 알파고의 자체 평가 기능은 승률을 48퍼센트로 예측했다. 알파고는 귀를 침범하려는 이세돌을 막아냈고, 3선에서 세력을 확장해 짧게 싸움을 걸다 빠졌다. 알파고가 한쪽 귀를 포위하자 이세돌은 잠시 주춤하더니 아래에서부터 상대

* 하위 단계 구성 요소들의 개별적 특성을 뛰어넘는 새로운 특성이나 형질이 상위 단계에서 나타나는 현상.

돌을 노렸다. 어느 쪽도 동요하거나 흥분하지 않고 정상적으로 이어지던 대국은 이세돌이 서른여섯번째 백돌을 두는 순간 달라졌다.

아자황은 모니터를 확인한 뒤 흑돌을 집어 방금 이세돌이 바둑판 중앙 언저리에 외따로 놓은 돌의 왼쪽 아래에다 내려놓았다. 5선에 둔 '어깨짚기'는 원래 상대 영토의 세를 감소시키기 위한 수이지만 알파고가 둔 것은 이제껏 대국에서 볼 수 없는 유형이었다. 37수는 바둑 기사들의 통념을 완전히 뒤엎었다. 5선에서는 어깨짚기를 해서는 안 되었다. 아자황이 그토록 충격적이고 반직관적인 수를 두었을 때 해설자들과 관중, 심지어 심판진조차 아자황이 실수로 잘못된 자리에 착수했다고 믿었다. 어떤 인간도 그런 수를 두지 않으니까. 그냥 나쁜 수도 아니었다. 삼천 년 넘게 바둑이 이어지는 동안 위대한 대가들과 수천 권의 바둑책들이 욕하고 조롱하던 수였다. 굳이 대가나 대단한 현자가 아니더라도, 어린이와 초심자도 5선 어깨짚기는 안 된다는 사실쯤은 다 알고 있었다. 거의 언제나 상대에게 유리한 고지를 내주니까! 그런 수는 보기에 이상하고 비생산적이기도 하거니와, 무엇보다 바둑판에서 어떤 결과를 낳을지 예측하기가 사실상 불가능하므로 찜찜한 느낌을 준다. 하지만 알파고는 그런 것에 개의치 않았다. 바둑 실력자였던 아자황 역시 돌을 내려놓은 뒤 알고리즘의 선택에 남들과 똑같이 당황했으며 내심 부끄럽기까지 했으나, 애써 그런 심경을 감췄다. 그 수가 가진 잠재력을 본 사람은 거의 없었다. 전문 해설자들은 곧장 알파고를 비판했다. 이건 알파고가 이따금 선택하는 '허술한' 수, 상황을 유리하게 만들기는커녕 게임 자체에 아무런 영향도 끼치지 않는 평범한 수와는 또 달랐다. 이번 수는 그것과는 차원이 다른 컴퓨터의 첫번째 대실수였으며, 컴퓨터가 얼마나 강력해지든 인간처럼 바둑을 오롯이 이해할 수는 없다는 사실을 뒷받침할 구체적인 증거였다. 그러나 그 수에 다른 의미가 있음을 즉시 알아본 사람은 단 한 명, 중국 태생의 유럽 바둑 챔피언이자 얼마 전 알파고에게 패배한 판후이였다.

판후이는 알파고와 가장 많이 대국해본 사람이었기에 프로그램의 능력에 경외심을 느꼈다. 다섯 번 대국에서 전부 패한 판후이는 이후 딥마인드 프로젝트의 컨설턴트로 영입되었다. 서울에서 대국이 치러지기까지 넉 달 동안 그는 여러 버전의 알고리즘을 상대하며 허사비스와 실버, 그리고 나머지 팀원들에게 조언했고, 알파고를 이전보다 훨씬 막강하게 만드는 데 일조했다. 그러면서 그는 알파고가 인간 지능의 특징인 진정한 창의력을 발휘할 수 있다고 믿게 되었다. 대국을 위해 서울로 온 판후이는 심판진 세 명 중 한 명이 되어 이세돌, 아자황, 바둑판이 똑바로 내려다보이는 단상에 올라가 대국을 지켜보았다. 알파고를 누구보다 가까이에서 봐온 판후이는 37수를 본 순간, 천재적인 수임을 직감했다. "흑돌 37수가 판 전체에 보이지 않는 망을 드리운다. 어깨짚기가 중앙 공간에 가능성을 만들어낸다. 이전에 놓인 돌들이 함께 작용해 모든 지점이 연결되는 일종의 네트워크를 형성한다." 판후이는 몇 달 후 그날의 대국을 심층 분석하며 이런 글을 썼으나, 대국을 처음 본 순간에는 믿기 힘든 충격으로부터 정신을 붙잡으며 수첩에 다음과 같이 끼적였다. '여기에?! 이해 불가한 일이다. 인간의 수가 아니다. 인간에게서는 이런 수를 본 적이 없는데.' 대국이 끝나고—이세돌을 비롯한 몇몇은 그 수가 놓인 순간에 이미 대국이 끝났다고 주장할 테지만—사람들이 곧 유명해질 37수에 대한 의견을 물어오자 판후이는 형용할 말을 찾지 못하고 그저 "아름답습니다. 아름다워요. 너무 아름다워!"라는 말만 반복했다. 대국을 지켜보던 사람들도 판후이처럼 어안이 벙벙해졌다. "정말 뜻밖의 수네요." 한국 해설자가 말했다. 서양인 중 유일하게 9단을 획득한 마이클 레드먼드는 "현재로서는 좋은 수인지 나쁜 수인지조차 모르겠습니다"라고 평했다. 레드먼드는 딥마인드 유튜브 채널에서 대국을 실시간 분석중이었는데, 함께 있던 미국바둑협회장이 던지는 질문에 말문이 막혀버렸다. 그는 어색하게 웃음을 터뜨리며 자기가 보기에도 실수 같다고, 하지만 알파고의 실수가 아니라 알고리즘의 인간 조수 아자황이 모니터를 잘못 읽어 바둑판에 돌을 잘못 둔 게 틀림없다고 주장했다. 그러다 하나둘 기계의 수를 이해하기 시작했다. 데미스 허사비스는 알파고 모니터링 시스템이 그 기이한 수를 어떻게 평가했는지 궁금한 마음에 해설장을 빠져나가 허겁지겁 딥마인드 팀 통제실로 갔다. 도착해보니 데이비드 실버 역시 들떠서 알고리즘 내부를 헤집으며 무슨 일이 벌어졌는가를 파악하느라 바빴다. 그리고 이세돌이 대국실에 돌아오면 어떻게 반응할지를 초조하게 기다렸다. 세상 이면에 숨겨진, 조금은 짓궂은 지능의 존재를 암시하는 것만 같은 묘한 우연의 일치로 인해, 수 세기를 통틀어 가장 기이한 수에 맞설 책임이 하필 그것을 제일 마지막으로 보게 될 자에게 주어졌다.

이세돌은 아자황이 어깨짚기 수를 내려놓았을 때 마침 십 분간 담배를 피우러 자리를 비운 참이었다. 멀끔하게 차려입은 경호원 둘의 호위를 받으며 아래층으로 돌아와 바둑판 앞에 착석한 이세돌은 똥을 밟은 사람처럼 코를 찌그리며 질색하는 표정으로 입을 떡 벌렸다. 이윽고 앞으로 몸을 숙인 그의 얼굴에 천천히, 기쁨으로 충만한 웃음이 번지기 시작했다. 일평생 찾아 헤맨 것을 마침내 발견한 자의 미소였다. 이 세상 것이 아닌 아름다움을 발견한 자의 미소. 이세돌은 아주 충동적인 유형의 바둑 기사로 유명했다. 판단을 내리기까지 보통은 일 분이 걸리지 않았다. 그러나 언뜻 터무니없어 보이는 알파고의 수 앞에서는 십이 분이 넘게 고민했다. 눈을 끔뻑이며 엄지와 검지 사이의 살을 꼬집었고, 낯선 것을 보고 어리둥절해하는 개처럼 고개를 한쪽으로 살짝 기울였다. 생각이 고스란히 얼굴에 묻어났다.

"초반에는 실수가 잦다 싶었어요. 알파고가 계속 우위를 점하고는 있었지만 나도 만회하고 있었지요. 이후로도 알파고가 계속 실수하길래 '승산이 있겠구나' 생각했습니다. '이 기계도 아직 불완전하구나' 싶었어요. 그런데 바로 그때 그 수가 나온 겁니다. 실제 대국에서는 상상도 못할 일이에요. 흑돌이 거의 사방을 포위하고 있었거든요. 거기에 돌을 둘 이유가 없단 말입니다. 그런데 37수를 그렇게 둔 거죠. 그때 나에게 기회가 없다는 걸 알았습니다. 나중에 보니 그때 알파고는 일부러 공간을 내준 것이었어요. 머릿속에 이미 그 수를 생각해두었기에 다른 곳에 여지를 허용한 것이죠. 그냥 내가 갖게 내버려둔 거예요. 알파고가 나를 속였습니다. 그 수가 놓인 순간, 나는 끝난 겁니다. 승리는 이미 알파고의 것이었어요." 일 년이 지나 은퇴를 발표한 후에 이세돌은 그때 대국을 이렇게 회고했으나, 대국 당시에는 싸워보지도 않고 순순히 항복할 기미는 전혀 보이지 않았다. 시간이 천천히 줄어드는 동안 그는 잘 다듬은 손톱과 가늘고 섬세한 손가락으로 아랫입술을 뜯으며 계속 바둑판만 노려보았다. "사실은 알파고가 확률을 계산하는 기계라고만 생각했습니다. 하지만 그 수를 본 순간에 생각이 달라졌어요. 알파고는 분명 창의적입니다. 그 수가 알파고에 대한 나의 시각을 바꾸었어요. 바둑에서 창의성이란 무엇을 뜻할까요? 단순히 좋은 수, 위대한 수, 강력한 수를 두는 능력이 아닙니다. 의미 있는 수를 두는 능력이죠." 대국이 끝난 후 인터뷰를 진행한 다큐멘터리 제작진에게 그는 말했다. 이세돌은 평소였으면 포기했을 시점을 훌쩍 넘겨 세 시간을 더 기계와 싸웠다. 해설자들이 느릿느릿 힘겹게 집을 계산하는 동안에도 그는 계속 싸웠다. 피할 수 없는 결말을 받아들일 수 없었기 때문에, 혹은 역사에 기록될 것이 뻔한 게임에서 차마 물러설 수 없었기 때문이었다. 99수에 이르렀을 때 이세돌에게는 더이상 승산이 없었으나 알고리즘은 그를 절대 죽이려 들지 않고 조금씩 조금씩, 한 돌 한 돌, 야금야금 이세돌의 영토를 갉아먹었다. 이세돌은 기적을 바라며 버텼다. 혹시 기계가 실수를 저지르지는 않을까, 초반에 그랬던 것처럼 엉뚱한 수를 두지는 않을까, 내심 기대했으나 바둑판이 돌로 뒤덮일수록 프로그램은 점점 더 세를 키웠다. 결국 백돌 211수에 이세돌은 기권을 선언했다.

대국 후 기자회견장에는 취재진이 벌떼처럼 몰려들었고, 이세돌은 절망한 모습으로 무대에 올라 허사비스 옆에 섰다. 슬픔과 멜랑콜리의 기운이 장내를 그득하게 채웠다. 팬들부터 해설자들, 동료 기사들까지, 국가 영웅이 한 번도 아니고 두 번이나 패했다는 사실을 쉽사리 받아들이지 못했다. 이세돌이 압도당하고, 뒤처지고, 제압당하고, 아마추어처럼 나가떨어졌다. 첫판에서 이세돌이 방심했다면, 두번째 판에서는 아예 무력했다는 게 중론이었다. 그는 감정에 북받쳐 떨리는 가느다란 복화술 인형 같은 목소리로 패배에 대해 진심으로 사과했다. “어제는 놀랐는데 오늘은 할말을 잃었습니다. 변명의 여지 없는 패배였습니다. 처음부터 내가 우위를 점했다고 느낀 순간이 없었습니다. 완벽에 가까운 게임이었습니다.” 눈부신 카메라 플래시 세례를 받으며 이세돌은 고백했다. 그의 겸손은 진심이었으며, 그는 정말로 자신감이 꺾이고 충격받은 듯 보였으나, 순순히 포기하지 않겠다는 의지는 결연했다. “두번째 대국에서 패했으나 경기는 끝나지 않았습니다. 아직 세번째 대국이 남았으니까요.”

만분의 일

이세돌은 셋째 대국 전날 하루를 쉬면서 동료 바둑 기사 넷과 온종일 방에 틀어박혀 이전 대국들의 수 하나하나를 복기했다. 바둑 지식이 보잘것없는 컴퓨터 과학자들이 어떻게 단 한 번의 수로 수 세기 동안 쌓아올린 전통을 일소해버릴 수 있는 시스템을 만들어냈는지 알기 위해서였다. 딥마인드 사람들은 무슨 수로 그런 경기를 펼치는 알고리즘을 프로그래밍했단 말인가? 경이로웠다. 하지만 진실을 말하자면, 그건 인간의 작품이 아니었다.

37수는 알파고 메모리에 저장되어 있지 않았고, 미리 프로그래밍된 규칙도, 실리콘 두뇌에 수동으로 부호화된 지침도 아니었다. 인간이 입력한 게 아니라 프로그램이 스스로 만들어낸 것이었다. 더욱 놀라운 사실은 바둑 마스터라면 그러한 수를 고려조차 하지 않으리란 걸 알파고가 알고 있었다는 것이다. 지각이 없는 존재가 무언가를 '알고 있다'고 말할 수 있다면 말이다. 딥마인드의 승리까지는 이제 단 한 판이 남아 있었다. 이미 언론은 떠들썩했고 데미스 허사비스는 여기저기 돌아다니며 어떻게 이런 일이 가능했는가를 설명하느라 바빴다. 이 시스템은 인간의 손으로 만들어진 것이 아니며, 이십 년 전 IBM의 체스 기계 딥블루처럼 포괄적인 규칙을 부여받은 것도 아니라고 허사비스는 기자들에게 말했다. 알파고는 자가 경기와 강화 학습에 기반한 시스템으로, 기본적으로 바둑 두는 법을 스스로 깨쳤다고 보아야 했다.

다만 처음에는 인간을 어떻게 모방하는지 학습할 필요가 있었다.

허사비스와 그의 팀은 컴퓨터가 최고의 바둑 기사를 이기려면 인간이 바둑을 두는 방식, 그 고도로 창의적이고 조금은 신비로운 방식을 최대한 모방해야 한다고 판단했다. 그래서 최상위권 아마추어 바둑 기사들의 데이터베이스에서 대국 데이터 십오만 건을 뽑아 인공 신경망에 저장했다. 인공 신경망은 인간 두뇌의 신경망을 모방하는 복잡한 수학 모델로, 서로 연결된 다층 알고리즘으로 구성되며, 각 알고리즘은 특정한 패턴과 특징들을 인식하게끔 설계되었다. 모든 알고리즘이 동시에 작동하면 서로 영향을 주고받는 수백만 개의 매개변수로 이뤄진 방대한 모델이 생성되는데, 이를 미세하게 조정하면 네트워크의 전반적인 행위를 바꿀 수 있다. 알파고의 첫 신경망은 대국 수천 판을 분석해 특정한 상황에서 아마추어 바둑 기사가 어떤 수를 두는지를 조금씩 모방하고 복사하고 예측하게 되었다. 이 최초의 인간 기반 데이터 세트가 알파고의 '상식'을 형성한다. 거칠게 말하자면 초보가 책을 읽고 얻는 지식과 선생에게서 직접 받는 가르침에 해당한다. 딥마인드 사람들은 이를 정책망Policy Network이라 불렀다. 이를 통해 알파고는 그럭저럭 아마추어 바둑 기사 수준으로 바둑을 둘 수 있었다. 하지만 진짜 프로 수준에 도달하려면 갈 길이 멀었다. 거기까지 올라서려면 탁월한 기사들처럼 판 전체를 한눈에 보고 특정 형세에서 게임이 어떻게 전개될지 직관적으로 파악하는 기술을 길러야 했다. 이 '판 읽기'라는 인간 특유의 능력을 기르기 위해 어린 선수들은 몇 년을 투자한다. 이세돌 역시 셀 수 없이 많은 시간 동안 텅 빈 격자판을 뚫어지게 쳐다보고 머릿속으로 자신의 수와 상대의 수를 그리며 그 능력을 얻었다. 알파고도 게임을 바라보는 시야를 넓히기 위해 바둑판 위치 하나하나의 가치를 가늠할 줄 알아야 했고, 승리에 가까워지고 있는지, 아니면 패배로 끌려가고 있는지 시시각각 판단할 줄 알아야 했다. 자기 자신을 상대로 경기를 치러야 했다.

알파고는 아마추어들의 게임을 바탕으로 생성된 정책망을 가지고 수백만 번에 걸쳐 자가 대국을 진행했다. 시행착오를 거치며 학습할수록 알파고는 점점 더 실력이 늘었고 강해졌다. 더는 인간을 모방해 바둑을 두려 하지 않고, 자기 자신과 싸워 이기는 데 집중했다. 수백만 번의 대국을 통해 수학 모델에 수십억 번의 미세한 조정이 이뤄졌다. 조정의 이유를 인간은 절대 이해할 수 없었다. 인공 신경망의 내부 작용은 인간에게 거의 암흑 그 자체였다. 알고리즘이 스스로 바라는 결과를 향해 천천히 나아가며 내부 매개변수에 무수히 많은 수정을 가할 때 발생하는 수많은 효과를 인간은 추적할 수도, 총계를 낼 수도 없다. 허사비스는 설명했다. "처음에는 형편없었다. 어린애처럼 마구잡이로 바둑판을 헤집고 다녔고, 아주 어설프고 재능 없는 초보처럼 행동했다. 우리 인간은 바둑이 어떤 게임인지를 자연스럽게, 거의 본능적으로 이해하게 되지만 알파고에게는 그러한 내적 개념이 없었기 때문이다. 그런데 이따금, 순전히 우연에 의해서, 영특한 수를 둘 때가 있었는데, 그러면 그게 좋은 패턴이라는 것을 학습해 강화했다. 네트워크가 함께 작동하여 승률을 높이는 행위를 재강화함으로써 점차 능력을 키웠다." 두번째 훈련 과정을 마치고 이전보다 한층 강해진 새로운 버전의 알파고는 향상된 자신을 상대로 삼천만 번의 대국을 또다시 진행하며 두번째 신경망 훈련에 필요한 데이터 세트를 생성했다. 딥마인드는 이것에 가치망Value Network이라는 이름을 붙였다. 이 신경망은 바둑판 위 돌의 배열을 분석해 대국의 결말을 내다보고 어느 정도로 승리하거나 패하게 될지를 가늠했다. 이는 가장 똑똑하고 잘 훈련받았다고 하는 인간의 능력치를 월등히 앞질렀다. 두번째 신경망은 인간이 막연한 감정이나 모호한 직관으로 어렴풋이 느끼는 것을 숫자로 표현할 수 있었다. 딥마인드 프로그램은 이 두 가지 신경망을 사용해 바둑의 무한한 복잡성을 걷어내고 상상을 초월하는 수준에서 바둑을 두게 되었다. 돌을 하나 놓을 때마다 끝없이 펼쳐지는 가능성을 살피느라 연산력을 낭비할 필요가 더는 없었다. 정책망의 상식을 기준으로 최상의 수만 고려하면 되었고, 적합하지 않은 몬테카를로 트리 탐색의 가지는 잘라내면 그만이었다. 그런가 하면 가치망은 대국을 처음부터 끝까지 시스템 내부에서 돌려볼 필요 없이 각 수가 가져올 승패 확률을 알게 해주었다. 무수히 많은 자가 경기를 통해 갈고 닦인 이 두 시스템의 결합으로 알파고는 인간 지식을 훌쩍 뛰어넘었고, 이세돌과 펼친 두번째 대국에서 보란듯 선보였던 것과 같은 파격적인 전술과 반직관적인 수를 구사하게 되었다. 그러한 수가 상대 인간의 예측 범위를 얼마나 벗어나는가도 정확히 예측했다.

허사비스와 데이비드 실버가 알파고의 내부 시스템이 37수를 어떻게 평가했는지 들여다보았을 때, 알파고가 37수에 부여한 확률값은 만분의 일이었다. 즉 알파고가 인간의 바둑을 이해한 바에 따르면, 인간 만 명 중에 단 한 명만이 정확히 그 순간 바둑판의 해당 위치에 착수하는 것을 고려한다는 뜻이었다. 알파고는 바로 그러한 수를 선택했다. 즉 이세돌이 기계를 뛰어넘어 대국에서 승리하려면 그 정도 수준의 지략과 창의성을 발휘해야 했다.

세번째 대국은 3월 12일 오후 한시에 치러졌다. 흑돌을 잡은 이세돌은 처음부터 헤맸다.

심판대 단상에서 바둑판을 내려다보던 판후이는 바둑판 오른

쪽 아래에 세번째 돌을 내려놓는 이세돌의 손이 미세하게 떨리는 것을 보았다. 한국의 슈퍼스타는 불면증에 시달리는 듯했다. 판후이는 국제 대회에 참가해본 경험으로 미루어보았을 때 최고 수준의 대국을 치르려면 내적 평화와 안정이 필요하다는 것을 익히 알았다. 하지만 이세돌은 몹시 초췌하고 지쳐 보였다. 바둑판에 머리를 박고 쓰러지면 어쩌나, 아니면 '토혈지국'의 아카보시 인테쓰처럼 까무러쳐 죽어버리는 게 아닌가, 걱정이 들 정도였다. 판후이는 대국 전 온라인 반응을 확인해보았다. 이제는 누구도 이세돌의 승리를 점치지 않았다. 팬들조차 등을 돌려 그가 저지른 실수를 가차없이 비판했고, 그의 성격과 의지, 기세, 즉 '투지'를 문제삼았다. 아마도 지금 이세돌의 심경을 오롯이 이해할 사람은 세상에 판후이뿐인지도 몰랐다. 기계와 맞붙어 박살이 난 적이 있었기에 이토록 무자비하고 무정한 상대와 대국한다는 것이 얼마나 기이한 감정을 일으키는지 그는 너무나도 잘 알았다. 알파고는 주저하지 않았고 두 번 생각하지도 않았다. 지치는 일도 없었다. 자기 의심 따위는 알지도 못했다. 스타일이나 아름다움 따위에 무관심했으며 프로 바둑기사들처럼 서로 속고 속이며 치밀한 심리전을 벌이느라 시간을 낭비하지 않았다. 상대가 무엇을 생각하고 느끼는지에 철저히 무관심한 채로 그저 이기는 것에만 몰두했다. 알파고에게는 단 한 집 차이로 이긴다 해도 그저 똑같은 승리일 뿐이었다. 이따금 알파고가 모두의 눈에 형편없고 평범해 보이는 '게으른' 수를 두는 이유도 여기에 있었다. 한국의 어느 해설자가 지적한 대로 알파고의 게으른 수는 철저히 계산된 결과였다. 각각의 게으른 수는 감지되지 않을 만큼 아주 조금씩 최종 목표를 향해 판을 끌고 갔고, 그 수들의 진정한 가치는 종반에야 비로소 드러났다. 이를 알고 있는 판후이는 신종 고문을 받는 양 의자에서 꿈틀대며 인공지능에 맞서 분투하는 이세돌을 지켜보면서, 할 수만 있다면 어떻게든 돕거나 경고해주고 싶었다. 알파고를 상대하는 게 얼마나 고통스러운지 누구보다 잘 알았으니까. 그것은 절망감을 유발했다. 천천히, 그러나 되돌릴 수 없이 공허 속으로 끌려내려가는 듯한 이상한 감정을 일으켰다. 훗날 판후이는 이렇게 썼다. "그건 마치 블랙홀처럼 조금씩 당신을 빨아들인다. 벗어나려고 아무리 애를 써도 소용이 없다. 알파고는 아직 증상이 발현되지 않았으나 기필코 목숨을 앗아갈 질병처럼 스멀스멀 다가온다. 첫 고통을 느낀 순간 당신은 이미 죽은 목숨이다." 어쩌면 이세돌도 두 번의 패배 끝에 이를 깨달았는지도 몰랐다. 이제 그는 공격할 기회가 생길 때마다 붙들고 늘어졌다.

컴퓨터가 압도적으로 우세해지기 전 이세돌은 알파고의 영토를 흩뜨리려 예기치 못한 기습 공격을 단행했다. 그러나 제대로 진지를 구축할 시간이 부족했던 탓에 성급하고 타이밍이 부적절한 급습으로 끝이 났다. 판후이는 수첩에 "너무 빨리 이빨을 드러냈다"라고 적었다. 반격에 나선 알파고의 두칸뜀 행마는 그야말로 감탄을 자아냈다. 판후이는 이세돌이 상대하는 시스템이 앞서 자신과 맞붙었던 기계보다 훨씬 더 진화했음을 확신했다. 마치 하늘 위에서 내려다보는 것처럼, 판 전체는 물론이고 이세돌의 마음속까지 꿰뚫어 그가 어떤 수를 둘지 다 알고 있는 듯했다. 이세돌은 눈에 띄게 격앙하여 다음 돌을 세차게 내려놓았고, 자신이 고심해 움직인 밭전자 행마를 알파고가 가로막자 얼굴이 붉게 상기되었다. 슬슬 부아가 치미는지 그는 만취한 사람처럼 몸을 앞뒤로 흔들었고 연신 시계를 흘끗거렸다. 치명적인 실수를 저지른 후에는 자기 뺨을 때린 다음 바둑통 가장자리에 손을 얹고서 돌을 집어들 힘조차 남지 않은 듯 흑돌 사이에 손가락을 푹 잠갔다. 서둘러 평정심을 되찾아야 했으나 그는 혼자 주먹질하다 나가떨어지는 권투선수처럼 아무런 성과도 없이 계속 맹렬하게 공격만 했다. 48수에 다다랐을 때 알파고 시스템이 예측한 승률은 72퍼센트로 치솟았다. 이미 승부가 갈린 것이나 다름없었으나 이세돌은 포기하지 않고 바둑판 하단에 AI가 구축한 대마 대형을 허물려고 애를 썼다. 소용은 없었다. 머리를 써서 이길 방법이 없음을 끝내 받아들인 후부터는 특유의 '좀비' 스타일을 구사하기 시작했다. 바둑판 사방에 미친듯이 돌을 까는 것은 자신이 이미 죽었음을 알지만 거칠고 종잡을 수 없는 공격 세례로 상대의 허를 찌르려는 최후의 발악이었다. 이세돌은 과거에 이런 어리석고 터무니없는 전술로 다 진 게임에 이긴 적이 여러 번 있었다. 그러나 상대의 도발에 놀아나지도, 위협이나 혼란을 느끼지도 않는 적수에게는 통하지 않았다. 알파고는 정신 나간 듯한 이세돌의 수에도 적응해 바둑판 상단에 영토를 어마어마하게 증식해갔다. 알파고 가치망이 계산한 승률은 87퍼센트를 넘어섰다. 백돌은 바둑판의 모든 곳에서 살아 있었고 흑돌의 득점은 훨씬 못 미쳤다. 더는 돌을 내려놓을 곳조차 없어 보이는 바로 그 순간, 이세돌은 백진 속에서 작은 틈새를 하나 발견했다. 알파고의 오른쪽 세력을 끊어 숨통을 트기에 충분한 공간이었다. 인간 바둑 기사라면 절대 경기 막바지에 상대가 그런 곳에 돌을 두도록 허용하지 않을 테지만 알파고는, 더욱더 굴욕적이게도, 반응조차 보이지 않았다. 압도적인 우위를 마지막으로 과시하듯, 그 모퉁이 공간을 허용한 뒤 자기는 다른 곳에 착수하여 점수를 더 따기 시작했고, 끝내 승률은 98퍼센트에 도달했다. 이후로도 스물여덟 번의 수가 더 오갔다. 지켜보는 것만으로도 고통스러웠다. 이세돌은 가만히 있지 못하고 자리에서 몸을 들썩였고, 손톱을 물어뜯다 한숨을 짓고 혼잣말하기를 반복했다. 해설자들은 이미 정해진 패배를 받아들이지 못하는 이세돌을 보며 비아냥거렸다. "질 게 뻔한데 끝내기까지 올 필요가 있나요?" 미국바둑협회장은 말했다. 중국 해설자는 이렇게 말했다. "이 상황을 뭐라고 설명해야 할지…… 내가 흑을 잡은 기사라면 당장 기권할 겁니다. 지금 우리는 바둑 역사상 가장 강력한 존재를 목격하고 있다는 걸 인정해야만 합니다."

알파고는 대국에서 승리했고, 그렇게 대결의 승자가 되었다.

신의 한 수

패자가 된 이세돌은 당장 아내와 딸을 데리고 포시즌스호텔을 떠나 집으로 돌아가서 상처를 추스르고 싶은 마음이 절실했지만, 대회 규정상 결과와 상관없이 다섯 번의 대국을 끝까지 치러야 했다. 알파고와 두 번 더 맞붙어야 한다는 뜻이었다. 단 한 판도 이기지 못한다면 견딜 자신이 없었다. 그건 참을 수 없는 굴욕이자 영원히 회복 못할 치욕이었다. 딥마인드 팀은 세번째 대국이 끝나고 이세돌이 머무는 방에 비싼 샴페인을 한 병 보내는 것으로 이미—의도치 않았을지라도—그에게 수치심을 안긴 터였다. 그가 결혼 십 주년을 맞이했다는 소식을 듣고서 존중하는 마음을 표현한 것이지만, 하필 타이밍이 기가 막히게 무례했다. 그런 (서양인들 특유의) 막돼먹음을 홀로 견디는 것만으로도 고통스러운데, 세계인 수백만 명이 지켜보는 앞에서 알파고를 상대로 두 번 연달아 더 패하고 만다면, 다시는 바둑판 앞에 앉지 못할 것 같았다. 그런 공개 망신은 그나마 남아 있던 불굴의 정신마저 꺾어버릴 게 분명했다. 그가 패배를 만회하고 컴퓨터를 이길 가능성은 전무해 보였다. 알파고가 3연승을 거둔 후 기자회견에서 이세돌은 간신히 새어나오는 목소리로 사과했다. "이번에 너무 많은 분에게 실망을 안겼습니다. 무력한 모습에 진심으로 용서를 구합니다. 이 정도의 압박과 무게는 처음 느껴봅니다. 그걸 넘어서기에는 내가 너무 약했습니다." 카메라 앞에서 그는 이렇게 고백했다. 기자회견이 끝나고 큰 소리로 상찬과 응원을 보내는 동료 기사들을 향해 이세돌은 힘없이 웃어 보였다. 동료들은 그에게 얼른 자신감을 되찾아 남은 대국에서는 평소처럼 바둑을 두라고 격려했다. 하지만 그는 지칠 대로 지쳤고, 5 대 0으로 이기리라 큰소리쳤던 자신이 그와 같은 격차로 질지 모른다는 생각에 시달렸다. 이미 승패가 갈린 상황이었으므로 대국실로 가는 길에 깔린 취재 인파는 예전 같지 않았으나, 그는 공포와 긴장감을 숨기지 못했다. 의자에 털썩 앉으며 바둑판 앞에 자리한 이세돌은 한층 더 해쓱했고 더욱 더 아이 같아 보였다. 그는 알파고의 첫수를 기다리며 컴퓨터 화면을 주시하는 딥마인드 프로그래머 아자황을 향해 꾸벅 인사했다.

흑돌을 잡은 알파고는 시작과 동시에 판을 장악했다. 28수에 이르렀을 때 해설자들은 이세돌이 너무 굼뜨고 몸을 사린다며 비판하기 시작했다. 너무 오래 고민하느라 제한 시간도 이전 대국들과 비교해 빠르게 줄어들었다. 반면 알파고는 자신만만하게 이전보다도 더 공세적으로 두며 처음부터 싸움을 걸었다. 정확히 이세돌이 선호하던 유형의 대국이었다. 알파고가 거침없이 어깨짚기 수를 두자 이세돌은 건방지고 짓궂은 꼬마, 어쩌면 어린 시절의 자신을 상대하듯 픽 웃음을 터뜨렸다. 드디어 대국을 즐기기 시작한 걸까? 그럴 리는 없었다. 컴퓨터는 이미 바둑판을 장악해 이세돌의 숨통을 죄려 하고 있었다. 그보다 더 충격적인 건 이세돌이 아무런 대응도 하지 않는다는 사실이었다. 하얀 양처럼 온순해져서는 알파고가 바둑판 중앙에 방어벽을 쌓으며 자신이 왼쪽에 작게 구축한 돌 무리를 틀어막아도 그러려니 했다. 그가 움직일 수 있는 공간은 거의 없었다. 이세돌은 벌써 포기한 듯 보였다. 그러나 단 한 사람, 이세돌과 바둑 도장을 함께 다닌 옛친구만이 한국 시청자들을 위한 대국 해설 방송에서 그를 두둔했다. 이세돌이 일부러 그러는 게 분명하다고 했다. 당장은 컴퓨터의 흑돌이 판을 압도하는 듯 보이지만, 이세돌이 미세한 영토 안에서 살아남을 방법을 어떻게든 찾아내리라는 것이었다. 대국이 꾸역꾸역 진행될수록 이세돌은 초집중 상태에 빠져들었다. 더는 머리를 만지작거리지 않았고, 먹이를 쫓는 호랑이처럼 단호하게 몰입한 눈빛으로 바둑판에 시선을 고정했다. 몸은 미동도 하지 않았다. 착수하기까지 시간은 점점 오래 걸렸고, 어디 멀리서 우르릉대는 소리가 자기 귀에만 자꾸 들리는지 고개를 한쪽으로 갸웃했다. 54수에 이르렀을 때 이세돌의 대국 시계는 오십일 분만을 남겨두고 있었다. 알파고에게 남은 시간은 한 시간 이십팔 분이었다. 대국은 느리게 진행되었고, 이전처럼 벌써 이세돌의 패배가 확실해진 분위기였다. 네번째 대국은 최단 시간에 끝날 것 같다는 소문이 온라인에 퍼지면서 대국실 바깥에 기자들이 하나둘 모이기 시작했다. 그러나 이세돌은 동요하지 않았고, 계속 천천히, 조심스럽게 대국을 이어갔다. 정면 대결을 피하느라 상대에게 판 전체를 사실상 내준 꼴이었다. '죽음이 두렵지 않은 건가?' 판후이는 컴퓨터와 상대하기를 극구 거부하는 이세돌의 움직임에 절망하며 수첩에 적었다. 판후이는 이세돌과 물리적으로 아주 가까이 있어서인지 이세돌의 생각이 들리는 듯했고 그가 무엇을 기다리는지 알 것 같았다. 그렇게 그도 한국의 그랜드마스터를 휘어잡은 무아지경 상태에 빠져들었다. 69수를 둘 때쯤 이세돌에게 남은 시간은 단 삼십사 분, 상대에게 남은 시간은 한 시간 십팔 분이었다. 알파고는 연신 맹공격을 퍼부으며 왼쪽 영토를 집어삼켰고, 이세돌의 팬들은 다음 수를 두기까지 십 분이나 허비하는 이세돌을 보며 마음을 졸였다. 알파고는 즉시 중앙을 차단했다. 이제 이세돌이 놓을 수 있는 수는 없어 보였다. 딥마인드 통제실의 데미스 허사비스는 알파고가 예측한 승리 확률이 70퍼센트를 넘기는 것을 보았다. 중계 모니터 속 중국, 일본, 한국 해설자들 역시 알파고의 승리를 확신했다. 바위처럼 견고한 알파고의 요새를 부술 길이 전혀 보이지 않았기 때문이다. 이세돌은 계속 요지부동이었다. 그러다 십일 분만을 남겨놓았을 때, 그가 바둑통 모서리에 손바닥을 가져가 검지와 중지로 재빠르게 돌을 하나 집더니 알파고의 영토 한가운데에 내리꽂았다.

"신의 한 수다! 신의 한 수!" 이세돌의 역사적인 라이벌 중 한 명인 구리는 중국 웹캐스트 중계석에서 벌떡 일어나 외쳤다. 이세돌의 78수는 벼락같은 속도로 알파고의 영토를 갈랐다. 바둑판 정중앙에 둔 끼움 수는 여태껏 누구도 본 적 없는 장면이었다. 사람들은 열광했다. 방금 본 장면의 의미를 완전히 이해할 수도, 이세돌의 놀랍고도 대담한 도박이 가져올 결과를 전부 계산할 수도 없었지만, 그것이 누구도 생각해내지 못할 상상 이상의 수임을 모두가 알아보았다. "성공한다면 진짜 짜릿하겠는데요." 미국 해설자 크리스 갈록은 감탄을 금치 못했다. "정말 흥미로운 수입니다. 게임 전체가 달라질 거예요." 딥마인드 유튜브 채널에서 중계하던 그의 동료 마이클 레드먼드는 이세돌이 적진 한가운데서 가능성을 발견하자 한껏 달아올랐다. 세상의 다른 어느 바둑 기사도 그 자리에는 감히 뛰어들 엄두를 내지 못했을 것이다. 이를 예상한 분석가와 해설자는 없었지만, 이세돌이 백돌을 두자마자 다들 끼움 수를 극찬하거나 논평하면서 방금 벌어진 상황을 파악하려 애썼다. 누군가는 칭찬하다가 또 곧장 말을 바꿔 비판하며 자기모순에 빠졌고, 몇몇은 그저 멍하게 말을 잇지 못하고 화면만 바라보았다. 새로운 수가 몰고 온 충격으로 잠시 혼란이 빚어졌으나 누구보다 당황한 존재는 알파고였다.

이세돌의 번뜩이는 천재성에 컴퓨터가 보인 반응은 당황스러웠다. 아자황이 누가 봐도 불리한 자리에 착수하자 이세돌을 비롯한 모두는 깜짝 놀랐다. 이후로도 알파고는 뻔한 실수를 계속 저질렀으나 누구도 쉽게 문제삼지 못했다. 이전 대국들을 지켜봐오면서 이해하기 어려운 수에 함부로 말을 얹기가 조심스러워졌기 때문이다. 이세돌 역시 알파고가 갑자기 자신에게 명백히 유리한 자리를 내주자 선뜻 달려들기가 망설여졌다. 전술을 바꾼 건가? 컴퓨터가 또다른 덫을 놓은 거면? 하지만 딥마인드 통제실 사람들만큼은 알파고가 이성을 잃고 비합리적인 수를 두기 시작했다는 사실을 알아챘다.

상황을 눈치챈 데미스 허사비스는 슬그머니 해설장을 빠져나가 통제실로 내려갔다. 수석 프로그래머들은 화면 앞에 옹기종기 모여 알파고의 예측 승률이 추락하는 것을 지켜보고 있었다. “알파고가 이렇게 행동하기 전에 이상한 조짐은 없었어?” 허사비스가 묻자 모두가 입을 모아 이세돌이 끼움 수를 두기 불과 몇 초 전만 해도 모든 게 정상이었다고, 아니, 정상일 뿐 아니라 알파고가 이세돌을 압살중이었다고 했다. 프로그래머들은 속수무책으로 가만히 앉아서, 땅으로 꺼지는 기분을 겨우 붙들었다. 가장 두려워하던 일이 현실로 일어나고 있었다. 알파고가 망상에 빠지고야 말았다.

이런 식의 행동이 처음은 아니었다. 알파고는 특정한 바둑판 배열과 마주할 때면 갑자기 위치와 가치 감각을 잃고 정신을 놓아버리곤 했다. 눈이 멀기라도 한 것처럼 명백히 죽은 영역에서 살아 있다고 생각하는가 하면, 자신과 상대를, 흑과 백을, 아군과 적군을, 삶과 죽음을 분간하지 못했다. 아자황은 카메라 앞에서 애써 침착했으나 알파고의 급격한 추락을, 시스템의 붕괴를 모르지 않았다. "78수 이후 열에서 스무 수가 더 지나고 나서부터 알파고가 제정신이 아니라는 것을 알았지만, 이유는 알 수 없었다." 아자황은 훗날 이렇게 회고했다. 하지만 당시에 그는 화면에서 본 수를 충실히 바둑판에 옮기는 것 외에는 할 수 있는 게 없었다. 이세돌은 간절히 설명을 바라는 표정으로 얼이 빠진 채 아자황을 바라보았다. 한편 통제실에서 아자황과 비슷한 처지에 놓인 알파고 수석 프로그래머 데이비드 실버는 이세돌의 경이로운 수가 놓인 후 컴퓨터가 미래의 수를 아흔다섯 개 넘게 검색했음을 확인했다. 각 수는 끝없이 확률의 가지를 뻗어나갔다. "뭔가 잘못된 것 같은데." 데이비드 실버가 초조하게 통제실 양끝을 오가던 허사비스에게 말했다. "대회를 통틀어 검색 시간이 가장 오래 걸렸어. 너무 깊이 검색하다 길을 잃은 거야."

"저기서 뭐하는 거야!" 허사비스는 컴퓨터가 고려중인 다음 수를 보고 경악했다.

"마스터플랜이 있는 게 아닐까요……" 젊은 엔지니어 하나가 농을 쳤다.

"아니, 무슨 소리. 그런 생각은 하고 있지도 않을걸?" 허사비스가 씁쓸함을 삼키며 대꾸했다. "실수를 저지른 줄은 아는데 그걸 다르게 평가하고 있어. 내 말은, 봐! 보라고! 이세돌도 당황했잖아. 이게 지금 뭐하는 거야? 하고 있어. 나 무서워요, 이런 표정이 아니라고. 이 새끼가 지금 뭐하는 거지? 하는 표정이

잖아."

딥마인드 팀이 망연자실하여 지켜보던 순간, 각국 해설자들도 해명을 요구하기 시작했다. "이게 무슨 일인가요!" 한국의 김명완 9단은 바둑판 위에서 꼼짝없이 헤매는 알파고를 보며 목소리를 높였다. "미래를 예측해도 소용없고 길을 찾을 수가 없어서 이제 그냥…… 막 나가려는 걸까요?…… 이건 도무지……" 동료 해설자가 말을 흐렸다.

"지금 장난해?" 데이비드 실버는 알파고의 내부 모니터 하나를 바라보다 양손으로 얼굴을 감싸쥐며 괴로워했다. "이제 우리가 다음에 두게 될 이…… 이 수 말이야. 모두의 비웃음을 살 거야. 이세돌도 웃을걸."

아자황이 흑돌을 집어 내려놓자마자 정말로 대국실 바깥에서 일제히 웃음이 터졌다.

"아, 이건 말도 안 되죠!" 대국을 생중계하던 한국 일곱 개 방송사 중 하나의 여성 진행자가 탄식했다. "아자황이 마우스 미스를 한 걸까요? 이런 수가 나왔네요. 인간이 놓을 법한 수는 아니에요. 설명할 수 없습니다. 이건 명백한 실수죠. 네번째 대국 만에 알파고가 실수하는 것을 보네요. 드디어 이세돌이 철갑의 빈틈을 발견했어요. 시스템의 약점을요." 사람들은 자신들만큼이나 당황한 얼굴로 바둑판을 응시하는 챔피언을 지켜보았다. 이후로 이십 수를 더 둔 후에야 알파고는 제정신으로 돌아왔지만, 이미 주도권은 다 내준 후였다.

제한 시간을 다 써버린 이세돌은 이때부터 초읽기에 들어가

각 수를 무조건 일 분 안에 두어야 했다. 이제부터는 단 한 번의 실수도 용납되지 않았다. 이세돌은 웃음기 하나 없이 대국에 임했다. 같은 시각, 알파고의 승리가 확실시되던 초반에 일찌감치 자리를 떴던 기자들은 허겁지겁 호텔로 돌아와 부푼 마음을 안고 기자실을 채웠다. 꼿꼿이 앉은 이세돌을 상대로 알파고는 필사적인 수를 연달아 두었다. 자존심이 있는 인간이라면 품위를 지키기 위해서라도 쳐다보지 않을 수였지만, 컴퓨터에게는 품위라는 개념이 없었다. 그런 수는 반격하기 쉬운데다 이미 상당히 우세해진 이세돌의 우위를 더해줄 뿐이었다. 그 자체로 나쁜 수라고 할 수는 없으나 두나 마나였다. 알파고의 내부 네트워크가 가리키는 승률이 20퍼센트 아래로 떨어지자 아자황 모니터에 메시지가 떴다.

'백 불계승' 결과가 대국 정보에 추가되었습니다.

알파고가 기권합니다.

아자황이 바둑통에서 돌을 하나 집어 바둑판 가장자리에 내려놓고 이세돌을 향해 고개를 숙였다.

전문 해설자들이 소리를 지르며 손뼉을 치고 환희에 겨운 웃음을 터뜨렸다. 대국실 안에서 지켜보던 사람들도 박수갈채를 보냈고, 이세돌과 절친한 친구들은 그를 축하하러 달려나갔다. 호텔 밖과 길거리에서는 처음 보는 사람들이 서로 얼싸안았다.

마치 이세돌이 온 인류를 위해 승리를 거둔 양 감동해서 눈물을 흘리기도 했다. 기자실은 흥분의 도가니였다. 카메라맨과 외신 기자들도 객관성은 내다버리고 제자리에서 방방 뛰며 환호했다. 하지만 이세돌만은 미동도 없이 태연하게 돌을 움직이며 이전 대국들을 마치고 그러했듯 다른 대안을 분석했다. 수많은 사람이 자기 이름을 연호하는 소리가 들려오고, 단상에 앉은 유일한 여자 심판이 눈물이 그렁그렁한 채 자신을 바라보며 웃고 있는 모습이 눈에 들어오는데도, 그는 미소조차 짓지 않았다. 이후에 그는 말했다. "알파고의 패배가 확실해지자 사람들이 기뻐하는 소리가 들렸다. 이유는 분명했다. 그전까지 사람들은 무력감과 공포감을 느꼈던 거다. 인간이란 존재가 너무나도 나약해 보였으니까. 이 승리는 우리가 무너지지 않으리라는 증거다. 시간이 지나면 AI를 이기기가 훨씬 더 힘들어질 것이다. 그러나 이 한 번의 승리…… 이것으로 충분하다고 느꼈다. 한 번으로 충분했다." 자리에 앉아 진지하게 바둑판을 보던 이세돌을 향해 데미스 허사비스가 다가와 어깨를 살며시 두드리며 축하와 존경의 마음을 전했다. 뒤이어 판후이가 심판진 단상에서 내려와 그와 눈을 맞추며 크게 엄지손가락을 치켜세우고 떠난 뒤에도, 이세돌은 손으로 턱을 괸 채 계속 바둑판 위의 돌을 집었다가 내려놓았다. 일어서기가 겁나는 듯 하염없이 앉아서 대국 전체를 차분히 숙고했다. 다른 사람들처럼 그 역시 기적을 목격한 기분이었다. 너무나도 소중하여 평생 잊히지 않을 순간이었다.

그가 기자실에 들어서자 우레와 같은 박수 소리가 쏟아졌다. 소리가 어찌나 큰지 이세돌! 이세돌! 이세돌! 하고 외치는 기자들의 머리 위로 커다란 샹들리에가 떨어지는 건 아닌가 싶을 정도였다. 대국을 마쳤을 때처럼 시종일관 진지한 표정으로 무대에 오른 이세돌은 초연해 보였으나 마침내 발끝을 바라보던 눈을 들자 무아지경에서 막 빠져나온 듯 한순간에 표정이 달라졌다. 그는 환히 미소 지으며 연신 고개를 숙여 고마움을 전했다. 환호와 웃음, 박수 소리가 장내를 메웠다. 나중에 그가 말하기를 처음에는 어리둥절했다고 한다. 어차피 대회에서는 패했으니 이번 결과로 달라지는 것은 없었다. "그 정도일 줄은 몰랐습니다. 말도 안 돼요. 정말 생각도 못했어요!" 그러나 당시에는 감정을 주체할 수 없었다. "정말 고맙습니다." 그는 이렇게 말하며 씩 웃었다. "한 판 이겼다고 이렇게 축하받기는 처음이네요! 3연패를 당했는데도 이렇게 기쁠 수가 없습니다." 환호성이 또 한번 터져나와 그는 잠시 말을 멈춰야 했다. "세상 어느 것과도 바꿀 수 없겠어요." 다섯 시간의 대국으로 힘과 감정을 다 소진해버린 이세돌은 질문을 몇 개만 받은 뒤 귀청이 떨어질 듯한 박수 소리를 뒤로하고 방으로 돌아갔다.

호텔 밖에서는 이세돌 팬들이 서울 거리로 뛰쳐나와 환호를 지르며 영웅의 승리를 축하했다. 심지어 살짝 망신스럽게 패배한 딥마인드 팀조차 무에서 유를 창조해낸 이세돌의 눈부신 능력에 감동했다. 아무리 똑똑하다 한들 어떻게 인간이 알파고처럼 일 초에 이억 개의 자리를 계산하는 컴퓨터를 이길 수 있단 말인가? 분명 역사에 남을 위업이었다. 이세돌이 보여준 독창적인 천재성은 실로 온 인류가 진심으로 축하할 만했다. 그러나 데미스 허사비스는 마음이 무거웠다.

알파고의 문제가 무엇이었는가를 이해해야 했다. 그는 딥마인드 팀원들을 통제실로 불러모았다. 그리고 이세돌이 그랬던 것처럼 대국 전체를 복기한 끝에 모두의 예상대로 78수에서 알파고가 미쳐버렸다는 사실을 금세 확인했다. 이세돌은 컴퓨터가 아무리 계산해도 예측할 수 없는 수를 발견하고 싶었으나 사실 자신의 사고 과정은 전혀 이성적이지 않았음을 훗날 고백했다. 그 수는 순전히 영감에서 비롯된 것이었다. 예견하거나 계획한 것이 아니었다. 기자회견에서 질문을 받았을 때도 그는 이를 솔직하게 인정했다. "대국 당시에는 그 수밖에 보이지 않았습니다. 다른 곳에는 둘 자리가 없었어요. 유일한 선택지였죠. 그래서 이렇게 칭찬을 들으니 몸 둘 바를 모르겠습니다." 허사비스와 팀원들은 메인 단말기 앞에 모여 무슨 일이 벌어졌는지를 정확히 파악하기 위해 시스템을 이리저리 헤집었다. 그러나 알파고의 특성상 프로그램이 내린 결정을 분석해, 대국 내내 꽉 잡고 있던 바둑판 중앙부를 내주며 무너져내린 이유를 밝혀내기란 극도로 어려웠다.

"이것 전까지는 우리가 이기고 있었는데." 아자황은 이세돌의 끼움 수를 가리키며 말했다. 하지만 딥마인드 팀원들은 누구도 그 수의 진가를 알아볼 수 없었다. 그 정도로 바둑을 깊이 있게 이해하지 못했기 때문이다. 데이비드 실버는 알파고 시스템으로 대국을 처음부터 끝까지 돌려 이세돌과 알파고의 수를 다시 놓으면서 '신의 한 수'를 가치망과 정책망이 과연 어떻게 평가할지 보자고 했다. "거기까지 돌려봤어?" 컴퓨터가 무한한 연산 능력을 가동해 끝없는 확률의 선을 살피는 동안 데이비드 실버가 팀원들에게 물었다. "그 수가 나올 확률이 얼마나 된대?"

"0.0001." 주니어 연구원이 대답했다.

침묵이 흘렀다. 만분의 일. 두번째 대국에서 알파고가 획기적인 37수를 두며 바둑계에 존재감을 알렸을 때 자신의 수에 부여한 확률과 정확히 똑같았다. 결국엔 알파고 네트워크도 중국 프로 기사 구리가 이세돌의 수에 붙인 이름을 인정한 셈이었다. 그것은 실로 신들린 움직임, 신의 손길이 닿은 한 수였다. 인간은 만 명 중에 단 한 명만이 떠올릴 수 있었던 수. 이세돌의 끼움 수에 알파고가 허둥댄 것은 그래서였다. 인간의 경험치를 훌쩍 뛰어넘은 것은 물론, 알파고의 무한해 보이는 능력조차 초월한 수였으므로.

서로 마주한 이세돌과 컴퓨터는 바둑의 한계를 뛰어넘어 낯설고 끔찍한 아름다움을, 이성보다 강력한 논리를 펼치며 머나먼 곳까지 파문을 일으켰다.

게임 오버

이세돌은 알파고와의 마지막 대국에서 패했다.

다섯번째 대국에 신의 한 수는 없었다. 초자연적인 거대 지능을 이기도록 해주었던 눈부신 영감의 불꽃 같은 것도 없었다. 기자는 어느 때보다 많이 모였고 전 세계에서 이억 명이 넘는 사람들이 대국을 지켜보았다. CNN, BBC 같은 주요 국제 방송사들도 포시즌스호텔에서 생중계를 송출했다. 마지막 대국에서 이세돌은 흑을 잡았다. 그렇게 되면 기계가 약간의 우위를 가져가는데 그로서는 감당하지 못할 불리함이었다. 하지만 이세돌은 백으로 이겨보았으니 흑으로도 이길 수 있음을 자기 자신에게 증명하고 싶었던 것 같다.

기자실은 인간 대 기계 최후의 대국을 직접 보려고 날아든 취재진으로 북적였다. 삼천 년 바둑 역사상 이토록 초미의 관심이

쏠린 대국은 없었다. 한국 방송사들의 열기는 상상을 초월했다. 그날 이 대국만큼 중요한 뉴스는 없었다.

처음에는 이세돌에게 어느 때보다도 승산이 있어 보였다. 컴퓨터가 이해하기 힘든 수를 두기 시작하자 해설자 하나는 알고리즘이 전날 패배에서 아직 헤어나지 못한 듯하다고 농담했다. 통제실 모니터 앞의 허사비스는 알파고가 또다시 합선된 것처럼 굴기 시작하자 안절부절못했다. "왜 저기 두는 건데!" 아자황이 하등 쓸데없고 엉뚱한 자리에 돌을 내려놓자 허사비스는 고함을 쳤다. 하지만 프로그램의 자체 평가 기능은 알파고의 승률을 91퍼센트로 점치고 있었다. "다시 엇나가고 있어요." 기술자 하나가 허사비스에게 말했다. 대국이 진행되는 내내 딥마인드 팀은 알파고가 바둑판을 잘못 읽고 있다고 믿었다. 알파고의 이상하고도 허술한 수는 득점에 아무런 도움이 되지 않았으며, 그보다 더 안정적이고 강력한 선택지는 많았다. 허사비스, 판후이, 아자황, 데이비드 실버, 그리고 딥마인드 팀원들은 이번에도 대망신을 당하리라 확신했다. 하지만 착각이었다. 다들 알파고의 진가를 제대로 판단할 만큼 바둑을 잘 알지 못했던 것이다. 그러나 제대로 판단한 사람들도 있었다.

미국 시청자들을 위해 해설하던 최상급 바둑 기사 김지석은 컴퓨터가 또 한번 어이없게 돌을 내주었을 때 이렇게 해설했다. "백돌이 이기고 있어요."

"글쎄요." 동료 해설자는 당황하여 받아쳤다. "10단, 11단 기사라면 이렇게 바둑을 두는 걸까요? 이상하고 보기에 영 좋지 않아요. 그냥 말이 안 되잖아요."

알파고가 계속 이상한 수를 두자 몇몇 분석가들은 그 판단 이면에 다른 유형의 사고방식이 작동하고 있음을 간파하기 시작했다. 보통 인간 바둑 기사는 얼마만큼의 영토를 장악하느냐로 판세를 가늠한다. 이 간단명료한 논리에 따르면, 영토를 많이 차지할수록 승률이 올라간다. 반면 알파고는 이기려면 영토가 정확히 얼마만큼 필요한지를 극도로 정밀하게 계산했고, 그 이상의 영토는 넘보지 않았다. 인간은 절대 할 수 없는 일이었다. 컴퓨터로서는 압도적 승리이건 간발의 차이이건 다를 게 없었다. 필요도 없는데 뭐하러 굳이 영토를 먹어치우려 한단 말인가? 대국은 다섯 시간 넘게 이어졌고, 마침내 고통스러울 만큼 복잡한 끝내기에 돌입했다. 이세돌과 알파고는 총 이백팔십 수를 주고받으며 흑돌과 백돌로 바둑판을 가득 메웠고, 대국은 이세돌이 기권을 선언하는 것으로 끝났다. 바둑판만 보아서는 누구의 승리인지 선불리 판단하기가 힘들었다. 전문가들이 최종 점수를 집계해보니 다섯 차례 대국 중 차이가 가장 근소했다. 알파고는 단 두 집 반 차이로 이세돌을 이겼다.

시상식에서 이세돌은 위엄 있지만 동시에 작아 보였다. "이번 경험으로 많이 배웠습니다. 얻은 교훈으로 더 발전할 겁니다. 가장 놀라운 점은 인간이 창의적이라 생각했던 수들을 알파고가 관습적으로 보이게 만들었다는 것입니다. 이는 바둑에 새로운 패러다임을 가져올 것입니다. 고맙게 생각합니다. 덕분에 내가 왜 바둑을 두는지 알았습니다. 바둑 배우기를 참 잘한 것 같습니다. 잊지 못할 경험이었습니다." 사람들이 꽉 들어찬 기자실에 깊고 엄숙한 침묵이 흘렀다. 무대 위 이세돌 옆에 앉아 있던 데미스 허사비스는 뿌듯함을 최대한 드러내지 않고 무너진 우상의 존엄성을 지켜주려 노력했지만 기쁨을 감출 수 없었다. 이세돌은 마지막 기자회견의 동시통역을 위해 받은 이어피스를 주뼛주뼛 찾아 끼우다 수행원에게 도움을 요청했다. 허사비스는 말했다. "할말을 잃었습니다. 살면서 이보다 짜릿한 순간이 또 있을까요. 아주 놀랍고 흥미진진하고, 또 긴장감 넘치는 경기였습니다. 물론 초반에는 알파고가 돌을 잡는 맥을 잘못 짚어 큰 실수를 저지르기도 했습니다만, 결국 만회했고 아슬아슬하게 승리했습니다. 지난 닷새 동안 우리는 굉장한 바둑 대국을 지켜보았습니다. 특히 2차 대국의 37수, 4차 대국의 78수 같은 몇몇 수는 아주 오랫동안 사람들 사이에 회자되리라 생각합니다. 이건 다시없을 사건이에요. 저에게는 이십 년간 쌓아온 꿈의 결실이지요. 인생에서 가장 경이로운 경험이었다고 말하고 싶습니다." 이세돌은 아랫입술을 지그시 깨물며 속절없이 무력한 모습을 보인 것에 대해 다시 한번 팬들과 전 세계 사람들에게 사과했다. 다만 굴욕적인 패배는 자신의 개인적인 약함 때문이지 컴퓨터가 근본적으로 더 우월하기 때문은 아니라고 힘주어 말했다. "알파고가 나보다 반드시 더 우월하다고 생각하지 않습니다. 여전히 인간은 인공지능을 상대로도 할 수 있는 게 많다고 믿습니다. 더 보여줄 수 있었는데 그게 참 아쉽습니다. 바둑은 아마추어이건 프로이건 누구나 즐길 수 있는 게임입니다. 즐거움이 곧 바둑의 본질이지요. 알파고는 분명 막강하지만, 바둑의 본질은 알지 못합니다. 나의 패배는 인류의 패배가 아닙니다. 이번 대국으로 드러난 것은 나의 약점이지 인류의 약점이 아닙니다."

이세돌은 모두에게 넙죽 인사한 뒤 무대에서 내려갔고, 데미스 허사비스와 데이비드 실버는 그대로 남아 팀을 대표해 한국기원이 알파고에게 수여하는 명예 9단증을 받았다. 9단은 그랜드마스터가 도달할 수 있는 최고의 위치로, 바둑 실력이 신의 경지에 오른 고수들에게만 주어졌다. 알파고를 위해 특별히 제작된 단증에는 001이라는 일련번호가 붙었고, 귀하는 평소 기도 연마에 정진하고 기사로서 인격도야에 힘써 기품이 입신의 역에 이르렀으므로 9단을 면허합니다라는 문구가 적혀 있었다.

본능을 버리고 계산하라

이세돌은 알파고에게 패한 뒤 몇 달을 내리 모든 대국에서 승리했다.

누군가 비결을 묻자 그는 이렇게 대답했다. "본능에 기대지 말 것. 최대한 치밀하게 계산할 것." 잇따른 우승과 새로운 경기 스타일로 몇 년은 더 화려하게 커리어를 이어갈 듯했던 이세돌은 2019년 11월, 돌연 은퇴를 발표해 세상을 충격에 빠뜨렸다.

처음에는 누구도 그 결정을 이해하지 못했다. 유명한 바둑 기사들은 대부분 나이가 들어서도 경쟁력을 잃지 않는다. 일본 프로 기사들은 말년이 되어서도 대회에 나가는 경우가 많다. 이세돌은 이제 서른여섯이었다. 은퇴 결정을 철회하라는 여론이 거셌으나, 그는 바둑에 평생을 바쳤으며 다섯 살 때부터 바둑 말고는 다른 생각을 한 적이 없으니 새로운 것을 할 때가 되었노라고 말했다. 고별전에서 이세돌은 어느 때보다 호기롭게, 오랜 친구이자 라이벌인 구리나 국제무대에서 기세등등하던 라이징 스타 커제가 아닌, 한국 NHN 엔터테인먼트사가 개발한 인공지능 소프트웨어 한돌과 맞붙기로 했다.

한돌은 이미 그해 한국 최상위 바둑 기사를 다섯이나 꺾은 터였다. 이세돌은 공정한 경쟁을 위해 주최측으로부터 2점을 먼저 받은 상태에서 첫 대국을 치렀다. "2점 접바둑이긴 하지만 한돌과 첫 대국에서 질 것 같은 느낌이 듭니다." 그는 취재진에게 이렇게 말해 투지를 상실한 듯한 인상을 풍겼다. 하지만 참 기이한 우연의 일치로, 알파고와의 대국에서 그랬듯 정확히 78수에 인공지능을 혼란에 빠트려 첫 대국을 이겼다. 이세돌은 자신이 둔 수가 평범하다고 생각했지만, 전문가들은 상상도 못 할 수라고 평했다. 한돌 개발팀은 지금껏 완전무결해 보였던 소프트웨어 아키텍처에서 버그와 약점을 찾아낸 이세돌의 능력에 경악했다. 개발자들은 한돌이 정신 나간 수를 두고 황당한 먹여치기 기술을 구사하는 모습을 지켜봐야만 했다. 이세돌은 또다시 뉴스 1면을 장식했다. 살아 있는 인간 가운데 대회에서 첨단 인공지능 시스템을 두 번이나 이긴 것은 그가 유일했다. 세계 어느 선수도 근접하지 못한 위업이었다. 하지만 다음 대국에서 이세돌은 어떠한 우위도 점하지 못했고, 한돌은 보란듯이 그를 무너뜨렸다.

대회는 서울이 아닌 신안군의 5성 리조트 엘도라도에서 열렸다. 그곳에서 고작 30킬로미터 떨어진 곳에 이세돌의 고향 비금도가 있었다. 화려한 고급 호텔은 이세돌이 형, 누나들과 처음 바둑을 두었던 소박한 고향과 전혀 다른 세상이었다. 이세돌의 형제들도 엄격한 아버지에게서 가르침을 받아 모두 프로 바둑 기사로 컸다. 가족을 비롯해 초등학교 동창들과 선생님들까지 배를 타고 대국을 보러 왔다. 사람들은 손수 만든 플래카드를 들고 호화로운 해변 호텔 바깥에 모였다. 모두가 센돌, 비금도 소년을 두 눈으로 보고 싶어했다. 다른 아이들과 함께 나무를 타고 낚시를 하던 작고 소심한 소년이 나라의 영웅이 되어 수천만 달러를 상금으로 벌고 바둑의 전설이 되었다는 사실이 쉽사리 믿기지 않았다. 대국이 시작되고 이십 분 내내 이어지던 응원소리는 너무 시끄러우면 이세돌이 경기를 망칠 수 있다는 호텔 관계자들의 말에 잠잠해졌다. 모두가 이세돌의 한 방을 기대했다. 그를 전설로 만든 대국 스타일을 마지막 무대에서도 펼쳐주기를. 그러나 다섯 시간 동안의 힘겨운 싸움 끝에, 이세돌은 181수에 기권했다.

한돌과의 세번째 대국에서 패하고 몇 주가 지났을 때 그는 유명 토크쇼에 나와 자신의 커리어 전반을 되짚으며 이렇게 언급했다. "일종의 자부심이 있었습니다. 내가 최고라고, 적어도 최고 중 한 명이라고 생각했거든요. 그런데 인공지능이 제대로 결정타를 날렸죠. 어떻게 해도 이길 수가 없더라고요. 그런 상황에서는 아무리 노력해도 소용이 없어요. 의미가 없습니다. 나는 다섯 살 때부터 바둑을 뒀습니다. 그때 바둑은 예의와 매너가 전부였어요. 게임보다 예술을 배우는 것에 가까웠죠. 크고 난 후에야 바둑을 두뇌 게임으로 생각하게 됐지만 배울 때는 예술이었어요. 바둑은 두 사람이 함께 만드는 예술작품입니다. 그런데 이제는 아주 달라졌어요. AI가 도래하면서 바둑의 개념 자체가 바뀌어버렸습니다. 굉장한 충격이에요. 알파고는 나를 그냥 이긴 것이 아니라 무너뜨렸습니다. 이후로도 계속 바둑을 뒀지만, 은퇴는 진즉에 결심했어요. AI가 등장한 후로는 내가 최정상에 있을 수 없다는 걸 깨달았습니다. 아무리 화려하게 복귀해서 미친듯이 노력해 최고의 바둑 기사가 되더라도, 최고일 수는 없어요. 세계 최고가 되어도 이길 수 없는 존재가 있으니까요."

에필로그

바둑의 신

이세돌이 은퇴하고 얼마 지나지 않아 국제 온라인 바둑계에 정체 모를 바둑 기사가 등장했다.

마스터Master라는 이름의 기사는 승리를 차곡차곡 쌓았다. 천하무적의 기세로 세계 내로라하는 바둑 기사들을 상대로 오십 판을 연달아 승리했고, 마침내 한 번 패하고 나서야 딥마인드 팀이 사실 마스터 배후에 자신들이 있었음을 고백했다. 마스터는 이세돌을 이긴 인공지능의 상위 버전이었으며, 한 번의 패배는 인터넷 연결 시간 초과로 생긴 문제였다.

딥마인드 연구원들은 이번에도 프로그램이 얼마나 발전했는가를 가늠하기 위해 지상 최강의 바둑 기사와 대결을 붙여보기로 했다. 그들이 낙점한 상대는 중국 신동이자 세계 랭킹 1위 기사, 커제였다. 그렇게, 삼천 년 전 바둑이 처음 시작된 나라

중국의 우전에서 '바둑의 미래 서밋'이 열렸다. 열아홉 살이 된 커제는 이세돌보다도 허세가 대단했다. 화려하게 최정상 자리에 오른 그는 알파고에 패한 이세돌을 매몰차게 비난했다. 컴퓨터와 맞붙었을 무렵 이미 이세돌은 최정상이 아니었다는 것이다. 자신은 그보다 훨씬 더 잘할 자신이 있다며, 중국 바둑이 얼마나 위대한지를 증명하고 다시금 인류의 패권을 복원하겠노라고 큰소리쳤다.

하지만 마스터는 세 판을 내리 이기며 커제를 완파했다.

십대 바둑 기사는 마지막 기자회견 때 대국에서 자신을 압도한 무력감을 설명하다가 두꺼운 뿔테 안경을 벗으며 눈물을 닦았다. 마스터와 대국을 시작하자마자 낯설고 심히 불안한 무언가를 감지했다고 했다. 마스터가 알파고와 어떻게 다르냐는 질문에 그는 의식이 있는 생명체를 묘사하듯 이렇게 말했다. "나에게 마스터는 바둑의 신입니다. 대드는 모든 인간을 짓밟는 신요. 지금껏 나는 스스로를 의심해본 적이 없습니다. 모든 것을 내가 통제한다고 느꼈습니다. 형세를 노련하게 이해하고 바둑판을 누구보다 잘 읽는다고 자부했죠. 그런데 마스터는 모든 걸 간파하고는 '이 쓰레기는 뭐야!'라고 하는 느낌입니다. 마스터가 바둑의 우주를 내려다본다면, 나는 그저 주변의 작디작은 영역을 볼 뿐입니다. 그러니 부디, 마스터는 우주를 탐험하도록 두고 나는 나만의 뒤뜰에서 놀게 해주십시오. 나는 나의 작은 연못에서 고기를 낚겠습니다. 자가 학습으로 인공지능이 어디까지 발전할까요? 한계를 가늠하기 어렵네요. 미래는 AI의 것입니다."

이세돌과 커제를 상대로 승리를 거두면서 데미스 허사비스와 딥마인드 팀은 더 오를 곳이 없어졌다. 적어도 인간을 상대로는 더이상 이룰 것이 없었다. 범용인공지능을 향한 탐구에서 중요한 이정표에 도달했음에도, 커제가 마지막으로 남긴 질문—자가 학습으로 인공지능이 어디까지 발전할까요?—은 계속해서 허사비스를 따라다녔다. 기계에 맞서는 인류의 최후 보루이자 인간의 직관과 창의력의 정점으로 여겨졌던 바둑에서 딥마인드가 완승한 것을 자축하는 순간에도, 그 질문이 머릿속을 떠나지 않았다. 자가 학습 알고리즘으로 대체 어디까지 갈 수 있을까?

허사비스와 딥마인드 팀은 급진적인 변화를 감행했다. 알파고 후계자인 마스터에게서 인간의 지식을 모조리 삭제한 것이다. 마스터가 처음 바둑을 배울 때 참고한 수백만 판의 대국 정보를 지우고, 각 위치의 가치를 가늠하고 승률을 예측하며 인간의 시각으로 바둑판을 읽는 프로그램 고유의 능력, 즉 상식의 틀을 형성한 지식을 깡그리 없앤 뒤 뼈대만 남겼다. 목표는 훨씬 더 강력하고 포괄적인 인공지능을 만드는 것이었다. 학습 능력이 단순히 바둑에만 국한되지 않고, 프로그램이 첫걸음마를 떼는 형성기에 인간의 이해와 지식에 의존하지 않는 인공지능. 이를 위해 그들은 알고리즘을 깨끗이 지워 학습할 수 있는 인간 데이터를 단 하나도 남기지 않음으로써, 알고리즘과 인류의 직접적인 연결고리를 끊어냈다.

결과는 무시무시했다.

새로운 프로그램은 이세돌을 은퇴로 내몬 버전의 알파고와 백 번의 대국을 치러 전부 이겼다. 이는 시작에 불과했다. 똑같은 알고리즘을 체스에 적용하니 힘은 역시나 막강했다. 두 시간 만에 자기 자신을 상대로 역사상 가장 많은 게임을 두었고, 네 시간이 지났을 때는 어떠한 인간보다도 실력이 월등해졌다. 그리고 여덟 시간 만에 세계를 평정한 AI 체스 챔피언 스톡피시와 붙어 승리를 거뒀다. 처음으로 이 프로그램을 접한 영국 그랜드마스터 매슈 새들러는 "신들린 인간처럼 체스를 둔다"고 표현했으며 가리 카스파로프의 매우 공격적인 스타일을 연상시킨다고 말했다. 훗날 러시아의 천재 카스파로프 역시 이 사실을 인정했다. 체스를 정복한 시스템은 다음으로 쇼기를 접수했다. 이 일본식 게임은 체스와 살짝 유사하나 훨씬 복잡하다. 말들이 고정되지 않고 상대의 말과 교환될 수 있어 체스에서는 절대 일어나지 않는 여러 변수가 발생하기 때문이다. 새 알고리즘은 열두 시간 만에 쇼기를 마스터해 세계 최강 프로그램 엘모를 90퍼센트 확률로 이겼다.

프로그램은 인간 경험에 전혀 의지하지 않은 채 이 모든 게임을 통달했다. 규칙만 알려주고 스스로 플레이하도록 내버려둔 것이 다였다. 처음에는 무작위로 수를 두었으나 금세 무찌를 수 없는 존재로 진화했다. 이제 그것은 바둑과 체스와 쇼기에서 세계 최강의 존재가 되었다.

그것의 이름은 알파제로이다.

감사의 글

이 책은 사실에 기반한 허구의 작품이다. 구상하는 데 귀중한 도움을 준 콘스탄사 마르티네스에게 감사드린다. 이 책에 영감과 이야기 재료를 준 분들에게도 크나큰 고마움을 전한다. 가장 먼저, 놀라운 책 『튜링의 대성당Turing's Cathedral』으로 나에게 폰 노이만의 삶과 사상을 소개해준 조지 다이슨에게 감사드린다. 이세돌과 알파고의 대국 동안 심층적인 분석과 해설을 해준 판후이, 구리, 저우루이양에게도 고맙다. 이밖에 머리나 폰 노이만의 회고록 『화성인의 딸The Martian's Daughter』, 노먼 맥래의 전기 『존 폰 노이만: 현대 컴퓨터, 게임이론, 핵 억지, 그리고 아주 많은 것을 개척한 천재 과학자John von Neumann: The Scientific Genius Who Pioneered the Modern Computer, Game Theory, Nuclear Deterrence, and Much More』, 그레그 코즈가 감독한 다큐멘터리 〈알파고〉를 주요 자료로 참고했다.

옮긴이 **송예슬**
대학에서 영문학과 국제정치학을 공부했고 대학원에서 비교문학을 전공했다. 바른번역 소속 번역가로 활동하며 좋은 책들을 우리말로 옮기고 있다. 옮긴 책으로는 『GEN Z』 『눈에 보이지 않는 지도책』 『사울 레이터 더 가까이』 『스트라진스키의 장르문학 작가로 살기』 『언캐니 밸리』 등이 있다.

매니악

1판 1쇄 2024년 1월 26일
1판 4쇄 2024년 5월 3일

지은이 벵하민 라바투트 | 옮긴이 송예슬
책임편집 고아라 | 편집 이봄이랑 이희연 김봉곤
디자인 이보람 유현아 | 저작권 박지영 형소진 최은진 서연주 오서영
마케팅 정민호 서지화 한민아 이민경 안남영 왕지경 정경주 김수인 김혜원 김하연 김예진
브랜딩 함유지 함근아 고보미 박민재 김희숙 박다솔 조다현 정승민 배진성
제작 강신은 김동욱 이순호 | 제작처 한영문화사

펴낸곳 (주)문학동네 | 펴낸이 김소영
출판등록 1993년 10월 22일 제2003-000045호
주소 10881 경기도 파주시 회동길 210
전자우편 editor@munhak.com | 대표전화 031)955-8888 | 팩스 031)955-8855
문의전화 031)955-3579(마케팅) 031)955-2697(편집)
문학동네카페 http://cafe.naver.com/mhdn
인스타그램 @munhakdongne | 트위터 @munhakdongne
북클럽문학동네 http://bookclubmunhak.com

ISBN 978-89-546-9793-4 03870

www.munhak.com